마이
페어리
레이딩

I

My fairy lady

김지우 장편소설

# 마이 페어리 레이딩

I

가하epic

마이 페어리 레이디 1

**지은이** 김지우
**펴낸이** 이형기
**펴낸곳** 도서출판 가하

**초판인쇄** 2017년 1월 1일
**초판발행** 2017년 1월 6일
**출판등록** 2008년 10월 15일 제 318-2008-00100호

**주소** 서울 영등포구 양평로 67, 1209 (당산동5가, 한강포스빌)
**전화** 02-2631-2846
**팩스** 02-2631-1846

www.ixbook.co.kr

ISBN 979-11-300-1274-2 04810
ISBN 979-11-300-1273-5 04810(세트)

값 12,000원

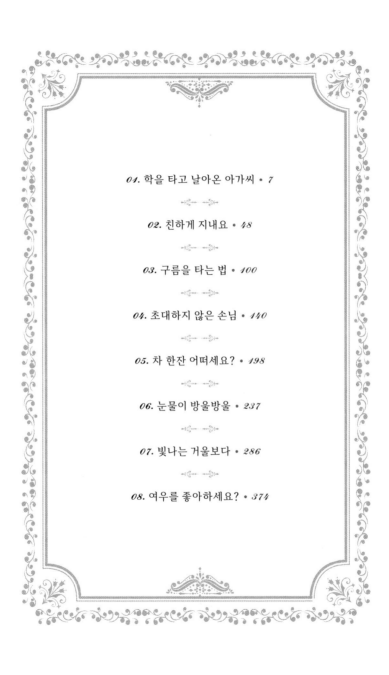

# 01

## 학을 타고 날아온
## 아가씨

똑똑똑. 누군가 창문을 두드렸다.

로이드는 조금 당황했다. 그의 침실은 3층이었고, 밖에서 창문을 두드리는 것은 불가능했다. 그는 제가 잘못 들었다고 생각했다.

"실례합니다! 문 좀 열어주세요!"

이번에는 소녀의 목소리가 들려왔다.

3층 바깥에서 들리는 소녀의 목소리라니. 괴담이 따로 없었다. 한숨을 내쉰 로이드는 검을 쥐고 창문을 열었다. 무엇을 봐도 놀라지 말자고 다짐하면서.

꽤액!

창문 앞에서 거대한 학이 퍼덕퍼덕 날갯짓을 하고 있었다. 로이드는 학의 등에 탄 소녀를 보고 눈을 깜빡였다. 어젯밤에 술을 너무 과하게 마신 것 같았다.

그와 눈이 마주친 소녀가 반갑게 말했다.

"로이드 헤센타인 백작님이신가요?"

로이드는 천천히 고개를 끄떡였다. 활짝 웃은 소녀가 말을 이었다.

"저는 곤륜산[1]에서 서왕모[2]를 모시는 요지선인[3] 아란이라고 합니다. 백작님의 소원을 들어드리려고 왔어요."

학이 다시 꽤애액 하고 울었다. 멍하게 서 있던 로이드는 뭔가를 해야겠다고 생각했다. 그는 천천히 창문을 닫았다.

"앗! 잠깐만요!"

당황한 소녀가 다시 창문을 두들기기 시작했다. 창문에서 성큼 물러선 로이드가 이마를 짚었다. 기묘한 아침이었다.

로이드 헤센타인은 선왕의 사생아였다.

왕비에게서 자식을 보지 못한 선왕은 로이드를 몹시 총애했다. 그는 은발과 금안을 가진 아들을 자랑스럽게 여겨 어디에나 끌고 다녔다. 그래서 한때 로이드가 왕위를 이을 거라는 헛소문까지 퍼질 정도였다.

로이드는 현실주의자였고 사생아는 결코 왕이 될 수 없음을 알고 있었다. 선왕이 죽었을 때 그는 숙부인 현왕에게 충성을 맹세했다.

---

**1** 신선들이 사는 산으로 서왕모의 궁전이 있다. 곤륜산 주변에는 약수라는 물이 흐르는데, 아무리 가벼운 배도 가라앉아 날개가 있어야 건너갈 수 있다고 전해진다.

**2** 신선들을 다스리는 아름다운 여신. 먹으면 불로불사하게 되는 복숭아밭을 갖고 있다.

**3** 선인, 신선과 선녀, 요지 : 서왕모의 궁전 옆에는 요지라는 아름다운 연못이 있는데, 서왕모의 궁에서 일하는 선인들을 요지선인이라고 한다.

왕을 위해 수많은 원정에 참가해 풍족한 영지를 하사받기도 했다. 현실에 딱히 불만 따윈 없었다는 이야기다.

"자, 어서 소원을 말씀해주세요."

그런데 왜 이런 일이 생긴 걸까. 로이드는 눈앞의 소녀를 보며 생각했다.

열두 살쯤 된 소녀는 상앗빛이 감도는 흰 피부에 새까만 머리와 눈을 갖고 있었다. 이질적인 이목구비였지만, 인형처럼 귀여운 얼굴이었다. 머리에 꽂힌 장식은 황금과 자개였고, 특이한 형식의 옷은 재질이 비단인 듯했다.

'단순한 사기꾼은 아닌 것 같군.'

관찰을 끝낸 로이드가 입을 열었다.

"그러니까 아가씨는 여신을 모시는 페어리(Fairy)고, 페어리랜드에서 제 소원을 들어주기 위해 왔다는 겁니까?"

"페어리요?"

소녀가 고개를 갸웃했다. 양옆으로 동그랗게 말아 올린 머리 때문에 꼭 토끼처럼 보였다. 잠시 토끼 귀에 시선을 빼앗겼던 로이드가 말했다.

"아가씨가 방금 페어리라고 하지 않았습니까."

"저는 선녀(Fairy)라고 말했어요. 페어리는 뭔가요?"

"손바닥 정도 크기에 날개가 달려서 날아다니는 멍청한 생물입니다. 장난을 좋아하죠."

"손바닥 크기는 아니지만, 저도 날 수 있어요."

소녀의 대답은 이제 놀랍지도 않았다. 고개를 끄떡인 로이드가 말했다.

"좋아요. 요정 아가씨. 제 소원을 들어주려는 이유가 뭡니까?"

"백작님의 소원을 들어드리면 선계로 돌아갈 수 있으니까요."

소녀는 기대 어린 눈으로 그를 바라봤다. 괜히 속이 거북해진 로이드가 자리에서 일어났다.

"유감스럽지만 약속이 있어서 더는 이야기를 나눌 수 없겠군요. 저 말고 다른 사람의 소원을 들어주십시오."

"하지만 전 백작님의 소원을 들어드리기로 한걸요."

자리에서 발딱 일어선 소녀가 말했다. 로이드는 냉담한 눈으로 그녀를 바라봤다.

"제 소원은 누구도 들어줄 수 없는 겁니다. 신이라고 해도요."

소녀는 놀란 얼굴로 눈을 깜빡였다. 로이드는 형식적인 인사말을 남기고 방을 나섰다.


약속이 있다는 말은 거짓이 아니었다.

숙부이자 국왕인 윌리엄이 오늘 당장 입궁하라는 전갈을 보낸 것이다. 왕이 이럴 때는 늘 썩 좋지 못한 일이 기다리고 있었다. 로이드는 마차의 등받이에 몸을 기댄 채 한숨을 쉬었다.

그때 푸른색 돌멩이가 창문으로 휙 날아들었다. 반사적으로 얼굴을 가린 로이드는 그게 주먹만 한 파랑새라는 것을 알아챘다.

작은 날개를 파닥이며 짹! 하고 소리친 파랑새가 다음 순간 소녀로 변했다.

"전 아직 포기 안 했어요!"

"악!"

놀라 벌떡 일어선 로이드는 마차 천장에 머리를 박고 말았다. 머리를 부여잡고 부들부들 떠는 그를 본 소녀가 걱정스럽게 물었다.

"괜찮으세요?"

"젠장, 이건 말도 안 돼!"

새가 사람으로 변하다니, 끔찍한 악몽을 꾸는 기분이었다. 소녀는 끙끙거리는 그를 부축해 앉히며 "갑자기 일어서니까 그렇죠." 하고 나무랐다.

로이드는 조금 억울해졌다.

"제가 누구 때문에……. 아니, 됐습니다. 그것보다 이야기는 아까 끝난 것으로 아는데요."

"안 끝났어요. 혼자 말하고 가버리셨잖아요."

소녀가 뽀로통하게 말했다. 로이드는 짜증스럽게 이마를 문질렀다.

"이봐요, 아가씨."

"아란이라고 부르세요."

"좋아요, 아란. 저는 빌고 싶은 소원이 없습니다. 그러니 절 쫓아다녀봤자 소용없을 겁니다."

로이드의 으름장에 소녀, 아니 아란이 눈을 동그랗게 떴다.

"그걸 어떻게 아세요? 내일 당장에라도 소원이 생길지 모르는데."

"안 생깁니다."

"생길 수도 있죠."

"안 생기……, 지금 뭐 하자는 겁니까."

어느새 입씨름에 말려든 로이드가 미간을 찌푸렸다. 고개를 갸웃한 아란이 "네?" 하고 되물었다. 정말 아무것도 모르는 눈치였다. 콩알만 한 소녀에게 휘둘린 기분이 된 로이드는 마른세수를 했다.

"백작님은 왜 그렇게 소원 비는 걸 싫어하세요?"

아란이 호기심 어린 얼굴로 물었다. 로이드는 냉담하게 응수했다.

"그 이유는 이미 말했을 텐데요."

"이룰 수 없는 소원 말고 다른 것을 빌면 되지 않나요?"

"저는 불확실한 것이 싫습니다. 불확실한 것에 제 진심을 걸기도 싫고요."

그러니 아무것도 빌지 않겠다는 그의 말에 아란의 어깨가 축 처졌다. 하지만 이내 발딱 고개를 든 그녀가 씩씩하게 말했다.

"하지만 저도 포기할 수 없어요. 전 반드시 선계로 돌아가야 해요."

"도움이 되지 못해서 유감이군요."

"소원이 없다면 생기게 해서라도 꼭! 들어드리겠어요."

서로를 노려보는 눈에서 불꽃이 튀었다. 맹렬한 눈싸움을 멈춘 것은 불쑥 끼어든 시중인의 목소리 때문이었다.

"저, 백작님. 궁에 도착했습니다."

마차는 어느새 에보니 궁 앞에 멈추어 있었다. 계단에 늘어선 궁의 시종들이 로이드가 내리기만을 기다리는 중이었다. 흠칫한 로이드가 아란의 팔을 낚아챘다.

"그 망할 새로 변해요, 빨리!"

"네?"

"전 지금 당장 마차에서 내려야 하고, 갑자기 나타난 당신의 존재를 설명할 수가 없단 말입니다."

뿌루퉁한 얼굴로 그를 노려보던 아란이 파랑새로 변했다. 안도의 한숨을 내쉰 로이드가 새를 낚아채 겉옷 속에 쑤셔 넣었다. 쨱 소리를 낸 새가 항의하듯 그의 가슴을 콕콕 쪼았다.

"꼼지락거리지 말고 가만히 있으십시오."

새를 감춘 곳을 망토로 잘 덮은 로이드가 마차에서 내렸다. 그는 흐트러진 옷을 다듬어주려는 시중인들을 뿌리치며 서둘러 계단을 밟았다. 바쁜 척 걸음을 옮기는 백작을 아무도 막지 않았다.


로이드는 응접실을 거치지 않고 곧바로 집무실로 안내받았다. 총애받는 조카의 특권이었다. 결재로 바쁜 왕을 힐끗 쳐다본 로이드가 한쪽 무릎을 꿇었다.

"고귀하신 국왕 전……."

"됐다."

인사가 끝나기도 전에 그의 말을 끊은 왕이 긴 의자를 가리켰다. 로이드는 사양하지 않고 의자에 기대앉았다.

"요즘 퍽 얼굴 보기가 힘들구나. 바쁜 일이라도 있는 거냐?"

"제 일정이 궁금한 건 아니실 테고. 무슨 일입니까?"

삐딱한 대답에 서류에서 눈을 든 왕이 그를 쳐다보았다. 쯧쯧 혀를 찬 왕이 "귀염성 없는 놈." 하고 힐책했다. 로이드는 대놓고 콧방귀를 뀌었다.

"귀여움은 다 늙은 조카가 아니라 손자들에게서 찾으셔야죠."

"바쁘지 않으면 됐다. 결혼이나 해라."

왕은 지나가듯 가볍게 말했다. 생각지도 못한 말에 로이드의 얼굴이 설핏 굳었다.

"저 같은 사생아를 원하는 가문이 있습니까?"

"가문이 아니라 황실이다. 호란국에서 혼인동맹을 제안했다."

호란국은 동대륙을 지배하는 제국이다. 비단과 황금의 나라로 유명하지만, 워낙 폐쇄적이라 알려진 것은 거의 없었다. 비단길로 들어오는 사치품을 통해 짐작하는 정도였다.

"호란의 황녀와 혼인하면 서구항을 포함한 네 개의 항구를 개방하겠다고 하더군."

놀라울 정도로 파격적인 조건이다. 그만큼 호란국의 의도를 파악하기 어려웠다.

"무슨 속셈일까요?"

"혼기를 놓친 황녀를 시집보내는 게 목적인 것 같더구나."

왕은 여전히 덤덤히 말했다. 농담인 줄 알고 피식 웃은 로이드는 당혹스러운 표정을 지었다.

"진심으로 그렇게 생각하십니까?"

"진심이다마다. 하워드도 나와 같은 의견이다."

"……허?"

왕의 서기관인 토머스 하워드는 왕국 최고의 지성인이었다. 또한, 호란국의 문화에 심취해 호란어까지 익힌 전문가였다. 왕이면 몰라도 하워드의 의견까지 헛소리로 치부할 수는 없었다.

로이드는 지끈거리는 머리를 짚으며 물었다.

"대체 어떤 여자기에 항구까지 개방하면서 시집보내려는 겁니까?"

"황제의 대고모라고 하더군. 올해 일흔여덟 살로 한 번도 혼인한 적 없는 처녀란다."

로이드는 자신이 뭔가 잘못 들었다고 생각했다.

"열여덟 살이요?"

"일흔여덟 살."

왕은 뻔뻔한 얼굴로 반복했다. 어이가 없어진 로이드가 무어라 말을 하려는 순간이었다.

"잠깐만요. 전 그런 소리 처음 듣는데요?"

그의 품속에서 파랑새가 지껄였다. 갑자기 끼어든 소녀의 목소리에 왕의 눈이 휘둥그레졌다.

"이게 무슨 소리냐?"

당황한 로이드가 가슴팍을 눌렀다. 그의 품을 쏙 빠져나온 새가 왕의 앞으로 포르르 날아갔다. 순식간에 소녀의 모습으로 변한 아란이 잔뜩 화가 난 목소리로 말했다.

"혼인이라니, 제 혼인을 왜 하계의 황제가 결정하죠?"

로이드는 왕이 비명을 지르거나 기절하거나 사람을 부를 거라 생각했다.

하지만 왕은 놀란 눈으로 그에게 물었다.

"……로이, 이 아가씨는?"

"저도 모릅니다. 저한테 묻지 마세요."

로이드는 양손을 들며 말했다. 뿌로통한 얼굴로 그를 노려본 아란이 왕에게 답했다.

"저는 곤륜산에서 서왕모를 모시는 요지선인 아란입니다. 승선(昇仙)하기 전에는 하계 황제의 딸이었지만, 과거의 일일 뿐이에요. 제 혼인은 왕모님과 어머니께서 결정하실 거예요."

왕의 얼굴이 곤혹으로 물들었다. 로이드는 슬쩍 시선을 돌리는 것으로 숙부의 난처함을 모른 척했다.

흠흠, 헛기침을 한 왕이 조심스럽게 말했다.

"그럼 아가씨가 내 조카와 혼인할 호란국의 황녀란 말이군. 맞소?"

"황녀였던 건 맞지만, 혼인은 안 할 거예요."

아란이 고집스럽게 말했다. 당황한 로이드가 "네? 뭐라고요?" 하고 되물었다. 왕은 한심하다는 눈으로 그를 보며 말했다.

"이 아가씨가 너랑 결혼할 거라고."

"안 한다니까요!"

"일흔여덟 살이라면서요. 이게 어딜 봐서 일흔여덟 살입니까!"

아란과 로이드가 동시에 반발했다. 왕은 "벌써 죽이 척척 맞는구나." 하고 껄껄 웃었다.

울상이 된 아란이 로이드에게 말했다.

"유유가 거짓말을 했나 봐요. 백작님의 소원만 들어주면 된다고 했는데, 갑자기 혼인이라니."

"유유가 누굽니까?"

"하계의 황제요."

뜻밖의 대답에 당황한 로이드가 할 말을 잃었다. 엄지손톱을 잘근잘근 깨물던 아란이 몸을 휙 돌렸다.

"안 되겠어요. 돌아가서 유유에게 물어봐야겠어요. 뭔가 잘못 전해졌을 수도 있으니까요."

"잠깐, 아가씨!"

밖으로 뛰쳐나가는 그녀를 왕이 불러 세웠다. 그는 달래듯이 말을 이었다.

"돌아가다니, 어디로 간단 말이지?"

"호란국으로 가야죠. 가서 어떻게 된 일인지 물어볼 거예요."

"하지만 호란국으로 가는 배는 없을 텐데."

왕은 도움을 청하듯 로이드를 바라봤다. 어깨를 으쓱한 로이드가 말했다.

"배는 필요 없을 겁니다. 제 저택까지 학을 타고 왔거든요."

"뭘 타고 왔다고?"

왕이 어이없다는 듯 물었다. 당황한 아란이 두 손을 내저으며 말했다.

"앗, 아니에요. 그 학은 이곳에 와서 만난 거예요. 백작님의 집까지 태워다 주는 대신 미꾸라지를 주기로 약속했거든요."

멍하게 입을 벌린 왕이 재빨리 표정을 수습했다.

"……아, 그렇군. 내가 대신 그 충성스러운 학에게 미꾸라지를 하사하지."

"됐습니다. 제 저택의 정원에 있으니 제가 주죠."

로이드가 짜증스럽게 내뱉었다. 두 남자를 번갈아 본 아란이 활짝 웃었다.

"정말 친절하시네요. 감사드려요."

로이드는 슬쩍 그녀의 눈을 피했다. 그보다 뻔뻔한 왕은 아란의 손을 잡고 소파로 이끌었다. 엉겁결에 소파에 앉은 아란이 고개를 갸웃거렸다. 푹신한 쿠션이 이상한지 손으로 콕콕 찔러보기도 했다.

왕은 그녀의 옆에 바짝 붙어 앉으며 물었다.

"그럼 여기까진 뭘 타고 왔지?"

"외백부님이 등에 태워주셨어요. 원래 용궁에 사시는데 하계로 내려온 저를 걱정해서 찾아오셨거든요."

아란이 수줍은 목소리로 설명했다. 웃으며 고개를 끄떡인 왕이 로이드에게 속삭였다.

"용궁이 대체 어디냐?"

"페어리랜드겠죠."

로이드의 대답에 발끈한 아란이 "아니에요. 바닷속에 있는 궁전이라고요." 하고 항의했다. 바닷속이라는 말에 왕은 질린 얼굴로 고개를 저었다.

"맙소사. 내 왕국에도 그런 게 있는 건 아니겠지. 세금 거두기 불편한데."

"지금 그게 문제입니까?"

로이드가 기가 차다는 듯 말했다. 어깨를 으쓱한 왕이 "당연하지. 혼인하는 건 내가 아니니까." 하고 대꾸했다. 로이드는 원망스러운 눈으로 그를 노려봤다.

왕은 이미 로이드를 혼인시키기로 했다. 주군인 왕이 원한다면 상대가 열두 살 어린애든, 일흔여덟 살의 노파든 혼인해야 한다. 그게 선왕의 사생아인 로이드가 살아남는 방식이었다. 하지만 어쩔 수 없는 일이라도 싫을 때가 있는 법이다. 로이드는 짜증스럽게 물었다.

"제가 변태로 소문나면요?"

"왕의 권한으로 막아주지."

왕이 심드렁한 투로 말했다. 로이드는 할 수 없이 자리에서 일어났다.

"아란, 당신의 말이 맞았습니다. 갑자기 소원이 생기기도 하는군요."

"……네?"

아란은 아무 의심 없이 그를 보고 있었다. 그 순진무구한 얼굴을 보자 마음이 무거웠다. 로이드는 양심의 가책을 떨치며 입을 열었다.

"저와 혼인해주십시오. 그게 제 소원입니다."

아란의 눈이 동그래졌다. 자리에서 발딱 일어선 그녀가 떨리는 목소리로 말했다.

"저는 선계로 돌아가야 해요. 그것 말고 다른 소원을 비세요."

"다른 소원은 없습니다. 당신에게 원하는 건 그것뿐입니다."

로이드는 어깨를 으쓱했다. 순식간에 창백해진 아란이 입술을 질끈 깨물었다. 로이드는 아무것도 못 본 척 그녀의 앞에 한쪽 무릎을 꿇었다.

"부디 저와 혼인해주시겠습니까?"

꽃다발도 선물도 없는 청혼이었다. 아니, 협박이라는 말이 더 잘 어울릴 것이다. 소녀의 까만 눈에 물기가 가득 차올랐다.

"저, 저는……."

무어라 말하려던 아란이 몸을 홱 돌려 바깥으로 달려갔다. 굳게 닫혀 있던 집무실 문이 저절로 활짝 열렸다. 아란이 열린 문 사이로 사라지는 순간 밖에서 콰르릉 천둥이 쳤다. 갑자기 소낙비가 쏟아지는 창밖을 힐끗 쳐다본 로이드가 몸을 일으켰다.

"쫓아가지 않고?"

왕이 약을 올리듯 느긋하게 물었다. 로이드는 다시 긴 의자에 털썩 기대앉았다.

"어차피 갈 곳도 없을 텐데요."

"못난 놈."

왕이 대놓고 혀를 찼다. 로이드는 신경질적으로 머리를 쓸어 넘겼다.

"이따가 데리러 갈 겁니다. 그것보다 아란이 진짜 황녀라고 믿으십니까?"

왕은 아란의 말만 듣고 어떤 증명도 없이 황녀라는 것을 인정했다. 로이드의 물음에 왕은 되레 뻔뻔하게 답했다.

"너야말로 진짜라고 믿어서 무릎까지 꿇은 거 아니냐."

"숙부님."

로이드가 으르렁거리듯 그를 불렀다. 제아무리 왕이라도 조금 전의 일로 놀리면 참지 않을 생각이었다. 못마땅하게 혀를 찬 왕이 말했다.

"호란국에서 요구한 신랑의 조건이 있다. 첫째, 미혼일 것. 둘째, 혼인 후 다른 여인을 곁에 두지 않을 것. 셋째, 고귀한 핏줄이되 왕위를 물려받을 가능성이 전혀 없을 것."

"세 번째 조건이 좀 이상하군요."

로이드가 의아하게 중얼거렸다. 고개를 끄떡인 왕이 덧붙였다.

"호란국의 황제는 적통이 아니라는 의혹이 있다더군. 선황이 서른 명의 아내를 뒀는데 단 하나의 자식밖에 얻지 못했다는 거야. 그 하나도 다른 놈의 씨라고 의심받는 게 당연하지."

"서른 명이라니. 엄청난데요."

로이드가 질린 표정을 지었다. 왕은 "엄청나지. 정부는 더 많았다던데." 하고 부러운 듯 중얼거렸다. 뒤늦게 헛기침을 한 그가 말했다.

"어쨌든 그런 상황에서 갑자기 대고모이자 적통의 황녀가 나타난 거다."

"일흔여덟 살의 처녀가요."

로이드의 빈정거림을 모른 척한 왕이 말을 이었다.

"황녀는 선인이라는 신성한 존재로 이상한 힘을 사용한단다. 황제의 백성들은 그녀를 신의 딸이라고 부르며 숭배하고. 그런 여자가 엄한 놈과 혼인해서 애라도 덜컥 낳으면 어떻게 되겠냐."

속이야 어쨌든 열두 살로 보이는 애가 애를 낳을 수 있겠냐만, 황제의 입장은 충분히 이해했다.

"그래서 황녀를 안전하게 치워버릴 곳을 찾았고, 그게 저였다는 말씀이군요."

"······젠장, 난 하워드에게 두 번 듣고 이해했는데."

왕이 불만스럽게 투덜거렸다. 로이드는 어깨를 으쓱했다. 뭐라 구시렁거리던 왕이 말했다.

"어쨌든 새로 변하고 학을 타고 다니는 여자가 황녀가 아니라면 그것도 문제겠지. 확인은 해봐야겠지만."

아란 같은 여자가 하나 더 있다는 것도 무서운 일이었다. 곧바로 납득한 로이드가 물었다.

"어떻게 확인하실 생각입니까?"

"혼례사절단의 배가 2주 뒤 바슨 항에 도착할 거다. 그쪽과 만나게 해주면 되겠지."

왕은 여전히 태평하게 말했다. 로이드는 미심쩍은 얼굴로 왕을 쳐다봤다.

"호란국에서 여기까진 빨라도 4개월은 걸릴 텐데요."

"황녀는 사절단보다 먼저 도착했는데 뭘."

아란이 가짜일 거라곤 생각도 안 하는 눈치였다. 왕이 조금 미안한 얼굴로 덧붙였다.

"로이, 이번 혼인에 너를 오래 묶어두진 않을 거다. 조금만 참아라."

혼인동맹이 그리 길지 않을 거라는 소리였다. 예상했던 일이지만 조금은 입맛이 썼다. 로이드는 가볍게 무릎을 두드렸다.

"호란 정벌을 계획 중이십니까?"

"당연하지. 기회는 왔을 때 붙잡는 거다."

왕이 당연하다는 듯이 말했다. 한숨을 삼킨 로이드가 자리에서 일어섰다.

"알겠습니다. 전 그럼 약혼녀를 달래러 가봐야겠군요."

"너무 정 주지 마라. 동맹이 파기되면 쓸모없는 인질이 될 테니까."

왕의 경고에 로이드는 무심히 고개를 끄떡였다. 어차피 그가 결정할 일은 아무것도 없었다.


집무실을 나선 로이드는 여기저기 쓰러진 병사들을 발견했다. 그는 문 앞에 널브러진 병사의 맥을 짚어보았다.

'죽은 건 아니군.'

병사는 코까지 골면서 자는 중이었다. 어깨를 흔들고 뺨을 때려도 눈을 뜨지 않았다. 한숨을 쉰 로이드가 몸을 일으켰다.

'잠자는 숲 속의 공주도 아니고.'

게다가 아까부터 거센 비가 내리고 천둥이 쳤다. 에보니 궁 전체가 나쁜 마법에 걸린 것 같았다. 로이드는 쓰러진 사람들을 건너뛰며 걸음을 옮겼다. 그는 입구까지 와서야 잠들지 않은 사람을 발견했다. 왕의 시종장인 존 클레브가 잠든 병사들을 두들기고 있었다.

"클레브 경."

"아, 백작. 볼일은 잘 끝나셨습니까?"

고개를 든 시종장이 반가운 듯 말했다. 잔뜩 지친 그를 본 로이드는 조금 미안해졌다. 시종장은 아무렇지도 않게 말을 이었다.

"아가씨를 찾으시지요? 혼자 있고 싶다고 하셔서 유리온실로 안내해드렸습니다."

"죄송합니다."

"죄송하긴요. 그보다 아가씨께 이들을 좀 깨워달라고 하십시오. 제힘으로는 해결할 방법이 없을 것 같군요."

고개를 끄떡인 로이드는 서둘러 온실을 향해 걸음을 옮겼다. 퍼붓는 비 때문에 온실에 도착했을 때는 온몸이 흠뻑 젖어 있었다.

왕의 온실은 무척 넓고 화려했다. 정복지에서 가져온 온갖 희귀한 식물이 저마다의 자태를 뽐내고 있었다. 로이드는 열대지방이 어울릴 것 같은 이파리를 밀치며 온실 안쪽으로 들어갔다.

아란을 발견한 곳은 온실에서 제일 큰 나무 아래였다. 보석 목걸이를 건 개들이 그녀를 둘러싼 채로 엎드려 있었다. 로이드의 기척을 느낀 놈들이 일제히 고개를 들고 으르렁거렸다.

"해치, 괜찮아."

아란이 조그마한 목소리로 개들을 달랬다. 즉시 입을 다문 개들이 못마땅한 눈으로 로이드를 노려봤다. 로이드는 얼굴이 뚫릴 것 같은 압박을 느끼며 말했다.

"국왕 전하의 애완견이 왜 여기 있습니까?"

왕이 자식보다 사랑하는 살루키였다. 도도하고 새침한 개들은 비단방석이 없으면 앉지도 않았다. 그런 놈들이 축축한 흙바닥에서 뒹구는 꼴을 보니 기가 찼다.

"애완견이요? 저는 여기 사는 해치[4]인 줄 알았어요. 갑자기 나타났거든요."

아란이 살루키의 등을 쓰다듬으며 말했다. 로이드는 해치가 뭔지 물어보려다 그만두었다. 왠지 정신건강에 좋지 않은 답이 나올 것 같았다. 아란에게 아양을 떨던 개들이 다가오는 그를 향해 컹컹 짖었다.

로이드는 개들의 항의를 무시하며 아란의 맞은편에 주저앉았다.

"아란, 저와 혼인하기 싫습니까?"

로이드의 물음에 아란의 눈이 다시 그렁그렁해졌다. 그녀는 용케 울지 않고 말했다.

"다른 소원은 안 되나요? 제가 멋대로 혼인해버리면 왕모님도 부모님도 화를 내실 거예요. 왕모님은 화가 나시면 굉장히 무서워요."

"그렇군요."

로이드는 무심하게 고개를 끄떡였다. 실망한 아란의 어깨가 축 처졌다. 로이드는 적절한 때를 노려 입을 열었다.

"만약 시간제한이 있다면 어떻습니까?"

아란이 의아한 얼굴로 고개를 들었다. 로이드는 이브를 유혹하는 뱀처럼 상냥하게 말했다.

---

4 해태. 사자와 양을 섞어둔 것 같은 생김새로, 몸은 털과 비늘로 덮여 있고 이마엔 뿔이 하나 있다. 나쁜 사람을 보면 뿔로 들이박는다.

"혼인 후 3년이 지나면 이혼해드리겠습니다. 물론 당신에게 손가락 하나 대지 않을 겁니다. 부부라는 이름으로 사이좋은 친구처럼 지내는 건 어떨까요."

3년은 정벌을 준비하기 충분한 시간이었다. 준비가 길어진다고 해도 크게 상관은 없었다. 그때쯤이면 두 사람의 혼인은 유명무실한 상황일 테니.

"왜 그렇게까지 해서 저랑 혼인하고 싶으세요?"

아란이 의아한 얼굴로 물었다. 3년 후에 집으로 보내준다고 하면 당장 그러자고 할 줄 알았던 로이드는 침묵했다. 아란이 고개를 갸웃하며 말을 이었다.

"항구 때문인가요?"

"……꼭 그것 때문만은 아닙니다."

"그럼요?"

말간 눈동자에 담긴 것은 순수한 의문이었다. 그녀는 묻기만 하면 로이드가 진심을 말해줄 거라고 믿는 듯했다.

잠깐 망설이던 로이드는 심각한 척 입을 열었다.

"사실 저는 얼마 전에 실연을 당했습니다. 그때 너무 심하게 상처받아서 두 번 다시 누군가를 사랑할 수 없을 것 같습니다."

"저런, 전혀 몰랐어요."

아란이 안타까운 표정을 지었다. 로이드는 괴로움을 누르듯 지그시 눈을 감으며 말했다.

"하지만 저는 국왕 전하께 충성을 다하는 몸. 그분이 원하는 대로 혼인을 해야 하는 처지입니다. 그래서 제 사정을 이해해줄 마음씨

고운 분을 찾고 있었죠."

"그게 바로 저라는 말이군요."

아란이 그제야 알겠다는 듯 고개를 끄떡였다. 로이드는 그녀의 손을 꼭 잡으며 말을 이었다.

"아란, 저를 거부한다면 국왕 전하는 당신을 다른 귀족과 혼인시킬 겁니다. 그는 100년이 지나도 당신을 돌려보내지 않을 테고요. 어쩌면 평생 새장에 가둬놓을지도 모르죠."

새장이란 말에 아란이 조금 움찔하는 것 같았다. 로이드는 그녀를 살살 달래기 시작했다.

"3년은 그리 긴 시간이 아닙니다. 여기저기를 구경하고 무도회나 연극을 보러 다니는 것만으로도 훌쩍 지나가버릴 겁니다. 여기서 재미있게 지낸 뒤에 선물을 잔뜩 가지고 돌아가면 가족들도 좋아할 테고요."

로이드는 어린 소녀들이 좋아할 법한 무도회며 오페라, 가든파티, 달콤한 과자 가게에 대한 이야기를 늘어놓았다.

말없이 그를 바라보던 아란이 웃었다.

"맞아요. 3년은 그렇게 긴 시간이 아니죠. 하지만 한시라도 빨리 선계로 돌아가고 싶었어요. 다들 걱정하실 테니까요."

아란의 얼굴에 쓸쓸함이 묻어났다. 양심의 가책을 느낀 로이드가 헛기침을 했다.

"어쩔 수 없는 상황이니 분명 이해해주실 겁니다."

"……그럴까요?"

아란은 힘없이 중얼거렸다. 끼잉 소리를 낸 개들이 위로하듯 그

녀의 얼굴을 훑었다. 작은 웃음소리를 낸 아란이 로이드를 바라봤
다.

"유유와 얽힌 연을 끊기 위해서 하계로 내려왔는데, 새로운 인연
을 맺게 되다니. 선연이란 참 이상한 것 같아요."

"죄송하지만, 무슨 말인지 하나도 이해 못했습니다."

로이드가 양손을 들어 항복자세를 취했다. 그를 보고 빙긋 웃은
아란이 속삭였다.

"백작님의 소원은 이뤄질 거예요. 앞으로 3년 동안, 백작님의 옆
에 있겠어요."


로이드는 아란을 온실 밖으로 에스코트했다. 아란이 워낙 작아
서 그냥 손을 붙잡고 걷는 것처럼 보였다. 고개를 빳빳이 쳐든 개들
이 두 사람의 뒤를 따랐다.

"다행히 비가 그쳤군요."

쨍쨍한 하늘을 올려다본 로이드가 말했다. 그러자 아란의 얼굴
이 빨개졌다. 어쩔 줄 몰라 하며 손을 꼼지락거리던 그녀가 "죄송
해요." 하고 조그맣게 사과했다. 로이드는 의아한 눈으로 그녀를
내려다봤다.

"뭐가 말입니까?"

"저 때문에 옷이 더러워져서요."

아란은 비와 흙으로 엉망이 된 그의 옷을 보고 있었다. 어깨를 으
쓱한 로이드가 말했다.

"옷은 별로 문제가 안 됩니다. 당신이 갑자기 사라진 게 더 문제

였죠. 그렇게 나가서 길이라도 잃었을까 봐 얼마나 걱정한 줄 압니까."

로이드는 무책임한 약혼녀를 찾아 여기저기 헤매고 다닌 불쌍한 남자를 연기했다. 아란의 얼굴에 죄책감이 서렸다.

"미안해요. 걱정하실 줄 몰랐어요."

"아란은 저를 무척 나쁜 놈으로 생각하고 있었군요."

"아니에요. 그렇게 생각하지 않았어요."

"어린 소녀가 길을 잃고 헤매고 있는데 찾지도 않는 파렴치한으로 생각하셨잖습니까."

파렴치한 로이드가 말했다. 풀이 죽어 고개를 숙인 아란은 다시는 말도 없이 뛰쳐나가지 않겠다고 약속했다. 원하는 것을 손에 넣은 로이드는 좀 더 상냥하게 말했다.

"정말로 걱정했습니다. 이제 혼자 다니지 말아요."

놀란 듯 눈을 깜빡인 아란의 뺨이 붉어졌다. 로이드는 수줍어하는 그녀를 보며 생각했다.

'역시 다루기 쉽군.'

아란은 순수하고 착한 소녀였다. 달리 말하면 남에게 이용당하기 딱 좋은 성격이다. 식을 올리자마자 시골의 저택에 숨겨두는 게 나을 것 같았다. 로이드는 속셈을 감추며 부드럽게 말했다.

"그런데 아란, 에보니 궁의 병사들을 죄다 잠재웠더군요. 시종장인 클레브 경이 무척 곤란해하고 있습니다."

"앗, 일부러 그런 건 아니에요. 그분들이 저를 공격하려고 해서서 어쩔 수가 없었어요."

아란이 난처한 얼굴로 설명했다. 로이드는 그녀의 설명에 납득했다. 궁을 지키는 병사들이 갑자기 나타난 정체불명의 소녀를 내버려둘 리가 없었다.

"그냥 피할 수도 있지만, 선인을 공격하면 악업을 쌓게 되니까요. 그래서 얼른 잠들게 한 거예요."

"……그렇군요. 다치지 않아서 다행입니다. 그런데 '악업'이라는 게 뭡니까?"

그의 물음에 잠시 고민하던 아란이 말했다.

"음, 나쁜 짓을 하면 벌을 받잖아요. 그런데 선인을 공격하는 건 아주 나쁜 짓이에요. 죽은 뒤에 지옥에 떨어질 정도로요."

"모르고 공격했는데도?"

"네, 선인에게 거짓말을 하거나 선인을 해치는 건 모두 벌을 받아요. 그러니 선인도 조심해야 해요. 자신 때문에 다른 사람이 지옥에 가지 않게요."

아란에게 몇 번이나 거짓말을 한 로이드는 어깨를 으쓱했다. 호란국 사람들이야 그런 옛날이야기에 벌벌 떨겠지만, 그는 신의 존재조차도 믿지 않았다.

"그럼 아란을 속이지 않게 조심해야겠군요."

"백작님이 저를 속일 이유가 없잖아요."

아란이 천진난만하게 말했다. 뒤따르던 개가 불만스러운 소리를 냈다. 아란은 개의 목덜미를 다독거리며 말을 이었다.

"지금쯤이면 삼충(三蟲)도 무슨 일이 있었는지 잊었을 거예요. 제가 사람들을 깨울게요."

로이드는 삼충이 뭔지 물어보려다 포기했다. 대신 바쁘게 계단을 오르는 아란의 뒤를 느긋하게 쫓았다.


"이게 바로 삼충[5]이에요."

아란이 잠든 병사의 가슴 위에서 뭔가를 집어 올렸다. 그건 손가락 하나 정도 크기의 아주 작은 소인이었다. 팔다리를 버둥거리는 소인은 잠든 병사를 축소해놓은 것 같은 모습을 하고 있었다. 로이드는 정신을 차리려고 애쓰면서 물었다.

"이게 뭐라고요?"

"삼충이요."

아란이 소인을 원래 자리에 놓아주며 말했다. 로이드는 바보가 된 기분으로 물었다.

"……삼충이 대체 뭡니까?"

"음, 사람의 몸속에 사는 세 마리의 벌레인데요. 평소에 주인이 나쁜 짓을 하는지 감시해요. 그리고 일 년에 여섯 번 하늘로 올라가서 북제님께 보고를 한답니다."

생긋 웃은 아란이 "백작님의 몸속에도 있어요." 하고 덧붙였다. 로이드는 홱 소리가 날 정도로 빠르게 고개를 돌려 그녀를 쳐다봤다.


5 자궁에서 감염되는 세 마리 기생충. 머리, 가슴, 배에 나누어 살고 있다. 병과 노화를 일으키며 주인이 나쁜 짓을 하면 하늘에 보고해서 수명을 줄여버린다. 경신일에 주인이 잠들면 하늘로 올라가므로 이날 밤을 새우는 풍습도 있었다.

"제 몸속에도 이런 게 있다고요?"

"네, 누구나 다 가지고 있으니까요."

"놀랍군요. 아무도 모르는 스파이 벌레가 세 마리나 제 몸속에 살고 있다니."

어깨를 으쓱한 로이드가 말을 이었다.

"아주 환상적이네요. 알려줘서 고맙습니다."

놀란 얼굴로 눈을 깜빡인 아란이 웃었다.

"마음에 드셔서 다행이에요. 사람을 늙고 병들게 하는 벌레라서 다들 싫어하거든요."

"싫어할 리가 없잖습니까. 한 가지 궁금한 점이 있는데, 이 사랑스러운 기생충을 죽이려면 어떻게 해야 합니까?"

"앗, 그건 좀 어려워요. 갑자기 죽이면 주인인 사람도 해를 입거든요. 오랫동안 수행을 해서 서서히 죽여야 해요. 곡식을 먹으면 다시 생기기 때문에 조심해야 하고요."

죽이는 것이 불가능하다는 말이다. 로이드는 조금 메스꺼운 기분으로 삼충을 노려봤다. 병사의 삼충은 주인의 가슴 위를 뚜벅뚜벅 걸어다니며 무어라 투덜거리고 있었다. 로이드는 뜨악하게 물었다.

"……저거 말도 할 수 있는 겁니까?"

"네, 말을 해야 보고를 할 수 있잖아요. 선인을 공격했다고 북제님께 이를까 봐 잠시 꺼내놨어요. 아마 깜짝 놀라서 조금 전의 일은 다 잊었을 거예요. 이제 몸으로 돌려보낼게요."

고개를 숙인 아란이 야옹 하고 고양이 울음소리를 냈다. 놀라 펄쩍 뛴 삼충이 허둥지둥 달려가더니 병사의 콧구멍 속으로 쏘옥 들어갔다. 다음 순간 번쩍 눈을 뜬 병사가 "으악! 고양이가 나를 물었어!" 하고 비명을 질렀다. 로이드는 약간의 두통을 느꼈다.

"오, 정말 신기하군요."

옆에서 지켜보던 시종장이 감탄을 터트렸다. 수줍게 미소 지은 아란이 말했다.

"삼충은 쥐랑 비슷해서 고양이를 무서워하거든요. 누구나 할 수 있는 거예요."

그녀의 설명에 눈을 반짝인 시종장이 미야아아옹 하고 웅장한 묘성을 터트렸다. 여섯 명의 병사가 비명을 지르며 깨어났다. 아란이 감탄하며 박수를 쳤다.

"정말 대단하세요."

"후후, 소싯적엔 성가대에서 노래한 적도 있었답니다."

어깨가 으쓱해진 시종장이 말했다. 아란이 기대 어린 눈으로 로이드를 쳐다봤다.

"백작님도 한번 해보세요."

"……."

로이드는 이 지옥에서 도망치고 싶어졌다.

결국, 두 사람의 압박에 못 이긴 그는 "야옹……." 하고 맥없는 울음소리를 냈다. 단 한 명의 병사도 깨어나지 않았다. 절레절레 고개를 흔든 시종장이 혹평했다.

"꼭 하수구에 빠진 새끼 고양이의 울음소리 같군요."

"괜찮아요, 백작님. 연습하면 나아질 거예요."

아란이 동정심 가득한 얼굴로 로이드의 팔을 다독였다.

하지만 시종장은 냉혹했다.

"아가씨, 거짓말을 해선 안 됩니다. 백작의 울음소리엔 고양이의 패기가 없습니다. 연습으로 나아질 수준이 아니에요."

"그런."

아란이 낙심한 듯 어깨를 늘어뜨렸다. 로이드는 치솟는 짜증을 누르기 위해 이를 악물었다.

"새끼 고양이는 이만 물러갈 테니, 경께서 대신 다른 사람들을 깨워주시죠."

"훗, 안 그래도 그럴 생각이었습니다."

싱긋 웃은 시종장이 깨어난 병사들을 끌고 사라졌다. 잠시 후 회랑 쪽에서 "웨우우웅!" 하는 고양이들의 통곡이 들려왔다. "좀 더 힘차게! 격정적으로!"라는 시종장의 외침이 뒤를 이었다.

한숨을 쉰 로이드가 아란의 손을 잡아끌었다.

"이만 돌아가죠."

고개를 끄떡인 아란이 살루키들에게 손을 흔들었다.

"잘 있어, 해치. 다음에 또 놀러 올게."

꼬리를 축 늘어뜨린 개들이 낑낑거리며 그녀를 붙잡았다. 로이드는 작별시간을 주는 대신 아란을 번쩍 들어 옆구리에 꼈다. 실망한 개들이 멍멍 짖기 시작했다. 로이드는 뒤도 돌아보지 않고 궁의 계단을 내려갔다.

잠시 뒤, 고양이들의 통곡을 듣고 집무실을 나선 왕은 애견들의 반항과 마주했다. 호란국에서 건너온 귀한 도자기를 모조리 박살

내고 백조 깃털 쿠션을 갈기갈기 찢은 개들은, 마지막으로 왕의 사슴가죽 장화에 오줌을 갈긴 뒤 비싼 카펫 위에 뿌직뿌직 똥을 쌌다. 왕의 비명이 에보니 궁을 쩌렁쩌렁 울렸다.

그것은 마차를 타고 돌아가던 로이드에게까지 닿았다.

"어디서 비명이……."

로이드의 중얼거림을 들은 아란이 고개를 갸웃했다. 아무것도 아니라고 말한 로이드가 멈칫했다. 그는 제 옷을 조몰락거리는 아란을 빤히 쳐다보았다.

"지금 뭐 하는 겁니까?"

"백작님의 옷이 더러워져서요. 어떻게 하면 깨끗해질까 고민 중이었어요."

엉뚱한 대답에 한숨을 쉰 로이드가 붙잡힌 소매를 빼냈다.

"이건 그냥 세탁하면 됩니다."

"앗, 저도 들은 적 있어요. 물에 옷을 넣어서 두드리거나 불에 태우거나 하는 거죠?"

"……그렇죠. 불에 태우진 않지만."

로이드의 대꾸에 뭔가를 고민하던 아란이 말했다.

"매번 그러려면 굉장히 힘들 것 같아요. 백작님도 천의[6]가 있으

---

6 天衣. 선인이 입는 얇고 가벼운 옷. 흔히 날개옷이라고도 한다. 바느질 자국도 없는 완벽 맞춤형으로 더러워지지도 찢어지지도 타지도 않는다. 선계 최고의 디자이너는 직녀.

면 좋을 텐데, 제가 천잠사[7]를 구해서 만들어볼까요?”

“아뇨, 전 세탁하는 걸 좋아합니다. 그래서 매일 하죠.”

정확히는 하녀들이 매일 세탁했다. 눈을 동그랗게 뜬 아란이 감탄했다.

“굉장히 부지런하시네요. 저도 그렇게 부지런하면 왕모님께 꾸중을 덜 들었을⋯⋯. 앗!”

로이드는 갑자기 자리에서 발딱 일어서는 그녀를 보고 긴장했다. 울상을 지은 아란이 말했다.

“당분간 여기 있겠다고 외백부님께 말씀드리는 걸 잊었어요. 지금도 절 기다리고 계실 거예요. 어서 가서 말씀드려야⋯⋯.”

로이드는 당장 새로 변해 날아가려는 아란의 목덜미를 낚아챘다. 다행히 늦지 않게 붙잡을 수 있었다. 안도의 한숨을 내쉰 그가 말했다.

“같이 갑시다.”

“네?”

“명색이 약혼자니 같이 가서 인사를 드려야지요.”

“아, 그러네요!”

아란이 이제야 생각났다는 듯이 말했다. 로이드는 서둘러 덧붙였다.

“그리고 우리가 3년 뒤에 이혼한다는 사실은 비밀입니다. 외백부

---

7 영물 누에에서 뽑는 실. 절대 손상되지 않는다.

님께도 말씀드리지 마세요."

"어째서요?"

"우리 둘만 아는 비밀이니까요."

아란은 잘 이해가 되지 않는다는 얼굴이었지만, 로이드의 설득에 고개를 끄떡였다. 로이드는 아란의 외백부가 기다리고 있다는 켈빈 강으로 마차를 돌렸다.

포석길을 벗어난 마차가 덜컹거리기 시작했다. 조금 전에 내린 비로 길이 질어진 탓이었다. 흔들림을 견디던 로이드는 갑자기 멈춰 선 마차 때문에 앞으로 꼬꾸라질 뻔했다.

"괜찮으세요?"

아란의 손이 그를 붙잡고 있었다. 당황한 로이드는 서둘러 자세를 바로잡았다.

"……고맙습니다. 당신도 괜찮습니까?"

"네, 전 괜찮아요. 왜 갑자기 마차가 멈췄을까요?"

고개를 갸웃한 아란이 이상하다는 듯이 말했다. 그녀의 의문에 답하듯 마부석과 이어진 연결창으로 시중인의 목소리가 들렸다.

"죄송합니다. 백작님. 갑자기 마차가 끼어드는 바람에……."

"됐다. 그것보다 왜 계속 서 있는 거지? 바퀴가 빠졌나?"

"바퀴는 멀쩡합니다. 다만 길이 꽉 막혀서 앞으로 나갈 수가 없을 것 같습니다."

"길이 막혀?"

켈빈 강으로 내려가는 길은 상인과 짐꾼의 마차가 아니면 거의 인적이 없었다. 의아해진 로이드가 창문을 가린 커튼을 열었다. 그는 마차 바로 옆까지 밀려와 북적거리는 사람들을 보고 침묵했다. 로이드는 연결창을 통해 물었다.

"길에 사람들이 왜 이렇게 많지? 무슨 일이 있나?"

"오늘 아침 강 한가운데에 정체불명의 섬이 나타났다고 합니다. 지금 엘베른 시장(市長)과 수행원들이 섬을 조사 중인데, 그걸 구경하려고 사람들이 모인 것 같습니다."

그게 무슨 소리냐고 되물으려는 순간, 아란이 먼저 "외백부님이세요." 하고 끼어들었다. 당황한 로이드가 그녀를 바라봤다.

"뭐라고요?"

"섬이 아니라 외백부님이라고요."

"그러니까 우리가 그 섬을 만나러 가야 한단 말입니까?"

"섬은 아니지만, 네. 맞아요."

아란이 태평하게 말했다. 로이드는 약간의 현기증을 느꼈다. 오늘은 그의 이성이 끊임없이 시험받는 날인 듯했다.

결국, 두 사람은 마차에서 내려서 걸어가기로 했다. 북적거리는 사람들을 본 로이드는 아란을 달랑 들어 품에 안았다. 몸집이 작은 아란은 아차 하는 순간 사람들에게 떠밀릴 것이 뻔했다.

"단단히 붙잡아요."

로이드의 재촉에 아란은 어색하게 그의 목을 껴안았다. 로이드는 무게감이 거의 느껴지지 않는 몸뚱이를 고쳐 안았다. 어찌나 가벼운지, 깃털 베개를 안고 있는 것 같았다.

"왜 이렇게 가볍습니까?"

"이렇게 보여도 선골[8]인걸요. 선인 중에선 제가 좀 무거운 편이에요."

수줍은 듯 얼굴을 붉힌 아란이 속삭였다. 로이드는 사람들 틈을 뚫고 나가며 투덜거렸다.

"이것보다 더 가벼우면 손 위에 올려놓아도 되겠는데요."

"어떻게 아셨어요? 무선[9] 중에선 손바닥 위에서 춤추는 분도 계세요."

아란이 신기한 듯이 말했다. 로이드는 그냥 길을 뚫는 것에 집중하기로 했다. 품에 안은 소녀를 보호하면서 사람들 틈을 지나가는 일은 그리 만만치 않았다. 가까스로 인파에서 벗어났을 때는 거의 녹초가 되어 있었다.

"송구합니다만, 더 이상 지나가실 수 없습니다. 조사가 끝난 뒤에 길을 개방할 예정입니다."

엇갈린 창으로 길 앞을 막고 있던 병사들이 정중하게 말했다. 숨을 헐떡이던 로이드가 손에 낀 인장 반지를 들어 보이며 말했다.

"로이드 헤센타인이다. 국왕 전하의 명으로 저 섬을 해결하러 왔다. 비켜서도록."

반지에 박힌 문장을 확인한 병사들이 당황하며 길을 열었다. 그

---

8 仙骨, 신선의 골격. 신선은 몸이 아주 가벼워서 구름이나 새를 타고 날아다니기 쉽다고 믿어졌다.

9 舞仙, 춤추는 것을 전문으로 하는 신선.

들은 급히 몸을 숙이며 귀하신 분을 알아보지 못한 것을 사죄했다. 대충 손을 내저은 로이드가 강가를 향해 걸었다.

"왕이 외백부님에 대해 뭐라고 명령하셨나요?"

병사들이 멀어지자 아란이 그의 귀에 대고 조그맣게 속삭였다. 간지러움에 움찔한 로이드가 답했다.

"그냥 그런 셈 치는 거지요. 우리가 저 섬을 잘 해결하면 정말 그렇게 될 겁니다."

"무슨 말인지 잘 모르겠어요."

굳이 알 필요도 없었다. 어깨를 으쓱한 로이드가 눈앞의 섬으로 눈을 돌렸다.

가까이에서 본 섬은 예상보다 더욱 컸다. 전체적으로 볼록 솟은 완만한 언덕 모양에 처음 보는 나무와 기묘한 바위들로 뒤덮여 있었다. 보트에 탄 사람들이 섬의 주변을 오가며 상륙할 곳을 찾고 있는 것이 보였다.

강가에 남아 있던 사람 중 로이드를 발견한 두 명의 남자가 이쪽으로 다가오기 시작했다.

"외백부님!"

아란이 소리친 것은 바로 그 순간이었다. 다가오는 남자들이 멈칫하더니 좀 더 빠르게 걸음을 옮겼다. 수상하다고 의심받는 것을 느낀 로이드가 한숨을 쉬었다.

"외백부님, 저 돌아왔어요!"

다시 한 번 소리친 아란이 고개를 갸웃했다. 그녀는 로이드에게 "지금 주무시나 봐요." 하고 속삭였다. 로이드는 뭐라고 대꾸해야 할지 몰라 침묵했다. 그 사이 남자들은 이제 얼굴이 보이는 거리까지 다가와 있었다. 둘 중 말쑥한 정장을 빼입은 젊은 남자가 입을 열었다.

"실례합니다만, 어떻게 오셨습니까?"

바로 그때 땅이 그그그궁 하고 진동했다. 갑작스러운 지진에 사람들이 비명을 질렀다. 가까스로 균형을 되찾은 로이드는 섬의 한쪽 끝에서 거대한 바위가 솟아오르는 것을 발견했다.

"외백부님!"

아란이 바위를 향해 반갑게 손을 흔들었다. 강물을 출렁이며 치솟은 바위에서 거대한 눈동자가 나타났다. 느리게 눈을 깜빡인 바위가 말했다.

─으음, 깜빡 졸았군.

"……거북?"

로이드가 어처구니없다는 듯이 중얼거렸다. 거대한 바위를 머리, 섬을 몸통이라고 친다면 확실히 거북과 같은 모습이었다. 화들짝 놀란 아란이 그의 팔을 잡으며 속삭였다.

"외백부님을 거북이라고 부르면 화내세요."

"거북이 아닌 겁니까?"

"거북과 닮은 용이시거든요."

용은 또 뭔가 싶었지만, 어쨌든 저 거대한 거북이 아란의 외백부인 듯했다. 내려달라고 발을 동동거리는 아란을 고쳐 안은 로이드가 거북을 향해 전진했다. 커다란 눈을 데굴거린 거북이 로이드를 바라봤다.

그가 우렁우렁 울리는 목소리로 물었다.

― 란아구나. 무사히 돌아왔느냐?

"네, 외백부님!"

― 그래. 갔던 일은 잘 끝났고?

입을 다문 아란이 난처한 듯 로이드를 바라봤다. 로이드는 그녀 대신 말했다.

"처음 뵙겠습니다. 아란의 약혼자인 로이드 헤센타인입니다."

― 호오?

거북이 뾰족한 턱끝을 로이드 쪽으로 내렸다. 반사적으로 움찔한 로이드가 애써 머리를 꼿꼿이 치켜들었다.

― 평범한 인간처럼 보이는데, 사실 인간으로 둔갑한 토지신이나 신수신가?

"다행히 평범한 인간입니다."

로이드의 대꾸에 거북이 껄껄 소리 내어 웃기 시작했다. 단지 웃는 것뿐인데도 땅이 진동하고 광풍이 휘몰아쳤다. 로이드는 바닥에 쓰러지지 않기 위해 안간힘을 써야 했다.

― 일개 인간의 몸으로 용왕의 외손녀를 감당할 수 있을까.

"솔직히 자신 없습니다만, 어떻게든 해볼 생각입니다."

흠 소리를 낸 거북이 입을 다물었다. 거짓말처럼 사방이 고요해졌다. 잠시 침묵하던 거북이 아란을 향해 말했다.

― 란아, 너도 동의한 일이더냐?

"저는 백작님의 소원을 들어드리기로 약속했어요."

풀이 죽은 아란이 말했다. 긴 한숨을 내뿜은 거북이 로이드에게 물었다.

- 인간의 꾀는 결코 지혜가 아니지. 하늘의 것을 탐한 죄는 무거운 법. 지금이라도 마음을 돌리는 것이 어떤가?

"제가 결정할 수 있는 일이 아닙니다."

로이드가 어깨를 으쓱했다. 거북이 느릿하게 고개를 끄떡였다.

- 이것이 선연이라면 어쩔 수 없구나.

"죄송해요, 외백부님."

아란이 조그맣게 사죄했다. 거북이 으음 하고 목을 울렸다.

- 내게 죄송할 건 없다만, 네 어미의 분노를 어찌해야 할지 모르겠구나.

"……화내실까요?"

- 화만 내면 다행이지.

아란이 겁먹은 듯이 어깨를 움츠렸다. 그것이 마음에 들지 않았던 로이드는 "어쩔 수 없는 일이면 미리 걱정할 필요도 없지 않습니까." 하고 말했다. 아란이 놀란 듯 그를 올려다봤다. 거북이 다시 껄껄 웃었다.

- 옳다. 미리 걱정해도 소용없을 일이지. 장강의 물이 넘치고 황해가 거꾸로 솟아도 어찌할까. 그 또한 인간의 힘으로는 어쩔 수 없는 일인 것을.0

어쩐지 불길하게 느껴지는 말이었다. 호란국의 황제는 상상 이상으로 골치 아픈 문제를 떠넘긴 게 분명했다.

아란이 걱정스럽게 물었다.

"외백부님은 이제 용궁으로 돌아가시나요?"

- 으음, 돌아가서 네 어미에게 시달리느니 서역 유람이나 하련다. 근처에 있을 테니 언제든 찾아오너라.

"네, 자주 찾아뵐게요."

둘의 대화를 들은 로이드는 속으로 신음을 삼켰다. 거대 거북이 켈빈 강을 휘젓고 다니는 걸 상상만 해도 위가 아팠다.

- 그럼 하류로 내려가 있어야겠구나. 여긴 물맛이 너무 별로야.

거대한 입을 쩝쩝거린 거북이 육중한 몸을 움직였다. 강 전체가 태풍이라도 만난 것처럼 출렁거렸다. 로이드는 넋을 놓은 사람들을 확인한 후에 잽싸게 몸을 돌렸다.

"우리도 이만 도망치죠."

"네?"

로이드는 아란에게 설명하는 대신 빠르게 걷기 시작했다. 그가 빠져나가려는 것을 눈치챈 남자들이 소리를 지르며 쫓아왔다. 개중엔 로이드를 아는 사람도 있었다.

"잠깐, 기다려주십시오. 백작님!"

속으로 혀를 찬 로이드가 휙 몸을 돌렸다. 얼굴이 청록색으로 변한 엘베른 시장이 손에 든 모자를 쥐어뜯으며 외쳤다.

"이게 대체 무슨 일입니까? 저 거북은 대체 뭐고요!"

"경, 목소리를 낮추십시오. 제가 직접 온 것을 보면 모르겠습니까? 이건 국가 기밀입니다."

위협적인 목소리에 놀란 시장이 얼른 입을 다물었다. 로이드는 일부러 오만하게 말했다.

"후일 제가 시간을 내어 설명해드리죠. 그러니 누구에게도 이 자리에서 들은 것을 발설하지 마십시오. 아시겠습니까?"

"예, 명심하겠습니다!"

시장이 차렷 자세로 말했다. 고개를 끄떡인 로이드는 결코 서두르는 것처럼 보이지 않게 몸을 돌려 걷기 시작했다.

'마차로 가는 건 힘들겠군.'

적당한 골목으로 빠져야겠다고 생각하는데 비명이 들렸다. 앞을 가로막는 병사를 밀어버린 사람들이 들소처럼 달려왔다. 로이드는 도망칠 틈도 없이 완벽하게 포위당하고 말았다. 사람들이 일제히 아우성을 쳤다.

"대체 저 이상한 거북이는 뭐죠?"

"왕실에서 개발한 비밀무기인가요?"

"전쟁입니까? 루스와 전쟁을 하는 건가요?"

"지금 무슨 일이 일어난 겁니까?"

사방에서 악악거리는 소리에 정신이 하나도 없었다. 두 눈을 동그랗게 뜬 아란이 무어라 말하려 했다. 재빨리 그녀의 입을 막은 로이드가 말했다.

"여러분, 저 거북이는……."

거짓말처럼 사람들이 조용해졌다. 계속 떠드는 사람은 옆에서 때려서 입을 다물게 했다.

로이드는 침묵 속에서 말을 이었다.

"저 거북은 호란국 사람입니다."

잠시 어리둥절해하던 사람들이 일제히 떠들기 시작했다.

"호란국? 호란국이 어디야?"

"호란국 사람들은 다 저렇게 이상하게 생겼나요?"

"그럼 호란국의 비밀병기인 겁니까?"

"호란국과 전쟁을 하는 건가요?"

로이드는 한 손을 들었다. 그는 즉시 조용해진 사람들을 둘러보며 진지하게 말했다.

"저 거북은 여기 계신 호란국의 황녀님을 모시고 온 사신입니다. 황녀님께서는 우리의 뛰어난 문화를 보고 배우기 위해 먼 길을 오셨다고 합니다. 무슨 말인지 다들 아시겠죠?"

사람들이 일제히 고개를 끄떡였다. 로이드도 마주 고개를 끄떡여주었다.

"좋습니다. 그럼 이제 길을 비켜주시겠습니까. 황녀님을 마차로 모셔야 합니다."

말이 끝나기 무섭게 사람들이 우르르 물러났다. 바다가 갈라지듯 길이 만들어졌다. 로이드는 망설이지 않고 걸음을 옮겼다. 사람들의 시선이 그의 품에 안긴 아란에게 쏟아졌다. 잠시 당황하던 아란이 이내 생긋 웃었다. 사람들의 입에서 감탄이 흘러나왔다.

"세상에. 우리 딸이 갖고 노는 인형이랑 똑같이 생겼네."

"쉿, 조용히 해. 황녀님이라잖아."

"자자, 어서 길을 비켜드려. 어서."

사람들은 모두 모자를 벗고 미소를 지으며 좋은 모습을 보여주려 애썼다. 그들의 친절에 감격한 아란이 두 손을 모으며 꼬박 고개를 숙였다.

"정말 고마워요."

인사의 효과는 굉장했다. 로이드는 귀청을 찌르는 환호에 움찔거렸다. 사람들은 모자를 흔들고 휘파람을 불며 열렬한 호응을 보냈다.

로이드는 서둘러 마차의 문을 열고 아란을 밀어 넣었다. 그는 함성을 피하듯 문을 닫으며 마부에게 명령했다.

"최대한 빨리 달려. 이번엔 포탄이 떨어져도 멈추지 마."

어서 저택으로 가서 이 골칫덩이 황녀님을 가둬놔야 안심할 수 있을 것 같다. 빠르게 달려가는 마차의 뒤에서 사람들이 모자를 흔들었다. 색색으로 흔들리는 그것은 꼭 환영의 꽃다발처럼 보였다.

## 02

## 친하게
## 지내요

로이드의 기상시간은 제법 이른 편이다. 새벽같이 일어나 검을 잡는 일이 습관이 된 터였다. 하지만 오늘은 눈을 뜨자 사방이 환하게 밝아져 있었다.

'늦잠을 잤나.'

로이드는 끙 소리를 내며 몸을 일으켰다. 어제의 피로가 풀리지 않았는지 목이 뻐근했다.

'그놈의 거북만 아니었어도.'

거대 거북에 대한 보고를 왕에게 올린 것이 실수였다. 시장의 징징거림을 듣기 싫었던 왕은 옳다구나 하고 모든 문제를 그에게 떠넘겼다. 덕분에 로이드는 저택으로 밀려드는 사람들에게 시달려야 했다.

'그냥 망명해버릴까?'

한숨을 쉰 로이드가 종을 울렸다. 잠시 후 들어온 것은 시중드는 하인이 아닌 집사였다. 그는 흠 하나 없는 태도로 인사했다.

"밤새 평안하셨습니까."

"무슨 일이 생겼나?"

로이드의 목소리가 절로 날카로워졌다. 고개를 숙인 집사가 "황녀님이 사라지셨습니다." 하고 말했다. 로이드는 머리가 띵해지는 것을 느꼈다.

아란은 저택에서 깨끗이 증발했다. 그녀의 시중을 든 하녀는 황녀님이 잠자리에 드는 걸 보았다고 증언했다. 밤새 경비를 선 이들 역시 아란이 밖으로 나가는 것을 보지 못했다.

"지금이라도 저택 밖을 수색해서······."

"아니, 됐다."

집사의 말을 끊은 로이드는 자리에서 일어섰다. 머릿수가 많다고 찾을 수 있는 상대가 아니다. 새로 변할 수도, 동물을 부릴 수도 있는 소녀니까.

"내가 직접 찾지."

"하지만······."

무어라 만류하던 집사가 그의 얼굴을 보고 입을 다물었다. 말을 꺼내놓으라고 지시한 로이드는 곧바로 정원으로 향했다.

'너무 방심했어.'

로이드는 주먹을 꽉 움켜쥐었다. 평범한 소녀가 아닌 것을 알면서도 아무런 조치를 하지 않았다. 옆에 있겠다는 약속을 철석같이 믿어버린 것이다. 다시 생각해도 멍청하기 짝이 없었다.

꽥!

분수대 근처에서 어슬렁거리던 학이 반갑게 그를 맞았다. 아란과 함께 미꾸라지를 던져준 탓인지 조금도 경계하지 않았다. 로이드는 시끄럽게 구는 학을 진정시키며 물었다.

"아란이 어디 있는지 아나?"

눈을 끔뻑거린 학이 다시 꽥 소리를 냈다. 일말의 기대가 사라진 로이드가 몸을 돌렸다. 아란의 목소리가 들려온 것은 바로 그때였다.

"백작님?"

로이드는 반사적으로 고개를 들었다. 분수대 옆 나무 위에서 바스락거리는 소리가 났다. 그는 급히 나무 아래로 다가가며 물었다.

"아란? 거기서 뭐 하는 겁니까?"

"……죄송해요. 늦잠을 잤어요."

풀죽은 소녀의 목소리가 무성한 나뭇잎 사이에서 들렸다. 기가 막혀 입을 벌렸던 로이드가 이를 악물고 말했다.

"대체 왜 거기서……. 아니, 됐습니다. 빨리 내려와요."

"하지만 아직 단장을 안 했어요. 머리도 엉망이고요."

"단장 안 해도 예쁩니다. 그러니 제발 좀 내려와요."

애원에 가까운 말에 놀란 아란이 서둘러 나무에서 내려왔다. 로이드는 깃털처럼 가볍게 떨어지는 몸을 받아 안았다. 폭 안겨든 체온에 그제야 마음이 놓였다.

"무슨 일 있으세요?"

아란이 고개를 갸웃하며 물었다. 길게 늘어뜨린 머리 때문에 어제보다 더 어려 보였다. 로이드는 어깨를 으쓱하며 말했다.

"아란, 당신이 도망간 줄 알았습니다."

"네? 제가요? 왜 그런 생각을 하셨어요?"

아란이 눈을 동그랗게 뜨며 물었다. 대답이 궁해진 로이드는 말을 돌렸다.

"왜 정원에서 잔 겁니까?"

"앗, 그게…….."

얼굴이 빨개진 아란이 손을 꼼지락거렸다. 어쩔 줄 몰라 하던 그녀가 말했다.

"흉보지 않는다고 약속해주세요."

"약속하겠습니다."

로이드의 약속에도 한참이나 망설이던 아란이 고백했다.

"사실 전 밤에 혼자 못 자요. 무서워서요."

소곤소곤 속삭이는 목소리는 부끄러움 때문인지 무척 작았다. 로이드의 눈치를 살핀 아란이 말을 이었다.

"어제는 혼자 자보려고 했는데. 침대가 너무 크고 푹신푹신해서 잠이 안 왔어요."

"……그래서요?"

"다람쥐에게 부탁해서 둥지에서 잤어요."

다람쥐 둥지 따위에 들어가 있으니 찾을 수 있을 리가. 로이드는 긴 한숨을 내쉬었다.

그를 올려다본 아란이 물었다.

"화나셨어요?"

"화 안 났습니다."

"하지만 얼굴이 무서운걸요."

무섭다고 말하는 아란에겐 조금의 경계심도 비치지 않았다. 로이드는 제 얼굴을 빤히 올려다보는 시선을 피했다.

"그럼 다람쥐를 질투한 거라고 해두죠."

아란이 고개를 갸웃했다. 로이드는 굳이 설명하지 않고 몸을 돌렸다. 학이 종종걸음으로 그들을 쫓아왔다. 잠시 말이 없던 아란이 입을 열었다.

"죄송해요. 제가 백작님을 곤란하게 한 거죠?"

로이드는 우뚝 걸음을 멈췄다. 그를 올려다보는 까만 눈동자는 조금의 흔들림도 없었다.

잠깐 망설이던 로이드가 입을 열었다.

"저는…… 타인을 믿는 것에 익숙하지 않습니다. 그래서 당신이 약속을 어기고 사라졌다고 생각하자 화가 났습니다. 당신을 믿었던 저한테요."

놀란 듯이 눈을 깜빡인 아란이 웃었다.

"선인은 거짓말을 하지 않아요. 약속을 어기지도 않고요."

"……그렇군요."

"믿으세요. 저는 백작님과의 약속을 지킬 거예요."

인정하고 싶지 않지만, 그 말에 마음이 놓였다. 로이드는 굳은 얼굴이 풀어지는 것을 느끼며 쓰게 웃었다. 상대를 속이면서도 배신당하지 않길 바라다니. 이기적이었다.

"배고프지 않습니까?"

갑작스러운 화제 전환에 놀란 아란이 눈을 깜빡였다. 로이드는 그것을 모른 척 말을 이었다.

"아침부터 뛰어다녔더니 배가 고프군요. 식사하러 가지요."

용케 식사라는 말을 알아들은 학이 시끄러운 울음소리를 냈다. 로이드는 퍼덕거리는 학을 무시하며 저택으로 발걸음을 옮겼다.

호란국의 황녀이자 로이드의 약혼녀인 아란의 등장은 주방장을 긴장시키기 충분했다.

성게 알을 올린 수란으로 시작해서 레몬을 곁들인 연어 샐러드, 증기로 찐 쌀을 갈아서 만든 수프나 향초로 속을 채워서 구운 새끼 양고기, 돼지 방광에 넣어 구워낸 소금 닭구이, 얇게 썬 소고기 사이에 치즈를 끼워 쌓아올린 요리까지. 접시마다 잔뜩 힘이 들어간 것이 보였다. 하지만 화려한 요리를 앞에 둔 아란의 얼굴은 어두웠다.

"죄송해요. 못 먹겠어요."

제 앞에 놓인 접시와 로이드의 얼굴을 번갈아 보던 그녀가 힘겹게 고백했다. 스푼으로 수프를 휘젓던 로이드가 물었다.

"어제도 식사를 걸렀잖습니까. 하나도 못 먹겠습니까?"

눈치를 보던 아란이 조심스레 고개를 끄떡였다. 생각보다 까다로운 식성이라고 생각한 로이드가 다시 물었다.

"평소에 뭘 먹는 겁니까?"

"복숭아요."

아란이 당연하다는 듯이 말했다. 이어질 말을 기다리던 로이드가 재촉했다.

"그리고요?"

"음, 복숭아가 없을 때는 대추나 말린 꽃잎을 먹었어요. 간식으로 대나무 열매나 오동나무 열매도 먹고요."

얼핏 들어도 맛있게 느껴지진 않는 음식이었다. 한숨을 쉰 로이드가 말했다.

"다른 걸 먹어보고 싶진 않았습니까?"

"복숭아도 맛있는걸요."

배시시 웃은 아란이 답했다. 78년 동안 복숭아만 먹다니. 어떤 의미에선 대단한 아가씨였다.

로이드는 제 앞에 놓인 메추라기에서 고기를 발라 그녀의 접시에 놓아주었다.

"이것도 먹어봐요. 맛있습니다."

"이건 뭔가요?"

아란이 호기심 어린 눈으로 물었다. 그때 새로운 요리를 갖고 들어온 하인이 접시를 내려놓으며 말했다.

"꿀을 바른 다람쥐 구이입니다. 뼈는 제거했으니 그냥 드시면 됩니다."

아란의 얼굴에서 핏기가 가셨다. 속으로 혀를 찬 로이드는 접시를 아란의 쪽으로 밀며 재촉했다.

"다람쥐는 아닙니다. 걱정하지 말고 들어요."

와인에 재워 구운 메추라기이니 거짓말은 아니었다. 한동안 망설이던 아란이 포크로 작은 조각을 콕 찍어 입에 넣었다. 눈을 질끈 감고 입에 든 것을 오물거리더니 한참이 지나서야 겨우 삼켰다.

로이드는 살며시 눈을 뜨는 아란을 보고 피식 웃었다.

"어떻습니까? 맛있죠?"

수줍게 웃은 아란이 무어라 말하려 했다. 하지만 입을 연 순간 작은 기침이 튀어나왔다. 손으로 입을 가린 그녀가 다시 콜록콜록 기침했다. 로이드가 주스잔을 내미는 순간 아란이 왈칵 피를 토했다.

"아란!"

놀란 로이드가 자리에서 벌떡 일어났다. 그 사이에도 쿨럭이며 피를 쏟아낸 소녀가 힘없이 쓰러졌다. 로이드는 의자에서 굴러떨어지는 아란을 간신히 붙잡을 수 있었다. 의식을 잃은 작은 몸이 축 늘어졌다. 로이드는 그녀를 안아 들며 소리쳤다.

"의사를 불러와, 빨리!"

비명 같은 외침에 멍하게 서 있던 사람들이 급히 뛰어나갔다. 로이드는 떨리는 손으로 아란의 목을 짚었다. 숨소리도 맥박도 더없이 약해져 있었다. 핏기가 사라진 입술은 파리한 보라색에 가까웠다.

"아란, 정신 차려요. 제발."

로이드는 애원하듯 말했다. 고통받는 소녀를 보면서도 아무것도 해줄 수가 없었다. 의사가 올 때까지 버티길 기도할 뿐이었다.

그때였다. 아란의 심장 위에서부터 희미한 빛이 흘러나왔다. 창백하리만큼 새하얀 빛이었다. 빛은 점점 커지더니 그녀의 전신을 휘감은 후 사라졌다. 반사적으로 눈을 감았다 뜬 로이드는 흠칫했다.

"……아란?"

그의 품에 안겨 있는 것은 조그마한 소녀가 아니었다. 긴 검은 머리의 이국적인 미녀가 파리한 안색으로 눈을 감고 있었다.

할 말을 잃은 로이드는 멍하게 그녀의 얼굴을 바라봤다.


"음, 확실합니다."

왕의 주치의인 닥터 브래드모어가 말했다.

"황녀님은 그냥 주무시고 계신 겁니다."

진료를 끝낸 그는 소녀의 손목을 놓아주었다. 옆에서 성난 늑대처럼 어슬렁거리던 로이드가 물었다.

"그런데 왜 깨어나지 못하는 겁니까?"

"아무래도 여독이 쌓이신 게 아닐까요?"

이미 백작가의 주치의가 황녀님은 수면 중이며 아무 이상 없다는 진단을 내린 상태였다. 하지만 로이드는 그를 믿지 못하고 사방에서 의사를 끌고 왔다. 결국, 보다 못한 왕이 자신의 주치의에게 황녀의 상태를 살피라는 명령을 내린 것이다.

"피를 토하고 쓰러졌단 말입니다. 어떻게 아무 이상이 없을 수 있습니까."

로이드는 거의 화를 내며 말했다. 난처한 얼굴로 변한 브래드모어가 설명했다.

"검사를 해봤지만, 메추라기 요리나 식기는 아무런 문제가 없었습니다. 황녀님의 몸에서도 독이 검출되지 않았고요. 원하신다면 황녀님이 깨어나신 후 다른 검사를 해보겠습니다."

그의 주치의가 했던 것과 똑같은 말이었다. 한숨을 쉰 로이드는 털썩 의자에 주저앉았다. 시약병을 정리하던 브래드모어가 웃었다.

"백작님을 아이 때부터 보아왔지만, 이런 모습은 처음 뵙는 것 같군요. 왕께서 좋은 짝을 골라주신 것 같습니다."

로이드는 아무런 대답도 하지 않았다. 개의치 않고 작별인사를 건넨 브래드모어가 방을 나섰다. 달칵. 문이 닫히는 소리에 로이드가 숙인 고개를 들었다. 그는 침대에 누운 소녀를 바라보다 입을 열었다.

"언제 일어날 겁니까?"

아란은 이틀이 지난 지금까지도 눈을 뜨지 못했다. 한숨을 쉰 로이드는 아란의 손을 움켜쥐었다. 그의 것에 비하면 반도 안 되는 작은 손이다.

로이드는 과거 믿었던 자에 의해 독을 먹은 적이 있었다. 온몸이 타들어가는 것 같던 고통과 배신감이 아직도 생생했다. 제가 아란에게 그런 짓을 한 것 같아 괴로웠다. 쓰러지는 순간 그녀는 무슨 생각을 했을까.

"미안합니다. 아란. 제가 잘못했습니다."

이런 걸 원한 게 아니었다. 깜짝 놀라며 맛있어하는 얼굴을 보고 싶었을 뿐이다. 새로 변하는 소녀에게 메추라기를 권한 것이 문제였을까.

"이제 싫은 걸 강요하지 않을 테니, 그만 일어나요."

그때였다. 거짓말처럼 조그마한 손이 꼬물꼬물 움직였다. 로이드는 숨 쉬는 것도 잊고 아란을 바라봤다. 미간을 찌푸린 소녀가 다른 손으로 눈을 비볐다. 까만 눈동자가 눈꺼풀 아래서 모습을 드러냈다. 눈을 깜빡이던 아란이 의아한 얼굴로 물었다.

"……백작님? 제가 또 늦잠을 잤나요?"

몸을 일으키려던 아란이 "아야." 소리를 냈다. 화들짝 놀란 로이드가 그녀를 부축했다.

"괜찮습니까? 의사를 부를까요?"

"아니에요. 조금 따끔했을 뿐이에요. 이제 괜찮아요."

"따끔했다고요? 어디가 아픈 겁니까?"

다그치는 그를 올려다보던 아란이 고개를 갸웃했다. 제가 너무 호들갑을 떤 것을 깨달은 로이드가 입을 다물었다. 아란이 생긋 웃으며 말했다.

"전 정말 괜찮아요. 아프지도 않고요."

"괜찮지 않습니다. 당신은 피를 토하고 쓰러졌어요. 이틀 만에 겨우 깨어난 겁니다."

"앗, 정말요?"

아란이 놀란 얼굴로 제 몸을 더듬었다. 고개를 갸웃한 그녀가 "하지만 이젠 아프지 않은걸요." 하고 말했다.

로이드는 깊은 한숨을 쉬었다.

"아란, 전 당신을 속였습니다. 당신이 먹은 건 메추라기 고기였어요."

아란의 눈이 동그랗게 변했다. 로이드는 차마 그녀의 눈을 마주하지 못하고 말을 이었다.

"악의가 있어서 그런 건 아닙니다. 그게 당신에게 해가 될 줄 몰랐습니다."

"아, 그렇구나. 그게 고기였군요."

멍하게 있던 아란이 고개를 크게 끄떡였다. 그녀는 수줍게 웃으며 말했다.

"고기는 처음 먹어봤어요. 복숭아와는 좀 다르지만, 굉장히 맛있었어요. 고마워요."

로이드는 잠시 할 말을 잃었다. 그는 이해할 수 없는 생물을 보듯 아란을 바라봤다.

"왜 화내지 않는 겁니까? 저 때문에 죽을 뻔했는데요."

"하지만 백작님은 저를 해치려고 하신 게 아니잖아요. 제가 먹고 맛있어했으면 좋겠다고, 그렇게 생각해서 고기를 주신 거죠?"

"……."

"그리고 정말 맛있었는걸요. 아마 백작님이 아니었다면 평생 먹어보지 못했을 거예요."

로이드는 생전 처음 느끼는 이상한 기분에 사로잡혔다. 당혹감에 얼굴을 가리자 "백작님?" 하고 부르는 소리가 들렸다. 그는 슬쩍 고개를 돌리며 변명했다.

"피곤해서 그럽니다. 이틀 동안 제대로 못 잤거든요."

"저 때문인가요? 죄송해요. 어떡하지."

안절부절못하던 아란이 조그마한 베개를 두드리며 "지금이라도 주무실래요?" 하고 물었다.

로이드는 저도 모르게 피식 웃었다.

"됐습니다. 그것보다 당신 이야기나 해봐요. 고기는 아예 못 먹는 겁니까? 다른 위험한 건 없습니까?"

놀란 듯이 눈을 깜빡인 아란이 손을 꼼지락거렸다. 잠깐 망설이던 그녀가 입을 열었다.

"선계에 있을 때는 과일이나 꽃만 먹었어요. 다른 건 먹어보지 않아서 잘 모르겠어요."

"말린 과일이나 절인 과일도 괜찮습니까?"

"음, 말린 과일은 먹어봤는데, 절인 과일은 먹어본 적이 없어서요."

과일만 먹는다니 정말 새 같았다. 로이드는 그녀에게 새고기를 먹인 것이 좀 더 미안해졌다.

잔뜩 풀이 죽은 아란이 말을 이었다.

"제가 제대로 된 선인이 아니라서 그래요."

"그건 또 무슨 소립니까?"

"다른 선인들은 고기를 먹어도 아무렇지 않거든요. 저만 다른 걸 못 먹고 아프니까, 괜히 다른 분들을 걱정시키고……."

로이드는 고개 숙인 아란의 머리를 쓰다듬었다. 화들짝 놀라 고개를 든 아란이 뺨을 빨갛게 물들였다. 멈칫해서 손을 뗀 로이드가 말했다.

"고기를 못 먹는 건 당신 잘못이 아닙니다. 그런 걸로 미안해할 필요는 없어요."

"백작님은 정말 상냥하신 분이세요."

자신과 전혀 어울리지 않는 말에 헛기침한 로이드가 화제를 돌렸다. 사실 꼭 물어보고 싶은 이야기도 있었다.

"아란, 당신이 정신을 잃었을 때 좀 이상한 일이 있었습니다."

"이상한 일이요?"

"당신의 모습이 변했습니다. 지금보다 좀 더 자란 모습으로요."

말하면서도 현실성이 없었지만, 사실이었다. 피를 토하고 쓰러진 아란이 빛과 함께 눈부신 미녀로 변했던 것이다. 알겠다는 듯이 고개를 끄떡인 아란이 말했다.

"봉인이 풀렸었나 봐요."

"봉인이요?"

"네, 왕모님께서 제게 걸어둔 봉인이요."

"무슨 말인지 모르겠군요. 설명해줄 수 있습니까?"

며칠 전이라면 그냥 넘어갔겠지만, 이번엔 그러고 싶지 않았다. 자신의 무지로 해를 끼치는 일은 피하고 싶었다.

불안하게 눈을 깜빡인 아란이 "설명하려면 좀 길어요."라고 했다.

로이드는 어깨를 으쓱하며 상관없다는 뜻을 표했다.


인간이 선인이 되는 방법은 크게 두 가지였다. 수행을 통해 인간의 한계를 벗어나는 것과 선단이라고 불리는 약을 먹고 불로불사를 얻는 방법이다. 이렇게 선인이 되어 신선의 세계로 들어가는 것을 등선(登仙)이라고 한다.

"그런데 저는 둘 중 어느 쪽도 아니었어요."

아란이 조금 쓸쓸하게 덧붙였다.

78년 전, 호란국에서는 황위를 노린 반역이 일어났다. 당시 갓난아기였던 아란도 환란에 휘말렸다. 어린 궁녀의 품에 안겨 황궁을 빠져나왔지만, 곧 추격자들에게 쫓기는 신세가 되었다.

"그때 저를 안고 도망쳤던 궁녀, 화연이 숨은 곳이 바로 청원진군의 사당이었어요. 아 참, 사당은 신을 모시는 곳이에요."

청원진군은 홍수를 다스리는 신이자 역병을 물리치는 아이들의 수호자였다. 죽음을 앞둔 궁녀는 신상에 매달려 황녀를 구해달라고 기도했다.

그녀의 기도가 하늘에 닿아 천신을 불렀다. 청원진군은 궁녀의 소원대로 아란을 양녀로 거두어 선계로 돌아갔다.

"왕모님은 무척 곤란해하셨어요. 저는 수행을 쌓은 것도 아니고 선단을 먹은 것도 아니라서 굉장히 애매한 상태였거든요."

골머리를 앓던 왕모는 아란을 약수(弱水)물로 씻기고 선도(仙桃)를 먹여 인간의 때를 벗겨냈다. 결국, 아란은 인간의 육신을 지닌 채로 선인이 되었다.

"저는 다른 선인들보다 부정한 것에 약해요. 보통의 선인들은 늙지 않지만, 저는 나이를 먹거나 늙을 수도 있다고 들었어요. 그래서 왕모님이 제게 봉인을 거신 거예요."

"그럼 당신은 앞으로 계속 어린 모습으로 살아야 한단 말입니까?"

이야기를 듣던 로이드가 더는 참지 못하고 입을 열었다. 아란의 말이 사실이라면 그녀는 무려 70년 이상을 어린아이의 모습으로 살아왔다는 말이 된다. 로이드에게 그건 형벌이나 다름없는 삶처럼 느껴졌다.

"아니에요. 앞으로 120년만 기다리면 봉인을 풀 수 있어요."

"……120년이요?"

"네, 선계의 복숭아 중에는 반도[10]라고 불로불사의 능력을 주는 것이 있어요. 3천 년에 한 번씩 열리는 거라 주인이 정해져 있는데, 어떤 분이 저에게 양보해주셨어요."

아란이 발그레해진 얼굴로 말했다. 로이드는 그녀의 시간감각이 저와 상당히 다르다는 것을 느꼈다. 120년 정도는 아무렇지도 않게 기다릴 수 있을 정도로.

"그렇군요."

달리 할 말이 없었던 로이드는 고개를 끄떡였다. 어쩐지 멍해진 기분이었다. 덩달아 고개를 끄떡인 아란이 말했다.

"그러니 저에게 미안해하지 않으셔도 돼요."

"……"

"제가 3년 동안 여기 있는 것도, 제 몸이 약한 것도 백작님의 잘못이 아니에요. 그러니 미안하지 마세요. 저는 정말 괜찮아요."

로이드는 환하게 웃는 그녀를 보며 생각했다. 이건 정말 천상의 생물이라고. 그렇지 않으면 이런 미소를 지을 수 있을 리가 없으니까.

"다 나으면 공중정원에 놀러 갈까요? 시계탑이나 동물원도 좋겠군요."

---

10 불로장생을 주는 복숭아. 서왕모의 복숭아밭에서 열린다. 품종에 따라 3천 년에서 9천 년 사이에 한 번씩 열리는데, 열매는 맺는 데 오래 걸리는 것일수록 성능이 좋아 오래 살게 해준다. 다만 복숭아를 먹어도 수행을 그만두면 아무 소용이 없다고 한다.

로이드는 조금 충동적으로 내뱉었다. 새처럼 고개를 갸웃한 아란이 말했다.

"전 벌써 다 나았어요."

"그럼 당장 공중정원으로 가야겠군요."

"앗, 안 돼요. 백작님은 지금 주무셔야 해요. 무척 피곤해 보이세요."

두 손을 파닥거린 아란이 그의 소매를 잡아끌었다. 조그마한 베개를 팡팡 친 그녀가 "자요, 어서 누우세요." 하고 재촉했다.

로이드는 얼떨결에 침대에 누웠다. 이불을 끌어와 덮어준 아란이 그의 가슴을 토닥토닥 두드렸다.

"자장자장."

"잠깐만요. 아란, 이런 상태로는 도저히……."

"눈을 감으셔야죠."

아란이 제법 엄하게 말했다. 한숨을 쉰 로이드가 눈을 감았다. 자장자장 소리와 함께 조그마한 손이 가슴을 다독이는 것이 느껴졌다.

'이런다고 잘 수 있을 리가.'

그렇게 생각한 순간, 거짓말처럼 의식이 흐려졌다. 로이드는 순식간에 잠에 빠졌다. 잠들기 직전 작은 웃음소리가 들린 것 같았다.

"안녕히 주무세요. 백작님."


이틀 동안 농땡이를 피운 로이드의 책상에는 처리할 일감이 산더 미처럼 쌓여 있었다. 일부는 그의 결재를 기다리는 서류였지만, 대부분은 파티나 티타임의 초청장이었다. 로이드는 책상을 뒤덮은 서신을 보고 혀를 내둘렀다.

"엘베른의 모든 파티 초대장이 다 모여 있는 것 같은데."

"설마요. 답신을 써야 하는 것들만 추려낸 겁니다. 나머지는 저쪽에 있고요."

그의 서기이자 비서를 겸하고 있는 제임스 호프가 벽난로 앞의 커다란 바구니를 가리켰다. 바구니를 꽉 채우고도 모자라 밖으로 흘러나온 서신을 본 로이드가 입을 다물었다. 제임스가 다시 한 묶음의 초대장을 건넸다.

"꼭 참석하셔야 할 것 같은 초대장은 따로 묶어봤습니다."

선왕의 사생아인 로이드는 사교계에서 썩 환영받는 존재가 아니었다. 젊고 호기심 많은 귀부인들은 그를 좋아했지만, 대부분의 귀족은 없는 사람으로 취급했다. 그런 그를 초대하려고 난리인 것은 '호란국의 황녀' 때문이었다.

로이드는 대놓고 혀를 찼다.

"구경하고 싶어서 아주 안달이 나셨군. 저택에 쳐들어오지 않은 게 다행인가."

"아, 하워드 경께서 벌써 다섯 번이나 방문 허락을 구하는 서신을 보내셨습니다. 황녀님이 병환 중이라는 핑계로 거절했지만, 곧 쳐들어오실 기세입니다."

"그럼 쳐들어올 때까지 거절해."

"……백작님."

로이드는 울상을 짓는 제임스를 모른 척하며 서류를 넘겼다. 초대장을 제외한 서류도 하루 안에 처리할 수 있는 양이 아니었다. 한숨을 쉰 그가 중얼거렸다.

　"공중정원에 가기로 했는데."

　"아, 황녀님을 데려가시려고요?"

　제임스가 잔뜩 들뜬 목소리로 말했다. 그는 무척 흐뭇한 얼굴로 "잘됐군요. 분명 좋아하실 겁니다." 하고 고개를 끄떡였다. 로이드는 기묘한 기분으로 그를 쳐다봤다.

　"내가 모르는 사이에 둘이 꽤 친해진 모양이군."

　싱긋 웃은 제임스가 품에서 기름종이에 싼 사탕을 꺼냈다. 그는 그것을 자랑하듯 로이드 앞에 흔들며 말했다.

　"어제 황녀님께 얻은 겁니다. 몸은 좀 괜찮으시냐고 여쭤봤더니 걱정해줘서 고맙다고 나눠주셨습니다."

　로이드도 이미 들은 이야기였다. 이틀 만에 눈을 뜬 아란은 저 때문에 고초를 겪었을 주방장이 걱정되었던 모양이다. 그녀는 로이드를 재우자마자 주방으로 내려가 주방장의 손을 붙잡고 사과했다. 감격한 주방장은 과일과 설탕으로 사탕을 만들어 그녀에게 바쳤고, 아란은 그것을 모두에게 나눠주었다. 로이드만 빼고.

　"정말 귀여우신 분입니다. 무척 상냥하시고요. 처음엔 어떻게 될지 걱정했는데, 백작님도 퍽 마음 써주시는 것 같아 안심했습니다."

　말없이 그를 노려보던 로이드가 손을 뻗었다. 순식간에 사탕을 빼앗긴 제임스가 "백작님!" 하고 소리쳤다. 하지만 이미 사탕은 로이드의 입안으로 사라진 뒤였다.

"너무하십니다. 단걸 좋아하지도 않으시잖아요!"

울상이 된 제임스가 항의했다. 설탕으로 단단히 굳힌 사탕을 우적우적 씹어 삼킨 로이드가 입을 열었다.

"보석상을 불러야겠군."

"보석상은 갑자기 왜…… 아, 황녀님께 드릴 거군요."

즐거워하는 제임스의 모습에 로이드는 괜히 변명해야 할 것 같은 기분이 되었다.

"별 의미는 없어. 혼인선물도 못 했고 당분간 외출도 어려울 것 같으니까."

"그럼 반지로 만들 보석 위주로 보실 겁니까?"

"아니, 목걸이나 머리장식에 사용할 것으로."

워낙 활동적인 소녀라 팔찌나 반지를 끼워주면 거추장스러워 할 것 같았다. 안 그래도 똑같은 머리장식만 하고 다니는 것이 거슬리던 참이다.

"참, 호란국에선 혼인할 여인에게 반지가 아니라 머리장식을 선물한다고 들었습니다."

제임스가 싱글거리며 덧붙였다. 멈칫한 로이드가 좀 더 빠르게 서류를 넘겼다.

벌컥 문이 열린 것은 바로 그때였다. 왁자지껄한 소리와 함께 한 무더기의 사람들이 안으로 밀려들었다. 제일 앞에 있는 것은 당장 울 것 같은 얼굴의 아란이었다. 소녀의 표정에 놀란 로이드가 자리에서 벌떡 일어섰다.

"주군, 황녀님께서 뭘 그리셨는지 좀 보십시오."

"황녀님, 어서 보여드리세요. 좋아하실 겁니다."

아란을 앞으로 밀며 히죽거리는 놈들은 로이드의 기사였다. 군공을 세워 기사가 된 자가 대부분이라 귀부인에 대한 예의를 알 리가 없었다. 아란의 등을 쿡쿡 찌르는 손을 본 로이드가 얼굴을 굳혔다.

"뭐 하는 짓거리야!"

화가 난 그의 목소리에 움찔한 아란이 들고 있던 것을 내밀었다. 둘둘 말린 두루마리였다. 반사적으로 그걸 받아든 로이드가 "이건 뭡니까?" 하고 물었다.

얼굴이 빨개진 아란이 고개를 저었다. 두루마리를 펼친 로이드는 깜짝 놀랐다. 섬세한 선으로 그의 모습이 그려져 있었다.

"이건 저군요. 아란이 그렸습니까?"

로이드의 물음에 아란의 얼굴이 더욱 빨개졌다. 신이 난 기사들이 왕왕 떠들었다.

"홀에 걸린 주군의 초상화를 보면서 그리고 계셨습니다. 이왕이면 실물을 보고 그리는 게 좋지 않겠습니까."

"약혼자가 그리워 그림이나 그리게 하시다니. 너무 무정하시지 말입니다."

"이렇게 귀여운 약혼녀를 내버려두고 서류가 눈에 들어오십니까."

로이드는 당장 울음을 터트릴 것 같은 아란을 안아 들었다. 분노를 참기 위해 이를 간 그가 "당장 꺼져." 하고 으르렁거렸다. 주인의 심기를 건드렸다는 것을 눈치챈 기사들이 순식간에 도망쳤다.

"좋은 시간 되십쇼!"

"아니, 저는 왜 끌고 가는 겁니까!"

기사들의 손에 붙잡힌 제임스가 비명을 질렀다. 아무도 그에게 답해주지 않았다. 달칵 문이 닫히자 시끌시끌하던 집무실이 거짓말처럼 고요해졌다.

"아란?"

로이드는 여전히 꼼짝도 않는 아란을 조심스럽게 불렀다. 그의 목을 꼭 껴안고 있던 소녀가 고개를 들었다. 까만 눈동자에 눈물이 조롱조롱 맺혀 있었다. 놀란 로이드가 그녀의 등을 다독거렸다.

"왜 우는 겁니까?"

"그냥, 그냥 심심해서 그린 거였어요. 붓이 없어서 엉망으로 그렸는데. 백작님께 보여드릴 줄 알았으면 더 열심히 그렸을 텐데."

기사들의 놀림이 마음에 박힌 모양이다. 로이드는 얼른 그녀를 둥기둥기 어르며 달랬다.

"잘 그렸던걸요. 솔직히 깜짝 놀랐습니다. 그림을 배웠습니까?"

"조금이요."

아란의 뺨이 다시 붉어졌다. 로이드는 그녀를 품에 안은 채 다시 책상 앞에 앉았다. 그는 색이 고운 서신을 끌어와 비어 있는 뒷장을 펼쳤다.

"여기 다른 것도 그려보세요."

손에 펜을 쥐여주자 조그마한 머리가 연신 갸웃거렸다. 뭘 그릴지 고민하는 것 같았다.

"해치는 어떻습니까? 개와 비슷한 것 같던데, 어떻게 생겼는지 궁금하군요."

로이드의 제안에 고개를 끄떡인 아란이 펜을 꼭 쥐고 열심히 그림을 그렸다. 깃펜이 익숙하지 않은지 손끝에 자꾸만 잉크가 묻었다. 아란이 손가락을 까맣게 물들이며 그려낸 것은 개와 전혀 닮지 않은 생물이었다.

"이게 해치라고요?"

길쭉한 머리와 몸통은 양과 비슷했고, 두꺼운 앞발은 사자와 닮았다. 짐승의 이마엔 그리 길지 않은 뿔 하나가 달려 있었다. 어디가 개와 닮았다고 생각한 건지 조금 궁금했다.

"네, 해치는 굉장히 똑똑하고 착해요. 백작님도 해치를 보면 분명 좋아하실 거예요."

"그렇군요. 언젠가 볼 수 있었으면 좋겠습니다."

로이드는 손수건을 꺼내 잉크로 얼룩진 손가락을 닦아주었다. 수줍게 얼굴을 붉힌 아란이 손을 꼼지락거렸다. 잠시 망설이던 로이드가 물었다.

"아란, 많이 심심했습니까?"

시무룩해진 소녀가 고개를 숙였다. 로이드는 조그마한 머리통을 살살 쓸었다.

"혼내려는 게 아닙니다. 혼자 내버려둔 것이 미안해서요."

"요지궁에 있을 때는 항상 바빴어요. 왕모님의 시중도 들고 심부름도 해야 했거든요. 그런데 여기선 제가 할 일도 없고 도와주려고 해도 다들 싫대요. 저도 할 일이 있었으면 좋겠어요."

귀한 황녀에게 일을 시킬 사람이 있을 리가 없다. 하지만 시무룩한 얼굴을 보자 도저히 안 된다는 말이 나오지 않았다.

"당신을 무시하는 게 아닙니다. 먼 길을 와서 힘들까 봐 쉬게 해주려는 겁니다. 며칠 전엔 쓰러지기까지 했잖습니까."

"하지만 이제 다 나았는걸요."

"좋아요. 그럼 일을 주겠습니다. 대신 힘들면 바로 그만둬야 합니다."

아란의 얼굴이 환해졌다. 활짝 웃는 그녀를 보고 따라 웃던 로이드는 한숨을 삼켰다. 자꾸 이렇게 져주면 안 되는데 진짜 버릇이 된 것 같았다.


결국, 아란은 정원사에게 부탁해서 그의 조수가 되었다. 정원 한쪽에 구근식물을 심는 임무를 맡은 그녀는 오후 늦게까지 열심히 일했다. 조그마한 삽으로 흙을 파고 구근을 묻는 모습이 무척이나 진지했다.

로이드는 그녀의 옆에서 비료 포대를 옮기고 굳은 땅을 가는 일을 도맡았다. 뒤늦게 쫓아온 제임스가 기가 막혀 했지만, 어쩌다 보니 그도 함께 정원을 가꾸는 신세가 되었다. 결국, 해가 꼴깍 넘어간 뒤에야 구근 심기가 끝났다.

"정원사를 잘라야겠어."

로이드는 지쳐서 잠든 아란을 옮기며 이를 갈았다. 제임스가 어이없다는 표정을 지었다.

"정원사에게 무슨 죄가 있습니까. 백작님이 너무 열심히 하셔서 이렇게 된 거잖아요."

"내가 뭘?"

"진짜 몰라서 물으시는 건 아니죠?"

딴청을 부리는 로이드를 노려본 그가 "쟁기질하실 시간에 서류를 보셨으면, 진작 놀러 가셨겠습니다!" 하고 툴툴거렸다. 로이드는 이번에도 못 들은 척했다.

다음 날, 정원사는 아란에게 가지치기를 시켰다. 작은 덤불을 다듬는 일이었지만, 날붙이를 사용하는 터라 걱정이 되었다. 하지만 어제의 일로 교훈을 얻은 제임스는 로이드가 정원에 눌어붙는 것을 허락하지 않았다. 결국, 로이드는 강제로 집무실에 끌려가야 했다.

"대체 뭐 하시는 겁니까! 자꾸 이러실 거면 그냥 황녀님이 일하는 걸 허락하지 마세요!"

"시끄러워. 그냥 잠깐 본 거잖아."

"가위 뺏어서 대신 하시던 분이 누군데요!"

"시끄럽다고 했다."

왈왈거리는 제임스를 밀쳐낸 로이드가 집무실 문을 열었다. 그는 바닥에 나뒹구는 서류들과 갈기갈기 찢긴 초대장을 발견했다. 잠시 침묵하던 로이드가 제임스를 돌아봤다.

"네 짓이냐?"

"오, 오, 오해십니다! 제가 왜 이런 짓을 하겠습니까!"

제임스가 기겁하며 손을 내저었다. 다행히 범인은 곧 발견됐다. 책상 뒤에서 검은 털로 뒤덮인 뭔가가 튀어나온 것이다. 로이드는 제게 달려드는 놈의 목덜미를 가볍게 낚아챘다.

"이건 뭐지?"

짜리몽땅하고 굵은 다리, 긴 털로 부숭부숭한 몸통과 비늘로 덮인 등, 개와 닮은 머리 한가운데는 뭉툭한 뿔 하나가 붙어 있었다. 어디서 본 것 같은 기시감을 느낀 로이드가 물었다.

"……해치?"

헥헥거리던 짐승이 왕왕 짖었다. 짧은 꼬리가 빠르게 흔들렸다. 로이드는 짐승의 목덜미를 잡은 채 책상 앞으로 이동했다. 서류가 모두 쓸려나간 책상에는 색이 고운 서신 한 장만 놓여 있었다. 그 위에 아란이 그린 그림은 흔적도 없이 사라진 뒤였다.

"백작님? 대체 무슨 일입니까?"

힐끗 제임스를 돌아본 로이드는 그의 품에 해치를 떠넘겼다. 반사적으로 해치를 받아든 제임스는 뺨을 마구 핥아대는 짐승 때문에 비명을 질렀다.

그 사이 로이드는 책상 아래 떨어진 두루마리를 찾아냈다. 그는 기도하는 마음으로 두루마리를 펼쳤다.

"……젠장."

로이드의 초상화가 그려져 있던 두루마리도 텅 비어 있었다.


"앗, 백작님!"

열심히 가지치기를 하던 아란이 반갑게 손을 흔들었다. 어디서 났는지 조그마한 햇빛가리개를 쓴 모습이 퍽 귀여웠다. 슬쩍 눈을 피한 로이드가 양손을 들어올렸다. 그의 손에 붙잡힌 해치와 텅 빈

두루마리를 본 아란이 깜짝 놀랐다.

"그림이 밖으로 나왔나요?"

두루마리를 받아 이리저리 살핀 그녀가 난처한 표정을 지었다.

"죄송해요. 이렇게 멋대로 나오지 않는데, 제가 심심하다고 생각하고 그려서 그런가 봐요."

"돌려보낼 수 있습니까?"

"네, 그림을 그렸던 종이만 있으면 가능해요. 그림은 지금 어디있나요?"

아란의 물음에 로이드는 제임스를 쳐다보았다. 난감한 표정이 된 제임스가 대신 말했다.

"황녀님도 모르십니까?"

아란이 미안한 얼굴로 고개를 끄떡였다. 그녀는 이내 뭔가 떠올랐다는 듯이 말했다.

"백작님의 그림이니까요. 백작님이 가고 싶은 곳에 가지 않았을까요?"

"역시 그렇죠? 저도 그렇게 생각하고 여기로 온 건데 말입니다. 그런데 왜 여기 없을까요?"

제임스의 물음에 아란이 고개를 갸웃했다. 잔뜩 신이 난 제임스가 떠들어댔다.

"사실 전 백작님의 그림이 밖에 나와 돌아다닌다는 말은 전혀 믿지 않았거든요. 하지만 만약 그런 것이 있다면 당연히 여기로 올 거라고 생각했습니다. 황녀님이 바로 여기 계시잖아요."

"아니에요."

아란이 단호하게 그의 말을 부정했다. 가엾은 제임스가 버벅거렸다.

"아니, 저. 황녀님. 백작님이 평소엔 아닌 척하지만, 황녀님을 무척이나 생각하시거든요. 일도 안 하고 황녀님이랑 놀겠다고 우기시는 걸 제가 억지로……."

"그게 아니라 백작님의 그림은 저를 몰라요."

아란이 차분하게 설명했다.

"저는 거실에 걸려 있던 초상화를 보고 그림을 그렸잖아요. 그건 예전에 그려진 초상화고, 그래서 제가 그린 것도 예전의 백작님이에요. 그러니까 백작님의 그림은 저를 몰라요."

"아! 그, 그렇군요. 그건 올해 여름에 완성된 초상화니까, 황녀님을 모르겠네요."

제임스가 멍청한 얼굴로 고개를 끄떡였다. 아란이 걱정스럽게 말했다.

"그럼 지금 백작님의 그림은 어디에 있을까요?"

"글쎄요. 워낙 제멋대로인 분이라 어디로 갔을지."

둘은 머리를 맞대고 끙끙거리기 시작했다. 한숨을 쉰 로이드가 헥헥거리는 해치를 가리켰다.

"아란, 이게 그림인지 아닌지 구분이 됩니까?"

"네? 구분이 안 되나요?"

아란이 오히려 어리둥절하게 되물었다. 로이드가 어깨를 으쓱했다.

"제 눈에는 진짜처럼 보입니다. 이게 살아 있는 생물인지 그림인지 전혀 모르겠군요. 구별하는 방법이 있습니까?"

"아, 그게…… 선인들은 기를 느끼니까 보면 바로 알 수 있거든요."

"다른 방법은요?"

난처한 표정이 된 아란이 고개를 저었다. 화들짝 놀란 제임스가 말했다.

"어? 그럼 보통 사람들은 그림을 봐도 진짜 백작님이랑 구분을 못한다는 소리잖습니까."

"그걸 이제 알았냐."

로이드가 한심해하는 기색을 숨기지 않고 말했다. 제임스가 어쩔 줄 몰라 하며 외쳤다.

"어, 어, 어떡하죠? 이럴 게 아니라 당장 기사들을 풀어서……!"

"황녀님!"

그의 말이 끝나기도 전에 시커먼 놈들이 단체로 밀려왔다. 멍들고 만신창이가 된 기사들이 엉엉 울며 아란 앞에 몸을 내던졌다.

"백작님이 죄도 없는 저희를 마구 때리셨습니다!"

"저는 밟혔습니다! 제 잘생긴 얼굴이 마음에 안 드셨는지 패셨어요!"

"혼내주세요! 백작님이 밉다고 해주세요!"

로이드는 바닥을 데굴데굴 구르며 난리를 부리는 기사들을 노려봤다. 안 그래도 커다란 놈들이 굴러다니기까지 하니 흉물스러웠다.

"이 미친것들이!"

분노를 참지 못한 로이드의 일갈에 기사들이 일제히 자지러졌다.

"허, 허억! 어느새!"

"대체 언제!"

사색이 된 기사들이 아란의 뒤로 사사삭 숨었다. 그들은 아란을 방패막이 삼은 채로 수군거리기 시작했다.

"다른 곳으로 가는 척하고 여기 계시다니. 우리가 황녀님께 고자질할 것을 예상하신 건가."

"과연, 주군께선 조금의 빈틈도 없으시군."

로이드는 이런 놈들이 기사라는 것에 심각한 회의를 느끼기 시작했다. 뒤늦게 사태를 파악한 제임스가 고개를 끄떡였다.

"그렇군요. 나오자마자 기사들을 패러 가다니, 과연 백작님의 가짜답습니다."

"다른 곳으로 갔다니, 어디로 간 걸까요?"

아란이 걱정스럽게 말했다. 그녀의 뒤에서 기사들이 촐랑거리며 끼어들었다.

"황녀님, 가짜라니요. 뭐가 가짜란 말입니까?"

"여러분을 때린 건 진짜 백작님이 아니에요. 가짜 백작님이에요. 그래서 가짜 백작님이 어디로 갔을지 고민하고 있었어요."

아란이 성실하게 그들의 물음에 답했다. 기사들의 눈이 휘둥그레졌다.

"네? 가짜라고요? 저희를 때린 게 가짜란 말씀입니까?"

"아니, 어떤 개새끼가 그런 미친 짓을!"

"씨팔 새끼가! 똥구멍을 찢어버릴라!"

"미친놈아, 황녀님 앞에서 욕하지 마!"

해치를 내려놓은 로이드가 그들의 머리통을 후려쳤다. 아란만 믿고 방심하고 있던 기사들이 비명을 지르며 머리를 싸쥐었다.

"과, 과연. 이것이 진짜의 힘!"

"악! 주군. 진짜 아픕니다!"

악악거리는 놈들을 적당히 치워버린 로이드가 아란을 바라봤다. 제임스와 뭔가를 의논하던 아란이 햇빛가리개를 벗었다. 이어서 장갑과 가위까지 잘 정리해 한쪽 옆에 두었다. 심상찮은 기색을 느낀 로이드가 그녀에게 다가갔다.

"아란? 지금 뭐 하는 겁니까?"

"서기님과 함께 가짜 백작님을 찾으러 가기로 했어요."

"뭐라고요?"

당황한 로이드가 되물었다. 아란이 오히려 이상하다는 듯 그를 바라봤다.

"가짜를 그림으로 돌려놓아야 하니까요. 백작님은 여기 계세요. 제가 금방 다녀올게요."

"잠깐만요. 지금 혼자 가겠다는 겁니까?"

"서기님과 함께 가는걸요."

어깨를 쭉 편 제임스가 흠흠 헛기침을 했다. 전혀 믿음이 가지 않았다. 무엇보다 아란이 사고를 쳐도 어버버거리며 보고만 있을 놈이었다. 한숨을 쉰 로이드가 말했다.

"혼자는 못 갑니다. 같이 가요."

"네? 백작님은 바쁘시잖아요."

"아란을 혼자 보낼 정도로 바쁘진 않습니다."

당혹스러운 듯 눈을 깜빡인 아란이 "하지만……." 하고 말끝을 흐렸다. 로이드는 그녀를 안아 들며 말했다.

"저를 본뜬 가짜라면 제가 제일 잘 알지 않겠습니까. 제임스와 갔다가 놓칠 수도 있습니다."

"정말 괜찮으세요?"

아란의 얼굴에 근심이 서렸다. 로이드는 제가 그렇게 바쁜 티를 냈나 생각하며 고개를 끄떡였다. 조금 망설이던 아란이 그의 소매를 살짝 쥐었다. 그게 왠지 안도한 것처럼 느껴져서 슬쩍 웃음이 나왔다. 해치가 그들의 주변을 맴돌며 왕왕 짖었다.


가짜는 로이드가 가장 아끼는 말을 타고 저택을 빠져나갔다. 세 사람은 마차를 타고 가짜를 추격하기로 했다. 때 아닌 탐정 놀이에 가장 신이 난 사람은 제임스였다.

"그때의 백작님이라면 제가 잘 알죠. 분명 술집으로 가셨을 겁니다."

"술집이요? 와, 술집에 가는 건 처음이에요."

아란이 즐거운 듯 말했다. 로이드가 말없이 제임스를 노려봤다. 뒤늦게 자신의 실책을 알아차린 제임스의 얼굴이 하얗게 질렸다.

"화, 황녀님은 그냥 마차에 계시는 게 낫지 않을까요. 제가 가서 가짜를 잡아오겠습니다."

"아니에요. 저도 술집에 들어가볼래요. 안이 어떻게 생겼는지 궁금하거든요."

기대 어린 아란의 대답에 제임스가 발발 떨기 시작했다. 보다 못한 로이드가 입을 열었다.

"아란, 술집은 위험합니다. 들어가는 건 안 돼요."

"아, 그렇구나. 죄송해요."

깜짝 놀란 아란이 사과했다. 로이드는 조금 언짢아졌다. 조르거나 떼를 쓰길 바란 건 아니었지만, 금방 포기하는 게 무언갈 단념하는 데 익숙해 보여서 마음이 안 좋았다. 그는 아란의 머리를 살살 쓰다듬으며 달랬다.

"다음에 다른 술집에 데려가주겠습니다. 오늘 가는 곳은 위험하니까 얌전히 있어요."

얼굴이 빨개진 아란이 몸을 뒤로 뺐다. 멈칫한 로이드는 그게 맞은편의 제임스 때문임을 눈치챘다. 한심하다는 얼굴로 로이드를 쳐다보던 제임스가 말했다.

"백작님은 딸을 낳으시면 안 될 것 같습니다."

"뭔 소리야, 그건 또?"

"지금 굉장히 바보 같아 보이는…… 악!"

정강이를 걷어차인 제임스가 비명을 질렀다. 부들부들 떨던 제임스가 폭발했다.

"맨날 때리고 차고 너무하십니다! 저 서기관이라고요? 비서라고요? 백작님의 샌드백이 아니란 말입니다! 귀부인들에게만 매너 좋은 척하고!"

로이드는 갑자기 앙살을 부리는 놈을 빤히 쳐다보았다. 아란이 대신 그의 손을 잡고 다독였다. 그녀에게 매달린 제임스가 징징거리며 그간의 서러움을 토해냈다. 볼썽사나운 모습에 로이드는 미간을 찡그렸다.

'이놈이고 저놈이고 왜 자꾸 내 약혼녀에게 치대는 거지?'

기사들도, 하녀들도, 정원사도 틈만 나면 아란을 붙잡고 신세한 탄을 했다. 매번 붙잡혀 그걸 들어주는 아란이 딱하고 안되어 보였다.

"헛소리니까 들어줄 필요 없습니다."

아란을 달랑 들어 품에 안자 제임스가 쌍심지를 켰다. 로이드가 "왜?" 하고 뻔뻔하게 묻자 부루퉁한 대답이 돌아왔다.

"왜 자꾸 황녀님을 안고 다니십니까. 불편해하시잖아요."

"뭐?"

"황녀님이 인형입니까? 애완동물이에요? 보기만 하면 달랑 들어서 안고 다니시잖습니까."

생각지도 못한 점을 지적당한 로이드는 움찔했다. 인형이나 애완동물로 생각한 건 아니지만, 워낙 작아서 보고 있으면 불안했다. 내버려두면 발에 채이거나 넘어질 것 같았다. 그는 조금 망설이다 물었다.

"아란, 불편했습니까?"

"아니, 왜 당연한 걸 묻고 그러세요? 인형 취급당하는 데 좋아할 사람이 어디 있습니까."

제임스가 의기양양하게 말했다. 아란은 이제 거의 울상을 짓고 있었다. 로이드는 제임스의 정강이를 한 번 더 걷어차려다 말았다.

지체 높은 여인의 머리를 쓰다듬거나 안고 다니는 것은 확실히 무례였다. 약혼녀라면 더욱 존중하고 조심해야 마땅했다. 하지만 로이드는 아란에게 사과하는 대신 상냥하게 말했다.

"당신이 싫다면 이제 하지 않겠습니다. 싫었습니까?"

조금 망설이던 아란이 고개를 저었다. 만족한 로이드가 그녀의 머리를 살살 쓸었다. 얼굴이 빨개진 아란이 "남들이 흉봐요." 하고 조그맣게 말했다. 로이드는 어깨를 으쓱했다.

"흉보면 제가 턱을 으깨놓죠."

움찔한 제임스가 몸을 움츠렸다. 눈이 동그래진 아란을 본 로이드가 "조용히 시키겠단 말입니다." 하고 고쳐 말했다.

마차가 술집 앞에 도착한 것은 바로 그때였다. 와장창 깨지는 소리가 세 사람의 시선을 끌었다. 아란이 신기한 듯이 말했다.

"굉장히 활기찬 분위기네요."

"그냥 싸움 난 것 같은데요."

제임스가 겁먹은 얼굴로 웅얼거렸다. 로이드는 시끄러운 소리가 새어나오는 술집을 물끄러미 쳐다봤다.

"내가 이런 곳에 있을 것 같진 않은데."

"그렇죠, 백작님이라면 싸움을 붙인 뒤에 빠져나갈 분이죠."

제임스가 고개를 끄떡여 동의했다. 로이드는 가차 없이 그의 정강이를 걷어차주었다.

그때 술집을 살피고 돌아온 마부가 제임스의 말에 힘을 보탰다. 로이드와 무척 비슷하게 생긴 남자가 술꾼들과 시비가 붙어 난동을 일으킨 후에 유유히 빠져나갔다는 것이다.

"그거 보세요, 제 말이 맞잖아요!"

명탐정 제임스가 소리쳤다. 아란이 박수를 쳐서 그의 콧대를 세워주었다. 신이 난 제임스가 마차를 출발시켰다. 로이드는 그가 멋대로 방향을 정하도록 내버려두었다.

가짜 로이드는 무척 활발히 돌아다닌 것 같았다. 우선 그는 뒤생 광장 앞에 있는 잡화점에서 싸구려 잡지 한 부를 샀다. 그다음엔 보석상에 들러 뭔지 모를 장신구를 질렀다. 외상으로 달린 장신구의 가격을 본 제임스가 히익 소리를 냈다.

"빨리 잡아야겠습니다! 가짜가 백작가의 재정을 파탄 내기 전에요!"

"이런 일에 파탄 날 정도로 가난하지 않아."

로이드가 여성용 장신구에 눈을 주며 말했다. 눈치라곤 전혀 없는 제임스가 그를 재촉했다.

"이럴 때가 아닙니다. 가짜는 틀림없이 시계상으로 갔을 겁니다. 전에 백작님이 탐내시던 거대한 조립식 시계 기억나십니까. 그 고철 덩어리를 사는 것만은 막아야 합니다."

"아니."

"아니긴 뭐가 아닙니까. 그거 산다고 우기시는 걸 말린다고 제가 얼마나 힘들었는데요!"

"거기 안 갔을 테니까."

확신을 담은 말에 제임스가 당황했다.

"그럼 어디 갔을지 짐작하신다는……."

"마차를 빌려서 백작가로 돌아가. 이제부터 나 혼자 가겠다."

무어라 반박하려던 제임스가 로이드의 얼굴을 보고 입을 다물었다. 잠시 망설이던 그가 물었다.

"황녀님도 모셔갈까요?"

고개를 끄떡이려던 로이드가 멈칫했다. 점원의 신세한탄을 들어주던 아란이 그를 보고 생긋 웃었다. 슬쩍 시선을 피한 로이드는 조그마한 목걸이를 발견했다. 팬던트가 스타사파이어인 목걸이로 알은 좀 작았지만, 질은 썩 나쁘지 않았다.

그는 즉시 점원을 불렀다.

"줄을 좀 더 짧은 것으로 바꿀 수 있겠나?"

점원은 곧바로 목걸이의 줄을 교체했다. 로이드는 완성된 목걸이를 아란의 목에 걸어주었다. 놀라 눈이 동그래진 아란이 그를 올려다봤다. 예상보다 더 잘 어울리는 모습에 로이드는 무척 만족했다.

"예쁘군요. 나중에 좀 더 좋은 걸 사주겠습니다."

"가, 감사해요. 백작님."

얼굴이 빨개진 아란이 목걸이를 만지작거렸다. 입을 삐쭉거린 제임스가 목걸이의 값을 내려 갔다. 그 사이 몸을 낮춰 아란과 눈을 마주한 로이드가 말했다.

"아란, 제임스와 함께 저택으로 돌아가겠습니까?"

"백작님은요?"

"가짜가 어디 있는지 알아냈습니다. 하지만 저 혼자 가야 할 것 같아서요."

잠시 뭔가를 생각하던 아란이 "제가 같이 가는 건 싫으세요?" 하고 물었다. 대답이 궁해진 로이드가 눈을 피했다.

"당신에게 안 좋은 꼴을 보일지도 모릅니다."

"흉보지 않을게요. 약속해요."

아란이 새끼손가락을 들며 말했다. 생각도 못한 귀여움에 로이드가 굳었다. 고개를 갸웃한 아란이 "이렇게 약속하는 게 아닌가요?" 하고 말했다. 로이드는 얼른 새끼손가락을 걸었다.

"조금 놀라서요. 누구에게 배운 겁니까?"

"집사님이요."

"집사랑 무슨 약속을…… 아닙니다. 제가 나중에 알아보죠."

로이드는 추궁해야 할 사람이 많다고 생각하며 아란을 안아 들었다. 계산을 마치고 돌아오던 제임스가 또 인형 취급이라고 꿍얼거렸다. 로이드는 그걸 못 들은 척하고 말했다.

"금방 끝낼 테니 먼저 저택으로 돌아가 있어."

"……알겠습니다. 부디 조심하십시오."

제임스가 조금 걱정스럽게 말했다. 위험한 일이라도 상상하는 듯했다. 그의 순진함에 한숨을 쉰 로이드가 마차로 향했다. 행선지를 묻는 마부에게 그는 무뚝뚝하게 말했다.

"왕궁으로 가지."

"에보니 궁으로 가십니까?"

"아니, 백합궁으로."

마부의 표정이 일순 기묘해졌다. 로이드는 무거운 마음으로 마차에 올랐다. 그의 얼굴을 바라보던 아란이 물었다.

"백합궁에는 뭐가 있냐요?"

"아름다운 호수와 장미정원으로 유명한 곳입니다. 호수에 백조가 많아 백조궁이라고 불리죠."

로이드는 슬쩍 대답을 회피했다. 아란이 뭘 묻는지 알지만, 솔직하게 답하기가 힘들었다.

'어차피 마차에서 내리면 알게 될 일인데.'

그래도 제 입으로 말하고 싶지는 않았다. 심란한 기분에 절로 한숨이 나왔다.

"백작님, 이것 보세요. 여기 별이 들어 있어요."

아란이 목걸이를 들어 올리며 말했다. 화제를 돌리려는 티가 역력해서 피식 웃은 로이드가 고개를 끄떡였다.

"스타사파이어입니다. 주인에게 행운을 주는 보석인데, 아란도 행운을 얻었으면 좋겠군요."

"남보석은 종종 봤지만, 별이 들어 있는 건 처음이에요. 정말 마음에 들어요."

"마음에 든다니 다행입니다."

로이드는 아란의 머리를 살살 쓰다듬었다. 두 뺨이 발그레해진 아란이 목걸이를 만지작거렸다.

그때 뭔가를 떠올린 것처럼 고개를 든 그녀가 물었다.

"이곳에서도 진주가 귀한가요?"

"진주요? 이곳에서도 보석으로 쓰입니다."

"앗, 잘됐어요."

신이 나서 박수를 친 아란이 말했다.

"제게 삼주수[11]가 있거든요. 목걸이의 답례로 드리고 싶어요."

이제 삼주수라는 게 뭔지 물어볼 차례였다. 하지만 로이드가 입을 열기도 전에 마차가 멈추더니 누군가 창문을 두드렸다. 백합궁과 가까운 서쪽 성문 초소를 지키는 기사였다. 그는 정중히 절을 하며 말했다.

"잠깐 확인하고 싶은 것이 있어 마차를 멈추게 했습니다. 혹시 헤센타인 백작님이십니까?"

"그렇소. 경도 나를 처음 보는 건 아닐 텐데?"

"죄송합니다. 신분을 증명할 것을 보여주실 수 있습니까?"

한숨을 쉰 로이드가 신분패와 인장 반지를 내밀었다. 신분패를 꼼꼼히 확인한 기사가 그것을 돌려주었다.

"정말 송구하게 되었습니다. 조금 전에 백작님을 사칭한 자가 말을 타고 성문을 지나갔습니다. 또다시 백작님의 마차를 보게 되어 확인할 수밖에 없었습니다."

"알고 있소. 그자를 잡으러 온 거니까."

"도움이 필요하시다면 병사들을 차출하겠습니다."

"아니, 이건 내 명예가 달린 일이오. 내가 해결하지."

로이드의 말에 뒤로 물러선 기사가 신호를 보냈다. 잠시 뒤 마차가 다시 움직였다. 아란이 조금 신기한 듯이 말했다.

---

11  三珠樹. 적수에서 자생하는 보석이 열리는 나무. 나뭇잎은 옥이고 열매는 진주인 종류가 제일 흔하다. 줄기가 세 개인 것이 특징.

"정말 이곳으로 왔나 봐요. 어떻게 아셨어요?"

로이드는 아무런 대답도 할 수 없었다. 침묵 속에서 마차는 작은 숲을 지나 호수가 보이는 언덕길을 올랐다. 창밖을 바라본 아란이 감탄했다.

"진짜 백조처럼 생겼네요."

백합궁은 이름처럼 전체적으로 흰빛이었다. 고풍스러운 에보니궁과 대조적으로 섬세하고 우아한 느낌을 자랑했다. 마차가 궁 앞에 멈춰 서자 당황한 기색이 역력한 귀부인이 대리석 계단을 밟고 내려왔다.

"백작님?"

짙은 밤색 머리를 우아하게 틀어 올린 여인은 백합궁의 시녀장인 마틸다였다. 마차에서 내린 로이드가 가볍게 고개를 숙였다.

"오랜만에 뵙는군요, 부인."

"세상에, 진짜 백작님이신가요? 그럼 지금 화이트홀에 계시는 분은 대체······."

"알려주셔서 고맙습니다. 자세히 설명해드리고 싶지만, 시간이 촉박하군요. 이만 실례하죠."

로이드는 그녀를 지나쳐 계단을 올랐다. 당황해 그의 뒤를 따라오던 마틸다가 멈춰 섰다. 어쩔 줄 몰라 하는 표정이었다.

로이드는 거침없이 복도를 가로질러 화이트홀로 향했다. 백합이 새겨진 문 앞에서 멈춰선 그는 조심스럽게 아란을 내려놓았다.

"아란, 저 안에서 뭘 보게 되더라도······."

"괜찮아요."

아란이 그의 손등을 다독였다. 한숨처럼 웃어버린 로이드가 홀의 문을 열었다.

화이트홀은 결벽적일 정도로 새하얀 공간이었다. 진주색 벽지에 바닥까지 깔리는 크림색 커튼이 깃털에 감싸인 것 같은 풍경을 만들어냈다. 로이드는 보송보송한 흰 카펫을 밟으며 홀의 한가운데로 들어섰다. 벽난로 앞의 소파에 딱 달라붙어 있던 남녀가 의아한 얼굴로 그를 돌아봤다.

"……로이?"

먼저 입을 연 것은 여자 쪽이었다. 곱슬곱슬한 금발에 녹색 눈, 백조처럼 흰 피부를 지닌 미녀는 왕의 하나뿐인 딸인 캐서린이었다.

로이드는 쓰게 웃으며 예법에 따라 절했다.

"그간 평안하셨습니까, 공주 저하."

놀란 캐서린이 자리에서 벌떡 일어나 뒤로 물러섰다. 폭넓은 크림색 드레스가 우아하게 물결쳤다. 그녀는 로이드와 소파에 앉은 사람을 번갈아 보며 물었다.

"어떻게 된 일이죠? 누가 진짜 로이예요?"

가짜는 아무 말 없이 로이드를 응시하고 있었다. 테이블에 놓인 고급스러운 상자를 확인한 로이드가 눈을 들었다. 그의 시선을 받은 캐서린이 움찔하며 목을 가렸다. 아름다운 에메랄드 목걸이가 그녀의 목에 걸려 있었다.

'뭘 샀나 했더니…… 나란 놈은 정말 한결같군.'

쓴웃음을 지은 로이드가 가짜의 멱살을 움켜쥐고 자리에서 일으켰다. 맥없이 끌려오는 가짜에게 주먹을 날리자 캐서린이 "꺅." 하고 비명을 질렀다. 옷차림을 가다듬은 로이드가 바닥에 나동그라진 가짜에게 말했다.

"전부터 한 대 때려주고 싶었거든."

그는 홀 앞에 서 있는 아란을 돌아봤다. 뭔지 모를 표정으로 다가온 아란이 들고 있던 두루마리를 펼쳤다.

"돌아와!"

말이 떨어지기 무섭게 가짜의 모습이 흐릿해지더니 두루마리 속으로 빨려 들어갔다. 잠시 후 두루마리 위에 로이드의 초상화가 나타났다. 경악한 캐서린이 목이 졸린 것 같은 신음을 흘렸다.

"아란, 제가 이걸 처분해도 되겠습니까?"

로이드의 물음에 고개를 끄떡인 아란이 두루마리를 넘겨주었다. 고맙다고 말한 로이드가 벽난로 안에 그것을 던져 넣었다. 화르르 타오른 불길이 두루마리를 집어삼켰다. 잠시 그것을 응시하던 로이드가 캐서린에게 절했다.

"실례했습니다, 공주 저하. 이만 물러가겠습니다."

"로이!"

그대로 돌아서는 그를 캐서린이 불렀다. 멈칫한 로이드가 차가운 눈으로 그녀를 노려봤다.

"두 번 다시 그렇게 부르지 말라고, 분명 말씀드렸던 것 같은데요."

하얗게 질린 캐서린이 입술을 깨물었다. 로이드는 그녀에게 등을 돌려 아란을 안아 들었다. 그대로 밖으로 향하는 그의 앞을 캐서린이 가로막았다.

"이렇게 가버릴 순 없어요. 내 궁이 아무나 들락거릴 수 있는 곳인 줄 알아요?"

"그럼 제게 뭘 원하십니까?"

"설명해요, 지금 당장!"

캐서린의 목소리는 거의 비명 같았다. 로이드는 어깨를 으쓱했다.

"설명을 원하면 국왕 전하께 가시면 됩니다. 지난봄, 산텔에서 있었던 일처럼 아주 잘 설명해주실 겁니다."

산텔이라는 말이 나오는 순간, 캐서린의 얼굴이 일그러졌다. 부들부들 떨던 그녀가 로이드의 품에 안겨 있는 아란을 가리켰다.

"저 애는 누구죠? 감히 내 궁에서 내게 인사조차 올리지 않는다니. 백작은 예의도 모르는 아이를 시녀로 데리고 다니는군요."

아란이 호란국의 황녀라는 것을 뻔히 알면서 내뱉는 모욕이었다. 저도 모르게 얼굴을 굳힌 로이드가 소리쳤다.

"아란은 시녀가 아니라……!"

"백작님."

아란이 그의 말을 막았다. 멈칫한 로이드에게 그녀는 "내려주세요." 하고 청했다. 잠깐 망설이던 로이드는 결국 아란을 내려놓았다.

캐서린 쪽으로 한 걸음 나아간 아란이 다소곳이 손을 모으며 말했다.

"서왕모를 모시는 선인이자 호란국의 황녀인 아란이에요."

고개를 치켜든 캐서린이 만족스러운 미소를 지었다. 하지만 아란의 말은 끝난 것이 아니었다. 차분한 얼굴로 캐서린을 올려다본 그녀가 말했다.

"이제 내게 인사해도 좋아요, 왕녀."

로이드는 홀 안에 번개가 내리치는 환상을 본 것 같았다. 두 여자를 중심으로 무시무시한 기세가 퍼져나갔다. 그는 본능적으로 숨을 죽이며 어깨를 움츠렸다.

어이없다는 듯 코웃음 친 캐서린이 말했다.

"지금 뭐라고 했지? 인사를 하라고?"

"제대로 들었어요. 자, 어서 인사하세요."

고개를 까딱한 아란이 응수했다. 캐서린의 얼굴이 차갑게 굳었다. 까드득 이를 간 그녀가 내뱉었다.

"감히…… 천한 호란국 계집 따위가!"

캐서린은 왕실의 금지옥엽이자 왕국의 유일한 공주였다. 누구에게도 무시당한 적이 없었던 그녀는 크게 분노했다. 반면 아란은 어디까지나 차분했다.

"왕녀는 예의를 모르는 것 같네요."

캐서린이 했던 모욕을 그대로 돌려주기까지 했다. 폭발한 캐서린이 한 손을 쳐들었다. 뺨이라도 내리칠 기세에 당황한 로이드가 앞으로 나섰다. 하지만 그보다 아란이 소매를 휘두르는 것이 빨랐다.

"꺅!"

갑자기 일어난 광풍에 떠밀린 캐서린이 카펫 위를 데구르륵 굴렀다. 아란이 바닥에 쓰러진 그녀를 내려다보며 말했다.

"예의를 알게 되면 그때 다시 인사를 받죠."

표독하게 노려보는 캐서린을 뒤로하고 돌아선 아란이 로이드에게 양팔을 내밀었다. 서둘러 몸을 숙인 로이드가 아란을 안아 들었다. 그 상태로 힐끗 캐서린을 내려다본 아란이 고개를 문 쪽으로 돌렸다. 로이드는 매우 어색하게 인사했다.

"그럼 다음에 뵙겠습니다, 공주 저하."

그는 거의 도망치듯 화이트홀을 나섰다. 한 번도 돌아보지 않는 그의 등을 캐서린이 눈물 맺힌 눈으로 노려보고 있었다.


급히 마차를 출발시킨 로이드는 긴 한숨을 쉬었다. 가짜 문제는 해결됐지만, 그 과정에서 아란과 캐서린이 격돌하는 것은 예상치 못한 일이었다.

'정말 시골 저택에 숨겨두는 수밖에 없나.'

사교계의 여왕인 캐서린에게 밉보였으니 사교활동은 글렀다. 미안한 마음으로 시선을 내린 로이드는 움찔했다. 볼이 퉁퉁 부은 아란이 그를 노려보고 있었다.

"아, 아란? 화났습니까?"

"네."

아란이 야무지게 고개를 끄덕였다. 왜냐고 물으려던 로이드가 헛기침했다. 이런 상황에서 그런 말은 불에 기름을 끼얹는 것이나 마찬가지였다.

"많이 화났습니까? 어, 음, 정말 미안합니다. 저는 이런 일이 생길 줄은 미처 모르고…….”

쩔쩔매는 로이드를 빤히 쳐다보던 아란이 갑자기 풋 웃었다.

“그렇게 당황하시면 화를 낼 수가 없잖아요.”

“……진짜 화난 줄 알고 놀랐습니다.”

“화났어요. 백작님에게 화가 난 건 아니지만요.”

아란이 고개를 갸웃하며 말했다.

“사실 뭐 때문에 화가 났는지도 모르겠어요. 이런 기분은 처음이라서.”

이마를 짚은 아란이 끙끙거렸다. 당황한 로이드는 조그마한 머리통을 살살 쓰다듬었다. 한숨을 포옥 쉰 아란이 말했다.

“심술부려서 미안해요. 나중에 공주님께도 사과할게요.”

“아뇨, 그럴 필요는 없습니다.”

로이드가 단호하게 말했다. 그를 빤히 올려다본 아란이 물었다.

“전에 말씀하셨죠. 실연으로 너무 상처받아서 두 번 다시 누군가를 사랑하지 못할 것 같다고요. 백작님을 상처 입힌 사람이 공주님인가요?”

“……기억하고 있었군요.”

로이드가 쓴웃음을 지으며 말했다.

“사실 실연이라고 말하기도 어렵습니다. 처음부터 그녀와 안 될 거란 걸 알고 있었으니까요. 그저 혼자 좋아하고, 혼자 상처받았던 거죠.”

지금 생각해보면 일방적인 짝사랑이나 마찬가지였다. 캐서린은 그에게 여지를 줬을 뿐 아무것도 약속하지 않았으니까.

"아란, 저는 선왕의 사생아입니다. 캐서린은 국왕 전하의 하나뿐인 공주죠. 우리는 사촌이고, 그것을 떠나 서로에게 전혀 어울리지 않는 상대였습니다."

"하지만 좋아하셨잖아요. 그렇죠?"

아란의 되물음에 로이드는 맥없이 고개를 끄떡였다.


로이드가 처음부터 캐서린을 좋아했던 것은 아니었다. 선왕이 살아 있을 때 그녀는 공작의 딸이었고, 선왕이 죽은 뒤엔 국왕의 딸이 되었다. 사촌이라곤 하지만, 제대로 된 대화도 나눠본 적이 없는 사이였다.

작년 여름, 왕의 둘째 아들인 조슈아가 킬케니의 분쟁지역에서 포로가 되는 사건이 벌어졌다. 국왕은 킬케니와 협상을 하며 뒤로는 로이드를 파견했다. 로이드는 조슈아를 구출하는 것에 성공했지만, 심한 부상을 입었다.

왕은 로이드에게 두둑한 보상과 함께 산텔에서의 휴가를 주었다. 산텔은 왕족만 사용할 수 있는 왕실 소유의 성이었다. 로이드는 거기 담긴 의미를 무시하며 요양에만 집중하기로 했다.

그런데 산텔 성에는 캐서린이 먼저 와 있었다. 그녀는 오라비를 구해준 것에 감사하며 로이드의 간호를 자처했다. 로이드는 몇 번이나 사양했지만, 그녀의 고집을 이길 수가 없었다.

캐서린은 능숙한 간호사였다. 그녀가 왕립 구휼병원에서 봉사하고 있다는 사실을 알게 된 로이드는 내심 놀랐다. 사교계의 소문과 달리 캐서린은 쾌활하고 상냥한 아가씨였다. 약간 제멋대로인 면이 있긴 했지만, 그것마저도 매력으로 느껴졌다.

로이드는 아주 힘들게 자신의 마음을 인정했다. 하지만 이뤄질 리 없는 마음이기에 그대로 묻어버릴 생각이었다. 산텔에서 돌아왔을 땐 어느 정도 정리가 끝난 상태였다. 가을의 사냥 대회에서 캐서린이 그의 천막에 숨어들 때까지는, 그녀를 거의 잊고 있었다.

캐서린은 자꾸 그가 생각난다며 울었고 로이드는 그녀의 손을 잡은 채로 쩔쩔매기만 했다. 처음으로 사냥대회에서 우승을 놓쳤지만, 그런 것쯤은 아무래도 좋았다. 그는 캐서린과 연인이 되었다고 생각했다.

"그런데 아니었나요?"

아란이 심각한 얼굴로 물었다. 로이드는 쓰게 웃으며 "예." 하고 답했다.

'연애'를 시작한 지 얼마 되지 않아 캐서린의 혼인에 대한 말이 나오기 시작했다. 상대는 외국의 왕족이었다. 캐서린의 나이를 고려하면 상당히 늦은 이야기라 할 수 있었다. 캐서린은 무척 예민해졌고 자주 짜증을 부렸다. 가끔 로이드에게 매달려 애정을 구하기도 했다. 하지만 로이드는 숙부인 왕에 대한 죄책감으로 그녀에게 손을 대지 못했다.

계절이 바뀌고 봄이 왔을 때였다. 국왕이 비밀리에 그를 산텔로 불러냈다. 또 무슨 귀찮은 일을 시킬까 하고 투덜거리던 로이드는 선객을 만났다. 이번에도 캐서린이었다.

다만, 그녀는 혼자가 아니었다. 로이드의 친우이자 노스필드 백작의 아들인 기드온과 밀회를 즐기는 중이었다. 둘이 무척 오래된 관계라는 것을 알게 된 로이드는 충격을 받았다. 심지어 캐서린의 정부는 기드온 외에도 몇 명 더 있었다. 그녀는 사교계식 연애에 익숙한 여자였다.

"그녀에게 저는 새로운 장난감 같은 거였습니다. 생각보다 쉽게 손에 들어오지 않으니 잠깐 열을 올렸던 겁니다."

왕은 모든 것을 알고 있었다. 캐서린의 혼인을 추진한 것도 일종의 경고였다. 왕은 총애하는 신하이자 조카에게 손대는 딸을 막으려 한 것이다. 로이드는 그대로 궁을 떠나 자신의 저택에 칩거했다.

"초상화를 그리기 시작한 것은 작년 가을이었습니다. 그녀에 대해 아무것도 모를 때였죠."

아란이 그린 것은 앞뒤 모르고 제 감정에만 빠져 허우적거리던 그였다. 로이드는 한숨처럼 말했다.

"지금은 마음의 정리가 끝났습니다. 이런 일에 말려들게 해서 정말 미안합니다."

"그림을 그린 건 저였는걸요. 백작님이 저한테 말려드신 거예요."

아란의 말에 피식 웃은 로이드가 그녀의 머리를 쓰다듬었다.

"그럼 서로 비긴 걸로 해둘까요?"

까만 눈을 깜빡인 아란이 고개를 끄떡였다. 로이드는 왠지 풀이 죽은 그녀를 살살 흔들었다.

"아직 화가 났습니까?"

"아니에요. 아직 수련이 부족하구나 싶어서요."

아란이 시무룩한 얼굴로 말했다.

"좋아도 너무 좋아하지 않고, 싫어도 너무 싫어하지 않고. 흐르는 물처럼 한순간의 감정에 얽매이면 안 된다고 배웠는데 저는 그게 잘 안 돼요."

로이드는 그녀가 무슨 말을 하는지 이해하지 못했다. 그에게 감정은 숨기거나 표현하는 것이었기 때문이다. 잠깐 망설이던 그가 말했다.

"지금은 잘 안 돼도 나중엔 잘될 겁니다."

"그럴까요?"

아란의 표정이 밝아졌다. 순식간에 우울함을 떨쳐낸 것을 보면 이미 배운 대로 잘하는 것 같았다.

"그것보다 저 때문에 캐서린과 싸워서 큰일이군요. 사교계에 영향력이 큰 여자라 당신에 대해 안 좋은 말을 퍼트릴지도 모릅니다."

"공주님과는 어차피 친하게 지낼 수 없었을 거예요."

아란이 뽀로통하게 말했다. 의아한 눈으로 쳐다보자 야무진 대답이 돌아왔다.

"백작님은 제 친구잖아요. 친구를 상처 입힌 사람과는 친하게 지내고 싶지 않은걸요."

우습게도 로이드는 그 말에 약간 감동해버렸다. 그는 조막만 한 소녀의 손을 살짝 잡았다.

"제가 아란의 친구입니까?"

"……아닌가요?"

"아뇨, 다행입니다. 아란도 그렇게 생각해줘서요."

로이드의 대답에 아란이 활짝 웃었다. 로이드는 그녀의 손을 악수하듯 살살 흔들며 말했다.

"앞으로도 친하게 지내주십시오."

그날 저녁, 로이드는 아란에게서 작은 화분을 선물 받았다. 새하얀 잎사귀를 가진 식물은 엄지손톱만 한 열매를 주렁주렁 매달고 있었다. 아란이 수줍게 말했다.

"목걸이의 답례예요."

열매의 정체는 진주로 밝혀졌다. 로이드는 왕국의 모든 보석상을 털어서라도 아란에게 더 큰 보석을 사주겠다고 결심했다. 목걸이 하나의 답례로는 너무 어마어마한 물건이었다.

거처를 찾지 못하고 방황하던 진주 화분은 결국 집무실 책상 위에 자리 잡게 되었다. 누가 매어놨는지 모를 리본에는 '우정의 상징'이라는 작은 꼬리표가 달렸다.

# 03

## 구름을
## 타는 법

꿈속에서 로이드는 어린 시절로 돌아가 있었다. 그를 사생아라고 놀리던 사촌과 피 터지게 싸운 뒤였다. 퉁퉁 부어터진 그의 얼굴에 약을 발라주던 어머니가 물었다.

「로이, 왜 조슈아를 때린 거니? 공작 부인께서 무척 화가 나셨어.」

「그 자식이 어머니를 매춘부라고 불렀단 말이에요.」

어린 로이드가 씩씩거리며 말했다. 약통을 닫은 어머니가 소리 내어 웃었다.

「어머, 애도 참. 내가 매춘부인 건 사실이잖니. 그런 쓸데없는 일로 화를 낼 시간에 낮잠이나 자는 게 낫겠다.」

「…….」

지금 생각하면 그의 어머니는 무척 당찬 여성이었다. 소녀 같은 외모와 달리 대범했던 그녀는 남들의 비난도 전혀 신경 쓰지 않았다. 어린 로이드에겐 다소 이해할 수 없는 사람이었다.

「어머니는 그런 말이 아무렇지도 않으세요?」

「그럼, 엄마는 전하의 정부가 된 걸 후회하지 않아. 덕분에 우리 귀한 왕자님을 얻었는걸.」

고개 숙인 어머니가 로이드의 양 뺨에 쪽쪽 입을 맞추었다. 멍 대신 붉은 루주 자국을 단 아들을 보고 싱긋 웃은 그녀는 나비처럼 일어섰다.

「자, 이제 그만 일어나서 수업을 들어야지?」

「어디 가세요?」

「전하와 함께 극장에 가기로 했단다. 새로운 연극이 시작됐거든. 올 때 선물 사올게.」

맵시 있게 틀어 올린 은발에 깃털 모자를 얹은 어머니가 말했다. 아버지인 왕을 썩 좋아하지 않았던 로이드는 부루퉁이 입을 다물었다. 그게 살아 있는 어머니를 볼 수 있는 마지막 순간인 줄도 모르고.

「다녀올게, 로이.」

로이드는 빛 속으로 사라지는 어머니를 향해 손을 뻗었다. 그는 소용없다는 것을 알면서도 수십 번 반복했던 말을 입에 담았다.

"……가지 마세요."


꿈에서 깨어난 로이드는 위로 들어올린 손을 꾹 움켜쥐었다. 한숨을 쉬는 그의 시야에 언뜻 초록색 덩굴이 들어왔다. 흘러내린 그의 앞머리를 휘감은 덩굴이 순식간에 보라색 꽃망울을 맺었다. 묵직해진 머리를 느낀 로이드의 얼굴이 굳었다. 이불을 걷어차며 일어선 그는 쿵쾅거리며 옆방의 문을 열었다.

"아란! 제 머리에 꽃씨 심지 말라고 했잖습니까!"

방을 정리 중이던 하녀들이 놀란 토끼 눈을 했다. 뒤늦게 정신을 차린 하녀 하나가 "황녀님은 지금 정원에 계시는데요." 하고 말했다.

"젠장!"

욕설을 내뱉은 로이드가 문을 쾅 닫았다. 급히 가운을 걸친 그는 정원으로 향하는 창문을 활짝 열었다.

"으아악! 백작님! 살려주십시오!"

솜덩어리 같은 것을 껴안은 제임스가 창문을 스쳐 지나갔다. 심약한 남자는 눈물과 콧물을 흩뿌리며 허공을 붕붕 날아다니고 있었다. 로이드는 이게 무슨 일이냐고 묻는 대신 눈으로 아란을 찾기 시작했다.

"으랏차차!"

"힘으로 해선 안 된다니까!"

아래에선 기사들이 곰처럼 굴러다니는 중이다. 정원 여기저기엔 솜덩어리 같은 물체가 둥둥 떠다녔고, 기사들은 그 위에 올라타기 위해 연신 펄쩍거리며 날뛰었다.

"앗, 백작님. 안녕히 주무셨어요?"

허공에서 들리는 소리에 고개를 들자 솜덩어리 위에 앉아 있는 아란이 보였다. 보송보송한 덩어리에 감싸인 모습이 퍽 귀여워 화를 내려던 마음이 푸시식 식어버렸다.

"그건 대체 뭡니까?"

"구름이에요. 다른 분들이 타보고 싶다고 하셔서요."

아란이 보송보송한 구름을 조금 떼어 로이드 쪽으로 흘려보냈다. 덕분에 그녀가 타고 있던 구름이 조금 작아졌다. 불안해진 그는 창밖으로 손을 내밀었다. 고개를 갸웃한 아란이 그의 앞으로 다가왔다. 그녀를 냉큼 안아 든 로이드가 나무랐다.

"위험하잖습니까."

"하나도 위험하지 않아요. 백작님도 타보실래요?"

아란이 옆으로 다가온 구름을 토닥토닥 두드렸다. 로이드도 그것을 만져보려 했다. 하지만 그의 손은 그대로 구름을 뚫고 지나갔다. 한쪽 눈썹을 들어올린 로이드가 물었다.

"진짜 탈 수 있는 게 맞습니까?"

"그럼요. 대신 탈 수 있다고 진심으로 믿어야 해요."

아란이 당연하다는 얼굴로 말했다.

'100년이 지나도 못 타겠군.'

어깨를 으쓱한 로이드가 손을 휘저어 구름을 흐트러뜨렸다. 안개처럼 변한 구름이 그의 머리에 닿았다. 습기를 빨아먹은 덩굴이 화려한 꽃망울을 터트렸다.

"오늘은 나팔꽃이네요."

로이드의 머리 위에 핀 꽃을 본 아란이 활짝 웃었다. 잊고 있던 사실을 떠올린 로이드가 끙 소리를 냈다.

"아란, 왜 자꾸 제 머리에 꽃씨를 심는 겁니까?"

"백작님이 자꾸 악몽을 꾸시는 것 같아서요. 꽃이 대신 악몽을 먹어주거든요."

"아침에 일어나서 머리에 핀 꽃을 보는 게 더 악몽입니다."

투덜거리긴 했지만, 악몽이 줄어든 것은 사실이었다. 요즘은 전장을 헤매거나 뭔가에 쫓기는 꿈을 거의 꾸지 않았다. 돌아가신 어머니를 보는 것은 악몽 축에도 들지 못했다.

"가만히 계세요. 제가 뽑을게요."

소매 속에서 빈 화분을 꺼낸 아란이 그의 정수리에 손을 가져다 댔다. 잠시 후 뽁 소리와 함께 나팔꽃이 뽑혀 나왔다. 로이드는 시원함과 약간의 허전함을 느꼈다.

"백작님을 도와준 착한 아이니까 정원에 옮겨 심어야겠어요."

아란이 화분을 다시 소매 속으로 집어넣었다. 제법 부피가 있는 화분은 흔적도 없이 사라졌다. 호기심을 느낀 로이드가 물었다.

"그걸 소매에 넣으면 무겁지 않습니까?"

"소매가 아니라 줌치예요."

아란이 소매 속에서 동그란 주머니 하나를 꺼냈다. 겉으로 보기엔 홀쭉해서 아무것도 들어 있는 것 같지 않았다. 입구를 열어 화분을 꺼냈다가 다시 집어넣은 그녀가 말했다.

"크거나 무거워도 막 넣을 수 있어서 굉장히 편해요."

"……그렇군요."

로이드가 멍하게 중얼거렸다. 단순히 편한 물건이 아닌 것 같았지만, 그것 외엔 할 말이 없었다. 그의 반응에 생긋 웃은 아란이 말했다.

"백작님도 만들어드릴게요. 이 줌치도 제가 만들었거든요."

로이드는 새삼스러운 눈으로 주머니를 바라봤다. 붉은색 비단에 꽃과 새가 촘촘히 수놓아져 있었다. 어디에 내놓아도 부끄럽지 않을 물건이었다. 그는 솔직하게 감탄했다.

"솜씨가 대단한데요."

칭찬에 약한 아란의 뺨이 빨개졌다. 수줍게 눈을 내리까는 모습에 피식 웃은 로이드가 그녀의 머리를 살살 만졌다. 헛기침 소리가 들려온 것은 바로 그때였다.

"주인님, 방해해서 정말 죄송합니다."

언제 왔는지 반쯤 열린 문 앞에 집사가 서 있었다. 그를 본 아란의 얼굴이 새빨개졌다. 로이드가 언짢은 기색으로 물었다.

"무슨 일이지?"

"손님이 오셨습니다."

"이 시간에?"

로이드가 의아하게 되물었다. 이른 아침에 찾아온 손님은 그냥 돌려보내는 게 보통이었다. 집사는 난처한 표정을 지었다.

"그것이……."

"그를 나무라지 마. 내 멋대로 쳐들어온 거니까."

문이 활짝 열리며 붉은 머리를 멋지게 빗어 넘긴 청년이 모습을 드러냈다. 로이드의 얼굴이 순식간에 굳어졌다. 멋쩍게 미소 지은 청년이 말했다.

"오랜만이다."

"……기드온."

로이드가 그의 이름을 불렀다. 품속의 아란이 움찔하는 게 느껴졌다. 캐서린과의 일을 말하며 단 한 번 언급했을 뿐인데, 기억하고 있었던 모양이다.

머리를 긁적인 기드온이 한 손을 들어 보였다.

"잘 지냈냐? 음, 생각보다 좋아 보이네."

"왜? 목이라도 매길 기대했냐?"

로이드의 대답에 멈칫한 기드온이 씁쓸하게 웃었다.

"넌 그 빈정거리는 버릇 좀 고쳐야 해."

"뭐 때문에 왔는지 모르지만, 그만하고 꺼져. 네 같잖은 변명 들어줄 기분 아니니까."

차갑게 말한 로이드가 집사에게 "끌어내."라고 명령했다.

울컥한 기드온이 말했다.

"야, 변명이라도 좀 들어주면 안 되냐?"

"내가 왜?"

"우리의 우정에 걸고, 단 한 번이라도 나한테 변명할 기회를 달라고."

"우정?"

로이드가 기가 찬 얼굴로 웃었다. 왕족인 캐서린과 비밀리에 만나는 것은 결코 쉬운 일이 아니었다. 그는 친우인 기드온에게 사실을 털어놓고 도움을 구했다. 기드온이 우정을 들먹거릴 거라면 그때 캐서린의 정부라고 밝혔어야 했다.

"입 다물고 내가 놀아나는 꼴을 보고 있었던 놈이 우정이라고?"

"이제 와서 말하지만, 나 진짜 그 여자에게 별 감정 없었다고! 그냥 잠깐 눈 맞고 몸 맞아서 몇 번 뒹군 거 가지고……."

"닥치지 못해?"

당황한 로이드가 아란의 귀를 막았다. 뒤늦게 실책을 깨달은 기드온이 입을 빼끔거렸다.

"아니, 그…… 저, 죄송합니다. 아가씨. 제 말은……."

그를 빤히 쳐다보던 아란이 로이드에게 "내려주세요." 하고 청했다.

로이드는 조심스럽게 그녀를 내려놓았다. 기드온에게 자박자박 다가간 아란이 두 손을 모으고 살짝 고개를 숙였다.

"백작님의 약혼녀인 아란이에요."

"노스필드의 기드온입니다. 제가 먼저 인사드렸어야 했는데 죄송합니다. 아가씨."

기드온이 마주 예를 취하며 말했다. 생긋 웃은 아란이 집사에게 말했다.

"집사님, 손님이 드실 차를 준비해주세요."

즉시 고개를 숙인 집사가 밖으로 향했다. 당황한 로이드가 "아란!" 하고 그녀를 불렀다. 까만 눈으로 그를 올려다본 아란이 의자를 가리켰다.

"앉으세요, 백작님."

"아란, 저는……."

"앉으세요."

왠지 거역할 수 없는 어조였다. 로이드는 터덜터덜 걸어서 의자에 앉았다. 아란이 기드온을 돌아봤다.

"기드온 님도 앉으셔야죠?"

"예!"

절도 있게 대답한 기드온이 로이드의 맞은편에 앉았다. 그제야 만족한 얼굴로 변한 그녀가 다소곳이 손을 모았다.

"그럼 전 나가볼게요. 천천히 이야기 나누세요."

"가, 감사합니다. 아가씨."

바짝 얼어붙어 있던 기드온이 감사를 표했다. 아란이 웃는 얼굴로 그를 바라보며 말했다.

"기드온 님."

"예?"

"백작님께 거짓을 말하면 절대 용서하지 않겠어요."

입은 웃고 있지만, 눈이 전혀 웃지 않았다. 굳어버린 기드온에게 살짝 고개를 숙인 아란이 밖으로 나갔다. 문이 닫히는 소리에 정신을 차린 기드온이 말했다.

"와, 어머니를 보는 줄 알았네."

노스필드 백작 부인은 엄격하기로 유명한 사람이었다. 어린 시절 그녀를 마귀할멈이라고 불렀던 로이드가 미간을 찌푸렸다.

"너 때문이잖아. 평소엔 안 저래."

그러자 기드온이 왠지 측은하단 표정을 지었다.

"로이, 난 네가 애처가가 될 거라고 생각했는데. 지금 보니 그냥 공처가가 된 거 같다."

"이 새끼가!"

로이드는 주저 없이 그의 정강이를 걷어찼다.

잠시 툭탁거리던 둘은 티세트를 갖고 돌아온 집사를 보고 진정했다. 기드온이 실실거리며 말했다.

"나는 차보단 술이 좋은데, 새로 들어온 좋은 술은 없어?"

"황녀님께서 술은 드리지 말라고 하셨습니다. 꼭 원하신다면 준비해드리겠습니다."

집사가 깍듯이 고개를 숙이며 말했다. 이어서 로이드가 "주는 대로 처마셔." 하고 타박했다.

입을 삐쭉인 기드온이 제 앞에 놓인 찻잔을 집어 들었다. 집사가 물러나길 기다린 그가 소심하게 말했다.

"야, 나 공주한테 진짜 마음 없었어. 네가 본 그때도 관계 청산하려고 만난 거였다고."

"관계 청산하려는 새끼가 침대에서 뒹굴고 있냐?"

"그건 그냥 이별 기념으로?"

"미친놈."

로이드가 차갑게 쏘아붙였다. 기드온은 어깨를 으쓱했다.

"다들 그런다고. 손만 잡고 노는 네가 이상한 거야."

"왜? 내가 고자라고 공주가 말하던가?"

로이드의 목소리가 한층 더 음울해졌다. 둘이서 무슨 말을 하며 어떻게 비웃었을지 눈에 선했다. 한 대 맞은 얼굴로 그를 바라보던 기드온이 말했다.

"그런 거 아니야. 무슨 상상을 하는지 알겠는데, 애초에 난 공주랑 대화도 안 해. 그냥 막 뒹구는 사이에 무슨 대화가 필요하겠어, 안 그래?"

이마를 짚은 로이드가 한숨을 쉬었다. 불안한 눈으로 그를 바라보던 기드온이 말했다.

"난 그냥 공주에게 널 건드리지 말라고 말하려 했다고. 네가 사실을 알게 되면 얼마나 실망할지 알고 있었으니까.”

“공주가 아니라 나한테 말했어야지!”

로이드가 테이블을 내리치며 말했다. 그러자 기드온이 갑자기 빈정거리기 시작했다.

“말하라고? 뭘? 아, 사생아 만드는 새끼가 세상에서 제일 싫다는 놈에게 ‘미안. 내가 지금 몇 년째 공주랑 몰래 뒹굴고 있거든. 다행히 애는 안 생겼어.’ 하고 말할까? 어?”

“그걸 지금 말이라고…….”

“내가 만약 그런 말을 했으면 넌 대번에 공주에게 달려가서 사실인지 물었겠지. 그럼 그 망할 여자는 손수건에 눈물 몇 방울 찍어내면서 모함이라고 할 거고, 넌 거기 홀라당 넘어가서 내가 또 헛소리한다고 믿었을 거잖아!”

제풀에 시근덕거리던 기드온이 마른세수를 했다. 그는 간청하듯 두 손을 내밀며 말했다.

“미안. 진짜 잘못했어. 내가 죽일 놈이야. 그런데 난 그런 여자 때문에 하나뿐인 친구를 잃고 싶지 않다고.”

“너 친구 많잖아.”

노스필드의 후계자인 기드온에겐 친하게 지내는 사람이 발에 차일 만큼 많았다. 로이드의 지적에 얼굴을 일그러뜨린 기드온이 소리쳤다.

“그런 놈들이 친구냐. 내 친구는 사실 너 하나뿐인 거 알잖아!”

“…….”

로이드에게도 진짜 친구라 부를 수 있는 사람은 기드온뿐이었다. 그랬기에 그의 배신에 더욱 상처받았다.

"제발. 한 번만 용서해줘라. 어?"

징징거리는 기드온을 보고 로이드는 긴 한숨을 쉬었다.

"나 진짜 공주랑 완전히 정리했다니까? 이제 백합궁 쪽으로는 오줌도 안 눠!"

"별로. 그녀와 만나든 말든 상관없어."

"그, 그럼 날 때릴래? 아니면 무릎이라도 꿇을까?"

"징그럽게 들러붙지 마, 새끼야."

로이드는 슬금슬금 다가오는 기드온을 걷어찼다. 악 소리를 내며 나가떨어진 기드온이 실실 웃었다. 로이드는 뜨악한 기분으로 그를 쳐다봤다.

"왜 기분 나쁘게 웃고 지랄이야."

"이제야 좀 내 친구 로이 같아서."

"맞는 게 좋았나? 더 때려줘?"

다리를 들어올리자 벌떡 일어난 기드온이 워워 소리를 냈다. 저도 모르게 피식 웃을 뻔했던 로이드가 얼굴을 굳혔다. 그는 식어버린 찻잔을 들어 단숨에 비워냈다. 탁 소리 나게 찻잔을 내려놓은 그가 말했다.

"아란한테 고맙다고 해라. 그녀가 아니었으면 넌 차가 아니라 장갑을 받았을 테니까."

"……어, 응. 네 약혼녀 진짜 귀엽더라. 좀…… 많이 어리지만."

어색하게 머리를 긁적인 기드온이 말했다. 무어라 반박하려던 로이드가 한숨을 쉬었다. 이쪽이 연하지만, 말해봤자 믿어주지 않을 것이 뻔했다. 눈치를 보던 기드온이 덧붙였다.

"약혼녀랑 사이 꽤 좋은 것 같던데. 맞지?"

"뭐가 궁금한데?"

"아니, 그게…….."

머뭇거리던 기드온이 조심스럽게 말했다.

"사실 네가 공주랑 사귄다고 소문이 나서 말이야."

"……뭐?"

"혹시 에메랄드 목걸이 산 적 있어?"

아차 싶었던 로이드가 혀를 찼다. 가짜가 선물한 것을 뺏기도 그래서 내버려둔 것이 화근이었다. 로이드의 얼굴을 보고 안심한 기드온이 말했다.

"네가 공주에게 에메랄드 목걸이를 바치면서 구애했다는 소문이 자자해. 공주는 그걸 자랑스럽게 걸고 돌아다니고 말이야. 나도 네가 공주랑 다시 사귀는 줄 알았어."

"그래서 갑자기 씩씩거리면서 쳐들어왔군."

"야, 20년 지기랑 절교해놓고 공주와 다시 사귄다는 게 말이 되냐! ……뭐, 네가 약혼녀에게 흐물텅거리는 꼴을 보니 헛소문인 거 알겠더라."

"뭐?"

정색하는 로이드를 보고 움찔한 기드온이 소심하게 중얼거렸다.

"우, 우정은 그딴 여자보다 중요하다는 뜻으로 말한 건데…….."

"내가 언제 흐물텅거렸어?"

로이드는 헛소리하는 그를 제지하며 말했다. 눈이 똥그레진 기드온이 "엥?" 소리를 냈다.

한숨을 쉰 로이드가 말했다.

"창가에 있기에 위험해서 잡고 있었던 것뿐이야. 특별한 감정이 있어서가 아니라고. 어차피 정략결혼이고…….."

"뭔 헛소리를 하는 거야? 완전 흐물흐물해서 녹아내리기 직전인 새끼가."

말이 끊긴 로이드가 어이없다는 눈으로 그를 쳐다봤다. 하지만 기드온도 어이없어하긴 마찬가지였다.

"남한테 흐트러진 모습 보여주기 싫어하는 놈이 침실에서 가운 하나 입고 약혼녀 둥기둥기 하고 있으면 뭐, 답 나오는 거 아니냐?"

"……뭐 때문에 오해했는지 알겠는데 그런 거 아니니까 닥쳐."

"야, 넌 예전부터 귀엽고 예쁜 거에 환장했잖아. 그런 티 안 내려고 죽어라 애썼지만. 그걸로 따지면 네 약혼녀 완전 네 취향이던데."

"이 새끼가 누굴 변태로 아나."

로이드가 가차 없이 그를 걷어찼다. 잽싸게 몸을 돌려 피한 기드온이 이죽거렸다.

"좋아 죽더니 뭘 빼고 그래. 거기서 더 좋아지면 입에 물고 쭙쭙 빨겠더라?"

"아가리 안 닥쳐?"

그냥 놀리는 말인 것은 알지만, 약이 오르는 건 어쩔 수가 없었다. 당장 폭발할 것 같은 로이드를 보고 기드온이 양손을 들어올렸다.

"미안, 네가 하도 멍청한 소리를 하니까 나도 모르게."

그는 로이드가 뭐라고 대꾸할 틈도 없이 말을 이었다.

"야, 너 사실 정략결혼이 뭔지 잘 모르는 거 아냐? 내가 아는 정략결혼은 서로 눈 마주치기도 싫어하고 죽지 못해 한 침대에 들면서 빨리 애 생기길 신에게 기도하는 거라고. 너처럼 약혼녀 물고 빨면서 '특별한 감정은 없어요.' 이러는 게 아니라."

"내가 언제 아란을 물고 빨았어?"

"무슨 뜻인지는 알잖아?"

로이드는 한숨을 쉬었다. 티포트에서 다 식어버린 차를 따른 그가 마지못해 말했다.

"잘해주면 도망가지 않을 것 같아서."

"……엉?"

"말 그대로야. 언제든 도망갈 수 있는 여자라 불안해."

아란은 새로 변하거나 구름을 타고 날아갈 수 있었다. 도망가기로 했다면 로이드는 그걸 막을 수가 없었다. 입을 뻐끔거리던 기드온이 간신히 말했다.

"아니, 그, 사이 좋아 보이던데. 왜?"

"그거랑 상관없이 불안하니까. 혼인하기 싫다는 걸 억지 부려서 붙들어놓은 거야. 당장 마음 바뀌서 날아가버릴 수도 있다고."

로이드는 그녀에게 많은 것을 숨기고 또 거짓으로 말했다. 그중 하나라도 들키면 아란이 실망해서 그대로 날아가버릴 것 같았다.

"야, 너 좀…… 무섭다. 혹시 의처증이라든가, 그런 거야? 그래?"

불안하게 눈을 굴리던 기드온이 물었다. 로이드는 긴 한숨을 쉬었다.

"이해할 거라 믿은 내가 바보지."

"뭐. 보통은 이해 못할 것 같은데. 의처증은 좀."

"그런 거 아니니까 닥쳐."

어깨를 으쓱한 기드온이 "맨날 닥치래." 하고 투덜거렸다. 그만큼 자주 헛소리를 한다는 자각이 없는 듯했다.

로이드는 방어적으로 말했다.

"이건 전하께서 명하신 혼인이야. 망쳐버리면 곤란해."

"……또 그런 식이구만."

"뭐?"

"넌 항상 누군가를 좋아하면 안 될 이유를 만들잖아. 공주 때도 그랬지. 왕의 딸이라서, 사촌이라서, 숙부에게 죄송해서. 이번엔 정략결혼이니까, 왕이 명하신 거니까, 망치면 곤란하니까 하고 도망칠 생각이네."

로이드는 무어라 대꾸하기 위해 입을 열었지만, 목소리가 나오지 않았다. 한참이 지나서야 겨우 "그런 거 아니야."라고 중얼거릴 수 있었다.

그의 어깨를 툭 친 기드온이 뭔가를 꺼내 내밀었다.

"등신 같은 친구를 위해 내 기꺼이 양보하마."

기드온이 준 봉투에는 연극표가 두 장 들어 있었다. '피라모스와 티스베'라는 제목의 통속극으로 로이드도 알고 있을 정도로 유명한 것이었다.

"우리 가문의 박스석도 빌려줄 테니 마음껏 써. 여자라면 누구나 껌뻑 죽을걸."

기드온이 엄지를 척 들며 말했다. 로이드는 잠깐 갈등했다. 봉투를 덥석 받으면 왠지 기드온의 헛소리를 인정하는 것처럼 느껴졌다.

망설이는 그를 보고 한숨을 쉰 기드온이 말했다.

"이성의 화신이신 로이드 경. 지금 공주가 작정하고 네 약혼녀를 물먹이고 있다고요? 나가서 둘이 좋아죽는 걸 보여줘야 헛소문이 좀 가라앉지 않겠어? 그래야 국왕 전하께서 경에게 맡긴 고귀한 임무에도 차질이 없지 않겠습니까?"

도저히 반박할 수 없는 이유였다. 하지만 아란과의 첫 외출에 기드온의 표가 끼어드는 것은 못마땅했다. 그는 봉투를 도로 기드온에게 떠밀었다.

"바빠."

"너 안 바빠. 전하께서 당분간 네 일 좀 대신 맡으라고 하시더라. 그래야 너한테 용서받기 쉽지 않겠냐면서. 여전히 너구리 같은 영감이지?"

로이드의 손에 봉투를 쥐여준 기드온이 씩 웃었다.

"그럼 간다. 다음엔 진짜 술 한잔 하자고."

그는 왔던 것처럼 순식간에 사라졌다. 혼자 남은 로이드는 봉투를 노려보았다. 기분 같아선 그대로 버리고 싶었지만, 여자라면 누구나 껌뻑 죽는다는 말이 마음에 걸렸다.

"젠장."

봉투가 구겨질 정도로 꽉 움켜쥔 로이드가 드레스룸으로 향했다.


"보니! 내 예쁜이!"

기드온은 날듯이 마차 안으로 뛰어들었다. 푹신한 좌석에 기대 있던 미녀가 까르륵 웃었다. 기드온의 취향에 맞춘 것처럼 창백한 금발에 흰 피부, 풍만한 가슴을 가진 여자였다.

기드온은 그녀의 허리를 꽉 끌어안으며 말했다.

"내 사랑, 정말 고마워. 다 당신 덕분이야!"

"친구분과 화해하셨나 보네요."

"응, 녀석이 약혼녀에게 푹 빠져 있을 거라고 했을 땐 안 믿었는데 말이야. 당신 말대로 표를 줬더니 얼굴이 확 풀리던걸. 용서해 준다는 말은 안 했지만, 거의 용서받은 거나 다름없어. 그 녀석 은 근히 마음이 약하거든."

히죽거린 기드온이 여자의 가슴에 얼굴을 묻었다. 그의 머리를 쓰다듬던 여자가 말했다.

"약혼녀라는 분도 보셨나요?"

"응? 아, 되게 쪼끄맣고 예쁘더라. 완전 인형처럼 생겼어. 물론 내 취향은 이쪽이지만."

고개를 든 기드온이 그녀에게 쪽쪽 키스했다. 적당히 그를 상대하던 여자가 말을 이었다.

"뭔가 특이한 점은 없었어요? 남들과 다른 점이라든가?"

"그건 왜?"

기드온의 얼굴에 의혹이 서렸다. 그의 뺨을 살살 어루만진 여자가 소곤거렸다.

"소문을 들었는데요, 그 황녀님은 선인이래요."

"선인?"

"신비한 힘이 있어서 영원히 늙지 않는대요. 그런데 선인의 피나 살을 먹어도 영원히 늙지 않고 살 수 있다고 하더라고요."

멀뚱히 여자를 바라보던 기드온이 웃음을 터트렸다. 한참 배를 잡고 웃던 그가 눈꼬리에 맺힌 눈물을 닦았다.

"아이고, 세상에. 그런 말을 믿어? 영원히 늙지 않는다고?"

샐쭉해진 여자가 그를 흘겨보았다. 기드온이 그녀의 허리를 끌어당기며 물었다.

"그래서 같이 오고 싶다고 조른 거야? 피 한 방울이라도 얻어보려고?"

"흥, 영원히 젊게 살고 싶다는 게 뭐가 나쁘죠?"

여자의 투덜거림에 기드온은 귀여워 죽겠다는 얼굴을 했다. 그의 옆구리를 꼬집은 여자가 재촉했다.

"그러니까 어서 말해봐요. 뭔가 특이한 점 없었어요?"

"없어 없어. 그냥 평범한 여자애였다고."

"그래요?"

여자의 얼굴이 싸늘해졌다. 하지만 그녀의 목덜미에 입술을 파묻은 기드온은 그걸 보지 못했다.

가면처럼 표정이 사라진 여자가 그에게 들리지 않도록 중얼거렸다.

"그럼 직접 확인해봐야겠군요."

로이드는 너무 멋을 부린 건 아닌지 고민하며 옷차림을 가다듬었
다. 한참을 고민하던 그는 남들에게 과시해야 하니 이 정도는 상관
없다는 결론을 내렸다. 그는 마지막으로 거울을 확인한 뒤에 정원
으로 향했다.

정원에서는 아직도 기사들이 구름을 타려고 난리 중이었다. 그
래도 나름의 성과가 있었는지 대다수가 구름 위에 얹힌 채로 둥둥
떠다니고 있었다. 그들은 아직 성공하지 못한 동료를 열심히 격려
했다.

"키트, 용기를 내. 너 자신을 믿는 거야!"

"우릴 보라고. 너도 얼마든지 할 수 있어!"

"정말 할 수 있을까. 난 고소공포증이 있어서……."

소심하게 어깨를 움츠린 크리스토퍼가 웅얼거렸다. 애초에 고소
공포증이 있는 놈이 왜 구름에 타겠다고 설치는지 궁금했다. 로이
드의 의문에도 불구하고 기사들은 한층 더 목소리를 높여 응원했
다.

"걱정하지 마! 우린 널 믿어!"

"그래! 널 믿어! 키트!"

"꿈! 희망! 그리고 열정!"

근본 없는 그들의 응원에 눈을 질끈 감은 크리스토퍼가 몸을 날
렸다. 지루한 듯 꾸물거리던 구름이 곰 같은 덩치를 받아 안았다.
번쩍 눈을 뜬 크리스토퍼가 괴성을 질렀다.

"나 성공했어! 성공했다고! 우와아아악!"

구름이 쏜살같이 날아가며 크리스토퍼의 모습이 사라졌다. 어깨를 으쓱한 기사들이 말했다.

"잘 가라, 키트."

"훌륭하게 놈을 제거했군."

"멋진 솜씨야."

주먹을 부딪치는 놈들을 외면한 로이드는 원하는 것을 발견했다. 나무 밑에 뻗어버린 제임스를 간호하고 있는 아란이 보였다.

"아란, 뭐 하고 있습니까?"

"앗, 백작님!"

젖은 손수건을 제임스의 머리에 올려놓던 아란이 반색했다. 그녀는 걱정스러운 눈으로 끙끙거리는 제임스를 보며 말했다.

"서기님이 멀미를 하셔서요."

"꾀병이니 그냥 내버려두십시오."

꾀병이라는 말에 더 크게 끙끙거리는 제임스를 외면한 로이드가 말했다.

"그것보다 함께 외출하지 않겠습니까?"

거짓말처럼 끙끙대는 소리가 멎었다. 갑자기 조용해진 사방에 로이드가 헛기침했다.

"전에 놀러 가자고 약속했잖습니까. 같이 연극도 보고, 공중정원에도 갈까 하는데……."

"아이고, 주군. 데이트 신청을 그렇게 무드 없이 하시면 어떻게 합니까."

"황녀님의 손을 꼭 잡고! 좀 더 달콤하게 속삭이면서! 그렇게 청하셔야죠."

구름 위에서 구경 중이던 기사들이 참견했다. 로이드가 짜증스럽게 그들을 노려보며 "닥쳐!" 하고 외쳤다. 하지만 기사들은 포기하지 않았다. 누군가 '아름다운 아가씨, 내 부탁을 들어주세요'로 시작되는 노래를 부르기 시작했다. 다른 기사들이 휘파람으로 반주를 넣었다.

그들에게 집어 던질 것을 찾던 로이드는 이내 포기해버렸다. 맥없이 한숨을 쉰 그는 아란의 앞에 한쪽 무릎을 꿇고 말했다.

"아란, 부디 저와 함께 시간을 보내주십시오."

"바쁘지 않으세요?"

고개를 갸웃한 아란이 물었다. 기대 어린 얼굴에 미소 지은 로이드가 답했다.

"조금 여유가 생겼습니다."

활짝 웃은 아란이 그가 내민 손을 잡으며 "좋아요." 하고 말했다. 기사들이 일제히 괴성을 지르며 환호했다. 심지어 죽은 듯 누워 있던 제임스마저 벌떡 일어나며 박수를 쳤다. 로이드는 그의 옆구리를 걷어차는 것으로 보복했다.

'피라모스와 티스베'는 어느 멍청한 연인들의 이야기였다.

이웃이었던 그들은 담벼락에 난 작은 틈을 통해 사랑을 키운다. 부모의 반대에 부딪힌 둘은 새벽에 인적 없는 무덤가에서 만나 도망치기로 한다. 먼저 온 여자는 사자를 보고 놀라 숨었는데, 나중에 온 남자는 여자가 죽었다고 오해해서 자결해버린다.

뒤늦게 사실을 알게 된 여자는 연인을 돌려받기 위해 저승으로 간다. 그녀는 우여곡절 끝에 남자를 살리는 것에 성공한다. 하지만 되살아난 남자는 여자에 대한 사랑을 잃었고 절망에 빠진 여자는 자살한다.

여기서부터는 두 가지 결말로 나뉜다. 하나는 하늘에서 내려온 신이 여자를 되살리고 연인들을 이어주는 것이다. 다른 하나는 죽은 여자를 보고 뒤늦게 사랑을 되찾은 남자가 연인을 따라가는 거였다.

'오늘은 비극인가?'

로이드는 연극을 소개한 책자를 내려놓으며 생각했다. 옆자리의 아란이 잔뜩 기대 어린 얼굴로 말했다.

"연극은 처음이에요. 어떤 건지 정말 궁금했는데, 보게 돼서 정말 기뻐요."

"마음에 들면 좋겠군요."

로이드는 극장에서 산 오렌지를 까서 그녀에게 내밀었다. 수줍게 미소 지은 아란이 한 조각을 입에 넣더니 눈을 크게 떴다. 급히 입을 오물거려 오렌지를 삼킨 그녀가 환한 얼굴로 말했다.

"맛있어요!"

달콤한 과일만 좋아하는 줄 알았더니 신 것도 괜찮은 모양이다. 먹일 수 있는 목록이 늘어난 것에 만족한 로이드가 부지런히 오렌지를 까기 시작했다. 그런데 잠시 후, 그의 입으로 오렌지 한 조각이 쏙 들어왔다. 그에게 오렌지를 먹인 아란이 잔뜩 기대 어린 시선을 보냈다.

"맛있죠?"

"······네."

고개를 끄떡인 로이드가 오렌지를 씹었다. 새큼한 맛이 입안에 번졌다. 신 것을 좋아하지 않는데도 왠지 맛있게 느껴졌다.

"앗, 시작하나 봐요!"

무대가 열리는 것을 본 아란이 속삭였다. 잔뜩 들뜬 그녀를 보고 로이드는 저도 모르게 웃었다. 이렇게 좋아하는데, 진작 데리고 나오지 못한 것이 조금 미안해졌다.

잠시 후 음악과 함께 배우들이 무대에 올랐다. 조그마한 목소리로 궁금한 것을 묻던 아란은, 정작 연극이 시작되자 완전히 넋을 놓았다. 손에 오렌지를 쥐고 있는 것도 잊을 정도였다.

"······아란?"

몇 번 그녀를 부르던 로이드는 포기하고 오렌지를 구출했다. 그는 시시한 연극보다 아란을 구경하며 시간을 보냈다.

마침내 대사보다 멋 부리는 것에 신경 쓰던 피라모스가 사망했다. 울먹이던 아란이 소리 없이 통곡하기 시작했다. 로이드는 서둘러 손수건을 그녀의 손에 쥐여주었다.

손수건을 쥐어뜯으며 슬퍼하던 아란은 티스베가 저승으로 내려가자 자리에서 벌떡 일어섰다. 홀린 사람처럼 걸어간 그녀는 아예 난간을 잡고 매달려서 보기 시작했다. 아래로 떨어질까 봐 걱정된 로이드는 연극이 끝날 때까지 그녀를 품에 안고 서 있었다.

"죄, 죄송해요."

연극이 끝난 뒤에야 정신을 차린 아란이 그에게 사과했다. 얼마나 울었는지 코끝이 빨갰다. 로이드는 어깨를 으쓱했다.

"재미있었습니까?"

"……네, 정말로 슬프고 감동적이었어요."

아란이 멍하게 고개를 끄떡였다. 그녀는 미안한 눈으로 로이드를 바라봤다.

"저 때문에 백작님은 제대로 못 보셨죠?"

"아뇨, 아주 재미있게 봤습니다."

진심이었다. 울먹였다가 안도했다가 다시 훌쩍거린다고 바쁜 아란을 보느라 시간 가는 줄 몰랐다. 극장에서 졸지 않은 것도 처음이었다. 로이드의 말에 안도한 아란이 살짝 웃었다.

"자, 그럼 갈까요?"

로이드는 아란을 품에 안은 채로 극장을 나섰다. 광고하려는 것은 아니었지만, 마차가 보이지 않아 극장 앞에 한참을 서 있어야 했다. 힐끔거리는 사람들의 시선을 느낀 아란이 당황해서 얼굴을 가렸다.

"정말 죄송합니다. 주인님. 갑자기 천둥이 치고 비가 내리는 바람에 잠시 피해 있느라……."

뒤늦게 나타난 마부가 굽실거리며 사죄했다. 로이드는 해가 쨍쨍한 하늘을 올려다보았다.

"비가 왔었다고?"

"웬걸요. 비가 억수같이 쏟아지다가 그치고, 천둥이 치면서 소나기가 내리다가 또 조용해지고. 몇 번이나 그랬습니다. 저도 이렇게 변덕스러운 날씨는 처음 봅니다."

뭔가를 더 물으려던 로이드는 품속의 아란이 꼼지락거리는 바람에 그만두었다. 사람들의 시선이 신경 쓰이는지 얼굴이 아주 새빨갰다. 로이드는 서둘러 마차에 올라탔다.

마차에 오른 뒤에도 아란은 계속 풀죽어 있었다. 그것을 극장을 떠나는 아쉬움이라 생각한 로이드가 말했다.

"다음에 또 보러 올까요?"

"……네?"

화들짝 놀란 아란이 되물었다. 로이드는 아직 빨갛게 부어 있는 그녀의 눈가를 쓰다듬었다.

"시간이 나면 또 함께 극장에 옵시다. 그때는 유쾌한 연극이 좋겠군요."

재미있게 보는 건 좋지만, 매번 이렇게 우는 것은 좀 곤란했다. 기드온을 몇 대 때려주기로 한 로이드가 싱긋 웃었다. 눈을 동그랗게 뜨고 그를 쳐다보던 아란이 말했다.

"다음에도 이걸 봤으면 좋겠어요."

"그렇게 마음에 들었습니까?"

"아뇨, 백작님이 제대로 못 보셨잖아요. 멋진 내용이니까 꼭 보셨으면 좋겠어요."

그녀는 미안함과 수줍음이 담긴 얼굴로 웃었다. 로이드는 그녀의 머리를 살살 쓰다듬었다.

"저는 몇 번이나 봤던 내용입니다. 어머니가 좋아하셨거든요."

"정말요?"

"네, 티스베를 연기하고 싶다고 하셨죠. 원래 극단의 배우셨습니다."

로이드의 어머니는 그와 같은 은발에 푸른 눈을 가진 요정 같은 외모였다. 통통 튀는 유쾌한 연극이면 몰라도 가련하고 처연한 티스베 역엔 어울리지 않았다. 그걸 알면서도 그녀는 종종 아들 앞에서 티스베의 대사를 읊으며 아쉬워했다. 그의 이야기를 들은 아란은 무척이나 감동했다.

"대단하세요. 저는 그냥 너무 슬프고 감동적이라는 생각만 했는데. 그걸 연기하고 싶다고 생각하시다니. 너무 멋져요. 정말 대단해요."

"아니, 별로……. 그렇게 대단한 건 아닙니다."

한 번도 어머니에 대해 이런 찬사를 들어본 적이 없었던 로이드는 당황했다. 하지만 아란은 두 눈을 반짝이며 말했다.

"저도 해보고 싶어요. 티스베 연기요. 백작님 앞에서 해봐도 돼요?"

로이드는 일순 멍해졌다. 사랑스러움이라는 망치로 맞으면 이런 기분이 들 것 같았다.

그는 이끌리듯 소녀의 이마에 입 맞추며 말했다.

"당신이 원하면, 뭐든 해도 됩니다."

아란이 화들짝 놀란 얼굴로 그를 바라봤다. 정신을 차린 로이드가 변명하려는 순간 그녀의 얼굴이 새빨갛게 물들었다. 로이드의 품에서 벗어나려는 것처럼 버둥거린 아란이 뒤로 화딱 넘어갔다.

"아란!"

놀란 로이드가 붙잡기도 전에 아란은 새로 변했다. 통통 구르듯 뛰어간 새는 로이드에게 등을 돌린 채 마차 구석에 머리를 박았다. 당황한 로이드가 그녀를 불렀다.

"아란?"

"……."

"아란, 화났습니까?"

아무리 불러도 대답이 없었다. 마차가 멈춘 뒤에도 새는 돌이 된 것처럼 움직이지 않았다.

결국, 로이드는 아란을 주머니에 넣은 채로 공중정원에 올랐다. 공중정원은 정복왕이 세운 거대한 계단 모양의 건축물이었다. 각각의 단마다 희귀한 식물들이 즐비했고, 수영이나 티타임을 즐기는 장소도 있었다. 하지만 이 모든 걸 보여주고픈 사람이 주머니에 틀어박혀 있으니 아무 소용이 없었다.

공중정원의 마지막 단은 전망대로 꾸며져 있었다. 절벽처럼 까마득한 아래로 엘베른을 휘감아 도는 퀠빈 강이 그대로 보였다. 인적이 없는 곳으로 걸음을 옮긴 로이드가 말했다.

"아란, 아래의 풍경이 아주 멋집니다. 같이 보고 싶군요."

주머니 속의 새가 꼼지락거렸다. 로이드는 주머니 위로 새를 쓰다듬으며 말을 이었다.

"저한테 화가 났어도 이건 꼭 봤으면 좋겠습니다. 여기까지 나온 게 아깝지 않습니까."

그러자 주머니 밖으로 나온 새가 소녀의 모습으로 변했다. 눈이 마주치자 다시 새빨개진 아란이 두 손으로 얼굴을 가렸다.

"죄송해요. 백작님께 화가 난 게 아니라 너무 당황해서 그랬어요."

안도한 로이드가 입을 열려는 순간이었다. 새카만 새 같은 것이 날아와 그의 옆을 스쳐 지나갔다. 동시에 뭔가가 허리에 휘감겼다. 홱 당겨진 로이드는 그대로 난간 밖의 허공에 내동댕이쳐졌다.

"백작님!"

덜컥 몸이 흔들렸다. 정신을 차린 로이드는 자신이 허공에 매달려 있다는 것을 깨달았다. 난간 밖으로 몸을 던진 아란이 그를 붙잡고 있었다.

"저를 잡으세요, 빨리요!"

로이드는 반사적으로 그녀를 끌어안았다. 아란은 난간에 한쪽 소매를 휘감은 채였다. 커튼처럼 길게 늘어난 소매가 두 사람의 몸을 지탱했다. 일단 추락은 면했지만, 이래서야 위로 올라갈 수가 없었다. 도움을 청하기 위해 고개를 든 로이드는 누군가와 눈이 마주쳤다.

모자와 베일을 써 눈만 드러낸 여자였다. 아래를 내려다보는 그녀의 눈은 분명 웃고 있었다. 기괴할 정도로 긴 손톱을 가진 여자는, 그것으로 난간에 휘감긴 아란의 소매를 잘랐다.

추락하는 것을 느낀 로이드는 아란을 놓아야 한다고 생각했다. 그가 없다면 아란은 새로 변해서 위기를 벗어날 수 있었다. 하지만 소녀의 팔은 그를 더욱 단단히 붙잡았다. 절대 놓지 않겠다는 것처럼.

"아란, 구름을!"

로이드의 외침과 동시에 구름이 피어올랐다. 하지만 그의 몸은 그대로 구름을 뚫고 지나갔다. 로이드는 이를 악물고 아란을 끌어안았다. 아침의 대화가 그의 머리를 스쳤다.

「진짜 탈 수 있는 게 맞습니까?」
「그럼요. 대신 탈 수 있다고 진심으로 믿어야 해요.」

아란은 그렇게 말했지만, 그는 망상과는 거리가 먼 인간이었다. 구름을 탈 수 있다고 진심으로 믿기는 힘들었다. 하지만 지금 품속에 있는 소녀와 함께라면…….

질끈 눈을 감은 로이드의 몸이 푹신한 것에 휘감겼다. 바닥에서 얼마 남겨놓지 않은 상황이었다. 살았다는 것을 깨달은 로이드는 몸을 축 늘어뜨렸다. 무게감 없이 둥실둥실 떠다니는 느낌이 영 이상했다. 긴 한숨을 내쉰 그는 품속의 아란을 살폈다.

"아란, 괜찮습니까?"

멍하게 그를 올려다본 아란이 울음을 터트렸다. 서러운 울음소리와 함께 하늘에서 천둥번개가 쳤다. 로이드는 갑자기 내리기 시작한 소나기를 맞으며 소녀의 등을 다독였다. 한참을 소리 내어 울던 아란이 훌쩍이며 말했다.

"배, 백작님이 죽는 줄 알았어요."

"당신이 살려줬어요. 고맙습니다."

로이드의 말에 아란이 다시 울음을 터트렸다. 로이드는 그녀를 달래며 위를 쳐다봤다. 웅성거리며 아래를 구경 중인 사람들이 보였다. 하지만 그들 중에 베일을 쓴 여자는 없었다.


켈빈 강 하류에는 '샤론 브릿지'라는 이름의 큰 다리가 있었다.

어떤 홍수에도 떠내려간 적이 없는 이 다리는 엘베른의 상징 중 하나였다. 더불어 다리 옆에 자리 잡은 거대한 거북도 새로운 상징이 되어가고 있었다.

유쾌한 엘베른의 시민들은 새로운 이웃에게 잘 적응했다. 거대 거북에게 말을 거는 것은 물론이요, 선물을 갖다 바쳤다. 작은 동산처럼 쌓인 선물 옆에 커다란 술통 다섯 개를 내려놓은 상인이 굽실거리며 말했다.

"바다왕님, 이번에 좋은 술이 들어왔습니다. 맛이라도 좀 보시지요."

─ 오, 향이 참 좋군. 내 잘 마시겠네.

거북의 대답에 이번 뱃길도 잘 부탁드린다고 꾸벅 고개를 숙인 상인이 멀어졌다. 조용히 그걸 지켜보던 로이드가 말했다.

"인기가 좋으시군요."

─ 이 정도야 보통이지.

"그런데 바다의 왕이셨습니까?"

─ 해석의 차이라고 여겨주게.

거북이 슬쩍 한쪽 눈을 감았다 떴다. 피식 웃은 로이드가 말했다.

"선인은 거짓말을 못하는 줄 알았는데요."

─ 나는 선인이 아니라 천신이라네.

싱긋 웃은 거북이 말을 이었다.

─ 농담은 이쯤 해두고. 그래, 무슨 일인가?

로이드는 품속의 아란을 내려다봤다. 조금 전의 일로 충격을 받았는지, 조그마한 얼굴이 수심에 잠겨 있었다.

그는 덤덤하게 자신이 겪었던 일을 털어놓았다.

─ 요괴로군.

로이드의 설명을 들은 거북이 말했다.

─ 란아의 말이 맞네. 천의는 보통 방법으로는 손상되지 않아. 선인이나 요괴의 힘이면 모를까. 선인이 그런 짓을 할 리는 없으니 요괴의 짓이겠지.

"죄송하지만, 요괴가 뭡니까?"

로이드가 그의 말을 멈췄다. 잠깐 고민하던 거북이 설명했다.

─ 요괴는 뭔가가 나쁜 쪽으로 변한 것이네. 평범했던 것이 나쁘게 변해 힘을 갖게 되면 요괴라고 하지. 인간은 자신에게 해가 되면 다 요괴라고 하지만.

어떤 것인지 전혀 감이 잡히지 않았다. 그걸 알아차린 거북이 덧붙였다.

─ 무척 요사스러운 것일세. 인간을 잘 홀리지.

"여긴 서대륙인데. 왜 요괴가 있을까요?"

아란이 힘없는 목소리로 물었다. 그러자 거북이 당연하다는 듯이 답했다.

─ 인간이 발전한 탓이란다. 대륙을 건널 수 있는 배가 생겼으니 좋은 것뿐만 아니라 나쁜 것도 넘어온 게야.

"배에 묻어 온 해충 같은 거군요."

로이드의 대구에 거북이 껄껄거리고 웃었다. 또다시 일어난 광풍에 로이드는 한숨을 삼켰다. 아란이 울면 비가 내리더니, 이것도 집안 내력인 모양이었다.

ㅡ 크게 걱정할 건 없을 게다. 제 영역에 선인이 얼쩡거리니 인사도 할 겸 건드려본 거겠지.

"인사라뇨! 백작님은 죽을 뻔하셨어요!"

아란이 화가 난 목소리로 외쳤다. 하지만 거북은 눈만 끔뻑했다.

ㅡ 요괴가 작정하고 공격했다면 살아있을 리가 없지. 죽을 뻔하고 끝났으니 그쪽에서 봐준 거란다.

로이드도 동의했다. 잡아당겨진 것이 허리가 아니라 목이었다면 허공으로 팽개쳐진 순간 즉사했을 터였다. 울상을 짓는 아란에게 거북이 덧붙였다.

ㅡ 정 걱정되면 네가 지켜주어라. 네 낭군이 아니냐.

"아니, 그건 좀. 사양하겠습니다."

로이드가 정색하고 거부했다. 가뜩이나 능력에서도 밀리는데 지켜지기까지 하면 답이 없었다. 로이드의 반응에 흠 소리를 낸 거북이 말했다.

ㅡ 반응이 어찌 이럴까. 란아, 설마 아무 말도 안 한 거냐?

아란의 어깨가 움찔했다. 거북의 눈이 반짝 빛났다.

ㅡ 호오, 이 말괄량이가 어찌 본성을 숨겼을꼬. 꽃처럼 품에 안고 오는 것을 보고 혹시 했지만, 약혼자 앞이라고 내숭을 떤 게로군.

"외, 외백부님!"

아란이 로이드의 눈치를 보며 항의했다. 거북이 재미있다는 듯이 말했다.

─ 속지 말게나. 란아는 투선(鬪仙)이라네.

"투선?"

─ 악기를 다루면 악선, 약을 다루면 약선, 춤을 추면 무선. 그리고 싸움을 하면 투선이지. 란아는 투선 중에도 검을 다루는 검선일세.

로이드는 조금 의외라는 기분으로 아란을 내려다봤다. 검보다는 꽃을 들고 있는 것이 잘 어울리는 작고 예쁜 손이다. 이런 손으로 검을 휘두른다니 상상이 잘 안 됐다.

─ 웬만한 장정은 한 손으로도 때려잡을 수 있을 걸세. 그러니 요괴가 나타나면 주저 말고 란아의 뒤에 숨게나.

울상을 지은 아란이 그를 올려다봤다. 로이드가 무어라 말하기도 전에 거북이 말을 이었다.

─ 그런데 란아 녀석이 선계 제일의 말썽꾸러기란 건 아는가? 하계로 귀양 온 것도 상제가 아끼는 흑기린을 타고 놀다 허리를 삐게 해서인데.

"외백부님!"

"……네?"

처음 듣는 소리에 로이드는 저도 모르게 되묻고 말았다. 거북이 끌끌 혀를 찼다.

─ 역시 모르는군. 자네, 속아서 혼인하는 거라네.

"외백부님, 미워요!"

울먹이며 소리친 아란이 새로 변해 포르르 날아갔다. 당황한 로이드가 "아란!" 하고 소리쳤다. 하지만 새는 뒤도 돌아보지 않고 모습을 감춰버렸다. 로이드는 낭패한 기분으로 주먹을 움켜쥐었다.

– 이런, 미움받았군.

거북이 입맛을 쩝쩝 다셨다. 그를 노려보던 로이드가 한숨을 쉬었다.

"무슨 말씀을 하시려고 아란을 쫓아낸 겁니까."

– 오, 눈치챘나? 그럼 이야기가 빠르겠군.

능청스럽게 눈짓한 거북이 말했다.

– 그 요괴는 뭔가 노리는 게 있어. 자네를 죽일 마음까진 없었지만, 모종의 이유 때문에 나타난 것일 테지.

로이드 역시 짐작했던 이야기였다. 인사나 하자고 남을 허공에 집어 던질 리는 없었다.

– 그런데 란아의 힘은 반쪽이야. 그 아이는 부정에 약해서 몸에 피를 묻힐 수가 없네. 제 몸이야 어찌어찌 지키겠지만, 자네까지 지켜내기는 어려울 거야.

"지킴을 받을 생각도 없었습니다. 아란이 피를 보지 못한다면 제가 그녀를 지키죠."

– 요괴는 집요하네. 원하는 것을 손에 넣을 때까진 끝없이 달려들 거야. 거기 휘말리면 정말 죽을 수도 있어. 인간은 요괴를 당해내기 어려우니.

"하고 싶은 말씀이 뭡니까?"

– 란아를 포기하게. 지금이라도 다른 소원을 빌고 그 애를 놓아줘.

로이드의 입이 굳게 다물렸다. 무표정한 얼굴로 거북을 쳐다보던 그가 말했다.

"결국, 요괴에게 죽기 싫으면 아란을 포기하란 말이군요."

- 자네의 왕이 문제라면 내가 해결해주겠네.

로이드는 싱긋 웃었다.

"싫습니다."

- 내 말이 장난 같은가.

거북이 노여운 듯이 말했다. 하지만 로이드는 끄떡도 하지 않았다.

"뭔지도 모를 것에 겁먹고 약혼녀를 포기하는 멍청한 놈이 아니라 죄송하군요."

- 겁이 없군. 요괴는 인간보다 사악하고 무자비하네.

"위험이라면 익숙합니다. 믿었던 사람 때문에 독도 먹어보고, 등에 칼도 맞아보고, 배신도 당해봤습니다. 약혼녀를 노리는 괴물이 하나 붙는다고 달라질 일은 없어서요."

로이드는 추락하는 자신을 끝까지 놓지 않던 아란의 팔을 기억했다. 고작 목숨의 위협 따위에 그걸 포기하라니, 말도 안 되는 소리였다. 거북이 다시 한 번 그에게 경고했다.

- 요괴는 시작에 불과할 수도 있네. 이것보다 더한 일이 일어날지도 몰라.

"이 자리에서 죽어도 포기 못 합니다."

로이드는 단호하게 말했다. 말없이 그를 노려보던 거북이 갑자기 껄껄 웃었다.

- 과연 내 눈이 틀리진 않았군. 자네는 용왕의 외손녀 사위 될 자

격이 있어.

'아니, 별로 그쪽 집안이랑 얽히고 싶지 않은데.'

로이드는 얼굴을 때리는 광풍을 막으며 생각했다. 한참 후에야 웃음을 그친 거북이 말했다.

– 란아를 잘 부탁하네. 가엾은 아이야.

조금 쓸쓸한 목소리였다. 무어라 답할지 망설이던 로이드는 그냥 고개만 끄떡였다.


"여기 있었군요."

로이드는 다리 근처의 강변에서 아란을 발견했다. 멍하게 강물을 들여다보던 아란이 깜짝 놀라 그를 돌아봤다.

"……제가 여기 있는 줄 어떻게 아셨어요?"

로이드는 어깨를 으쓱했다. 흘러가는 먹구름을 좇아왔다고 하면 아란이 또 도망갈 것 같았다.

"왠지 여기 아란이 있을 것 같다는 생각이 들었습니다."

"정말요? 신기해요!"

활짝 웃던 아란이 멈칫했다. 다시 어두운 표정으로 변한 그녀가 고개를 숙였다.

"죄송해요. 전 백작님을 속였어요."

"그래요? 궁금하군요. 뭘 속였습니까."

그녀의 앞으로 다가간 로이드가 몸을 숙여 시선을 마주했다. 한참 동안 손만 꼼지락거리던 아란이 겨우 입을 열었다.

"사실 저는…… 힘이 굉장히 세요."

"그렇군요."

어느 정도 짐작했던 일이었다. 마차에서 꼬꾸라질 뻔했을 때도, 전망대에서 떨어졌을 때도 아란은 한 손으로 그를 붙잡고 몸을 지탱했다. 눈치채지 못하는 게 이상한 수준이었다. 잠시 머뭇거리던 아란이 덧붙였다.

"사실은 검도 잘 써요. 보패[12]도 검이에요."

"그리고요?"

"선계에서 말썽도 많이 부렸어요. 왕모님께 매일 꾸중을 들을 정도로요."

"아하."

고개를 끄떡이는 그를 보고 울먹거린 아란이 고백했다.

"사실대로 말하면 더는 백작님이 쓰다듬어주지 않을 것 같아서 숨겼어요. 미안해요."

"그런 엄청난 사실을 숨기다니. 정말 놀랐습니다."

과장된 한숨을 쉬자 풀죽은 아란이 고개를 숙였다. 피식 웃은 로이드가 그녀를 덥석 안아 올렸다.

"얄미우니까 벌을 줘야겠군요."

머리 위로 번쩍 들어 올리자 놀라 눈을 크게 뜬 아란이 꺅 소리를 냈다. 로이드는 그녀가 웃음을 터트릴 때까지 빙빙 돌린 후에 품에 안았다.

---

12  신선과 신이 사용하는 신비한 도구나 무기.

두 뺨이 발그레해진 아란이 말했다.

"화 안 내세요?"

"왜 화를 내겠습니까. 힘도 세고 검도 잘 쓰는 약혼녀가 생겼는데요."

조그마한 머리를 쓰다듬자 아란의 눈에 다시 눈물이 그렁그렁해졌다. 로이드는 그녀를 다독이며 말을 이었다.

"아란, 전 당신이 약하고 무능해서 이러는 게 아닙니다."

"그럼요?"

"귀여…… 별 이유는 없습니다. 그냥 당신이니까 이러는 겁니다. 그러니 제 앞에선 좀 더 솔직해져도 됩니다."

그러자 아란의 얼굴이 환해졌다. 그녀는 덥석 로이드의 목을 끌어안았다.

"정말 고마워요, 백작님."

로이드는 왠지 모를 안도감을 느끼며 조그마한 등을 다독였다. 하지만 까끌까끌한 모래알 같은 것이 가슴속에 굴러다녔다. 결국, 그는 그것을 입 밖으로 토해냈다.

"다음엔 그렇게 혼자 날아가버리지 말아요."

"네?"

아란이 의아한 눈으로 그를 올려다봤다. 의처증이라고 놀리는 기드온의 목소리가 들리는 것 같았다. 헛기침을 한 로이드가 얼른 말을 돌렸다.

"자, 그럼 가볼까요. 라샤펠의 디저트가 기다리고 있습니다. 분명 당신의 마음에 들 겁니다."

"디저트요?"

고개를 갸웃하는 약혼녀를 품에 고쳐 안은 그는 걸음을 옮겼다. 예기치 못한 사건이 좀 있었지만, 그래도 첫 데이트인데 이 정도면 나쁘지 않았다.

'아니, 데이트는 아니지.'

아직 이성을 완전히 포기하지 못한 그였다.

## 04

### 초대하지 않은
### 손님


둥근 달이 하늘에 떠 있었다.

창가에 기대앉은 남자가 손에 든 술잔을 기울였다. 잔을 든 손이
어떤 여인보다 섬세했다.

"주인님."

속삭이는 목소리와 함께 누군가 남자의 머리카락을 어루만졌다.
바닥까지 끌리는 머리카락은 새하얬지만, 끝으로 갈수록 검어졌
다.

"이런, 금아. 방해하지 말라 일렀거늘."

술잔을 입에서 뗀 남자가 웃었다. 달빛에 드러난 그의 얼굴은 요
사스러울 정도로 아름다웠다.

"말을 안 듣는 아이구나."

팅 소리와 함께 비명이 터졌다. 바닥에 쓰러진 여자가 부들부들
몸을 떨었다. 창백한 금발이 엉망으로 흐트러졌다.

"주인님, 제발 용서해주세요. 주인님."

낑낑거리며 애원하던 여자의 표정이 어느 순간 편안해졌다. 벌

떡 몸을 일으킨 그녀가 엉금엉금 기어와 남자의 다리에 매달렸다.
훌쩍거리는 그녀의 머리를 쓰다듬은 남자가 물었다.

"그래, 무슨 일이냐?"

"소녀가 아주 좋은 것을 찾았어요."

"좋은 것?"

"선인이어요. 그것도 백 살도 채 안 된 어린것이요. 기운도 아주
정순해 보였어요."

남자의 눈썹이 꿈틀했다. 그것을 눈치채지 못한 여자는 남자의
다리에 얼굴을 비벼대며 애교를 부렸다.

"그걸 드시면 주인님의 상처도 나을 텐데. 제가 잡아올까요?"

"쓸데없는 짓 하지 말아라."

남자가 가볍게 여자의 머리를 밀쳐냈다. 반쯤 남은 술잔을 들여
다본 그가 한숨처럼 웃었다.

"그래도 선인이라. 꽤 오랜만에 듣는 말이군."

"소녀도 50년 만에 보는 것이어요. 어찌나 반갑던지 조금 골려주
었지요."

여자가 키득키득 웃으며 말했다. 남자가 픽 웃었다.

"벌써 장난질을 쳤군. 못된 것."

"아이, 장난질도 아니었어요. 인사만 하고 온 것을요. 이웃사촌
이잖아요?"

여자의 변명에 남자가 고개를 끄떡였다.

"그도 그렇군. 그럼 나도 인사나 해둘까."

"직접 가시게요?"

여자가 화들짝 놀라며 물었다. 남자는 가볍게 여자의 머리를 쓸었다. 눈을 가늘게 뜬 여자가 골골거리는 소리를 냈다. 그녀의 창백한 금발을 잡았다 놓은 남자가 말했다.

"그래, 작은 선물을 주는 것도 나쁘지 않겠지."


로이드는 뺨이 간질거리는 느낌에 눈을 떴다. 조그마한 파랑새가 그의 뺨에 기댄 채로 잠들어 있었다. 그는 작게 한숨을 쉬었다.

"넘어오지 말라고 했는데."

몸을 일으킨 그는 손끝으로 새의 머리를 문질렀다. 피, 하는 작은 울음소리를 낸 새가 몸을 더욱 웅크렸다.

"아란, 아침입니다."

로이드의 부름에도 새는 눈을 뜨지 않았다. 피식 웃은 그는 종을 울려 시중인을 불렀다. 잠시 후 대야와 물주전자를 든 하인이 나타났다. 로이드는 시중을 들기 위해 다가오는 그를 물렸다. 문이 닫힌 후 그는 손에 쥐고 있던 새를 살폈다. 새는 여전히 꿈나라였다.

"아란, 그만 일어나요."

몇 번 부르다 포기한 그는 자리에서 일어났다. 폭신한 담요 위에 대야를 놓고 찬물과 따뜻한 물을 적당히 섞은 뒤 새를 물에 집어넣었다. 그제야 눈을 뜬 새가 길게 하품을 했다. 로이드는 새의 목덜미를 살살 간질이며 말했다.

"어서 씻고 방으로 돌아가요. 하녀들이 눈치채겠습니다."

요즘에서야 알았지만, 아란은 아침잠이 많은 편이었다. 그동안 일찍 일어난 것도 다람쥐에게 깨워달라고 부탁한 거였다. 사람들이 게으르다고 흉볼까 봐 걱정된다는 말에 로이드는 다람쥐 대신 깨워주겠다고 약속했다.

두 사람이 동침을 한 것은 외출했다 돌아온 날부터였다.


요괴를 막을 방법을 궁리하다 잠자리에 든 로이드는 창문을 때리는 소나기를 느꼈다. 혹시나 해서 옆 방문을 열어봤더니, 침대에 앉은 아란이 훌쩍훌쩍 울고 있었다. 그는 저도 모르게 목소리를 낮춰 물었다.

「아란? 왜 우는 겁니까?」

놀라 고개를 든 아란이 로이드를 보고 울먹거리며 말했다.

「침대가 너무 크고 깜깜해서 무서워요.」

로이드는 뭐라 해야 할지 몰라 침묵했다. 훌쩍이며 눈가를 비빈 아란이 덧붙였다.

「밖으로 나가려고 했는데, 창문이 안 열려서요.」

「……잠깐만요. 그동안 계속 밖에서 잔 겁니까?」

로이드의 물음에 아란은 당연하다는 듯이 고개를 끄떡였다. 한숨을 쉰 로이드는 등잔을 켜서 창문을 살폈다. 누구 짓인지 창문마다 못이 박혀 있었다. 밤마다 몰래 사라지는 황녀님의 평판을 걱정한 시중인이 손을 쓴 듯했다.

'끌어내서 매를 쳐야겠군.'

그에게 혼날까 봐 알리지도 않고 술수를 부린 것이 분명했다.

그때 침대에서 내려온 아란이 기대 어린 눈으로 물었다.

「백작님 방의 창문으로 나가도 돼요? 새벽에 돌아올게요.」

「아뇨, 안 됩니다.」

단호한 로이드의 말에 아란이 울상을 지었다. 머뭇거리던 그녀가 "하지만 전 혼자 못 자요. 그동안도 다람쥐가 둥지에 재워줬는 걸요." 하고 작게 항의했다.

로이드는 진지하게 물었다.

「그 다람쥐 수컷입니까?」

「……네?」

「아니, 그냥. 조금 신경 쓰여서요.」

헛기침하는 그를 보고 고개를 갸웃거린 아란이 "아니에요." 하고 말했다.

만족한 로이드는 그녀의 머리를 다독였다.

「자꾸 밖에서 자는 버릇 들면 안 됩니다. 다람쥐도 불편할 테고요. 새로 변하면 제 옆에 재워드리겠습니다.」

「백작님 옆에요?」

「새벽에 일어나 방으로 돌아가면 아무도 눈치 못 챌 겁니다. 어떻습니까?」

「네, 좋아요!」

얼굴이 환해진 아란이 곧바로 파랑새로 변했다.

로이드는 자신의 베개 옆에 쿠션 하나를 놓은 뒤 그 위에 새를 올려놓았다. 추울까 봐 손수건을 여러 장 겹쳐 덮어주었다.

「쿠션에서 내려오면 안 됩니다. 자다가 깔릴 수도 있어요.」

로이드의 경고에 새가 고개를 까딱였다. 로이드는 웅크린 새를 손으로 덮어 다독여주었다. 따뜻한 체온에 꼬박꼬박 졸던 새가 금방 잠에 빠졌다. 이대로 방으로 옮길까 했지만, 괜히 건드렸다가 깰까 봐 내버려두기로 했다.

'내일 일찍 깨워서 내보내면 되겠지.'

그렇게 생각하며 잠들었다가 눈을 뜨자, 분명 쿠션 위에 재웠던 새가 그의 뺨에 찰싹 달라붙어 있었다. 혼자는 못 잔다는 말이 거짓은 아닌 듯했다.


'그래도 자꾸 이러면 안 되는데.'

로이드는 푸드덕거리며 목욕하는 새를 구경하며 생각했다.

사실 해결방법은 매우 간단했다. 아란에게 이제 혼자 자야 한다고 말하고 울든 말든 내버려두면 된다. 아니면 창문에 박힌 못을 제거하거나.

하지만 어느 쪽도 내키지 않아서 미루다 보니 같이 자는 것이 당연하게 되어버렸다.

'이제 와서 갑자기 못 재워준다고 하기도 좀 그렇고.'

잠시 후 목욕을 끝낸 새가 대야 밖으로 나와 날개를 털었다. 로이드는 보송보송한 수건으로 새를 감싸 말려주었다. 새가 당황한 것처럼 짹짹거렸다.

"제, 제가 할게요."

"감기 걸립니다. 가만히 있으세요."

만족할 만큼 깃털을 말린 로이드가 새를 놓아주었다. 깃털이 부풀어서 엉망이 된 새가 부르르 몸을 떨었다. 그것을 본 로이드가 풋 웃어버리자 "우, 웃지 마세요!" 하고 항의한 새가 소녀로 변했다.

하지만 소녀의 머리도 엉망이긴 마찬가지였다.

"음, 머리가…… 빗질을 좀 해야겠군요."

웃음기 어린 목소리에 얼굴이 확 빨개진 아란이 옆방으로 도망쳤다. 히잉 하고 우는 소리를 들은 로이드는 피식 웃었다.

좋은 아침이었다.


손님이 찾아온 것은 그날 오후였다.

줄어든 일거리를 즐겁게 처리하던 로이드는 집사의 방문을 받았다. 곤란한 표정의 집사가 손님이 오셨으니 잠시 나와보셔야겠다고 말했다. 로이드는 또 무슨 일이 터졌구나 생각하며 저택의 입구로 향했다.

─ 예잇, 이놈들! 썩 물러가라!

현관 층계참 아래 지팡이 하나가 서 있었다. 기사들이 연신 붕붕 휘둘러지는 지팡이를 잡겠다고 설치는 중이었다. 뜻밖의 광경에 멈칫한 로이드가 제자리에 멈춰 섰다.

─ 이 고약한 놈들, 당장 우리 공주님을 내놓지 못하겠느냐!

"아니, 댁네 공주님이 누구기에 우리한테 내놓으라고 설치냐고. 앙?"

"여기가 아무나 설칠 수 있는 곳인 줄 아쇼? 지팡이만 뺏으면 두고 봅시다!"

기사들이 대놓고 지팡이에게 시비를 걸고 있었다. 누구에게 말하는 건가 하고 유심히 보던 로이드는 지팡이 끝에 붙어 있는 손가락만 한 금빛 개구리를 발견했다.

"……."

새삼 말하는 개구리를 보고 충격을 받는 자신이 이상한 건지, 그걸 아무렇지도 않게 여기는 기사들이 이상한 건지 모를 지경이었다.

그때 흠흠 헛기침 소리가 들렸다. 고개를 돌리자 소란과 상관없는 척하고 싶은지 멀찍이 떨어져 있는 표범이 보였다.

정확히는 표범의 머리가 달린 사람이었다.

─ 이렇게 기별도 없이 찾아와 송구하군. 이 몸은 선계에서 상제를 모시는 천신 무라라고 하오.

"뵙게 되어 영광입니다. 저는 왕국에서 윌리엄 왕을 모시는 로이드 헤센타인입니다."

로이드는 전혀 놀라지 않은 사람처럼 덤덤하게 인사했다. 그의 인사에 표범이 하얀 이를 드러내며 씩 웃었다. 번뜩이는 송곳니가 드러나 섬뜩하게 보였다.

─ 호란의 사절단과 함께 방문해야 했으나, 긴히 전할 일이 있어 미리 찾아오게 되었다오.

로이드는 속으로 날짜를 셈해보았다. 사절단이 도착할 거라 예상했던 날짜와 거의 맞아떨어졌다. 물론 기대했던 모습과는 좀 달랐지만, 내칠 수 없는 상대였다.

"그렇군요. 무슨 일로 오셨습니까?"

─ 아란선인이 여기 머물고 있다 들었소. 선인에게 상제의 명을 전해야 하니 부디 그녀를 만나게 해주시오.

그의 말을 들은 지팡이가 헐레벌떡 다가왔다.

－ 아이고, 무라 님! 저놈들에게도 말 좀 해주십시오. 우리 공주님이 여기 있는 게 확실하다고! 워낙 천한 놈들이라 제 말은 들어먹질 않습니다요.

－ 이족은 금와라고 하오. 소혜왕부에 속한 신선이지. 아란선인을 걱정하여 한사코 따라오길 청하니 어쩔 수가 없었소.

무라의 음성엔 미안함이 담겨 있었다. 그게 어떤 종류의 미안함인지 눈치챈 로이드는 고개를 끄떡였다.

"일단 안으로 들어오십시오. 아란을 불러드리겠습니다."

덤덤한 척하는 것과 달리 그는 꽤 초조한 상태였다. 그들을 안내해서 응접실로 향하는 동안 이유 모를 불안에 연신 주먹을 쥐었다 폈다.

'아니, 이유를 모르는 것은 아니지.'

아란을 속이고 붙잡아놓은 것 때문이다. 저들이 거짓을 밝히고 그녀를 데려갈까 봐 두려웠다. 로이드는 점점 날카로워지는 신경을 감추며 애써 웃었다. 접대를 하면서도 시선은 계속 문 쪽으로 가 있었다.

"백작님, 부르셨어요?"

잠시 후 달칵 문이 열리며 아란이 나타났다. 로이드는 심장이 거세게 두근거리는 것을 느꼈다. 그가 입을 열기도 전에 먼저 무라를 발견한 아란의 얼굴이 확 밝아졌다.

"무라 님!"

－ 아이고, 공주님!

지팡이를 팽개친 개구리가 펄쩍펄쩍 뛰어 그녀에게 달려들었다.

그를 양손에 받은 아란이 놀란 얼굴로 물었다.

"금와! 어떻게 여기까지 왔어?"

— 흐어어엉! 공주님. 무사하셔서 정말 다행입니다. 소신, 공주님이 걱정되어 죽을 뻔했습니다요. 하계로 내려와보니 공주님이 서대륙으로 떠나셨다지 뭡니까. 아이고, 그때만 생각하면……!

재잘거리는 개구리를 보고 한숨을 쉰 무라가 흠흠 헛기침을 했다. 화들짝 놀란 아란이 개구리를 내려놓고 한쪽 무릎을 꿇었다.

"여선 아란이 무라 님께 인사드립니다."

— 평신하라.

몸을 일으키는 그녀를 보고 개구리가 우리 공주님이 바닥에 무릎을 꿇으시다니, 하고 훌쩍였다. 골치 아프다는 표정을 지은 무라가 말했다.

— 아란선인, 그간 하계에서 잘 지냈는가?

"네, 무라 님. 백작님께서 잘 돌봐주셨어요."

— 다행이군. 그대에게 상제의 명을 전하러 왔네.

놀란 표정을 지은 아란이 제자리에 무릎을 꿇고 바닥에 엎드렸다. 당황한 로이드가 자리에서 벌떡 일어났다. 하지만 그녀를 내려다보는 무라는 덤덤한 얼굴이었다.

"여선 아란이 상제의 명을 받듭니다."

— 아란선인, 상제께서는…….

잠시 멈칫한 무라가 말을 이었다.

— 상제께서는 그대에게 이 땅에서 죽으라, 그렇게 명하셨네.

섬뜩한 명령이었다.

뒤로 벌렁 나자빠질 뻔했던 개구리, 금와가 거세게 항의했다.

− 어, 어찌 그런 명을. 상제께서 우리 공주님께 어찌 그런 명을 할 수가 있습니까!

− 입 다물게. 금와.

− 아니요! 그렇게는 못 합니다. 우리 공주님이 어떤 분이신데! 소혜왕부의 하나뿐인 공주십니다. 선계 수군의 수장과 용궁 공주의 무남독녀 외동딸이시라고요! 아무리 흑기린이 귀하다 한들 이럴 수는 없습니다! 없고말고요!

버럭버럭 악을 지르는 금와와 달리 아란은 아무 말도 없었다. 하지만 로이드는 바닥을 짚은 그녀의 손이 파르르 떨리는 것을 보았다. 펄쩍펄쩍 뛰던 금와가 제풀에 지쳐 아이고 아이고 하고 통곡하기 시작했다.

그제야 고개 숙인 그녀가 입을 열었다.

"무라 님, 하나만 여쭤봐도 될까요?"

− 좋다.

"흑기린을 다치게 한 저의 죄는, 하계와의 인연을 끊는 것으로 용서받는 게 아니었나요? 상제께서 왜 제게 또 다른 벌을 주셨는지요."

달달 떨리는 목소리였지만, 제법 억울함이 깃들어 있었다. 깊은 한숨을 쉰 무라가 말했다.

− 아란선인, 그대가 현원태자와 사사롭게 어울리는 것을 상제께서 모르실 줄 알았는가.

헉하고 숨을 들이마신 금와가 개굴 소리를 냈다. 번쩍 고개를 든 아란이 소리쳤다.

"아니에요! 저는 태자님과 그런 사이가 아니에요. 억울합니다!"

— 아란선인.

"무라 님, 거짓말이 아닙니다. 전 정말 억울해요. 태자님은, 태자님은……."

— 선인, 현원태자가 그대를 태자비로 달라고 왕모께 청하였네.

눈을 크게 뜬 아란이 숨을 헐떡였다. 새파랗게 질린 얼굴이 죽은 사람 같았다. 무라가 그녀의 시선을 피하며 말을 이었다.

— 왕모께선 거절하셨지만, 태자는 절대 포기하지 않겠다고 했네. 그것을 전해 들은 상제는 크게 노여워하셨지. 이유는 그대도 잘 알 걸세.

아란이 파르르 떨리는 손으로 입을 막았다. 보다 못한 로이드가 그녀에게 다가갔다.

— 상제께서 그대를 하계로 귀양 보낸 것은…….

"그만하십시오."

아란을 안아 들며 말하자 무라가 놀란 표정을 지었다. 로이드는 분노를 숨기지 않고 그를 노려봤다.

"아란은 쉬어야 합니다. 하고 싶은 말이 있다면 다음에 하십시오. 지금은 안 됩니다."

무어라 말하려던 금와가 흠흠 헛기침을 하며 못 본 척했다. 눈을 끔뻑이던 무라가 고개를 끄떡였다.

— 내가 성급했군. 선인을 쉬게 해주시오.

고개만 까딱한 로이드가 문을 걷어차며 밖으로 나갔다. 성큼성큼 걸어 아란의 방으로 향하던 그는 덜덜 떨리는 소녀의 몸을 느끼고 진정했다.

그는 조심조심 아란의 등을 쓸며 물었다.

"아란, 괜찮습니까?"

흠칫 몸을 떤 아란이 로이드의 가슴팍을 꼭 쥐었다. 부들부들 떨리는 입술을 연 그녀가 속삭이듯 말했다.

"……무서워요."

무엇이 무섭냐고 물었지만, 아란은 대답하지 않았다. 그녀는 온기를 구하듯 로이드의 목을 꼭 끌어안고 매달렸다. 한쪽 어깨가 젖어드는 것을 느낀 로이드는 결국 아무것도 묻지 못했다.


"현원태자가 대체 누굽니까?"

로이드의 물음에 응접실 안을 왔다 갔다 하던 무라가 놀란 표정을 지었다. 그는 고개를 저으며 말했다.

— 이건 선계의 일. 인간이 깊이 알아 좋을 것이 없소.

"전 아란의 약혼자이니 들을 자격이 있습니다."

로이드의 말에 펄쩍 뛴 금와가 지팡이를 붕붕 휘둘렀다.

— 뭣이!? 네 이놈! 미천한 인간 주제에 무슨 망발을 지껄이는 게냐!

— 자네가 바로…… 그렇군.

금와의 지팡이를 빼앗은 무라가 고개를 끄떡였다.

— 아란선인과 혼인할 상대라면 들을 자격이 충분하네. 함께 자리에 앉지.

갑자기 하대로 바뀐 말투에 로이드가 그를 쳐다보았다. 먼저 자리에 앉은 무라가 씩 웃었다.

─ 나는 아란선인의 부친과 막역지우라네. 그가 하계에 있을 때부터 친우였지.

"아, 잘 부탁드립니다."

어색하게 고개를 숙인 로이드가 그의 맞은편에 앉았다.

─ 어디서부터 이야기할까. 현원태자는 선계 최고의 무신인 북제의 아들일세. 선계의 뛰어난 무장이지.

"아란과는 무슨 관계입니까?"

─ 그건 나도 모르네. 그가 아란선인을 태자비로 삼으려 한 것 역시 상제께서 말씀하시기 전엔 까맣게 몰랐던 일이야.

전혀 도움이 되지 않는다. 그것이 얼굴에 드러났는지 무라가 껄껄 웃었다. 종을 뎅뎅 울리는 것 같은 소리였다.

─ 그렇게 실망하니 미안하군. 대신 다른 것이 궁금하면 말해주겠네.

"그럼 상제라는 분이 왜 태자의 청혼에 노여워하는지 말씀해주십시오."

처음 태자라는 말을 들었을 때는 상제의 아들인 줄 알았다. 하지만 설명을 들어보니 그는 북제의 아들인 듯했다. 남의 아들 혼사에 왜 간섭인지 모를 일이었다.

─ 음, 간단히 말해서 선계의 권력구도 때문이라네.

아란의 아버지 청원진군은 상제의 외조카이며 선계 수군의 수장이다. 그의 권력은 용궁의 공주인 능파선과 혼인하면서 더욱 강해졌다.

－북제는 상제와 대등할 정도로 강한 세력을 지닌 분일세. 현원태
자는 그의 후계자지. 만약 청원진군과 북제가 사돈으로 묶인다면 권
력구도에도 큰 변화가 생기게 되네.

"방금 청원진군은 상제의 외조카라고 하지 않으셨습니까?"

외조카라면 한 식구나 마찬가지니, 권력이 강해져도 크게 상관
없을 터였다. 로이드의 되물음에 무라가 난처한 표정을 지었다.

－진군, 그 친구가 젊은 혈기로 반역을 일으킨 적이 있었거든.

"⋯⋯."

－그래서 상제께서는 두 집안의 혼인을 달가워하지 않으시네.

어처구니없는 이유지만, 충분히 이해할 만했다. 잠시 망설이던
무라가 말을 이었다.

－그리고 아란선인은 태자에게 어울리는 짝이 아닐세. 현원태자
는 천신 중에서도 지고한 이. 그의 짝으로는 이름 있는 여신 정도는
되어야 격이 맞다 할 수 있네.

로이드는 저도 모르게 미간을 찌푸렸다. 아란의 격이 떨어진다
는 것처럼 들려서 울컥했다. 그것을 눈치챈 무라가 쓰게 웃었다.

－나는 상대가 누구든 아란선인이 더 아깝다고 생각할 거야. 다만
현원태자는 미래의 북제. 그가 천신과 결합하여 강대한 후계자를 낳
아야 선계의 미래가 평안하다네. 상제께서도 그리 생각하셨던 거겠
지.

"⋯⋯그렇군요."

로이드의 생각에도 아란의 2세는 귀여운 병아리지 싸움닭은 아

닐 것 같았다.

심란한 그의 얼굴을 힐끗 쳐다본 무라가 말을 이었다.

– 물론 아란선인을 하계인과 혼인시킬 생각이신 줄은 몰랐네. 하계의 황제를 만나 그의 말을 듣고서야 알게 된 일이야. 강제로 혼인하는 상황이라면 상대를 요절낼 생각으로 건너왔네만…… 오늘 보니 그렇진 않은 것 같더군.

"결과적으로 저에겐 잘된 일이군요. 덕분에 아란과 만나게 됐으니까요."

– 그렇게 생각하나?

무라가 의미심장한 얼굴로 웃었다.

– 북제의 일족은 고집이 무척 세네. 태자가 아란을 태자비로 점찍었으니, 아마 쉽게 마음을 바꾸지 않을 거야.

"바꾸지 않으면 어쩔 겁니까. 어차피 아란은 저와 혼인할 텐데요."

로이드는 조금 뻔뻔하게 말했다. 고개를 갸우뚱한 무라가 말했다.

– 글쎄, 태자가 알면 자네를 죽이려고 할 것 같은데.

"그럼 아란은 과부가 되겠군요. 선계에선 과부가 태자비에 올라도 상관없습니까?"

– ……그렇군. 상관있겠지. 상제께서도 그리 생각하셨을 테고.

쓴웃음을 지은 무라가 콧잔등을 찡그렸다. 어쩐지 당황한 기색이었다. 흠흠 헛기침을 한 그가 말을 돌렸다.

– 어쨌든 태자의 고집을 경계한 왕모께서 아란선인을 귀양 보내

는 것에 동의한 거라네. 선인이 하계에 숨어 있는 동안 태자를 다른 이와 혼인시킬 생각이겠지.

로이드가 경계 어린 눈으로 물었다.

"그럼 아란이 안전해지면 도로 제게서 빼앗으실 생각이십니까?"

ㅡ 아니, 그런…… 생각은 없으셨을 것 같군. 아란선인이 하계에서 혼인할 거라고는 상상도 하지 않으셨을 테니.

"알게 되면 빼앗아가시겠군요?"

ㅡ 그, 그렇진 않을 걸세. 부부의 연을 어찌 끊어놓겠나. 아란선인 이 행복하기만 하다면야.

당황한 무라가 말을 더듬었다. 만족한 로이드가 고개를 끄떡이 며 악수를 청했다.

"그렇군요. 안심했습니다. 만약 그런 일이 생겨도 무라 님께서 도와주실 거라 믿어 의심치 않습니다."

ㅡ 응? 그, 그렇게 되나?

난처한 듯 웃은 무라가 손을 맞잡았다. 어색하게 로이드의 손을 흔든 그가 피식 웃었다.

ㅡ 자네는 꼭 예전의 내 친우 같군.

"칭찬으로 듣겠습니다."

ㅡ 칭찬 아닐세.

단호하게 말한 무라가 한숨을 쉬었다. 그가 품속에서 제법 큰 꾸 러미를 꺼냈다.

ㅡ 이건 왕모께서 아란선인에게 전하라고 하신 것일세. 자네가 대 신 전해주게.

또 다른 꾸러미를 꺼낸 그가 말을 이었다.

— 이건 구천현녀가 전해달라고 한 것일세. 이것은 오진인, 그리고 이건 상아가 전하라 했네.

아란에게 전해주라는 물건은 끝이 없었다. 바닥에 쌓이는 것들을 보다 못한 로이드가 말했다.

"죄송하지만 다 기억할 수가 없을 것 같습니다."

— 음, 그냥 전해주기만 하면 알아볼 걸세.

민망한 듯이 헛기침을 한 무라가 나머지 것들도 꺼내 착착 쌓았다. 뭐가 들었는지 모를 옥함이나 깃털 부채처럼 의미를 알 수 없는 것까지 있었다. 많이도 가져왔다고 생각한 로이드가 말했다.

"아란과 친한 이들이 꽤 많은 것 같군요."

— 우리의 사랑스러운 말썽쟁이지.

싱긋 웃어 송곳니를 드러낸 무라가 말했다.

— 아란선인은 영수들과 퍽 친해서 그들과 몰려다니며 사고를 치곤 했네. 조용한 날이 없었지만, 사실 다들 좋아했어. 선계는 워낙 조용한 곳이라 시끌벅적한 것이 그리울 때가 있거든. 아, 내가 이런 말을 했다는 건 비밀일세.

더 열심히 말썽을 부릴까 봐 걱정된다고 말한 무라가 덧붙였다.

— 그래도 혼인할 때가 되어선지 퍽 얌전해져서 놀랐네. 자네에게 잘 보이고 싶은 모양이지.

안심했다고 말한 그는 자리를 털고 일어섰다.

— 그럼 난 이만 가보겠네. 인간의 왕이 환영식인지 뭔지를 한다니 그때 다시 봄세.

"예, 감사했습니다."

따라 일어선 로이드가 고개를 숙였다. 무라가 배웅하러 나오려는 그를 막았다.

— 난 괜찮으니 아란선인에게 가보게. 많이 놀랐을 테지.

듣던 중 반가운 말이었다. 로이드는 우리 공주님 가엾어서 어찌합니까, 하고 훌쩍훌쩍 울고 있는 금와를 쳐다봤다. 그의 시선을 눈치챈 무라가 얼른 개구리를 집어 들었다.

— 금와, 자네도 함께 가세나.

— 무, 무라 님. 우리 공주님이 여기 계시는데 제가 어딜 갑니까요!

— 청하지 않은 객이 오래 머물러서는 안 되는 법일세.

무라는 그를 움켜쥔 채로 성큼성큼 걸음을 옮겼다. 공주니이이임, 하고 안타깝게 부르는 금와의 음성이 멀어졌다. 태풍이라도 지나간 느낌이었다.


"아란, 들어가겠습니다."

로이드는 대답을 기다리지 않고 문을 열었다. 커튼이 쳐진 방은 어두컴컴했다.

방을 둘러보던 로이드는 침대의 한쪽 구석이 볼록한 것을 눈치챘다. 침대로 다가가자 이불을 덮어쓴 아란이 몸을 웅크리고 있었다. 이불을 벗겨내려는 순간 그녀가 말했다.

"……백작님, 부탁이 있어요."

속삭이듯 작은 목소리였다. 이불을 움켜쥔 로이드가 멈칫했다. 잠깐 머뭇거리던 아란이 말을 이었다.

"저와 파혼해주세요."

로이드는 이불을 확 벗겨냈다. 눈물범벅이 된 작은 얼굴이 드러났다. 가련한 모습이지만, 지금은 그게 눈에 들어오지 않을 정도로 화가 났다.

"이유가 뭡니까?"

"……."

"태자와 혼인하고 싶어서요?"

그의 추궁에 당황한 아란이 고개를 저었다. 조금 누그러진 로이드가 "그럼 뭐 때문입니까?" 하고 물었다.

머뭇거리던 아란이 말했다.

"백작님이 죽을지도 몰라요."

"제가요?"

"요, 요괴는 무섭지만, 제가 열심히 막으려고 했어요. 그렇지만 태자님은 못 막아요. 못 막을 것 같아요. 어떻게 해야 할지 모르겠어요."

한숨을 쉰 로이드가 훌쩍거리는 아란을 안아 들었다. 그는 작은 등을 토닥거리며 말했다.

"아란, 전 안 죽습니다."

"……하지만 태자님이 절대 용서하지 않을 거예요."

"태자란 사람이 여기까지 쫓아올 리도 없고, 만약 쫓아온다면 사실대로 말하면 됩니다."

그렇게 미친놈이면 말이 통할 리가 없지만, 불안에 떠는 약혼녀를 진정시키는 것이 먼저였다.

아란의 얼굴이 확 밝아졌다.

"앗, 맞아요. 우리 혼인은 가짜였죠?"

"……가짜는 아니죠. 계약혼인이지만."

가짜로 생각하고 있었다는 말에 조금 속이 쓰렸다. 제가 지은 죄니 불평할 수도 없었다.

"정말 다행이에요. 백작님이 죽을까 봐 너무 무서웠어요."

한숨을 포옥 쉰 아란이 활짝 웃었다. 로이드는 그녀의 머리를 살살 쓰다듬어주었다.

아란은 알력싸움의 희생자였다. 원하지도 않는 청혼을 받았다는 이유로 이리저리 치이다 결국 여기까지 쫓겨난 것이다. 눈물 맺힌 눈으로 웃는 모습이 가엾고 가련했다.

하지만 로이드는 아란을 놓아줄 생각이 없었다. 그도 그녀를 쫓아낸 자들과 별다를 바 없었다. 아니, 어떤 의미에선 더욱 질이 나빴다. 입이 쓰다는 생각을 하면서 그는 아란의 눈물을 닦아주었다.


호란국의 사절단이 엘베른에 도착하면서 퍼레이드가 시작되었다.

제국에서 시집오는 황녀를 보여주기 위한 과시용 행진이었다. 사실 아란은 진작 엘베른에 도착해 있었지만, 퍼레이드를 위해 급히 사절단에 합류했다. 사람들은 이 진귀한 구경거리를 놓치지 않기 위해 거리가 터지도록 몰려들었다.

사절단은 사람들을 실망하게 하지 않았다. 낯선 복장과 처음 보는 짐승, 이국적인 음악이 그들의 기대를 한껏 충족시켜주었다. 끝없이 늘어선 수레에 실린 신기한 물건들도 시선을 사로잡긴 마찬가지였다.

마침내, 행렬의 끝에서 황녀를 태운 화려한 가마가 나타났다. 번쩍이는 갑옷을 입은 왕실기사단이 가마를 호위하고 있었다. 가마에 앉은 황녀를 본 사람들이 일제히 환호를 올렸다.

성문이 열리고 수행원을 잔뜩 거느린 왕이 모습을 드러냈다. 그러자 환호성이 더욱 커지며 만세까지 울려 퍼졌다. 그것을 본 무라가 즐거운 듯이 말했다.

ㅡ 사람들이 좋아하는군.

그는 투구와 갑옷으로 정체를 숨기고 로이드의 옆에 서 있었다. 가마가 도착하기만을 기다리던 로이드가 한숨을 삼켰다. 행진이 너무 더뎌서 초조하기까지 했다. 그의 마음을 눈치챈 무라가 씩 웃었다.

ㅡ 그러지 말고 즐기게나. 피할 수 없다면 즐겨야지.

동시에 하늘에서 나풀나풀 분홍색 꽃잎이 떨어지기 시작했다. 갑작스러운 꽃비에 웅성거리던 사람들이 다시 환호를 질렀다. 만족한 표정을 짓던 무라가 물었다.

ㅡ 그런데 아까부터 자네의 등만 뚫어져라 쳐다보는 낭자가 있군. 무슨 사이인가?

"아무 사이도 아닙니다."

로이드는 단호하게 답했다. 목소리가 좀 컸는지 캐서린이 사납게 노려보는 게 느껴졌다.

평소라면 더 돌려서 말했겠지만, 지금은 그럴 정신이 없었다. 사방이 개방된 가마는 너무 약해 보였고 이동속도는 거북이만큼 느렸다. 가마를 개방하면 위험하다고 왕에게 간청했지만, 끝까지 들어주지 않았다.

─ 그렇게 불안해하지 않아도 아무 일 없을 걸세. 금와도 함께 타고 있고.

"그건 또 다른 걱정거리군요."

진심 어린 대꾸에 무라가 껄껄 웃었다. 그는 심란해하는 로이드를 내버려둔 채 환호하는 사람들을 구경했다.

─ 그래, 하계는 이런 느낌이었지. 오랫동안 잊고 있었네.

"축제라서 그렇게 보이는 것뿐입니다. 여기서 살면 그렇게 좋다고 느껴지진 않을 겁니다."

─ 난 원래 하계 출신일세. 친우들과 대륙을 돌아다니며 유람을 했지. 그때가 좀 그립군.

"……."

두 발로 걷는 표범이 유람을 하고 돌아다니다니. 동대륙 사람들은 무척 관대한 모양이다.

잡담을 하는 동안 어느새 가마가 성문 앞까지 다가와 있었다. 로이드는 서둘러 가마로 다가가려 했다. 그보다 먼저 지잉 하는 웅장한 소리가 울려 퍼졌다. 사절단을 이끄는 자 중 하나가 둥근 쟁반처럼 생긴 악기를 두드린 것이다. 그는 "쉐이이!"라고 들리는 말을 외쳤다.

그러자 사절단의 모두가 일제히 바닥에 무릎을 꿇고 납작 엎드렸다. 심지어 짐승들까지 제자리에 무릎을 꿇었다. 성문 앞에 모여 있던 귀족들이 당황해서 우르르 물러섰다.

두 번째로 악기가 울렸다. 그러자 엎드린 사절단이 한목소리로 뭔지 모를 말을 외쳤다. 그제야 가마가 천천히 바닥에 내려놓아졌다. 앞으로 나서려던 로이드는 갑자기 뛰쳐나온 호란인들에게 가로막혔다.

그들은 가마의 앞에 붉은 비단을 펼쳤다.

번쩍이는 비단에는 꽃과 새가 금빛으로 박혀 있었다. 그것이 가마에서 성문 앞의 바닥까지 길게 깔렸다. 곧바로 두 번째 비단이 펼쳐졌다. 아무런 무늬가 없는 금빛의 비단이었다. 붉은 비단 위에 그것을 겹친 호란인들이 조심스럽게 뒤로 물러났다. 마지막으로 금박을 입힌 비단 양산이 등장했다. 양산보다는 거대한 텐트처럼 보이는 물건이었다.

로이드는 어깨를 툭 치는 무라의 손에 정신을 차리고 앞으로 나섰다. 그는 가마 옆에 한쪽 무릎을 꿇고 정중히 손을 내밀었다. 잠시 후, 사락사락 옷자락 스치는 소리와 함께 조그마한 손이 다가왔다. 그의 손을 잡고 가마에서 내린 아란이 살짝 웃었다.

평소 토끼처럼 틀어 올리던 머리는 반달처럼 바뀌어 있었다. 비단으로 만든 꽃을 가운데 꽂고 황금 새가 장식된 금관을 올렸는데, 양옆으로 몇 개나 되는 장식들이 꽂혀서 조금 무거워 보였다. 뭘 발랐는지 뽀얀 이마 한가운데는 붉은 꽃잎 같은 그림이 그려져 있었고, 몇 겹이나 겹쳐 입은 비단옷이 바람에 하늘하늘하게 나부꼈다. 얼마나 공들인 치장인지 짐작한 로이드가 소리죽여 말했다.

"오늘 정말 예쁘군요."

아란의 뺨이 순식간에 빨개졌다. 그녀의 어깨에 붙어 있던 금와가 이놈! 수작 부리지 말고 썩 꺼져라! 하고 개굴거렸다. 물론 로이드는 조금도 신경 쓰지 않고 아란을 왕에게 인도했다.

거대한 양산을 연신 힐끔대던 왕이 성큼성큼 다가왔다.

"먼 곳에서 오신 황녀를 진심으로 환영하오."

왕은 아란을 생전 처음 보는 사람처럼 인사했다. 배시시 웃은 아란이 화답했다.

"이렇게 환대해주셔서 감사드려요."

"황녀를 위한 연회를 준비했소, 어서 안으로 듭시다."

왕이 로이드에게 눈짓한 후 아란의 손을 넘겨받았다. 로이드는 조금 불안한 마음으로 앞서 걷는 아란을 지켜보았다. 무거운 머리 장식 때문에 혹시 넘어질까 봐 걱정됐다.

그때 누군가가 그의 소매를 살짝 잡아당겼다. 어느새 옆에 캐서린이 서 있었다. 평소보다 더 화려한 드레스에 에메랄드 목걸이를 걸고 있는 것이 눈에 거슬렸다. 그녀가 간절한 목소리로 속삭였다.

"로이, 잠깐 이야기 좀 해요."

뒤에서 무라가 흥미진진한 시선을 보내는 것이 느껴졌다. 로이드는 아무것도 듣지 못한 사람처럼 걸음을 옮겼다. 그를 놓쳐버린 캐서린이 원망스러운 시선을 보냈다.


환영 연회는 어느 때보다 화려했다.

서로의 국력을 과시하는 자리였기에 연회장 전체가 번쩍번쩍 빛났다. 테이블마다 은쟁반에 담긴 음식이 넘쳐났고, 차갑게 식힌 술이 쉴 새 없이 날라졌다.

다만 테이블 배치는 어느 때와 좀 달랐다. 홀의 왼쪽은 두 단으로 나뉘어 있었는데, 위쪽 단에는 아란의 테이블 하나만 달랑 놓여 있었다. 아래쪽 단에는 나머지 사절단이 둥글게 자리 잡았다. 홀의 오른쪽은 참석한 귀족들의 몫이었다. 마지막으로 중앙의 테이블에는 왕실 가족이 앉아 있었다.

배치가 이렇게 된 것은 호란국 사절단의 주장 때문이었다. 그들은 황녀는 천신의 따님이므로 다른 이들처럼 낮은 자리에 앉아선 안 된다고 말했다. 만약 누군가가 황녀보다 높은 자리에 앉는다면 참을 수 없는 모욕이므로 전쟁을 할 수밖에 없다는 것이다.

왕이 자신과 같은 테이블에 앉으면 어떻겠냐고 제의했지만, 호란국 대표가 길길이 화를 내는 바람에 무산되었다. 결국, 아란에게 반 단 높은 자리를 주고 왕이 중앙에 앉는 것으로 어찌어찌 타협하게 되었다.

그러나 연회에 참석한 사절단은 침울한 얼굴로 앉아 자신들끼리만 이야기를 주고받을 뿐이었다. 호란어를 할 줄 아는 이들이 몇 번이나 대화를 시도했지만, 처참하게 무시당했다. 자연히 연회의 분위기도 엉망이 되었다.

"원하는 대로 다 해줬는데 뭐가 불만인지 모르겠군. 왜 저러는지 좀 물어봐라."

로이드의 옆구리를 찌른 왕이 속삭였다. 로이드는 난감한 표정을 지었다.

"저도 호란어는 못합니다. 하워드 경께 부탁하십시오."

"넌 부마님이잖냐. 어서 가봐."

왕 앞에서도 뻣뻣이 고개를 쳐들던 사절단이 로이드 앞에선 연신 굽실거린 것이 거슬렸던 모양이다. 난처해진 로이드를 구해준 것은 무라였다. 시침을 뚝 떼고 로이드의 옆에 앉아 있던 그가 한마디 거들었다.

- 별것 아닐세. 그들에게 아란선인은 하늘에서 내려온 신이나 마찬가지야. 황제의 명이라곤 하나 외국에 팔아넘기는 마음이 좋을 리가 있겠나.

"그럼 팔아넘기는 게 아니라고 보여주면 되겠군요."

목깃을 잡아당겨 조금 늦춘 로이드가 자리에서 일어나 아란에게 다가갔다. 사절단의 시선이 일제히 그에게 박혔다. 얼굴이 조금 따끔거릴 정도였다. 인형처럼 오도카니 앉아 있던 아란이 놀란 얼굴로 그를 바라봤다. 로이드는 정중하게 허리를 굽히며 한 손을 내밀었다.

"아름다운 황녀님, 저에게 함께 춤을 추는 영광을 주시겠습니까."

당황해서 주변을 살핀 아란이 "전 여기 춤을 몰라요." 하고 속삭였다. 무어라 소리치려는 금와를 낚아채 포도주잔에 쑤셔 넣은 로이드가 웃었다.

"그냥 제 손을 잡고 있으시면 됩니다."

장난스러운 미소에 생긋 웃은 아란이 일어나 그의 손을 잡았다. 로이드는 그녀를 연회장 한가운데로 인도했다. 손짓을 받은 악단이 급히 다른 곡을 연주하기 시작했다. 3박자의 느린 춤곡이었다.

사람들이 하나둘 호기심 어린 시선을 던지자 아란이 긴장한 표정을 지었다.

"사람들이 흉보면 어떡하죠?"

"그럼 저만 보고 있으세요."

로이드의 속삭임에 아란이 눈을 깜빡였다. 로이드는 아주 천천히 몸을 움직여 기본스텝을 밟았다. 복잡한 것은 다 빼버리고 단순한 발동작만 남겼다. 하나 둘 셋 하고 이어지는 반복적인 움직임에 아란은 금방 적응했다. 턴이 필요할 때는 아란을 번쩍 들어 빙글 돌렸다가 내려놓았다. 처음엔 깜짝 놀랐던 아란도 이내 까르르 웃음을 터트렸다.

"이게 정말 여기 춤이에요?"

"그럼요. 아란은 처음인데도 무척 잘 추는군요. 춤의 천재인 모양입니다."

"뭔가 이상해요. 엉터리 같아요."

"그럼 엉터리 춤이라고 해두죠."

아란이 다시 웃음을 터트렸다. 맑은 웃음소리에 로이드는 저도 모르게 따라 웃었다. 잠시 후 음악이 멈췄다. 아란의 말대로 엉터리 춤이었지만, 끝나는 것이 조금 아쉽게 느껴졌다.

"자, 이제 서로에게 인사하면 끝입니다."

아란의 손을 놓고 한 걸음 물러선 로이드가 절을 했다. 아란이 거기 맞춰 꼬박 고개를 숙였다. 원래의 인사와는 달랐지만, 훨씬 귀여웠다.

그때 귀빈석에서 환호가 터졌다. 자리에서 벌떡 일어선 사절단이 손이 떨어질 정도로 박수를 치고 있었다. 연신 "호우! 호우!"라고 들리는 소리를 내는 것이 뭔가를 기뻐하는 것 같았다.

분위기에 휩쓸린 다른 사람들도 박수를 쳤다. 귀여운 황녀가 보여준 춤에 만족했는지, 다들 웃는 표정이었다. 최근에 둘째 딸을 얻은 찰스 왕태자의 박수 소리가 특히 거셌다.

'놀고 있네.'라는 표정으로 로이드를 쳐다보던 왕도 할 수 없다는 듯이 동참했다. 박수를 치지 않는 사람은 차갑게 얼굴을 굳힌 캐서린뿐이었다. 사람들에게도 정중히 절을 한 로이드가 냉큼 아란을 안아 들었다.

"자, 춤도 췄으니 나가서 좀 쉴까요?"

그는 왕에게 붙잡히기 전에 재빨리 테라스로 도망쳤다. 등에 꽂히는 시선이 조금 두렵게 느껴졌다.


연회의 테라스는 작은 쉼터처럼 꾸며져 있었다. 로이드는 개중 가장 푹신해 보이는 의자에 아란을 앉혔다. 그의 목에 매달려 있던 아란이 신기한 듯 주변을 둘러보았다.

"와, 여긴 굉장히 시원해요."

바깥의 공기를 흠뻑 들이마신 그녀는 한결 밝아진 얼굴을 했다. 로이드는 머리장식을 피해 그녀의 머리를 살살 만져주었다. 마음 같아선 장식을 다 뽑고 쉬게 해주고 싶었지만, 그럴 수가 없어서 미안했다.

"많이 힘들었습니까?"

"힘들진 않았는데, 조금 긴장했나 봐요."

"가마 때문에 멀미가 난 건 아니고요?"

"아뇨, 가마는 재미있었어요. 그런데 드는 분들이 너무 힘들어 보여서 걱정됐어요."

아란의 얼굴에 수줍은 미소가 떠올랐다. 로이드는 한숨을 쉬었다.

"퍼레이드고 뭐고 못하게 해야 했는데. 미안합니다."

"당연히 제가 해야 할 일인걸요. 미안해하지 마세요."

의젓하게 말한 아란이 그의 손등을 다독였다. 울컥 치미는 귀여움에 슬쩍 눈을 피한 로이드가 말했다.

"음, 뭐라도 좀 마시겠습니까?"

잠시 고민하던 아란이 머리를 살래살래 흔들었다. 로이드는 재차 권했다.

"계속 아무것도 먹지 않았잖아요."

연회 시작 때부터 살폈지만, 아란은 지금까지 물 한 모금 마시지 않았다. 부끄러운 듯 얼굴을 붉힌 그녀가 말했다.

"고기랑 술만 있어서……. 그래도 배고프지 않아서 괜찮아요."

"이런, 과일만 가져다 놓으라고 했는데."

로이드의 미간이 찌푸려졌다. 이런 일이 있을까 봐 메뉴도 미리 체크하고, 고기는 일절 내지 말라고 당부했는데 뭔가 꼬인 모양이었다. 아니면 중간에서 누가 손을 썼거나.

"그럼 제가 가서 뭐라도 갖고 오겠습니다."

몸을 돌리는 로이드의 팔을 아란이 붙잡았다. 그녀가 시무룩한 얼굴로 말했다.

"조금만 더 여기 있으면 안 돼요?"

"과일만 가져오려는 겁니다."

"들어갔다가 못 나오면 어떡해요?"

붙잡힐 것 같다 불안해하는 목소리에 로이드는 그녀의 옆에 앉았다. 활짝 웃은 아란이 가까이 다가오려다 머리장식에 가로막혔다. 울상이 된 얼굴을 보고 소리죽여 웃은 로이드가 아란을 번쩍 들어 무릎 위에 앉혔다.

"머리장식이 예쁘긴 한데 좀 불편하군요."

"금와가 최고로 멋진 모습을 보여줘야 한다고 해서……."

얼굴이 빨개진 아란이 손을 꼼지락거렸다. 로이드는 머리 모양이 망가지지 않도록 조심스럽게 그녀의 목을 받쳐주었다. 역시 무거웠는지 포옥 한숨을 쉰 아란이 몸을 기댔다.

"피곤하면 잠깐 눈을 붙여도 됩니다."

"……진짜 잠들 것 같아요."

"깰 때까지 제가 안고 있겠습니다."

잠시 고민하던 아란이 눈을 감았다. 로이드는 뭔가 덮어줄 것이 없을까 고민하며 주변을 둘러보았다.

그때 갑자기 반짝 눈을 뜬 아란이 그의 무릎에서 뛰어내렸다.

"아란?"

아란은 부름에도 답하지 않고 난간 쪽 의자에 기어 올라갔다. 당황한 로이드가 그녀의 옆으로 다가갔다.

"무슨 일입니까?"

"누가 물에 빠진 것 같아요. 도와달라는 소리가 들려요."

아란이 멀찍이 보이는 수로를 가리키며 말했다. 백합궁의 호수
와 이어진 수로는 여름에 왕족들의 물놀이에 사용되었다. 하지만
이런 날씨에 물놀이를 즐길 사람이 있을 리가 없다. 무엇보다 로이
드의 귀에는 아무런 소리도 들리지 않았다.

"잘못 들은 것 아닙니까?"

"계속 들리는걸요. 안 되겠어요. 가봐야겠어요."

아란은 순식간에 파랑새로 변해 날아가버렸다. 그녀를 붙잡으려
다 실패한 로이드가 낭패한 표정을 지었다. 이를 악문 그는 테라스
를 뛰쳐나가 연회장 입구로 달렸다. 갑작스러운 상황에 놀란 사람
들이 웅성거리기 시작했다.

― 잠깐, 기다리게!

말을 찾으러 가는 로이드의 팔을 누군가 붙잡았다. 반사적으로
뿌리치려던 로이드는 그게 무라라는 사실을 깨닫고 발을 멈췄다.

"아란이 혼자 가버렸습니다. 지금 당장 수로로 가야 합니다."

― 내가 도와주지. 꽉 붙잡게나.

로이드의 팔을 낚아챈 무라가 성큼 걸음을 옮겼다. 순간 땅이 울
렁거리는 것 같더니 주변의 풍경이 휙휙 스쳐 지나갔다. 몇 걸음 떼
기 무섭게 수로가 가까워졌다. 멀미가 날 것 같아 입을 틀어막은 로
이드가 중얼거렸다.

"무라 님과 달리기를 하면 안 되겠군요."

― 내가 한 빠름 한다네.

껄껄 웃은 무라가 그를 놓아주었다. 잠깐 휘청거리던 로이드가
수로를 향해 달렸다. 빠르게 흘러가는 물 위에 파랑새 한 마리가 맴

돌고 있는 것이 보였다.

"아란!"

새만 보고 달리던 로이드는 누군가와 부딪힐 뻔했다. 잽싸게 몸을 피한 그는 휘청거리며 넘어지는 상대를 붙잡았다. 연초록색 실크드레스를 입은 귀부인이 눈물로 젖은 얼굴을 들었다. 조슈아 왕자의 아내인 마리아였다. 로이드를 알아본 그녀가 울음을 터트렸다.

"오, 맙소사. 제발 도와주세요. 필이, 내 아기가 물에 빠졌어요!"

필은 그녀의 아들인 필립의 애칭이었다. 로이드는 서둘러 수로의 안쪽을 들여다보았다. 물에 휩쓸려 떠내려가는 작은 금갈색 머리통이 보였다. 허우적거리는 어린애를 본 로이드는 주저 없이 물속으로 뛰어들었다. 파랑새가 짹 하고 울었다.

"백작님!"

로이드는 어렵지 않게 필립을 붙잡았다. 필사적으로 달라붙는 작은 몸을 안고 물가로 나가려는 순간 뭔가가 그의 발목을 휘감았다. 거세게 발을 휘저었지만, 발목을 움켜쥔 것은 떨어지지 않았다.

'요괴인가?'

로이드는 이상할 정도로 침착했다. 언젠가 마주칠 거라는 각오를 다져서인지도 모른다. 그는 부츠 속에 숨겨둔 것을 꺼내 힘껏 휘둘렀다. 은십자가를 녹여 만들고 사제의 축성을 받은 나이프였다. 효과가 있을지는 미지수였지만, 지금은 이것밖에 믿을 것이 없었다.

– 꺄아아악!

날카로운 여자의 비명과 함께 몸이 휙 날아갔다. 수로의 벽에 부딪힌 로이드가 쿨럭 기침을 토했다. 물을 많이 삼켰는지 정신이 없었다.

그때 어디선가 짐승이 울부짖는 소리가 들렸다. 로이드의 몸을 붙잡으려던 뭔가가 움찔해서 사라졌다.

"백작님, 제 손을 잡으세요!"

그의 앞으로 날아온 파랑새가 소녀의 모습으로 변했다. 로이드는 제게 뻗어진 손을 반사적으로 붙잡았다. 그러자 물이 그의 몸을 퉤 뱉어냈다.

로이드는 어정쩡한 자세로 수면에 앉아 있게 되었다. 물컹물컹하고 차가운 것이 꼭 푸딩 위에 앉아 있는 느낌이었다.

"괜찮으세요?"

눈물이 글썽해진 아란이 물었다. 물 위에 서 있는 그녀를 멍하게 쳐다보던 로이드가 고개를 끄떡였다.

"전 괜찮습니다. 그런데……."

때마침 로이드의 품에 안겨 있던 필립이 콜록콜록 물을 뱉었다. 으아앙 하고 울음을 터트린 아이가 엄마를 찾았다. 한숨을 쉰 로이드가 어깨를 으쓱했다.

"이쪽도 괜찮은 것 같군요."

"필! 아가야, 괜찮니?"

수로의 난간을 움켜쥔 마리아가 걱정스럽게 물었다. 몸을 일으킨 로이드가 아이를 위로 들어 넘겨주었다. 마리아는 몇 번이나 감사하다고 말하며 아이를 품에 안았다. 뒤늦게 나타난 그녀의 시녀와 기사들이 아이를 살핀다고 난리를 부렸다.

- 어서 손을 잡게.

무라가 난간 밖으로 손을 내밀었다. 로이드는 한쪽 팔에 아란을 안은 채 손을 내밀었다. 무라는 아주 가볍게 그를 끌어올렸다.

- 빨리 도와주지 못해서 미안하군.

"아닙니다, 덕분에 살았습니다."

로이드가 들은 울부짖음은 무라의 것이었다. 그의 도움이 아니었다면 요괴에게 당할 수도 있었다. 안도의 한숨을 쉰 로이드가 아란을 고쳐 안았다.

"아란, 도와줘서 고맙습니다."

표정이 어두워진 아란이 입술을 깨물었다. 당장 올 것 같은 표정에 놀란 로이드가 그녀를 살살 흔들었다.

"왜 그래요. 많이 놀랐습니까?"

"……저, 어떻게 감사를 드려야 할지. 제 아들을 구해주셔서 정말 감사합니다."

아이를 진정시킨 마리아가 쭈뼛거리며 다가와 인사했다. 그녀의 눈이 사정없이 흔들리는 것을 본 로이드는 쓰게 웃었다.

"부인, 아들의 목숨을 구한 것은 제가 아니라 이 두 분이십니다. 호란국에서 오셔서 다소 색다르게 보일 순 있지만, 아주 좋은 분들입니다."

그는 호란국에서 온 사람들은 새로 변하거나 울부짖음을 내는 게 당연하다는 듯이 말했다. 얼굴을 붉힌 마리아가 절을 했다.

"두 분께 정말로 감사드립니다. 이 은혜는 절대 잊지 않겠습니다."

ㅡ그대를 도운 것이 아니니 괘념치 마시오.

한 손을 내저은 무라가 성큼성큼 멀어졌다. 당황한 듯 그를 바라보던 마리아가 아란 앞에 더 깊게 고개를 숙였다.

"황녀님, 저의 무례에도 불구하고 제 아이를 구해주셔서…… 무어라 말씀을 드려야 할지 모르겠습니다. 부디 어리석은 여인의 사죄를 받아주십시오."

로이드는 어리둥절해하는 아란에게 고개를 저어 보였다.

사실 그는 마리아에게 아란의 사교계 활동을 도와달라고 청한 적이 있었다.

마리아는 결혼 전엔 루스의 공주였고, 지금은 왕자비이자 공작부인의 직위를 가지고 있었다. 병약한 아들 때문에 잘 모습을 드러내진 않지만, 사교계에도 강한 영향력을 지녔다. 그녀라면 캐서린에게 맞서 아란을 지킬 수 있을 것 같았다. 그래서 작년 여름, 킬케니의 포로가 된 조슈아 왕자를 구해냈던 일을 빌미로 도움을 요청했다.

하지만 캐서린과 척을 지고 싶지 않았던 마리아는 그의 청을 완강히 거부했다. 그런데 이제 아들의 목숨까지 구원받았으니 민망하고 죄스럽기도 할 터였다.

사정을 모르는 아란이 그녀를 위로하듯 말했다.

"신경 쓰지 마세요. 아이는 무사한가요?"

"네, 황녀님의 은혜로 무사합니다."

"다행이에요. 많이 놀랐을 테니 잘 다독여주세요."

아란의 말에 눈물이 글썽해진 마리아가 흐느끼는 소리를 냈다. 그녀에게 필립은 몇 년의 노력 끝에 겨우 얻은 귀한 아이였다. 극성스러울 정도로 아들을 사랑하는 그녀에게 이번 일은 견디기 힘든 시련이었을 것이다.

로이드가 휘청하는 그녀를 붙잡았다.

"부인, 괜찮으십니까?"

"아이가, 필이 제 눈앞에서 떨어졌는데 막을 수가 없었어요. 어떻게 이런 일이……."

밤새 열이 나고 아프던 아이가 멀쩡해져 뒤늦게 연회에 참석하러 오는 중이었다. 다리를 건너는 순간 마차 창문으로 아이가 스르륵 떨어지더니 수로에 빠졌다. 바로 옆에 있으면서 붙잡지 못했던 마리아는 무척 자책했다. 요괴의 짓이라고 말할 수 없었던 로이드는 난처한 표정을 지었다.

그때 멀리서 말발굽 소리가 들려왔다. 금갈색 머리에 멋들어진 모자를 쓴 조슈아가 성난 얼굴로 말에서 뛰어내렸다.

"이 잡종놈아, 내 아내를 울리다니. 대체 무슨 짓을 한 거냐!"

로이드에게 삿대질하는 그를 보고 마리아가 먼저 반응했다. 부축을 뿌리치고 성큼 남편에게 다가간 그녀가 손을 휘둘렀다. 좌악 소리와 함께 조슈아의 얼굴이 홱 돌아갔다. 그녀는 놀란 토끼 같은 표정을 짓는 남편의 가슴을 후려치며 외쳤다.

"당신, 당신은 대체 뭐 하고 있었어! 우리 아들이 죽을 뻔했는데 어디서 뭐 하고 있었냐고! 그래 놓고 아들을 구해준 은인에게 그따위 막말을 해?! 내가 부끄러워서 살 수가 없어엇!"

"마, 마리아? 마리아? 잠깐만. 지, 진정해."

"진정? 내가 지금 진정하게 생겼어?"

오만방자한 왕자도 부인의 공격 앞에선 별수 없이 허둥거렸다. 그를 뒤따라온 기사들도 어쩔 줄 몰라 하며 먼 산만 바라보았다. 혀를 찬 로이드가 눈을 동그랗게 뜬 아란을 다독거렸다.

"저런 흉한 걸 보면 안 됩니다. 어서 돌아가죠."

"잠깐 기다려주세요!"

뒤늦게 정신을 차린 마리아가 그들을 붙잡았다. 그녀는 난처한 얼굴로 호소했다.

"제 마차에서 몸을 말리고 옷도 갈아입으세요. 은인을 이대로 보내는 것은 저희의 수치입니다. 제발 이렇게 부탁드릴게요."

이어서 그녀는 남편을 무서운 눈으로 노려보았다. 찔끔한 조슈아가 "내가 옷을 갖다 주지." 하고 바쁜 척 몸을 돌렸다. 서둘러 말에 오른 그는 "내, 내 아들을 구해줘서 고맙다." 하고 더듬거리는 말을 남긴 후 쏜살같이 도망쳤다.

생전 처음으로 그에게 고맙다는 소리를 들은 로이드는 어이없이 웃었다.


— 자네가 그렇게 거침없이 뛰어들 줄은 몰랐네.

마차 안에서 새 옷으로 갈아입던 로이드가 멈칫했다. 그는 창문에 드리워진 무라의 그림자를 보고 피식 웃었다.

"물에 빠진 어린애를 외면할 정도로 쓰레기는 아닙니다."

– 아니, 뭐. 그런 뜻은 아니고.

무라가 어색하게 헛기침을 했다. 그는 조금 변명처럼 덧붙였다.

– 자네가 뛰어들 줄 알았으면 아란선인이 먼저 아이를 구했을 거야.

"……아, 뭔가 좀 이상하다고는 생각했습니다."

도와달라는 소리를 듣고 먼저 날아갔던 새가 어쩔 줄 몰라 하며 물 위를 맴돌고 있었다. 로이드를 가볍게 건져낸 것을 보면 아이를 구하지 못한 이유가 있었을 것이다.

– 구덩이에 빠진 토끼를 가엾다고 여겨 구해줄 순 있네. 하지만 사냥꾼이 사냥한 토끼를 구해주는 건 좀 어렵지. 사냥꾼도 먹고살아야 하니까.

"사냥꾼이 요괴입니까?"

– 요괴는 인간의 정기를 먹고 산다네. 살기 위해 인간을 사냥한다면 막을 수가 없어.

선인이 요괴에게 간섭할 수 있는 것은 하늘의 뜻을 거스를 정도로 지나친 짓을 했을 때뿐이다. 무라가 싱긋 웃었다.

– 하지만 사냥당하는 것이 내가 키우는 토끼라면 간섭할 수 있지. 그래서 이번엔 나도 선인도 끼어들 수 있었던 거고.

졸지에 키우는 토끼가 된 로이드가 어깨를 으쓱했다.

"무라 님이 도와주셔서 다행이었습니다. 요괴는 제 생각보다 강하더군요."

물속에서 갑자기 나타나고 성인 남자를 가볍게 집어 던질 정도로 힘도 세다. 은 나이프는 효과가 있었지만, 그것만으로는 부족했다.

좀 더 효과적인 무기를 고안해야 할 것 같았다.

─ 자네는 역시 이상한 인간이야.

무라가 깊은 한숨을 쉬었다.

─ 보통은 이렇게 쉽게 납득하지 않는데 말이야. 두려워하거나 꺼림칙해하거나 불신하지. 그런데 자네는 한 번도 그런 기색을 드러낸 적이 없더군.

"쉽게 납득한 게 아닙니다. 제 눈으로 확인하고 직접 체험했으니 합리적으로 생각하는 거죠."

상대가 눈앞에 있고 관련된 사고들이 일어나는데 외면하는 쪽이 더 이상하다. 로이드의 대답에 무라가 쓰게 웃었다.

─ 그럼 자네가 유독 합리적인 모양이지. 그보다 아란선인을 좀 안심시켜주지 않겠나? 자네를 다치게 했다고 자책하는 것 같네.

"이런, 알겠습니다."

로이드는 서둘러 옷을 가다듬고 마차 문을 열었다. 필립과 놀아주고 있던 아란이 벌떡 일어났다. 로이드는 쪼르르 달려오는 그녀를 가볍게 받아 안았다.

"오래 기다렸습니까?"

고개를 살래살래 저은 아란이 그의 목을 꼭 껴안았다. 로이드가 과장되게 "아얏!" 소리를 내며 아픈 척했다. 깜짝 놀란 아란이 그를 살폈다.

"많이 아프세요?"

"네, 아파서 죽을 것 같군요. 무라 님도 당장 치료하지 않으면 큰일 날 수 있겠다고 하셨습니다."

"그, 그럼 빨리 치료를 해야죠!"

허둥거리는 그녀에게 로이드가 자신의 뺨을 두드려 보였다.

"아름다운 아가씨가 여기 입을 맞춰주면 바로 나을 거라더군요."

"네?"

놀라 눈이 둥그레진 아란이 무라를 쳐다보았다. 떨떠름한 얼굴의 무라가 먼 산을 바라봤다. 그녀가 어쩔 줄 몰라 하는 사이 로이드는 아야야 하고 전혀 아프지 않은 것 같은 소리를 냈다. 망설이던 아란이 그의 뺨에 살짝 입 맞췄다. 로이드는 곧장 멀쩡해졌다.

"효과가 굉장하군요. 하나도 아프지 않은데요."

"정말요?"

"정말입니다. 선인에게 거짓말을 할 리가 없잖습니까."

로이드는 아란을 번쩍 들어 올려 한 바퀴 빙글 돌렸다. 얼떨떨한 표정을 짓던 아란이 이내 까르르 웃었다.

그때 부러운 시선을 보내던 필립이 주춤주춤 다가와 말했다.

"황녀님, 저도 해주세요. 저도 많이 아픈데."

"……허?"

로이드는 뜻밖의 복병을 만난 기분이 되었다. 그는 피식 웃으며 마리아에게 말했다.

"기회를 놓치지 않는 걸 보면 무척 영리하군요. 다행히 부인을 닮았나 봅니다."

"뭐?! 그게 무슨 소리야?"

불퉁한 표정을 짓고 있던 조슈아가 발끈해서 외쳤다. 마리아가 호호 웃으며 말했다.

"필립이 절 닮아서 영리한 편이죠."

"마리아! 당신까지 그러기야?!"

"시끄러워요. 계속 체면 없이 목소리를 높이면 가만히 두지 않겠어요."

마리아가 웃는 얼굴로 이를 악물며 말했다. 기가 죽은 조수아가 목을 움츠렸다.

"공자, 황녀님께 입맞춤을 받고 싶습니까?"

로이드가 반짝반짝 눈을 빛내는 아이에게 물었다. 필립이 고개가 떨어져라 머리를 끄떡였다. 로이드는 정말 안타깝다는 얼굴로 말했다.

"저런, 안됐군요. 황녀님은 제 약혼녀라 다른 남자에게 입 맞춰 줄 수가 없답니다. 그러니 공자의 약혼녀에게 해달라고 하십시오."

필립의 눈이 왕방울만큼 커졌다. 로이드는 어깨를 으쓱하고 그를 지나쳐갔다. 필립이 허둥지둥 로이드의 뒤를 쫓았다.

"싫어! 나도 황녀님에게 받을 거예요. 나도 받을 거란 말이야!"

그의 다리를 붙잡고 꽥 소리를 지른 필립이 울음을 터트렸다. 로이드는 황당한 눈으로 아이를 내려다보았다.

"공자, 울지 마세요."

아란이 상냥한 목소리로 말하며 소매를 휘저었다. 향긋한 냄새가 나더니 어디선가 손바닥만 한 나비들이 나타났다. 제 앞에서 나풀나풀 날아다니는 오색의 나비를 본 필립이 대번에 울음을 그쳤다.

"자, 이제 손을 내밀어보세요."

아란의 말대로 손을 내민 필립은 나비들이 제 손에 앉자 반색했다. 그는 무슨 일이 있었는지도 잊은 채 "엄마! 엄마! 이거 좀 봐!" 하고 외치며 마리아에게 달려갔다. 픽 웃어버린 로이드가 아란의 손을 잡으며 물었다.

"제가 울 때도 저렇게 해줄 겁니까?"

"백작님도 우세요?"

아란이 놀란 얼굴로 되물었다. 로이드가 당연하다는 듯이 고개를 끄떡였다.

"그럼요. 특히 아란이 저를 두고 혼자 날아가버리면 슬퍼서 엉엉 운답니다.

"……앗! 죄송해요. 몰랐어요."

"다음에는 아무리 급해도 그렇게 날아가지 않기입니다."

로이드의 다짐에 고개를 끄떡인 아란이 손가락을 내밀었다. 로이드는 진지하게 그녀의 손가락을 마주 걸었다. 좀 치사하다는 자각은 있었지만, 이렇게라도 해야 안심이 될 것 같았다.


연회 도중 뛰쳐나간 황녀가 물에 빠진 아이를 구했다는 소식은 많은 이들을 안심시켰다.

왕은 손자를 구해준 아란에게 감사를 표했고, 사절단은 당연하다는 얼굴로 그걸 지켜봤다. 덩달아 흐뭇해하던 로이드는 제 팔을 움켜쥐는 손에 움찔했다. 우연처럼 그의 뒤에 선 캐서린이 속삭였다.

"뭘 숨기고 있는 거죠?"

"뜬금없이 무슨 소리입니까, 공주 저하?"

"당신이 저런 어린애에게 진심일 리가 없어. 뭔가 노리는 게 있죠?"

로이드는 가볍게 그녀의 손을 뿌리쳤다. 그는 불쾌한 얼굴로 뒤를 돌아보며 말했다.

"노리는 것이라니. 말이 심하시군요. 그저 제게 과분한 여인을 약혼녀로 맞았을 뿐입니다. 제 품에서 날아가버릴까 봐 안절부절 못할 정도죠."

캐서린의 얼굴이 조금 일그러졌다. 그녀는 이내 요염하게 웃었다.

"그렇게 속이려고 해봤자 소용없어요. 뭘 숨기든 반드시 알아낼 테니까. 그래서 당신을 되찾고야 말겠어."

무어라 대꾸하기도 전에 몸을 홱 돌린 캐서린이 왕태자 쪽으로 가버렸다. 어이없이 그녀를 쳐다보던 로이드는 고개를 바로 하다 움찔했다. 뽀로통한 얼굴의 아란이 그를 노려보고 있었다. 큰일 났다는 생각에 등에 식은땀이 주르륵 흘렀다.

연회가 끝난 뒤 황녀의 거처를 정할 때였다. 미리 정한 대로 왕이 장미궁이 어떻겠냐고 말을 꺼냈다. 사절단이 반응하기도 전에 아란이 입을 열었다.

"전 백작님과 함께 있을 거예요."

예정에 없던 일에 당황한 사절단이 웅성거렸다. 하지만 황녀에게 뭐라 하진 못하고 왕만 열심히 노려보았다. 얼굴이 뚫릴 것 같은 압박에 헛기침을 한 왕이 말했다.

"황녀께서 제 조카가 무척 마음에 드신 모양입니다."

왕의 말을 통역 받은 대표가 얼굴을 붉히며 화를 냈다. 분위기로 봐서 무례하다고 외치는 것 같았다.

그때 자리에서 발딱 일어난 아란이 계단을 타박타박 걸어 내려왔다. 당황한 사절단이 일제히 일어나 바닥에 무릎을 꿇었다. 로이드의 앞까지 걸어온 아란이 물었다.

"백작님과 함께 있으면 안 돼요?"

"안 될 리가요."

얼른 자리에서 일어난 로이드가 그녀를 안아 올렸다. 그는 안 된다고 손짓 발짓 하는 왕을 무시했다.

"당신이 원하면 뭐든 해도 됩니다."

로이드의 속삭임에 아란이 활짝 웃었다. 그는 중대한 위기를 넘겼다는 사실을 직감했다. 왕의 후환이 두렵긴 했지만, 그보다 아란의 화를 풀어주는 게 먼저였다.

결국, 사절단은 한참의 의논 끝에 황녀가 로이드의 저택에 머무는 것에 동의했다. 대신 황녀를 모시는 것에 부족함이 없도록 시중인과 물품을 보내기로 했다. 또한 로이드의 저택에 들러 황녀가 머물기 적합한 곳인지 확인하겠다는 조건을 걸었다.

로이드는 시중인과 물품을 정중히 사양한 후 언제든 방문해도 좋다고 허락했다. 마침내 그는 아란을 품에 안고 돌아가는 마차에 탈 수 있었다. 좌석에 기대 안도의 한숨을 쉬는 그를 물끄러미 쳐다보던 아란이 물었다.

"왜 손을 잡고 있었어요?"

“네?”

“공주님이랑 손잡고 무슨 이야기 하셨어요?”

위기는 끝난 것이 아니었다. 로이드는 마른침을 꿀꺽 삼켰다. 그는 침착한 표정을 짓기 위해 애를 쓰며 말했다.

“손을 잡은 게 아닙니다. 그쪽에서 갑자기 팔을 붙잡아서…… 아니, 잘못했습니다. 다음에는 무슨 짓을 해서라도 피하죠.”

변명하려던 로이드는 아란의 표정이 샐쭉해지자 얼른 사과했다. 조금 풀어지는 것 같던 아란이 다시 물었다.

“공주님이 뭐라고 하셨어요?”

“저 같은 놈에게 황녀가 어울리긴 하냐며 주제를 알라고 하더군요. 사실이라서 뭐라고 대꾸도 못 했습니다.”

“……거짓말.”

뜻밖의 대꾸에 로이드는 가슴이 철렁 내려앉는 것을 느꼈다. 시무룩해진 아란이 말했다.

“제가 백작님에게 어울리지 않는다고 한 거죠? 전 어린애니까.”

아니라고 말하려고 했는데, 그럴 틈이 없었다. 서러운 듯 입술을 깨문 그녀가 말했다.

“공주님이 나빠요. 계속 백작님 손잡으려고 하고, 일부러 가슴 파진 옷 입고 오고. 진짜 나빠. 못됐어요.”

로이드는 멍하게 그녀를 바라봤다. 그의 시선에 빨개진 아란이 두 손으로 얼굴을 가렸다.

“죄송해요. 왜 이러는지 모르겠어요. 자꾸 미운 말만 하고……. 한 번도 이런 적 없었는데.”

"아란."

로이드는 그녀의 손을 떼어내려 했지만, 아란이 완강히 고개를 저었다. 미운 얼굴이라 보여주기 싫다는 말에 한숨을 쉰 그가 말했다.

"연회장에서 당신이 제일 예뻤습니다."

멈칫한 아란이 눈만 내밀어 그를 바라봤다. 로이드는 진지하게 말을 이었다.

"캐서린이 무슨 옷을 입었는지 기억도 안 납니다. 가슴이 파진 옷이라는 것도 당신에게 듣고서 알았습니다."

그를 빤히 쳐다보던 아란이 웅얼거렸다.

"……공주님을 이름으로 부르지 않았으면 좋겠어요."

"아, 그렇군요. 앞으론 절대 안 그러겠습니다."

고개를 끄떡인 로이드가 다짐했다. 활짝 웃은 아란이 그의 목을 껴안았다. 머리장식에 찔릴 뻔했던 로이드가 조심스럽게 그녀를 마주 안았다. 아란이 조그맣게 속삭였다.

"심술부려서 미안해요."

"아뇨, 속상한 일이 있으면 뭐든 숨기지 말고 말해주십시오."

로이드는 그녀의 머리를 살살 쓰다듬으며 말했다. 낯선 곳에서 적응하기도 힘들 텐데 속상한 것을 쌓아두길 바라지 않았다. 아란이 그의 목을 더욱 꼭 끌어안았다.

저택에 도착한 그들을 맞이한 집사가 정중히 절을 했다. 그는 아란의 눈치를 보며 조심스럽게 입을 열었다.

"주인님, 보석 상인이 와 있습니다. 일전에 말씀하신 대로 응접실에 머물게 했습니다."

"아, 그렇군. 지금 가보지."

고개를 끄떡인 로이드가 아란을 안아 들고 응접실로 향했다. 그는 아란에게 줄 장신구를 만들기 위해 엘베른의 모든 보석상을 털었다. 알이 크고 정순한 보석만 골라 머리장식과 목걸이, 팔찌와 허리띠를 만들었다. 그런데 목걸이의 중심이 될 정도로 큰 사파이어가 없어서 완성이 미뤄진 상태였다. 그는 큰 사파이어가 들어오면 값을 따지지 않고 사겠다고 공표해두었다.

"보석 상인을 부르셨어요?"

고개를 갸웃한 아란이 속삭였다. 로이드도 덩달아 목소리를 낮춰 답했다.

"네, 함께 구경하고 싶군요. 맘에 드는 게 있다면 뭐든 사주겠습니다."

"아니에요, 전 이미 이게 있는걸요."

아란이 조그마한 스타사파이어 목걸이를 가리키며 말했다. 화려한 머리장식에 비해 초라해 보이는 목걸이인데도 그가 줬다는 이유로 걸고 나온 모양이다. 어쩐지 미안해진 로이드가 말없이 응접실 문을 열었다.

제일 먼저 보인 것은 창밖을 바라보고 있는 누군가의 뒷모습이었다. 발목까지 내려오는 긴 머리에 놀란 로이드가 주춤했다. 이렇게 긴 머리카락을 보는 것은 처음이었다.

시선을 느꼈는지 창가에 서 있던 자가 몸을 돌렸다. 폭포수처럼 그의 머리가 흔들렸다. 위는 새하얗고 끝은 검은 이상한 머리카락이었다. 미간을 찌푸린 로이드는 뒤늦게 상대의 얼굴을 확인했다. 너무 곱상하게 생겨서 기분 나쁜 남자가 싱긋 입꼬리를 올렸다.

"제 선물은 마음에 드셨습니까?"

로이드는 반사적으로 바짝 긴장했다. 그의 본능이 상대를 조심하라고 경고하고 있었다.

그는 날카로운 눈으로 남자를 훑어보며 물었다.

"선물이라니, 무슨 말이지?"

그러자 남자가 한 걸음 앞으로 나섰다. 그는 그리 춥지 않은 날씨임에도 여우 목도리를 두르고 있었다. 그것이 기이할 정도로 긴 머리와 어우러져 기묘한 느낌을 주었다.

"이런, 탐탁찮으셨습니까. 이국의 황녀님께 왕자비와의 친분을 만들어드렸는데 말입니다."

남자의 입술이 부드럽게 말려 올라갔다. 로이드는 상대가 요괴라는 것을 알아챘다.

'은 나이프가…….'

부츠에 넣어둔 나이프는 수로에 부딪힐 때 놓쳐버렸다. 여분으로 손목에 하나 더 차고 있긴 하지만, 아란을 안고 싸울 수는 없었다.

그때 소매에 손을 넣은 남자가 상자 하나를 꺼냈다. 상자를 열자 푸른색보다는 보라색에 가까운 커다란 사파이어가 들어 있었다. 그것을 테이블에 내려놓은 남자가 말했다.

"그럼 이건 어떻습니까? 천축에서 가져온 사파이어로 여신의 눈물이라고 불리는 보석입니다. 키우시는 새의 목에 걸어주면 잘 어울릴 것 같군요."

"새?"

"품에 안고 있는 서왕모의 파랑새를 말하는 겁니다. 아주 귀한 애완동물이죠."

남자가 아란을 바라보며 말을 이었다.

"지저귀는 소리만으로 사람을 홀리는 신물. 듣고 있으면 계속 듣고 싶고, 근심이 모두 씻겨나가는 것 같고, 속마음을 모두 털어놓게 되지. 둘도 없이 소중하게 느껴지고 예뻐하고 싶더냐? 그랬을 거다. 그런 기분이 들게끔 만들어진 장난감이니."

로이드는 아란의 몸이 흠칫 떨리는 것을 느꼈다. 그는 괜찮다는 뜻으로 그녀를 꼭 끌어안고 천천히 몸을 물렸다. 남자가 재미있다는 듯이 웃었다.

"요괴가 두려운가? 하지만 선인도 너희 인간들에겐 요괴나 다를 바 없는 것. 그걸 계속 옆에 둔다면 너는 많은 것을 잃게 될 것이다."

"아니에요!"

숨죽이고 있던 아란이 소리쳤다. 그녀는 분노한 얼굴로 남자를 노려보며 말했다.

"전 백작님이 뭔가를 잃게 내버려두지 않을 거예요. 제가 지켜드릴 거예요!"

남자의 표정이 일순 흔들렸다. 하지만 이내 미소 짓는 얼굴로 돌아간 그가 말했다.

"꼬마 선인, 그런 말은 남자의 품에서 내려와서 하는 게 어떨까?"

얼굴이 빨개진 아란이 로이드에게 "내려주세요." 하고 말했다. 로이드는 고개를 저었다.

"너무 위험합니다. 아란, 제가 어떻게든 해볼 테니⋯⋯."

"전 괜찮아요. 내려주세요, 백작님."

로이드는 긴 한숨을 쉬었다. 아란이 이런 표정을 지으면 도저히 안 된다는 말을 할 수가 없었다. 앓는 소리를 낸 그가 그녀를 내려 놓았다. 콩콩 소리를 내며 남자의 앞으로 다가간 아란이 고개를 치 켜들었다.

"전 당신이 두렵지 않아요. 저는 정법선인, 요괴를 두려워하라고 배우지 않았어요."

"무모하군. 하지만 정답이다. 오늘은 이웃에게 인사를 하러 온 것뿐이니까. 이전에 내 수하가 무례를 저지른 걸 사과할 겸해서 말 이야."

팔짱을 낀 남자가 은 나이프를 손바닥에 감춘 로이드를 턱짓하며 말했다.

"물론 저 남자가 날 공격했다면 달라졌겠지만."

아란이 놀란 얼굴로 로이드를 돌아봤다. 로이드는 영문을 모르 겠다는 표정으로 어깨를 으쓱했다. 고개를 갸웃한 아란이 남자에 게 말했다.

"저는 곤륜산에서 서왕모를 모시는 요지선인 아란이에요."

"근처에 살고 있는 요괴다. 아무리 어려도 서로에게 간섭하지 않 는다는 불문율쯤은 알고 있겠지?"

머뭇거리던 아란이 고개를 끄떡였다. 만족한 듯 미소 지은 남자가 "그래, 그럼 좋은 이웃이 될 수 있을 것 같군." 하고 말했다. 이어서 로이드에게 시선을 준 그가 몸을 돌리려 했다.

그때 화들짝 놀란 표정을 지은 아란이 남자의 소매를 붙잡았다.

"그 목도리!"

멈칫한 남자가 아란을 내려다보았다. 로이드는 남자의 얼굴이 굳는 것을 발견하고 다시 긴장했다. 하지만 아란의 시선은 남자의 여우 목도리에 꽂혀 있었다.

"왜 그런 걸 가지고 다니죠?"

"그게 꼬마 선인과 무슨 상관이지?"

남자가 심드렁하게 되물었다. 입술을 꼭 깨문 아란이 도움을 청하듯 로이드를 바라봤다. 옆으로 다가간 로이드가 어깨에 손을 얹자 조금 안심한 그녀가 말했다.

"그 목도리, 저에게 파세요. 값은 얼마라도 치르겠어요."

"호오?"

남자의 눈이 가늘어졌다. 그는 재미있다는 듯이 웃으며 말했다.

"무엇으로 값을 치르려고? 저 남자에게 사달라고 할 생각인가?"

얼굴이 빨개진 아란이 머리에 꽂고 있던 장식을 뽑았다. 손에 잡히는 대로 장식을 모조리 빼낸 그녀가 그것을 앞으로 내밀며 말했다.

"이걸로 부족하면 다른 것도 드릴게요. 그러니 목도리를 제게 주세요."

"목도리를 주면 뭘 할 생각이지?"

"정성껏 묻고 공양드릴 거예요."

단호하게 말한 아란이 덧붙였다.

"그건 요선의 가죽이잖아요. 그런 꼴이 되다니, 분명 슬프고 괴로울 거예요."

눈물이 그렁그렁한 그녀의 얼굴을 본 남자가 피식 웃었다.

"틀렸어. 이건 반요선이다. 인간과 요선 사이에선 이렇게 어중간한 존재가 태어나지."

"뭐라도 좋아요. 그렇게 내버려둘 수 없어요. 제발 부탁이에요."

아란이 간절하게 말했다. 안 된다고 말하면 발이라도 구를 것 같았다. 난처한 듯 웃은 남자가 그녀에게 말했다.

"그렇게 말해도 넘겨줄 수 없어. 이건 내 아이의 가죽이니까."

아란의 눈이 동그랗게 변했다. 남자가 그녀의 머리로 손을 뻗으며 말했다.

"꼬마 선인, 남편이 아닌 남자의 앞에서 머리를 풀면 안 된다고 배우지 않았나?"

탁 소리가 나도록 그의 손을 쳐낸 로이드가 "이런, 실례." 하고 웃었다. 아란을 안고 성큼 물러난 그가 쏘아붙이듯 말했다.

"그쪽도 아내가 아닌 여자에게 손을 대면 안 된다고 배우지 못한 모양이군요."

로이드에게 얻어맞은 손등을 내려다본 남자가 피식 웃었다. 넓은 소매에 손을 감춘 그가 둘을 향해 말했다.

"나는 귀왕 묵림. 재미있는 이웃이 생긴 것 같아 기쁘군. 그럼 다음에 보지."

말이 끝나기 무섭게 남자의 모습이 스르륵 사라졌다. 그가 서 있던 자리에는 절반은 검고 절반은 흰 털이 하나 떨어져 있었다.

굳은 얼굴로 그것을 바라보던 아란이 말했다.

"이곳에 귀왕이 있다니. 무라 님이나 외백부님께 말씀드려야겠어요."

"귀왕이 뭡니까?"

"선인의 반대편에 요괴가 있다면, 천신의 반대편엔 귀왕이 있어요. 저는…… 도저히 이길 수 없는 상대예요."

아란이 낭패한 얼굴로 고백했다. 로이드는 그녀를 의자에 앉힌 후 머리에서 나머지 장식을 빼주었다.

"굳이 그를 이길 필요는 없을 것 같군요. 서로 간섭하지 말자고 했었고."

"하지만 그가 백작님을 해치려고 하면 어떡해요? 이번에도 요괴가 공격했잖아요."

"아란, 굳이 저를 지키려고 하지 않아도 됩니다."

금관을 조심스럽게 벗겨낸 로이드가 말했다. 그는 관의 무게를 견딘다고 고생했을 아란의 머리카락을 살살 쓸어 넘기며 말을 이었다.

"제 몸은 제가 건사할 수 있습니다. 당신은 피를 보지 못하니, 오히려 제가 당신을 지켜야죠."

"안 돼요. 그건 공평하지 않아요. 백작님은 저한테 다 주시는데, 저는 아무것도 못 드리고 있잖아요. 제가 백작님을 지키게 해주세요."

아란은 일방적인 관계는 오래 못 간다고 야무지게 말했다. 그게 어찌나 귀여운지, 웃음을 터트리지 않기 위해 필사적으로 참아야 했다.

어색한 헛기침으로 위기를 넘긴 로이드가 말했다.

"당신은 이미 제게 많은 것을 주고 있습니다."

"제가요?"

"예, 말로 다 할 수 없는 것들을."

아란은 그에게 상냥함과 다정함, 걱정과 위로를 주었다. 그녀를 속이고 붙잡아둔 남자에겐 과분한 것들이었다. 고개를 갸웃한 아란이 손을 내밀었다.

"또 그런 표정이에요."

"그런 표정이요?"

"먼 곳을 보는 것 같은 얼굴이요. 그럴 땐 무슨 생각을 하세요?"

그녀의 손을 잡은 로이드가 웃었다.

"당신이 멀리 떠나는 상상을 합니다."

"왜요?"

아란이 깜짝 놀란 얼굴로 되물었다. 로이드는 "글쎄요." 하고 말 끝을 흐렸다. 아란을 안고 일어선 그는 남자가 두고 간 보석을 바라봤다.

"저건 버리는 게 낫겠군요."

"안 돼요. 버리면 분명 모욕당했다고 생각하고 화를 낼 거예요."

고개를 붕붕 휘저은 아란이 그를 말렸다. 로이드는 요요한 빛을 뿌리는 보라색 사파이어를 내려다봤다. 처치 곤란한 것이 꼭 요괴를 닮았다.

"남들이 보지 못하는 곳에 숨겨두는 게 나을 것 같아요."

아란의 속삭임에 한숨을 쉰 로이드가 고개를 끄떡였다. 그는 근심이 깃든 아란의 뺨을 부드럽게 쓰다듬었다. 놀라 눈을 깜빡인 아란이 얼굴을 붉혔다.

"오늘 고생했습니다. 당신은 정말 예쁘고 멋졌어요."

로이드의 말에 아란의 얼굴이 더욱 빨개졌다. 어쩔 줄 몰라 하며 얼굴을 가린 그녀가 웅얼거렸다.

"금와의 말이 맞나 봐요."

"그 망할 개구리…… 아니, 금와가 뭐라고 했습니까?"

로이드의 물음에도 아란은 선뜻 입을 열지 못하고 망설였다. 한참을 살살 달랜 끝에 겨우 들은 대답은 이랬다.

"백작님은 여자를 잘 홀리는 나쁜 남자랬어요."

"제가요?"

"네, 그러니 조심해야 한다고. 잘해준다고 홀랑 넘어가면 안 된다고 했어요."

아란이 정말인지 가늠하는 듯한 눈으로 그를 바라봤다. 로이드는 무척 억울했다. 방탕한 귀족 자제들에 비하면 그는 무척 깨끗한 사생활을 유지했다. 출생에 얽힌 콤플렉스 때문이긴 했지만, 어쨌든 약혼녀에게 부끄러운 짓을 저지른 적은 없었다.

"아란, 제가 다른 여자에게 이러는 걸 본 적 있습니까?"

로이드는 아란의 머리를 쓸어 넘기며 물었다. 눈을 동그랗게 뜬 아란이 고개를 저었다.

"그럼 다른 여자를 이렇게 칭찬한 적은요?"

"……없어요."

"그것 보세요. 금와가 오해한 겁니다. 전 당신에게만 충실합니다."

로이드의 확답에 아란이 입술을 깨물었다. 가슴 위를 꼭 부여잡은 그녀가 조심스럽게 말했다.

"하지만 백작님의 말을 들으면 가끔 너무…… 부끄러워져요."

"그랬습니까?"

"네, 가슴도 막 콩콩 뛰고 어지럽고 정신이 없어요. 아까도 그랬어요."

로이드야말로 정신이 혼미해질 지경이었다. 그는 이렇게까지 귀여울 필요가 있냐고 한탄하며 말했다.

"이상하네요. 저도 아란의 말을 들으면 자주 그렇습니다."

"백작님도요?"

"네, 금와의 말대로라면 아란은 남자를 홀리는 나쁜 여자군요."

깜짝 놀란 아란이 고개를 저었다.

"아니에요! 저는 아주 정숙한 여자예요."

"정말입니까?"

"네, 정말이에요. 요조숙녀……가 되려고 노력하고 있어요."

차마 요조숙녀라고는 못하겠는지 목소리가 작아졌다. 손을 꼼지락거리며 로이드의 눈치를 보던 아란이 물었다.

"제가 요조숙녀가 아니라서 싫으세요?"

"전 지금의 아란이 제일 좋습니다."

로이드의 대답에 아란의 얼굴이 다시 빨개졌다. 그녀는 로이드의 품에 얼굴을 묻으며 "지금도 가슴이 콩콩거려요." 하고 속삭였다. 로이드는 약혼녀의 머리를 쓰다듬으며 응접실을 나섰다.

홀로 남겨진 보랏빛 사파이어가 반짝 빛을 냈다.

## 05

### 차 한잔
### 어떠세요?

　잠결에 로이드는 부드럽고 따뜻한 것이 품으로 파고드는 걸 느꼈다. 기분 좋은 감촉에 꼭 끌어안자 상대가 히잉 하고 칭얼거리는 소리를 냈다. 그것이 귀여워서 웃던 그는 흠칫해서 눈을 떴다. 웬 아리따운 아가씨가 그의 가슴에 기대 잠들어 있었다.

　로이드는 가슴이 철렁 내려앉는 것을 느꼈다. 어떻게 된 일인지 몰라 눈을 굴리던 그는 상대의 얼굴이 퍽 낯익다는 것을 깨달았다.

　"……아란?"

　정확히는 봉인이 풀린 아란의 모습이었다. 제일 먼저 든 것은 어디 아픈 건 아닌가 하는 걱정이었다. 하지만 아란이 품속에서 꼬물꼬물 움직이자 위기감이 급격히 치솟았다. 그는 무념무상의 경지에 들기 위해 애쓰며 말했다.

　"아란, 제발 일어나요. 아란?"

　아란은 아침잠이 많았다. 새로 변했을 때도 로이드가 따뜻한 물에 넣어줘야 겨우 눈을 뜰 정도였다. 애타는 부름에도 그녀는 콧등만 조금 찡긋거리고 말았다. 로이드는 심각한 고뇌에 빠졌다.

'왜 자랐는데도 귀여운 거지?'

잠시 공황상태로 있던 그는 정신을 차리고 아란의 어깨를 살살 흔들었다. 다 자란 모습이라도 워낙 가냘파서 세게 흔들면 안 될 것 같았다. 아란이 칭얼거리며 그에게 달라붙었다.

"싫어, 조금만 더 잘래요."

익숙한 소녀의 목소리가 아닌 부드러운 여자의 음성이었다. 순간 목덜미의 솜털이 삐쭉 일어나는 것을 느낀 로이드는 혀끝을 깨물었다. 심호흡으로 마음을 가다듬은 그는 아란을 품에 안고 몸을 일으켰다. 공주님 안기로 조심조심 이동해서 옆방의 침대에 눕히는 것까지 성공했다.

"……추워."

눈을 반짝 뜬 아란이 로이드를 붙잡았다. 그녀는 남자의 애간장을 다 녹여버릴 것 같은 얼굴로 속삭였다.

"추워요, 백작님. 가지 마세요."

로이드는 약간의 현기증을 느꼈다. 청순가련한 미녀가 침대에 누운 채 춥다고 호소하는 상황이었다. 그런 뜻이 아니라는 것을 알아도 본능적으로 반응하는 건 어쩔 수가 없었다.

'아아, 어머니. 살려주십시오.'

로이드는 돌아가신 어머니까지 찾으며 인내심을 그러모았다. 떨리는 손으로 아란의 머리를 쓰다듬은 그가 달래는 목소리를 냈다.

"자, 착하죠. 곧 따뜻해질 겁니다."

졸린 눈을 깜빡인 아란이 그에게 양팔을 내밀었다. 안아달라는 뜻인 것 같았다. 신음을 삼킨 로이드가 이불을 들어 그녀를 돌돌 말았다. 그는 고치가 된 아란을 품에 안고 누웠다.

밤새 비어 있었던 침대는 과연 선뜩하리만큼 차가웠다. 괜히 미안해진 로이드는 아란을 좀 더 가까이 끌어안았다. 그제야 만족한 아란이 그의 가슴에 뺨을 비벼대며 속삭였다.

"백작님 가슴이 쿵쿵거려요."

"당신 때문입니다."

로이드가 약간의 원망을 담아 말했다. 그걸 무슨 뜻으로 받아들였는지 헤헤 웃던 아란이 스르륵 잠들었다. 한숨을 쉰 로이드는 제 체온으로 침대가 따뜻해질 기다렸다. 다행히 그리 오래 걸릴 것 같지는 않았다.


연회가 끝나고 며칠 뒤, 사절단의 대표가 로이드의 저택을 방문했다. 없는 트집도 만들어낼 기세로 들이닥친 이들은 입구에서 기다리고 있는 황녀를 보고 주춤했다.

"어서 오세요. 이렇게 와주셔서 기뻐요."

조그마한 꽃바구니를 든 아란이 활짝 웃었다. 그녀는 자신이 기른 것이라며 모두에게 꽃을 나눠주었다. 황송해하며 무릎을 꿇는 이들을 일으킨 아란이 정원부터 안내하겠다며 앞장섰다. 사절단은 연신 굽실거리며 그녀의 뒤를 따랐다.

그것을 지켜보던 무라가 로이드에게 말했다.

─ 자네는 착한 건지 나쁜 건지, 교활한 건지 순진한 건지 모르겠단 말이야.

"모르셨군요. 인간은 원래 그렇습니다."

- 글쎄, 그건 아닌 것 같군.

냉담한 대구에 어깨를 으쓱한 로이드가 그의 주변을 살폈다.

"그런데 금와가 안 보이는군요. 무슨 일이라도 있습니까?"

기회를 놓치지 않고 따라와 시끄럽게 굴 거라 생각했던 개구리가 보이지 않았다. 로이드를 따라 하듯 어깨를 으쓱한 무라가 말했다.

- 자네 덕에 술병이 나서 말이야.

"예?"

- 기억 안 나나?

로이드는 뒤늦게 금와를 포도주잔 속에 쑤셔 넣었던 것을 떠올렸다. 멋쩍게 헛기침을 한 그가 되물었다.

"포도주가 그렇게 독했습니까?"

- 금와는 술을 무척 좋아한다네. 한번 마시기 시작하면 멈추지를 못할 정도야. 그런데 왕부에서 일하게 되면서 직무에 충실하기 위해 금주를 시작했지. 그게 자네 때문에 깨져버렸네.

100년 가까이 참아왔던 욕망이 터졌으니 이성을 잃는 것이 당연했다. 금와는 닥치는 대로 술을 마시고 또 마셨다. 왕의 포도주 창고 하나를 완전히 거덜 낸 후에야 쓰러진 그는 아직까지 술병으로 끙끙 앓고 있었다.

"그것참 안됐군요."

싱긋 웃는 로이드를 보고 머리를 절레절레 흔든 무라가 물었다.

- 그래, 무슨 일로 나를 찾았나?

"아, 아란의 일로 의논드릴 것이 있습니다."

로이드는 그를 응접실로 안내했다. 며칠 전, 귀왕이라는 요괴와

만났고 그 뒤로 아란의 봉인이 자주 풀린다는 설명을 들은 무라가
심각한 표정을 지었다.

– 귀왕이라고?

"예, 분명 그렇게 말했습니다. 아란도 그가 귀왕이라고 했고요."

– 이상하군. 제아무리 귀왕이라고 해도 왕모의 봉인에 영향을 주
진 못할 텐데.

서왕모는 모든 선인의 우두머리다. 귀왕이 천신에 필적하는 힘
을 지녔다고 하나 감히 비교할 대상은 아니었다. 무라의 설명에 로
이드는 혼란스러운 표정을 지었다.

"하지만 그것 외엔 짐작 가는 곳이 없습니다."

– 일단 귀왕이 줬다는 보석부터 살펴보지.

고개를 끄떡인 로이드가 무라에게 자리를 권한 후 보석을 꺼냈
다. 상자를 열어 보랏빛 사파이어를 내밀자 무라가 갸웃거렸다.

– 그냥 평범한 보석인데?

"저주 같은 게 걸려 있는 것 아닙니까?"

– 상상력이 풍부하군. 이건 말 그대로 잘 지내자는 선물인 것 같
네. 불순한 기운도 없고.

무라가 보석을 도로 상자에 내려놓았다. 로이드는 곤혹스러운
기분이 되었다.

"요괴의 짓이 아니면 어디 아픈 걸까요?"

– 전보다 더 씩씩해 보이던데.

"겉으로 드러나지 않는 문제일 수도 있습니다."

– 기운에도 아무 이상이 없었네. 선인은 지나치게 건강한 상태야.

건강하다는 말에 기쁘면서도 그럼 뭐 때문인가 고민하게 된다. 끙끙거리던 그를 유심히 쳐다보던 무라가 물었다.

－봉인이 주로 언제 풀리나?

"아, 아란이 깊게 잠들면 풀립니다. 잠에서 완전히 깨면 원래대로 돌아가고요. 봉인이 풀려도 의식을 못 하니 문제가 될까 봐 걱정스럽습니다."

－그렇군. 자네는 그걸 보고 있고?

"그……."

퍼뜩 고개를 든 로이드는 무라의 눈과 마주쳤다. 등으로 식은땀이 주르륵 흘렀다. 완전히 굳어버린 그를 보고 한숨을 쉰 무라가 말했다.

－벌써 한 침대를 쓰는 사이였다니. 뭔가 복잡한 심경이군.

"아닙니다! 아란은 결백…… 아니, 저는 아란에게 손댄 적이……."

횡설수설하던 로이드가 혀를 깨물 뻔했다. 풋 소리를 낸 무라가 말했다.

－농담이야. 아란선인이 혼자 못 자는 것도 알고 있네. 자네에게 어리광을 부린 모양이군.

멍한 눈으로 그를 바라보던 로이드가 얼굴을 감싸 쥐었다. 앓는 소리를 내는 그를 툭 친 무라가 물었다.

－괜찮은가?

"……자살하고 싶은 기분이니 잠시만 내버려두십시오."

－저런. 괜찮지 않은가 보군.

무라는 즐거운 듯이 말했다. 한참 만에 자괴감을 극복한 로이드가 입을 열었다.

"뭔가 짐작 가는 곳이 있으십니까?"

─ 음? 답이야 이미 나왔지 않나?

그러자 무라가 뜻밖의 말을 했다. 로이드가 전혀 모르겠다는 얼굴로 그를 쳐다봤다.

─ 외적인 이유가 아니면 내적인 이유뿐이겠지.

"내적인 이유라면……."

─ 선인이 자라고 싶다고 생각해서.

로이드는 가슴이 덜컥 내려앉는 것을 느꼈다. 아란은 성장에 딱히 욕심을 내지 않았다. 앞으로 120년만 기다리면 봉인을 풀 수 있다고 말할 정도였다. 그런 그녀가 자라고 싶다고 생각하게 되다니. 남은 시간이 너무 괴롭지 않을까 싶었다.

"왜 갑자기 그런 생각을……."

─ 자네 의외로 둔하군. 다른 일에는 똑똑하더니.

난처한 듯 웃은 무라가 말을 이었다.

─ 연적에게 빼앗기고 싶지 않아서겠지.

"예?"

─ 말로 설명하려니 좀 어렵네만, 여자들의 기 싸움 같은 게 있잖은가. 연회에서 본 낭자가 자네를 노리는 걸 보고 경계심이 들었겠지. 게다가 자네는 선인을 귀여워하고 예뻐하지만, 정말 그것뿐이잖나.

로이드는 뭐라도 변명하고 싶은 기분이 되었다. 공주에겐 일말의 관심도 없다든가. 아란을 귀여워하고 예뻐하는 것 이상을 하면 범죄라든가. 머릿속에 맴도는 말이 많았지만, 하나도 입 밖으로 나오지 못했다. 굳어버린 그를 보고 싱긋 웃은 무라가 말했다.

─ 자네가 잘못했다는 게 아니니 걱정하지 말게. 다만, 벌써 그럴 때가 되었나 싶어서 좀 서운하군. 아장아장 걸어다니던 모습이 아직 눈에 선한데 말이야.

"……."

─ 그런데 자네, 선인의 사랑을 받는 기분은 어떤가?

"무라 님, 그만 좀 놀리시면 안 되겠습니까."

귓불이 벌겋게 달아오른 로이드가 항의했다. 큭큭 소리를 낸 무라가 손을 내저었다.

─ 미안하군. 지금이 아니면 자네가 당황하는 모습을 못 볼 것 같아서 말이야.

"아란과 함께 있으면 매일 보게 되실 텐데. 안타깝군요."

로이드가 어린애처럼 툴툴거리며 말했다. 말이 씨가 되었는지 쿵쿵 소리와 함께 문이 열렸다. 안색이 시퍼렇게 변한 제임스가 말했다.

"배, 백작님. 빨리 좀 와보셔야 할 것 같습니다!"

로이드는 올 게 왔구나 하고 생각하며 벌떡 일어섰다. 무라에게 양해를 구한 그는 제임스의 뒤를 쫓았다. 앞서 가는 제임스가 횡설수설하며 설명했다.

"정원 안내까진 아무 문제도 없었습니다. 그런데 황녀님께서 사절단에게 차를 대접하고 싶다고 하시지 뭡니까. 다들 좋다고 티룸으로 옮겨갔는데, 황녀님이 처음 보는 도구를 써서 차를 우리셨습니다. 그걸 마신 사절단들이 모두……."

"죽었나?"

로이드가 길게 늘어지는 설명을 자르며 말했다. 당황해서 눈을 크게 뜬 제임스가 고개를 붕붕 저었다.

"주, 죽다니요! 무슨 끔찍한 말을 하시는 겁니까. 그, 그런데…… 죽는 게 차라리 나을까요?"

"무슨 헛소리야?"

미간을 찌푸린 로이드가 티룸의 문을 열었다. 기사들의 비명이 들리는 것을 보니 뭔가 사고가 터진 것 같았다. 열린 문 안쪽에서 누군가의 비명이 들렸다.

"안 돼!"

동시에 시커먼 뭔가가 안에서 튀어나왔다. 기괴할 정도로 살찐 쥐였다. 옆으로 피하는 로이드에게 제임스가 소리쳤다.

"악! 그걸 잡아야 합니다!"

로이드는 반사적으로 쥐를 쫓았다. 놈은 뱃살을 출렁거리며 복도를 달려가고 있었다. 아무리 뚱뚱해도 쥐는 쥐라서 사람이 쫓아가긴 힘들었다. 코너를 돌아 사라지려던 쥐가 무라에게 쫓겨 다시 로이드 쪽으로 달려왔다.

대기하고 있던 로이드는 잽싸게 놈을 잡아챘다. 찍! 하고 크게 울부짖은 쥐가 그의 손을 물려 했다. 그는 놈을 허공에 던졌다가 다시 낚아챘다. 목이 졸린 쥐가 버둥거리며 발버둥을 쳤다.

"죽이면 안 돼요!"

급히 달려 나온 아란이 그를 말렸다. 기사들도 그에 동참했다.

"사절단 대표지 말입니다! 죽이면 안 되지 말입니다!"

놀란 로이드는 쥐를 떨어뜨릴 뻔했다. 그는 뚱뚱하고 못생긴 쥐를 힐끗 내려다보며 물었다.

"이게 뭐라고?"

찍, 하고 쥐가 대답하듯 울었다.

로이드는 연신 메에에 울어대는 염소와 카펫을 쪼아대는 닭, 바닥에 드러누운 돼지와 소파 밑에 기어들어간 토끼, 자루에 갇힌 쥐를 확인했다. 모두 아란의 차를 마신 사절단이 변한 모습이었다. 로이드는 그들이 변한 것보다 종류의 다양함에 감탄했다.

"참 골고루 변했군요."

"죄, 죄송해요."

그의 앞에 죄인처럼 선 아란이 울먹이며 사과했다. 로이드는 얼른 그녀를 안아 들고 토닥였다.

"제가 변한 것도 아닌데 사과할 필요 없습니다."

- 자네 진짜 그러긴가.

찻잔을 확인하고 있던 무라가 눈총을 줬다. 로이드는 어깨를 으쓱하며 "사실이잖습니까." 하고 말했다. 한숨을 쉰 무라가 이마를 긁적였다.

- 찻잎에도 찻물에도 별 이상은 없어 보이는데. 선인, 여기 뭔가를 했나?

"아뇨, 선계에서 배운 그대로 했어요."

아란이 겁먹은 얼굴로 고개를 저었다. 무라가 난감하게 말했다.

- 나도 이런 쪽엔 지식이 없어서 도움이 안 되는군. 다른 이에게

보여줘야겠어.

"다른 이라면……?"

– 비회 님께 여쭤보고 오겠네. 그때까지 이들을 맡아주게.

비회 님이 누군지 몰라 아란을 보자 "외백부님이요." 하고 속삭였다. 거대 거북의 이름이 바로 비회였던 모양이다. 로이드는 고개 숙여 감사를 표했다.

"감사합니다, 무라 님."

– 인사는 됐네. 선인 옆에 꼭 붙어 있게.

여기서 더 사고 치면 곤란하다고 말한 무라가 다기를 들고 사라졌다. 로이드는 한층 더 우울해진 아란의 머리를 쓰다듬었다.

"신경 쓸 것 없습니다. 외백부님께서 좋은 방법을 알려주실 겁니다."

"……죄송해요."

아란이 기운 없이 고개를 숙였다. 이대로 두면 계속 풀이 죽어 있을 것 같았다. 안 되겠다는 생각이 든 로이드가 기사들을 향해 명령했다.

"한 마리에 둘씩 붙어서 보호해. 교대로 감시하면서 다치지 않게 돌봐."

"네? 어떻게 돌보란 말씀인지 모르겠습니다."

"일단 많이 먹이고 재워. 자고 나면 원래대로 돌아올지도 모르니까."

되는대로 내뱉은 말에 기사들이 과연 주군이라며 고개를 끄떡였다. 그들은 누가 무슨 동물을 맡을 것인지에 대해 떠들기 시작했다.

그때 기사 중 하나가 눈치를 보며 물었다.

"저, 주군. 이 돼지는 손님방에서 재울까요, 우리에서 재울까요?"

바닥에 드러누운 검은 수돼지를 힐끗 쳐다본 로이드가 차갑게 말했다.

"자고 일어났을 때 방 안에 똥을 싸질러둔 것과 가축우리에 누워 있는 것 중에 어느 게 나은지 각자 판단해서 행동해라."

기사들은 혼란에 빠졌다. 그들은 어떤 상황이 더 나은지에 대해 설전을 벌이기 시작했다. 로이드는 그들을 내버려둔 채 방을 나섰다.

사절단의 수행원들까지 제임스에게 떠맡긴 로이드는 가벼운 마음으로 마차에 올랐다. 불안한 표정으로 그를 보던 아란이 물었다.

"어디로 가는 거예요?"

"놀러 가는 겁니다."

"……네?"

아란의 눈이 동그래졌다. 어쩔 줄 몰라 하는 것이 사절단은 어쩌고 놀러 가냐고 묻고 싶은 듯했다. 로이드는 어깨를 으쓱했다.

"그럼 도망치는 거라고 해둘까요?"

"그래도 괜찮아요?"

"나중에 무라 님께 혼나면 편들어주십시오."

아란의 얼굴에 충격이 퍼져갔다. 피식 웃은 로이드가 그녀의 뺨을 어루만졌다.

"아란, 거기서 계속 걱정하고 있어봤자 사절단에겐 아무런 도움도 되지 않습니다. 그럼 좀 더 유익한 일을 하는 게 낫지 않을까요?"

"하지만…… 제가 잘못했으니까 반성하고 있어야 해요."

아란이 손을 꼼지락거리며 말했다. 로이드가 장난스럽게 말을 받았다.

"그럼 뭘 잘못했는지 말해봐요. 전 잘 모르겠으니까."

눈을 동그랗게 뜬 아란이 입술을 오물거렸다. 그녀는 고해성사를 하듯 조심스럽게 말했다.

"대신들에게 차를 줘서 동물로 만들어버렸어요."

"이런, 몰랐습니다. 그들을 동물로 만들려고 차를 준 거군요."

"아니에요! 전 그냥 차를 대접할 생각이었어요. 그런데…… 뭐가 문제였는지 모르겠어요."

로이드는 아란의 뺨을 아프지 않게 콕 찌르며 말했다.

"그것 보세요. 당신 잘못인지 아직 모르잖습니까."

"……네?"

"차가 상했을 수도 있고, 그들의 체질에 안 맞았을 수도 있죠. 아니면 동물로 변해버릴 정도로 맛있었을 수도 있고요. 아무것도 밝혀진 게 없는데 왜 당신 잘못이라고 생각하는 겁니까."

아란이 멍한 얼굴로 그를 바라봤다. 로이드는 그녀의 머리를 살살 만지며 말을 이었다.

"이럴 때는 그냥 난 모르는 일이라고 발뺌을 하는 겁니다. 상대가

증거를 들이밀면서 따지면 그때 '아, 미안합니다. 재수가 없으셨네요.' 하고 사과하면 되죠."

능청스러운 그의 말에 아란이 조금 웃었다. 하지만 이내 눈물이 방울방울 그녀의 뺨으로 흘러내렸다. 이런 하고 혀를 찬 로이드가 서둘러 손수건을 꺼냈다. 손수건을 받아든 아란이 울먹이며 말했다.

"한 번도 그런 말을 들어본 적이 없어서 놀랐어요. 매일 사고만 친다고 야단맞았는데……."

"그랬습니까?"

"배, 백작님이 말썽쟁이라고. 제가 귀찮다고 생각할까 봐 무서웠어요."

로이드는 훌쩍훌쩍 소리 내어 우는 그녀를 달래며 물었다.

"아란은 제가 귀찮았습니까?"

"……네?"

"저는 항상 당신에게 이거 해달라 저거 해달라 요구하잖습니까. 혼인해달라고 하고, 옆에 있어달라고 하고, 혼자 날아가버리지 말라고 하고, 같이 춤도 춰달라고 하고."

놀란 표정으로 그의 말을 듣던 아란이 세차게 고개를 저었다.

"아뇨, 한 번도 그렇게 생각한 적 없어요!"

"저도 그렇습니다. 당신이 말썽을 부린다고 생각한 적도 없고, 귀찮다고 생각한 적도 없어요."

아란이 안심한 것처럼 한숨을 쉬었다. 무너지듯 그의 가슴에 기댄 그녀가 속삭였다.

"그래도, 그래도 이번엔 정말 잘하고 싶었는데. 망쳐서 너무 속상해요."

"신경 쓰지 말아요. 망쳐도 괜찮은 일이었습니다."

어차피 트집을 잡으러 온 사람들이니 된통 당해도 쌌다. 하지만 아란의 마음은 그게 아니었는지 기어들어가는 목소리로 말했다.

"안내도 잘하고 차도 대접하고 잘 끝내고 싶었는데, 그래서 백작님에게 멋진 모습을 보여드리려고 했는데……. 너무 욕심부려서 이렇게 됐나 봐요."

로이드는 그제야 아란이 왜 이렇게 기운이 없는지 이해했다. 그에게 어른스러운 모습을 보여주고 싶었는데 망쳐버려 실망한 것이다. 그는 울음으로 빨갛게 달아오른 약혼녀의 뺨을 쓰다듬었다.

"아란, 당신은 아주 잘했습니다. 잘 타준 차를 마시고 동물로 변한 사절단이 잘못한 겁니다."

그 말에 아란이 다시 울음을 터트렸다. 로이드는 서럽게 우는 그녀를 꼭 안아주었다. 울음소리가 잦아들길 기다리던 그가 말했다.

"사실 저는 당신이 완벽하지 않아서 좋습니다."

훌쩍이던 아란이 의아한 눈으로 그를 올려다봤다. 로이드가 비밀을 말하듯 작게 속삭였다.

"무라 님이 그러셨지요? 당신 옆에 꼭 붙어 있으라고. 당신이 완벽해서 제가 해줄 수 있는 게 없었다면 무라 님은 절 멀리 쫓아버렸을 겁니다."

"무라 님은 안 그러셨을 거예요."

눈을 동그랗게 뜬 아란이 부정했다. 로이드는 싱긋 웃으며 말을 이었다.

"무라 님은 지금도 당신이 아깝다고 생각하시는걸요. 이런 식으로 제 쓸모를 증명해서 지분을 좀 늘리려는 겁니다. 그러니까 미안해하지도 속상해하지도 말아요. 당신은 그래도 됩니다."

그러자 아란의 얼굴이 빨개졌다. 어쩔 줄 몰라 하던 그녀가 조심스럽게 물었다.

"백작님은…… 왜 이렇게 저한테 친절하세요?"

"당신이 예뻐서요."

로이드는 주저 없이 답했다. 아란이 놀란 토끼 눈으로 그를 쳐다봤다. 로이드는 어깨를 으쓱해 보였다.

"몰랐군요. 원래 남자는 예쁜 여자에게 친절합니다."

"……거짓말!"

"정말입니다. 남자라면 모두 당신에게 친절할 겁니다. 그래도 그놈들은 음흉한 늑대니까 절대 상대하면 안 됩니다."

아란이 입술을 꼭 깨물었다. 하지만 참지 못하고 두 손으로 발갛게 달아오른 얼굴을 가렸다. 그녀는 눈만 내밀고 로이드에게 속삭였다.

"백작님도 늑대예요?"

"전 착한 늑대죠."

"역시 거짓말 같아요."

아란의 눈이 반달처럼 휘었다. 겨우 웃는 얼굴을 보게 된 로이드는 만족했다. 문득 마차가 멈춘 것을 깨달은 그는 아란을 바짝 당겨 안아 얼굴을 감추게 했다.

"가게 안으로 들어갈 때까지만 이렇게 있어요."

울어서 빨개진 눈과 얼굴을 가린 아란이 고개를 끄떡였다. 로이드는 병아리처럼 제 목에 얼굴을 파묻는 약혼녀를 안고 마차에서 내렸다.

통통한 몸집에 혈색이 좋은 갈색 머리 남자가 팔짱을 끼고 가게 앞에 서 있었다. 고급식당 '라샤펠'의 주인인 빈센트였다. 그는 불퉁한 얼굴로 로이드를 노려보다 말했다.

"신수가 아주 훤하십니다, 나리."

건방진 태도였지만, 로이드는 개의치 않았다. 빈센트의 가치는 입이 아니라 요리를 만드는 손에 있었다. 그는 고개를 삐딱하게 기울이며 물었다.

"이번에도 같잖은 요리를 내놓진 않겠지?"

"흥, 제 실력에 찬사를 던질 준비나 하시죠."

빈센트가 툴툴거리며 대꾸했다.

첫 번째 데이트에서 로이드는 아란에게 줄 특별한 디저트를 주문했다. 과일, 설탕, 우유만을 사용해서 다양한 디저트를 만들어달라는 말에 빈센트는 아연실색했다.

아란은 그가 내놓은 디저트를 맛있게 먹었지만, 로이드는 저택의 보조요리사보다 못하다며 혹평했다. 빈센트가 내놓은 디저트는 모양만 다를 뿐 저택의 주방장이 만드는 것과 크게 다르지 않았던 것이다. 자존심이 상한 빈센트는 이를 갈며 로이드가 다시 방문하길 기다렸다.

"그런데 황녀님은 어디 안 좋으십니까?"

귀엽게 인사하며 그를 감동하게 했던 황녀가 이번엔 로이드의 품에 얌전히 안겨 있었다. 기운 없어 보이는 모습에 어디 아픈가 싶었다. 고개를 이리저리 기울이는 빈센트를 툭 친 로이드가 말했다.

"너무 예뻐서 가리고 있으라고 했다. 쳐다보지 마. 닳아."

"허이구, 정말 대단하십니다."

빈센트가 질렸다는 얼굴로 물러났다. 그는 소름이 돋은 팔을 슥슥 문지르며 서둘러 자리를 안내했다. 로이드는 빈센트가 완전히 물러난 뒤에야 아란을 자리에 앉혔다. 발갛게 익은 얼굴로 로이드를 쳐다보던 아란이 웅얼거렸다.

"어, 어떻게 그런 말을 하실 수가 있어요?"

"무슨 말이요?"

꿀 먹은 벙어리가 된 아란이 테이블을 콕콕 찔렀다. 원망스러운 시선을 견디다 못한 로이드가 양손을 들었다.

"잘못했습니다. 그래도 진심이었으니 봐주세요."

"……."

아란의 얼굴이 완전히 빨개졌다. 견디지 못하겠다는 듯 얼굴을 가린 그녀가 기어들어가는 목소리로 말했다.

"배, 백작님은 너무……."

"너무?"

"……뻔뻔해요."

로이드는 저도 모르게 웃음을 터트렸다. 뿌로통해진 아란이 그를 노려봤다. 간신히 웃음을 그친 로이드가 그녀와 눈을 마주하며 물었다.

"그래서 싫습니까?"

"……."

아란을 놀린 대가로 로이드는 팔뚝에 시커먼 멍을 얻었다. 작지만 야무진 주먹 자국에 그는 선녀 앞에서 까불면 안 된다는 교훈을 얻었다.

빈센트는 이번 설욕을 단단히 준비한 것 같았다.

제일 먼저 마시멜로 뿌리를 설탕에 졸인 후 층층이 쌓아 장미 에센스를 끼얹은 것이 나왔다. 그다음 접시는 구운 바나나를 썰어 꽃잎처럼 펼친 후 각종 토핑을 올린 것이었다.

뜨거운 음식 다음에 차가운 음식을 내놓는 관례대로 셔벗이 등장했다. 색색의 크림과 과일로 장식한 셔벗은 하나의 예술품처럼 보였다. 하지만 회심의 일격은 따로 있었다. 뜨겁게 녹인 초콜릿이 나왔을 때 로이드는 졌다는 기분이 들었다. 구하는 것에도 몇 달 걸리는 물건을 잘도 준비했구나 싶었다.

초콜릿을 처음 본 아란이 고개를 갸웃했다. 로이드는 달짝지근한 향을 풍기는 잔을 그녀 앞으로 밀어주었다. 아란이 조금 겁먹은 얼굴로 말했다.

"……색이 꼭 탕약 같아요."

"약이 아니라 초콜릿입니다. 기대해도 좋아요. 아주 맛있을 겁니다."

로이드의 말에 고개를 끄떡인 아란이 잔을 입으로 가져갔다. 로이드는 그녀의 눈이 놀라움으로 동그래지는 것을 지켜보았다. 잔을 내려놓은 아란이 두 손으로 입을 가렸다. 그녀는 감격으로 떨리는 목소리로 말했다.

"너무, 너무 맛있어요."

"다행이군요."

"이런 건 처음 먹어봤어요. 정말 멋져요."

로이드는 저도 모르게 미소 지었다. 좋아할 거라곤 생각했지만, 기뻐하는 얼굴을 보니 가슴이 간질간질했다. 아란은 몇 번이나 감탄을 표하며 초콜릿을 마셨다. 까만 눈이 반짝반짝 빛났다.

"정말 맛있어요. 왕모님은 드셔보셨을까요? 어머니도 좋아하실 것 같아요."

아란이 황홀한 듯이 말했다. 멈칫한 로이드는 커피잔을 드는 것으로 굳어진 얼굴을 가렸다.

아란이 선계 이야기를 꺼낼 때마다 가슴이 서걱거리는 것은 두려움 때문이다. 이래서야 기드온이 의처증이라고 놀려도 할 말이 없었다.

"백작님도 드셔보세요."

아란이 잔을 그에게 내밀며 권했다. 그녀는 항상 좋은 것을 발견하면 다른 사람과 나누고 싶어 했다. 그것이 사랑스러워 미소 짓던 로이드가 자신의 잔을 보여주었다.

"저는 이게 더 좋습니다."

고개를 갸웃한 아란이 "맛있어요?" 하고 물었다. 로이드는 커피를 티스푼으로 조금 떠서 그녀에게 내밀었다. 호기심 어린 얼굴로 커피를 맛본 아란이 화들짝 놀랐다. 그녀는 눈물까지 글썽거리며 입을 막았다. 로이드가 장난스럽게 물었다.

"초콜릿보다 맛있죠?"

"굉장히 써요!"

"그게 좋은 겁니다."

싱긋 웃은 로이드가 잔을 입으로 가져갔다. 귀족 중엔 커피를 천박하다고 멸시하는 사람이 많았지만, 그는 꽤 좋아하는 편이었다. 겁먹은 눈으로 그걸 보던 아란이 자신의 잔을 내려다보았다. 왠지 시무룩해진 그녀가 말했다.

"전 정말 어린애인가 봐요. 쓴 것도 못 먹고."

"아란, 국왕 전하께서도 쓴 걸 전혀 못 드십니다. 그래서 닥터 브래드모어가 억지로 약을 먹인다고 늘 고생하죠. 쓴 걸 좋아하는 것과 어른인 것은 전혀 상관없습니다."

이어서 로이드는 왕이 자신의 사탕을 뺏어 먹은 일부터 시작해서 온갖 유치한 짓을 저질렀다고 일러바쳤다. 처음엔 진지하게 듣던 아란도 결국 웃음을 터트렸다.

로이드가 어깨를 으쓱하며 말했다.

"아란이 국왕 전하보다 훨씬 어른스럽습니다. 제 모든 것을 걸고 장담하죠."

"……고마워요."

아란이 수줍게 웃었다. 로이드는 그녀의 얼굴에서 우울함이 사라진 것을 느끼고 싱긋 웃었다. 빈센트에게 상을 줘야 할 것 같았다.

마지막 코스는 새큼한 과일을 초콜릿으로 코팅한 것이었다. 아

란은 마지막까지 즐겁게 먹었다. 로이드는 무슨 짓을 해서라도 초
콜릿을 잔뜩 쟁여놓겠다고 다짐했다. 다행히 그에겐 투자 중인 함
선이 몇 대 있었다.

'이번엔 초콜릿만 실어오라고 할까? 아니, 과일 묘목도 좀 들여
와야겠군.'

아란은 초콜릿만 아니라 열대과일도 꽤 잘 먹었다. 로이드는 정
원 하나를 밀어버리고 유리온실로 개조할 계획을 세웠다. 잘만 키
우면 새 하나 먹여살릴 정도의 과실은 수확할 수 있을 것 같았다.

"오늘 요리는 어떠셨습니까?"

빈센트가 빙글빙글 웃는 모습으로 나타났다. 로이드는 선선히
항복 선언을 했다.

"자네는 왕국 최고의 요리사야."

"흠, 너무 당연한 찬사라 오히려 감흥이 없군요. 그래도 겸허히
받겠습니다."

잘난 척하며 말한 빈센트가 꾸벅 고개를 숙였다. 이어서 흥분으
로 두 뺨이 빨개진 아란이 감사를 표했다.

"정말 맛있었어요. 전 이런 맛이 있다는 것도 처음 알았어요. 고
마워요."

"아, 황녀님. 정말로 감사합니다. 요리사에겐 그보다 더한 칭찬
이 없답니다."

아까와 달리 얼굴이 환해진 빈센트가 웃었다. 로이드는 냉큼 아
란을 안아 들며 말했다.

"상으로 원하는 것이 있다면 말해봐."

빈센트는 주저하지 않고 답했다.

"왕실 야유회에서 제 요리를 선보일 기회를 얻고 싶습니다. 꼭 주역이 아니라도 좋습니다."

"좋아, 국왕 전하께 자네를 추천하지. 다른 건?"

"나리의 요리사와 대결할 기회를 주십시오. 제가 더 뛰어나다는 것을 증명해 보이죠."

잠시 물끄러미 그를 쳐다보던 로이드가 말했다.

"내 요리사는 루스의 왕실에서 일했던 사람이야. 그를 데려오는 것에 천금을 지불했지. 이길 수 있다고 자신하나?"

"물론입니다. 전 지는 싸움은 안 하죠."

빈센트가 씩씩하게 대꾸했다. 고개를 끄떡인 로이드가 손을 내밀었다. 빈센트가 냉큼 계산서를 들려주었다. 디저트 몇 접시의 값이라고는 상상하기 힘든 액수가 적혀 있었지만, 로이드는 선선히 인장을 찍었다.

"다음에 또 들르지. 그때까지 새로운 요리를 준비해둬."

"살펴 가십시오."

빈센트는 가게 앞까지 그들을 배웅했다. 작별인사를 하느라 재잘거리는 아란을 잠시 기다려준 로이드가 마차에 올랐다.

둘은 '라샤펠'을 나온 뒤에도 저택으로 돌아가지 않았다. 열대식물만 모아둔 정원을 구경한 후 뒤생 광장을 거닐었다. 광장의 카페에서 우유와 설탕이 듬뿍 들어간 카페오레를 마시기도 했다. 아란은 자신도 커피를 마실 수 있다는 사실에 무척 즐거워했다.

마지막으로 들른 곳은 시계상이었다. 위대한 장인 가스파르가 세운 가게에는 정교한 시계는 물론 기계장치와 자동인형까지 전시되어 있었다. 아란은 거의 넋을 놓고 가게 안을 돌아다녔다. 로이드는 그녀에게 자장가가 흘러나오는 오르골을 선물했다.

신나게 놀고 돌아온 둘은 무라에게 잡혀 아란의 외백부 앞으로 끌려갔다. 사고 치지 못하게 감시하라고 했더니 손잡고 도망갔더라는 푸념을 들은 거북이 껄껄 웃었다.

— 그래, 재미있게 놀았는고?

"네, 정말 재미있었어요. 맛있는 것도 많이 먹고 너무 즐거웠어요."

새처럼 재잘거리는 아란을 본 무라가 한숨을 쉬었다. 로이드는 어깨를 으쓱해 보였다. 거북이 그를 향해 장난스럽게 말했다.

— 우리 말썽쟁이가 이렇게 팔팔해지다니. 뒷감당을 어찌하려고 그러나.

"아란은 말썽쟁이가 아닙니다. 가끔 실수를 하는 거죠. 자꾸 말썽쟁이라고 놀려서 기죽이지 마십시오."

— 아이쿠, 이런. 이쪽도 야단났구먼. 제정신이 아닐세.

거북은 재미있어 죽겠다는 표정을 지었다. 무라는 대놓고 고개를 절레절레 저었다. 그러거나 말거나 로이드는 아주 당당했다. 거북이 웃음 띤 목소리로 아란에게 물었다.

— 란아, 차를 대접할 때 어떤 마음이어야 한다고 배웠느냐?

"손님께 좋은 것을 드리고 싶다는 마음을 담아야 한다고 배웠어요."

– 또?

"서로 어울리고 조화를 이루기 위한 마음이어야 한다고요."

– 옳거니, 아주 잘 알고 있구나. 이번에도 그랬느냐?

입술을 깨문 아란이 고개를 숙였다. 그녀는 기어들어가는 목소리로 답했다.

"……아뇨, 제 욕심만 가득 담겼어요."

일부러 그런 것도 아닌데 너무 다그치는 것 같았다. 앞으로 나서려는 로이드를 무라가 잡아당겼다. 곁눈질로 그것을 본 거북이 말을 이었다.

– 네 낭군이 저리 극성이니 야단도 못 치겠구나. 그래도 다시는 이런 일이 없도록 해라.

"죄송해요, 외백부님."

아란이 풀죽은 목소리로 말했다. 고개를 끄떡인 거북이 로이드를 쳐다보았다.

– 선계의 찻잎에 란아의 사심이 담겨 그들을 변화하게 한 것일세. 시간이 지나면 자연히 원래대로 돌아올 테지만, 약초를 달여 먹이면 좀 더 단축될 거야. 약초는 내가 일러줄 테니 둘이서 사이좋게 캐게나.

"알겠습니다."

로이드는 그게 뭐 별거냐는 얼굴로 답했다. 거북이 그의 속셈을 다 안다는 듯이 말했다.

– 다른 사람 시키지 말고 직접 캐게. 남에게 모두 미루고 도망간 벌일세.

"그러죠, 뭐."

가축 다섯 마리에게 먹일 약초라고 해봤자 얼마 되지도 않을 양이었다. 하지만 아란은 죄책감 가득한 얼굴로 그를 올려다봤다. 로이드는 괜찮다는 뜻으로 그녀의 손을 꼭 잡았다. 그는 마침 잘됐다는 듯이 거북과 무라를 돌아보며 말했다.

"참, 두 분께 도움을 청하고 싶은 일이 있습니다. 요괴의 약점이나 놈들을 막을 방법을 알려주셨으면 합니다."

잠시 의아해하던 거북이 고개를 끄떡였다.

― 아, 대강 이야기는 들었네. 귀왕이 찾아왔다지. 서로 간섭하지 말자 했다고 들었는데?

"상황은 언제든 달라질 수 있으니까요. 상대의 호의만 믿고 가만히 있을 수는 없습니다. 만약의 경우를 대비해야죠."

― 그런가?

의미심장하게 되물은 거북이 무라를 바라봤다. 그의 시선을 피하던 무라가 마지못해 입을 열었다.

― 인간의 힘으로는 귀왕을 상대할 수 없네. 혹시라도 대항할 생각은 버리게.

― 하지만 천신이 도운다면 구명책 정도야 얻을 수 있겠지.

― 비회 님.

― 이런, 그렇게 딱딱하게 굴지 말게나. 목숨 건질 방도만 알려달라는 거잖나. 그게 무어 그리 큰 대수라고.

무라의 미간이 못마땅한 듯 찌푸려졌다. 그는 한참이나 뜸을 들이다가 어쩔 수 없다는 듯이 말했다.

- 요괴란 각각의 특성이 달라 본색을 드러내지 않는 이상 약점을 찾기가 어렵네. 대신 단 한 번, 귀왕의 공격을 막을 수 있는 호부를 주지.

"한 번입니까?"

로이드가 조금 아쉬운 듯이 말했다. 무라는 어깨를 으쓱했다.

- 무슨 일이 있어도 한 번은 목숨을 보호해주는 부적일세. 인간이 지니기엔 과한 물건이지만, 자네는 이미 아란선인과 선연으로 묶였으니 외인이라고는 할 수 없겠지. 소중히 하게나.

그는 품속에서 푸른 비단으로 만들어진 작은 주머니를 꺼냈다. 금빛 술과 작은 노리개가 달려 장식품으로도 손색없는 물건이었다. 로이드는 사양하지 않고 받아 챙겼다.

만족한 눈으로 그것을 바라보던 거북이 말했다.

- 그런데 어느 귀왕이 바다를 건너왔는지 모르겠군. 색다른 것에 관심이 많은 주을까? 이곳에 섞여 살 정도의 외모라면 역시 지귀인가?

- 비회 님.

- 어허, 이 늙은이를 겁주지 말게. 그냥 혼자 추측해보는 거잖나.

- 그러면서 귀왕의 약점을 알려주려는 거잖습니까. 천기를 누설하는 일입니다.

로이드는 거북이 자신을 도와주려 하다는 것을 깨달았다. 그는 얼른 기억을 더듬었다.

"그러고 보니 그 귀왕이 이름을 말했습니다. 처음 듣는 이름이었는데……."

"제가 기억하고 있어요! 분명 귀왕 묵림이라고 했어요."

아란이 신이 나서 말했다. 순간 무라의 털이 일제히 곤두섰다. 눈을 부릅뜬 그가 아란에게 성큼 다가섰다. 로이드는 반사적으로 아란을 품에 감싸 보호했다.

─ 묵림? 그의 이름이 묵림이라고 했냐?

"예, 분명 그런 이름이었습니다."

로이드가 아란을 안아 들며 침착하게 대꾸했다. 무라가 그의 어깨를 움켜쥐고 다그쳤다.

─ 생긴 건? 외모는 어땠지?

"그냥 키가 큰 남자였습니다. 요괴라고 말하지 않았다면 인간인 줄 알았을 겁니다. 아, 머리가 이상할 정도로 길었습니다. 거의 발목까지 올 정도로요."

─ 검은 머리였나?

"아뇨, 전체적으로 센 것처럼 하얗고 끝부분만 검더군요."

무라의 눈이 흔들렸다. 비틀거리며 뒤로 물러난 그가 얼굴을 감싸 쥐었다. 당장 쓰러질 것 같은 모습에 로이드는 "괜찮으십니까?" 하고 물었다. 고개를 휘저은 무라가 어디론가 성큼성큼 걸어가버렸다. 전처럼 두어 걸음 떼자마자 멀어져 거의 작은 점처럼 보였다.

─ 귀왕 묵림이라. 그렇군, 귀왕이 되었는가.

거북이 탄식하듯 중얼거렸다. 로이드가 의아하게 물었다.

"그가 누구기에 그러십니까?"

─ 뛰어난 주술로 이름 높았던 선인일세. 북제가 그의 재주를 흠모

하여 천신으로 삼으려 했었지. 뭐, 이젠 지나간 일이 되어버렸지만.

별것 아니라는 듯이 말을 마무리지은 그가 아란에게 말했다.

– 란아, 가서 몽해초를 하나만 캐 오너라. 네 낭군에게 보여줄 것
이니 가능한 뿌리까지 캐 왔으면 좋겠구나.

"앗, 네. 다녀올게요!"

무라가 사라진 쪽을 보고 있던 아란이 서둘러 고개를 끄떡였다.
로이드의 손을 살짝 잡았다 놓은 그녀가 파랑새로 변해 날아올랐
다. 새가 멀어지길 기다렸던 거북이 천천히 입을 열었다.

– 지금 이야기는 란아가 몰랐으면 하네.

아란을 일부러 보낸 것을 눈치챘던 로이드는 선선히 고개를 끄떡
였다. 무거운 한숨을 쉰 거북이 말을 이었다.

– 묵림은 78년 전, 란아의 친부모를 살해한 자라네.

로이드는 순간 멍해졌다. 생각지도 못한 소리가 튀어나온 탓이
었다.

"아란의 친부모라면…… 동제국의 황제와 황후가 아닙니까?"

– 그렇지.

"그게 가능한 일입니까?"

제국의 정점인 황제와 황후를 어떻게 죽였냐는 둘째 치고, 선인
이 그런 짓을 했다는 게 믿기질 않았다. 로이드에게 선인의 이미지
는 선을 추구하는 구도자에 가까웠다. 아란은 항상 선했고 남을 미
워하지 않으려고 노력했다. 그런 선인이 인간을 살해하다니, 상상
도 못할 일이었다.

– 하늘을 저버릴 각오를 한다면 무슨 일이든 못하겠나.

"그들을 죽인 이유는요?"

로이드는 거의 따지듯이 물었다. 거북이 씁쓸한 얼굴로 말했다.

─ 묵림은 본래 인간이 아니라 오랫동안 수행한 여우일세. 우리는 인간 출신이 아닌 신선을 따로 요선이라고 부르지. 묵림이 바로 요선이었어.

그러고 보니 그와 아란이 여우 가죽을 앞에 두고 요선이니 반요선이니 하고 다퉜던 기억이 났다. 그때는 아란의 안전에 신경 쓰느라 크게 염두에 두지 않았는데, 나름 중요한 대화였던 모양이다.

─ 그는 하계의 여인과 혼인하여 자식을 두었는데, 태어난 아이는 반은 인간이고 반은 여우의 모습을 하고 있었지. 그 기묘함이 인간들의 눈에 거슬렸던 모양이야.

"그렇겠군요."

로이드는 처음 무라를 보고 놀랐던 일을 생각하며 끄떡였다. 만약 묵림의 아이가 두 발로 걸어다니는 여우처럼 생겼다면 인간들 틈에 섞이지 못하는 것도 당연했다. 거북이 무겁게 말을 이었다.

─ 동대륙에 떠도는 소문 중에 선인의 피와 살을 먹으면 불로장생한다는 것이 있네.

로이드는 저도 모르게 미간을 찌푸렸다. 동시에 그런 소문이 이곳에도 퍼져서 아란이 위험해지면 어쩌나 걱정이 되었다.

"사실입니까?"

─ 불로장생하는 것은 맞네. 하늘을 저버린 죄로 요괴가 되니까.

선인을 속이는 것만으로도 지옥에 떨어질 정도의 중죄다. 그런 선인의 피와 살을 탐하는 죄는 감히 헤아릴 수가 없을 정도였다. 하지만 인간들은 거기까지 생각하지 못했다. 당장 욕심을 채우는 데 급급할 뿐.

— 인간들은 묵림이 자리를 비운 틈을 타서 그의 아내와 자식에게 손을 댔지. 아내는 아이를 지키려고 애쓰다가 죽었고, 아이는 살해당한 후에 먹혔지. 거기서 끝났으면 좋았을 것을…….

죽은 뒤 여우로 변한 아이의 가죽을 벗겨 비싼 값에 팔았다. 가죽은 돌고 돌아 어느 관리의 손에 들어갔고, 그는 그것을 영물의 가죽이라 생각하고 황제에게 바쳤다. 황제는 그것을 목도리로 만들어 당시 늦둥이를 임신 중이던 황후에게 주었다. 영물의 힘이 산모와 아이를 보호해주길 바라면서.

— 묵림은 천신의 자리를 약속받을 정도로 뛰어난 선인이었네. 그런 그가 가진 모든 것을 내던져 복수를 결심했을 때, 무슨 일이 일어났을지 짐작하겠나?

묵림은 아이의 죽음과 관련된 자들을 모조리 죽였다. 아이를 먹고 요괴로 변한 인간들은 물론 가죽을 사고판 상인과 그것을 황실에 바친 관리까지도. 태자가 되지 못한 황자가 반란을 일으켰을 때 그를 도와 무고한 사람들까지 죽였다. 마침내 황제 내외까지 살해한 그는 아이의 가죽을 되찾았다.

— 란아는 그때 황후가 낳은 아이로, 묵림의 손에서 살아남은 유일한 생존자네.

참혹한 이야기였지만, 로이드의 표정은 별달라진 것이 없었다. 그의 머릿속은 빠르게 지금의 정보를 정리하고 분석하고 있었다.

"사실을 알게 되면 그가 아란을 해치려 할까요?"

- 아마도.

"아란은 그때 갓 태어난 갓난아기였습니다. 아무런 죄도 없잖습니까."

- 그는 죄가 없는 사람도 죽였네. 란아가 그때의 아기라는 것을 알면 분명 죽이려 할 거야.

덤덤한 거북의 말에 로이드는 이를 악물었다. 황녀로 태어났지만, 아란은 황실에서 얻은 것이 없었다. 그녀를 키운 것은 양부모였고 지금의 황제는 반란을 일으킨 형제의 후손이다. 혈족이라고 하나 이 먼 곳에 그녀를 팔아넘긴 자에 불과했다. 그런 아란에게 부모의 죄를 묻는 것은 너무 지나쳤다.

- 사실 더 큰 이유가 있다네.

거북이 그를 달래듯이 입을 열었다.

- 묵림은 그의 아내와 아이를 그냥 두고 떠난 것이 아니네. 가장 친한 친우에게 맡겼지. 그러나 그의 친우는 두 사람을 지켜주지 못했어. 사정이 있어 잠깐 자리를 비웠거든.

친구에게 가족을 맡기고 떠났는데, 돌아와보니 아내는 죽고 아이는 뜯어먹힌 상황이었다. 덤덤하던 로이드 역시 좀 안됐다는 생각을 할 정도였다.

- 물론 친우 역시 그런 일이 일어날 줄은 몰랐네. 하지만 최악의 결과가 생겼고, 두 사람은 원수에 가까운 사이가 되어버렸지. 그리고 상제는 친우에게 천기를 어그러뜨리는 요선 묵림을 붙잡아오라고 명령했네.

로이드는 상제가 무척 성격 고약한 늙은이일 거라 확신했다. 자신이 묵림이라도 그런 상황에선 우정이 박살나다 못해 증오로 바뀔 것 같았다. 아마 두 사람의 관계는 파탄을 넘어서 가루가 되었을 듯했다.

─ 친우는 묵림의 살육을 막으려 애썼으나 결국 실패했지. 그가 구한 것은 우연히 살아남은 황후의 딸 하나뿐이었어. 친우는 자신의 죄를 조금이라도 갚기 위해 그 아기를 양녀로 들였네.

"……설마."

─ 그래, 묵림의 친우가 바로 아란의 양아버지인 청원진군일세.

원수 사이.

묵림과 아란의 관계를 간단히 정의하자면 그랬다. 아란에게 묵림은 친부모를 죽인 원수이고, 묵림에게 아란은 자식을 죽게 만든 자의 딸이다. 잠시 고민하던 로이드가 입을 열었다.

"보여드리고 싶은 것이 있습니다."

그는 끌려오기 전에 무라에게 사정해서 챙긴 상자를 들었다. 제법 묵직한 상자를 열자 안에 날렵하게 빠진 장총이 들어 있었다. 거북이 약간의 호기심을 보였다.

─ 그건 뭔가?

"루스에서 들여온 총을 개량한 겁니다. 화승 대신 부싯돌로 불을 붙이는 방식인데, 거기에서 명중률을 높이고 장전시간을 줄였습니다."

─ 무슨 말인지 모르겠지만, 인간이 만든 무기군.

어깨를 으쓱한 로이드가 빠르게 장전했다. 약포를 뜯어 화약알갱이를 화약접시에 붓고 닫은 다음 남은 것과 총알을 총구에 넣고 가볍게 불었다. 장전봉 대신 바닥에 가볍게 내리치는 것으로 대신한 뒤 공이치기를 당겨 근처의 나무를 향해 쐈다. 타앙 하는 소리가 울려 퍼졌다.

– 흐으음.

거북이 흥미로운 듯이 목을 끄떡였다. 총알 자국을 확인한 그가 빙그레 미소 지었다.

– 아주 재미있는 장난감이군.

"……역시 이걸로는 요괴를 상대하기 부족한 모양이군요."

예상은 했지만, 기운이 빠지는 것은 어쩔 수가 없었다. 고개를 까딱인 거북이 말했다.

– 그것 좀 보세나.

말이 끝나기 무섭게 총알 하나가 허공으로 떠올라 거북에게 날아갔다. 총알을 이리저리 빙글빙글 돌리던 거북이 말했다.

– 뭔가 묘수를 부린 모양이군. 이 조그마한 것에도 신력이 담겨 있는 것을 보니.

"뭐, 이것저것 녹여서 만들었죠."

로이드가 어깨를 으쓱했다. 이어서 총이 허공으로 휙 날아갔다. 허공에서 절로 화약접시가 열렸다가 닫히고 공이치기가 당겨졌다가 원래대로 돌아왔다. 마지막으로 약포를 허공으로 들어 올린 거북이 화약의 냄새를 킁킁 맡으며 말했다.

– 요괴라면 이 냄새만 맡아도 피해버릴 거야. 이건 되도록 안 쓰는 게 좋겠군.

"그게 없으면 총알이 안 나갑니다."

– 그럼 이렇게 하지. 열 번 쏘는 동안, 내 힘으로 이것을 대체해주겠네. 천신의 힘이니 요괴에겐 더 강력한 효력을 발휘할 걸세.

로이드는 잠시 고민하는 척했다.

"열 번이라, 너무 애매한 숫자군요. 더 늘려주시면 안 되겠습니까."

– 더 도와주고 싶어도 어쩔 수가 없네. 여기까지 끼어드는 것도 나름대로 무리한 것이니.

"도와주셔서 감사합니다."

로이드는 냉큼 감사를 표했다. 어쩔 수 없다는 얼굴로 고개를 저은 거북이 총에 자신의 힘을 불어넣었다. 총에 푸르스름한 빛이 휘감겼다가 다시 원래대로 돌아왔다. 거북이 그에게 총을 내어주며 말했다.

– 여우 요괴나 여우 선인은 재주가 많고 머리를 잘 쓰지. 주술에도 뛰어나고 남을 흉내 내는 것에도 능하네. 그들의 유일한 약점이라면 사냥꾼을 두려워한다는 거네. 그러니 자네는 사냥꾼이 되어야 할 걸세.

"사냥에 익숙해서 다행이군요."

사냥은 로이드의 특기였다. 그는 왕의 명령에 따라 짐승이나 인간을 사냥하는 일을 도맡았다. 쫓기는 것보다 쫓는 것에 훨씬 익숙하기도 했다. 상자의 뚜껑을 닫는 로이드를 물끄러미 바라보던 거북이 물었다.

– 지금이라도 란아를 포기하는 게 낫지 않겠나?

"제가 포기하면 아란은 안전해집니까?"

로이드가 되물었다. 잠시 망설이던 거북이 고개를 저었다.

ㅡ 아니, 그가 란아의 존재를 알게 된다면 세상 어디에 있더라도 복수하려 하겠지. 하지만 자네까지 거기 휘말릴 필요는 없네.

"그럼 포기하지 않겠습니다. 인간은 목숨이 위험한 때보다 지켜야만 하는 것이 없을 때가 더 비참한 법이거든요."

어머니가 돌아가신 뒤, 로이드는 오랫동안 혼자였다. 왕은 주군이지 가족은 아니었다. 목숨 외엔 지킬 것이 없는 삶은 생존에 더 가까웠다. 그래서 로이드는 현재를 잃고 싶지 않았다.

ㅡ 으음, 그래도 우리의 죄과를 자네에게 떠넘기는 것 같아 마음이 편치 않군.

"이제 제 일이니 신경 쓰지 마십시오."

로이드는 진심으로 말했다. 그는 무라의 호부와 거북이 준 기회를 어떻게 살릴지 고민했다. 짐승을 사냥할 때는 무조건 쏴서 맞추는 것이 능사가 아니다. 함정을 파고 덫을 놓은 다음 원하는 곳으로 사냥감을 몰아가야 한다.

'언제 공격할진 모르지만, 미리 준비를 해두는 게 좋겠지.'

아란이 호란국의 황녀라는 것은 이미 널리 알려진 사실이었다. 그녀가 황제의 대고모라는 것도 사절단을 통해서 쉽게 흘러나갈 수 있었다. 모든 입을 단속하지 못한다면 최악의 상황을 고려하는 게 나았다.

"백작님!"

그때 포르르 날아온 파랑새가 로이드의 품으로 뛰어들었다. 곧장 소녀의 모습으로 변한 아란이 걱정스럽게 그를 살폈다.

"멀리서 천둥소리 같은 걸 들었어요. 괜찮으세요?"

– 이런, 란아. 내 걱정은 조금도 안 하는 거냐?

거북이 짐짓 서운한 척하며 말했다. 화들짝 놀란 아란이 변명했다.

"앗, 아니에요. 전 그냥 백작님께 무슨 일이 생긴 줄 알고 놀라서 그랬어요."

"아무 일도 없었습니다. 걱정해줘서 고마워요."

아란의 손을 잡은 로이드는 그녀의 손에 흙이 묻어 있는 것을 보았다. 열심히 털어낸 것 같지만, 그래도 남은 흔적까지 지우진 못했다.

"이런, 손으로 약초를 캔 겁니까? 다치면 어쩌려고요."

그는 손수건을 꺼내 아란의 손을 닦아주었다. 얼굴이 붉어진 아란이 중얼거렸다.

"안 다쳤어요. 씻고 오려고 했는데 너무 급하게 오는 바람에……."

– 거참, 손으로 땅 좀 판다고 안 죽네.

거북이 눈꼴시다는 듯이 말했다. 로이드는 못 들은 척하고 아란의 손을 살폈다. 다행히 상처는 없었다. 만족한 그는 아란을 안아 올렸다. 거북이 절레절레 고개를 저었다.

– 자네 정말 심각하군. 누가 보면 란아의 몸이 두부인 줄 알겠어.

두부가 뭔지는 모르지만, 대충 뜻은 짐작할 수 있었다. 싱긋 웃음 지은 그가 말했다.

"여러 가지로 도와주셔서 감사합니다. 다음에도 또 신세를 지겠습니다."

– 인사는 됐네, 어서 가보게나.

거북이 골치 아프다는 얼굴로 말했다. 로이드는 꾸벅 고개를 숙여 인사한 후 몸을 돌렸다.

그들을 끌고 온 무라가 사라졌기에 돌아갈 때는 구름을 타야 했다. 로이드는 구물구물 기어가는 구름 위에 앉아서 하늘을 바라봤다. 기울어진 해가 하늘을 환상적인 색으로 물들이고 있었다.

그때 한참을 말이 없던 아란이 입을 열었다.

"죄송해요, 백작님."

"음? 뭐가 말입니까?"

"저 때문에 하루 종일 고생하셨잖아요."

"고생이라뇨. 당신과 함께 놀러 다녀서 아주 즐거웠습니다."

로이드가 진심으로 말했다. 문제 해결이야 다른 사람들이 해줬고, 그는 데이트나 하고 다녔으니 썩 틀린 말도 아니었다. 하지만 아란은 자신이 일으킨 사고에 그가 휩쓸린 게 미안한 것 같았다.

"그럼 아란, 제게 상을 주겠습니까?"

"상이요?"

"저도 당신의 차를 마셔보고 싶습니다."

아란의 눈이 동그래졌다. 잠시 주저하던 그녀가 말했다.

"하지만 백작님도 동물로 변하면 어떡해요?"

"그럴 리가요. 저번 일은 그냥 실수였잖습니까."

로이드가 싱긋 웃었다. 불안한 얼굴이던 아란이 그를 따라 웃었다.

"좋아요. 세상에서 제일 맛있는 차를 드릴게요."

"기대하겠습니다."

로이드의 대답에 아란이 그를 꼭 끌어안았다. 로이드는 제게 기대는 그녀를 보듬었다. 아란이 희미하게 속삭였다.

"저는 역시 백작님이……."

이어지는 말을 기다리던 로이드는 그녀가 잠든 것을 알아챘다. 온종일 여기저기서 시달리느라 피곤했던 모양이다. 다음 순간 흐릿한 빛과 함께 아란의 모습이 변했다. 로이드는 저도 모르게 숨을 죽였다. 석양에 물든 미녀의 모습은 영원히 보고 있고 싶을 정도로 아름다웠다.

"……이런."

한참이 지나서야 정신을 차린 로이드는 구름이 제자리에 멈춰 있다는 것을 깨달았다. 구름을 쿡쿡 찔러봤지만, 제자리에서 구물거리기만 할 뿐 움직이지 않았다.

"어쩔 수 없군."

어깨를 으쓱한 로이드는 아란을 고쳐 안았다. 구름 위에서 절세의 미녀와 함께 황혼을 바라보는 기분은 썩 나쁘지 않았다.

## 06

### 눈물이
### 방울방울

　채드윅은 고급 저택들로 이뤄진 거리였다. 이곳엔 귀족이 아닌 자들. 즉 부유한 상인이나 성공한 예술가, 저명한 학자가 주로 살았다.

　이곳에서 가장 유명한 것은 보니라고 불리는 여자였다. 그녀는 고급 창부로 이름 높은 귀족들만 상대했다. 그녀의 창백한 금발, 잡티 없는 새하얀 피부, 우아하면서도 퇴폐적인 외모는 많은 예술가에게 영감을 주었다. 하지만 그녀가 인간이 아니라는 것을 아는 사람은 거의 없었다.

　보니. 아니, 금화는 동대륙에서 태어난 여우 요괴였다. 요력은 그리 강하지 않았지만, 인간을 홀리고 정기를 빨기엔 충분했다. 고급 창부라는 직업은 그녀에게 재력과 먹이, 명성을 동시에 가져다 주었다.

　"언니, 이제 오우?"

　마차에서 내리는 금화를 붉은 머리의 소녀가 반겼다. 소녀의 이름은 홍령으로 어린 구렁이 요괴였다. 고개를 끄떡인 금화가 저택의 이 층을 바라봤다.

"주인님은?"

"항상 그렇지 뭐. 오늘도 식사를 거르고 술만 드셨어. 이러다간 곧 술 요괴가 되실 거요."

홍령이 뽀로통한 얼굴로 말했다. 걱정스럽게 한숨을 쉰 금화가 그녀를 나무랐다.

"버릇없긴. 주인님께 그런 말 하면 못써."

"흥, 주인님이 내 말에 신경이나 쓰실까. 매일 꼼짝도 하지 않고 앉아서 술만 드시는 분이."

콧방귀를 뀐 홍령이 어서 들어가 보라며 손을 내저었다. 못마땅하게 그녀를 쳐다본 금화가 바쁘게 걸음을 옮겼다.

"주인님."

굳게 닫힌 문을 열고 들어간 금화는 서늘한 바람을 느꼈다. 열린 창가에 걸터앉은 묵림이 볕을 쬐고 있었다. 하늘하늘 흔들리는 머리칼을 바라보던 금화가 그의 옆으로 다가갔다. 묵림이 힐끗 고개를 돌렸다.

"오늘은 빨리 왔구나."

"소녀가 썩 반갑지 않은 얼굴이세요."

"네 잔소리가 반갑지 않은 거지."

피식 웃은 묵림이 다시 창밖을 바라봤다. 금화는 그의 어깨에 살며시 손을 댔다. 묵림은 그녀의 손길이 썩 탐탁잖은 듯했지만, 그대로 내버려두었다.

"식사를 통 안 하시니 잔소리할 수밖에요. 정 음식이 싫으시면 어린 것이라도 잡아올까요?"

"금아, 오늘은 네 목소리가 거슬리는구나."

부드럽지만 날 선 목소리였다. 금화는 얼른 입을 다물었다. 하지만 미련을 버리지 못하고 손끝으로 주인의 어깨를 쓸었다. 한참이 지나서야 겨우 용기를 낸 그녀가 말했다.

"소녀가 지나쳤다면 용서해주세요. 하지만 제겐 주인님뿐이어요."

태어나 눈을 뜬 순간부터 함께였고, 죽는 순간에도 그러고 싶었다. 그녀에게 있어 묵림은 삶의 이유나 마찬가지였다.

"연모하고, 또 연모하고 있어요. 소녀의 마음을 아시지요?"

속삭이듯 고백한 금화가 그의 어깨에 기대려는 순간이었다. 힘없이 늘어뜨려져 있던 묵림의 손이 창틀을 붙잡았다. 부들부들 떨리는 손등에 핏줄이 섰다. 그제야 그의 상태가 심상찮은 것을 깨달은 금화가 급히 말했다.

"주인님! 괜찮으셔요? 약을 갖고 올까요? 아니면 술을……."

"나가거라."

고통을 억누른 목소리가 말했다. 하지만 금화는 그를 붙잡은 손을 놓지 못했다. 울먹이는 그녀의 손을 떨쳐낸 묵림이 "어서 나가!" 하고 고함쳤다. 다음 순간 그의 몸에서 뿜어져 나온 요기가 태풍처럼 방을 휩쓸었다. 그것에 휩쓸린 금화가 바닥에 나동그라졌다. 허둥지둥 몸을 일으킨 그녀는 반쯤 기어서 방을 빠져나왔다. 등 뒤에서 문이 쾅 닫혔다.

"뭐야, 또 발작이우?"

넋을 놓고 서 있던 금화는 홍령의 목소리에 정신을 차렸다. 그녀는 서둘러 흘러내린 눈물을 닦았다. 홍령이 못마땅한 듯이 혀를 찼다.

"요즘 들어 발작이 잦네. 정말 죽을 때가 되셨나."

"홍령!"

날카롭게 소리친 금화는 흠칫했다. 그녀는 서둘러 홍령을 끌고 방문 앞에서 멀리 떨어졌다. 홍령은 부루퉁한 얼굴로 그녀에게 맞춰 걸었다. 복도를 가로질러 가던 그들은 검은 머리의 남자와 마주쳤다. 개 요괴인 흑우였다.

"금 누이, 왜 그리 무서운 얼굴을 하고 있어?"

"뭐긴 뭐야. 주인님이 발작을 일으켜서 죽을상 하는 거지."

홍령이 얄밉게 이죽거렸다. 그녀의 팔을 팽개치듯 놓은 금화가 날카로운 시선을 보냈다. 놀란 표정으로 변한 흑우가 머리를 긁적였다.

"이번 달엔 유독 발작이 심한걸. 선인이라는 계집이랑 만난 탓인가?"

금화는 저도 모르게 손톱을 깨물었다. 흑우의 말대로였다. 선인을 만난 뒤로 묵림의 상태는 급격히 나빠졌다. 발작도 잦았고, 식사를 거르고 술만 찾았다. 미간을 찌푸린 홍령이 말했다.

"아무리 천신에게 찔린 상처라도 그렇지. 지금쯤이면 나아야 하는 거 아뇨? 어째 날이 갈수록 더 심해져."

말은 그렇게 해도 걱정스러운 얼굴이었다. 홍령 또한 묵림이 주워서 키운 것이나 다름없기에 지금 상황이 즐거운 것은 아니었다.

그때 피가 나도록 손톱을 물어뜯던 금화가 말했다.

"선인을 먹으면 나으실지도 몰라."

"언니, 미쳤수?"

눈이 동그래진 홍령이 소리쳤다. 금화가 서늘한 눈으로 반박했다.

"불문율 따위 어차피 동대륙의 것이잖아. 왜 여기서 그 법을 따라야 하지?"

"주인님이 손대지 말라 하셨잖아. 선인을 건드리면 엄청나게 화를 내실걸."

흑우 역시 겁먹은 얼굴로 고개를 저었다. 하지만 금화는 완강했다.

"주인님 모르게 하면 돼. 죽인 뒤엔 어쩔 수 없으실 거야."

"언니, 정신 좀 차려. 상대는 황녀요. 우리 힘으로는 접근하기도 어렵소. 만에 하나 진짜 죽인다고 해도 그 뒷감당은 어찌할 거요?"

순간 할 말이 없어진 금화가 입을 다물었다. 그녀의 단골들을 이용하면 접근할 수는 있겠지만, 뒷수습할 방법이 없었다. 황녀를 죽인 후 인간들을 처리하고, 주인의 분노를 감당하며 여기를 떠나는 것까지 한꺼번에 하려면 힘이 부칠 터였다.

그때 눈치만 보던 흑우가 입을 열었다.

"그거라면 무슨 방도가 있을 것 같은데."

"……뭐?"

"누이도 소문으로 들었잖아. 공주가 황녀에게 이를 갈고 있다는 거. 죽이고 싶을 만큼 미워한다고 들었는데, 그녀를 등에 업으면 어떻게든 되지 않을까?"

이번에는 홍령이 입을 다물었다. 그녀의 반응에 용기를 얻은 흑우가 신이 나서 말을 이었다.

"물론 황녀를 제거한 뒤엔 우리를 처리하려 하겠지. 그럼 분신을 하나 세워서 죽은 척하고 빠져나오면 아주 완벽하지 않겠어?"

공주도 좋고 우리도 좋은 계획이라고 마무리한 흑우가 금화를 바라봤다. 푸른 눈을 번뜩인 금화가 입꼬리를 올렸다.


"손 가는 대로 만들어봤는데, 마음에 드실지 모르겠어요."

수줍게 말한 아란이 작은 주머니 하나를 내밀었다. 푸른 비단 위에 금실과 은실로 촘촘히 수놓은 것이었다. 생각지도 못한 선물에 놀란 로이드가 그것을 받아들었다.

"직접 만든 겁니까?"

"네, 제 것과 똑같은 거예요."

한 쌍이라고 덧붙인 아란이 얼굴을 살짝 붉혔다. 귀여움에 몸서리친 로이드는 그녀를 번쩍 안아 한 바퀴 돌렸다. 놀라 눈이 동그래졌던 아란이 까르르 웃었다. 그녀를 품에 안은 로이드가 말했다.

"고마워요. 이렇게 멋진 선물은 처음입니다."

"정말요?"

"예, 놀랐습니다. 만드는 데 힘들었겠군요."

"아니에요. 이번엔 하나도 힘들지 않았어요."

신이 나서 도중에 멈추는 게 오히려 힘들었다고 말한 아란이 생긋 웃었다. 로이드는 정교하게 수놓인 주머니를 바라보다 말했다.

"크거나 무거워도 넣을 수 있다고 했었죠. 혹시 보존도 됩니까?"

"네, 음식이나 상하는 걸 넣어둬도 변하지 않아요."

로이드는 이 주머니의 가치가 절대 작지 않다는 것을 알았다. 이득을 보려면 쓸 곳이 무궁무진했다. 하지만 여기 담긴 것은 아란의 마음이기에 그런 식으로 사용하고 싶지 않았다.

"그럼 첫 번째는 이걸로 하죠."

책상 위의 책을 펼친 로이드가 커다란 단풍잎을 꺼냈다. 둘이서 약초를 캐러 갔을 때, 아란이 색이 무척 곱다며 그에게 준 것이었다. 아란이 놀란 표정을 지었다.

"갖고 계셨어요?"

"당신이 준 것을 버릴 리가 없잖습니까."

어깨를 으쓱한 로이드가 주머니의 주둥이에 그것을 가져다 댔다. 그러자 단풍잎이 흔적도 없이 사라졌다. 마술을 보는 기분이었다.

"완벽하군요. 그런데 꺼낼 때는 어떻게 합니까?"

"필요한 걸 생각하면서 손을 넣으면 돼요."

"뭘 넣었는지 기억하고 있어야겠네요."

아란을 내려놓은 로이드가 서랍에서 상자를 꺼냈다. 그는 조금 멋쩍은 얼굴로 말했다.

"사실 저도 드리고 싶은 게 있습니다."

완성은 진작 했지만, 어떻게 건네야 할지 알 수가 없었다. 약혼 기념이라고 하면 너무 멋이 없는 것 같고, 그렇다고 흑심이 있는 것처럼 보이기도 싫었다. 자연스럽게 선물할 계기가 필요했는데 지금이 딱 적당한 것 같았다.

"마음에 들었으면 좋겠군요."

로이드는 약간 긴장하며 상자를 열었다. 안에는 장인들이 심혈을 기울여 만든 머리장식이 들어 있었다. 장미와 백합, 튤립, 플루메리아와 히비스커스 같은 화려한 꽃을 모델로 삼아 보석과 크리스털로 세공한 예술품이었다. 동대륙 풍습에 맞춰 빗과 비녀, 뒤꽂이로 종류도 다양했다.

"우와! 너무 예뻐요."

아란이 눈을 크게 뜨고 감탄했다. 다행이라는 생각에 절로 미소가 지어졌다.

"이제 당신 겁니다."

"네? 하지만 이건 너무 많아요. 전 주머니 하나만 드렸잖아요."

"이건 주머니의 보답이 아니니까요. 그냥, 이런 게 당신에게 잘 어울릴 것 같아서. 음, 그러니까 제가 보고 싶어서 만든 겁니다."

답지 않게 횡설수설한 로이드가 상자를 그녀에게 떠넘겼다. 조금 놀란 눈으로 그를 보던 아란이 머리장식을 내려다봤다. 부담스럽다고 거절당할까 봐 마음이 조마조마했다. 한참을 망설이던 그녀가 말했다.

"동대륙에선 혼인할 사람에게 비녀를 줘요. 그러니까, 사랑하는 사람에게요."

"알고 있습니다."

로이드의 대답에 아란의 얼굴이 빨개졌다. 어쩔 줄 몰라 하며 입술을 깨문 그녀가 상자를 로이드에게 내밀었다.

"그럼 백작님이 해주세요."

거절인가 생각하던 로이드는 뜻밖의 말에 눈을 깜빡였다. 홍당무가 된 아란이 애써 태연한 척 말했다.

"서, 선물해주셨으니까 머리에 꽂아주세요."

로이드는 잠시 머뭇거렸다. 하지만 상자가 바들바들 떨리는 것을 보자 망설임도 사라졌다. 그것을 받아든 그가 난처하게 웃었다.

"전 서툴러서 당신처럼 멋지게 올리는 건 안 될 텐데요."

"괜찮아요!"

활짝 웃는 얼굴에 도저히 못 한다는 말을 할 수가 없었다. 그는 각오를 다지며 고개를 크게 끄떡였다. 결국, 로이드는 몇 번의 시행착오 끝에 그럭저럭 괜찮은 머리모양을 완성했다. 반은 틀어 올리고 반은 길게 늘어뜨린 단순한 모양이었다. 하지만 화려한 비녀와 함께하자 그린 것처럼 잘 어울렸다. 그림으로 남겨놓고 싶을 정도였다.

"화가가 없는 게 아쉽군요."

로이드가 내민 거울을 본 아란이 수줍게 말했다.

"비녀가 너무 예뻐요."

로이드가 고른 것은 푸른색의 장미 비녀였다. 머리에 꽂으면 꼭 장미 송이들을 얹고 있는 것처럼 보였다. 양옆에는 은과 진주로 장식된 한 쌍의 빗을 꽂았는데, 전체적으로 화사하면서도 귀여웠다.

"당신이 훨씬 예쁩니다."

로이드의 칭찬에 아란이 얼굴을 붉혔다. 몸을 돌려 로이드를 꼭 끌어안은 그녀가 말했다.

"고마워요."

"칭찬이? 아니면 비녀가?"

"둘 다요."

아란이 배시시 웃었다. 그녀는 조금 민망한 듯 덧붙였다.

"사실 너무 과한 선물이에요. 저는 드린 게 없는데 자꾸 받기만 해서 죄송해요."

"당신이 받아주는 것이 더 기쁩니다."

"그래도요. 이제 백작님은 제게 주지 마세요. 제가 백작님께 많이 드릴게요."

로이드는 새처럼 재잘거리는 그녀를 보고 난처하게 웃었다. 주인에게 선보일 날만 기다리는 목걸이와 팔찌, 허리띠가 울고 있었다.

사실 머리장식보다는 목걸이에 들어간 보석이 몇 배나 화려하고 비쌌다.

열두 개의 큼직한 사파이어와 수많은 다이아몬드가 박힌 목걸이를 본 제임스는 "황녀님의 목을 부러뜨릴 생각이십니까?" 하고 물었다. 로이드도 좀 과하다는 건 알고 있었지만, 성장한 아란의 목에 걸어주면 잘 어울릴 것 같아 포기하지 못했다.

'선물할 계기를 만들어야겠군.'

목걸이부터 꺼낼 걸 그랬다고 후회한 그는 아란을 안아 들었다. 똑똑, 노크와 함께 비장한 얼굴의 제임스가 들어왔다. 그는 아란을 안고 있는 로이드를 보고 미간을 찌푸리더니 할 수 없다는 듯이 말했다.

"국왕 전하께서 입궁하라고 전령을 보내셨습니다."

"아프다고 말하고 적당히······."

"이번에도 안 오면 반역으로 간주하시겠답니다. 기사들을 보내 끌고 오기 전에 순순히 입궁하라 전하셨습니다."

로이드의 미간이 찌푸려졌다. 왕의 인내심도 한계에 달한 모양이다. 그는 어쩔 수 없이 아란을 내려놓았다. 조그마한 손을 잡고 금방 다녀오겠다는 말을 하려는 순간이었다.

"아, 그리고 황녀님도 함께 오시랍니다."

"뭐?"

"저한테 그러지 마세요. 칙령입니다."

울상을 지은 제임스가 들고 있던 양피지를 펴 보였다. 왕의 인장이 찍힌 것을 확인한 로이드의 얼굴이 파삭 구겨졌다.


로이드는 몹시 심기가 불편했다.

그는 못마땅한 기색을 숨기지 않고 옆 테이블을 노려봤다. 그곳엔 아란을 둘러싼 귀부인들이 시끄럽게 떠들어대고 있었다. 어찌나 꺅꺅거리는지 멀리서도 귀가 아플 지경이었다. 아란은 용케 생글생글 웃으며 그들의 말을 들어주었다.

"그렇게 노려보지 않아도 안 잡아먹는다."

맞은편의 왕이 한심하다는 듯이 말했다. 로이드는 마지못해 그에게 시선을 돌렸다.

"이런 일이 있을 거라는 말은 안 하셨잖습니까."

"말하면 뭐. 안 오려고?"

“당연하죠.”

로이드는 뻔뻔하게 대꾸했다. 아란을 구경거리로 만드느니 평생 궁에 안 오는 것이 나았다. 왕이 어이없다는 듯이 한숨을 쉬었다.

“로이, 네 취향에 대해 진지하게 이야기 좀 해보자꾸나.”

“글쎄요. 무슨 말씀이신지.”

로이드는 슬며시 그의 시선을 피했다. 고개를 저은 왕이 시종장을 향해 손짓했다. 시종장은 곧바로 옆 테이블로 다가갔다.

“왕자비 저하, 말씀하신 것을 준비했습니다.”

“고마워요, 클레브 경.”

함박웃음을 지은 마리아가 아란에게 말했다.

“황녀님, 저와 트릭트랙을 하지 않으실래요?”

“트릭트랙이요?”

“아주 재미있는 게임이랍니다. 요즘 굉장히 유행하고 있어요.”

그녀의 말을 거들 듯 나머지 귀부인들이 “어머, 저도 구경하고 싶네요.”나 “규칙도 아주 쉬워요. 제가 알려드릴게요.” 하고 재잘거렸다. 눈을 깜빡이던 아란이 로이드를 쳐다봤다.

“그럼 백작님도…….”

“안 돼요. 트릭트랙은 두 사람이 하는 게임인걸요. 오늘은 저하고 놀아주세요. 네?”

자리에서 일어난 마리아가 어서 게임룸으로 건너가자고 졸랐다. 하지만 아란은 선뜻 입을 열지 않았다. 까르륵 웃음을 터트린 귀부인들이 그녀를 놀렸다.

“어머, 백작님이 그렇게 못 미더우세요?”

"그래도 그렇죠. 약혼자를 꼼짝도 못 하게 묶어두시면 안 된답니다."

시무룩해진 아란이 손을 꼼지락거렸다. 자리에서 벌떡 일어선 로이드가 그녀에게 다가갔다. 그는 놀란 표정이 된 마리아에게 목례한 후 아란과 눈을 마주했다.

"아란, 전 괜찮습니다. 가서 재미있게 놀다 오세요."

"하지만……."

"혼자 있어도 울지 않겠습니다. 대신 전하께서 저를 괴롭히면 돌아와서 혼내주셔야 합니다."

잠깐 주저하던 아란이 고개를 끄떡였다. 로이드는 왠지 풀이 죽은 그녀의 뺨을 어루만진 후 몸을 일으켰다. 싱긋 웃은 마리아가 말했다.

"잡아먹진 않을 테니 걱정하지 마세요."

"잘 부탁드립니다."

로이드는 그녀에게 고개를 숙인 뒤 다른 귀부인들에게도 눈인사를 했다. 귀부인들은 부채를 파닥이거나 눈짓을 하며 장난스럽게 웃었다. 무슨 일이 생기면 아란의 편을 들어줄 사람들이었다. 이럴 때 친분을 쌓아두는 것도 나쁘지 않았다.

아란은 몇 번이나 그를 돌아보며 마리아에게 끌려갔다. 웃으며 손을 흔들던 로이드는 문이 닫히자 얼굴을 굳혔다. 이런 식으로 떨어진 것은 처음이라 그런지 기분이 이상했다.

"청승 그만 떨고 이리 와라."

왕이 테이블을 톡톡 두드렸다. 정신을 차린 로이드가 아무렇지도 않게 걸어가 자리에 앉았다. 그의 얼굴을 노려보던 왕이 툭 내뱉었다.

"너 말이다. 진짜 그런 취향이었냐."

"뭐가 말입니까."

"그동안 사고 안 친 이유가 애들을 좋아해서……."

"아닙니다."

로이드는 그의 말을 싹둑 잘랐다. 무엄한 행동이었지만, 아무도 제지하지 않았다. 안도한 표정이 된 왕이 헛기침을 했다.

"다행이구나."

"설마 그걸 물어보려고 부르신 겁니까?"

로이드가 기분 나쁘다는 티를 팍팍 내며 말했다. 왕이 얼른 표정을 바꿨다.

"그럴 리가. 이제 슬슬 날짜를 정해야 하니 부른 거다."

"날짜요?"

"혼인식. 사절단이 돌아가기 전에 해치워야지."

로이드는 약간의 충격을 받았다. 이미 알고 있었던 사실인데도, 아란과 혼인한다고 생각하자 기분이 이상했다. 그는 애써 태연한 척하며 말했다.

"그럼 언제가 좋다고 생각하십니까."

"사절단 쪽에서 이상한 말을 떠들더구나. 혼인하기 좋은 날이 따로 있다는 거야. 날짜를 정한답시고 질질 끌려는 것 같아서 다음 달로 못 박았다."

"다음 달은 너무 빠르지 않습니까?"

지금부터 준비한다고 해도 시간이 너무 빠듯했다. 왕이 어깨를 으쓱했다.

"수확제와 함께 진행할 거니 걱정할 것 없다. 비공개로 할 거니 형식만 갖추면 되고."

로이드는 반박하고 싶은 마음을 억지로 내리눌렀다. 그는 아무래도 좋다는 표정을 지어내며 고개를 끄떡였다.

"그렇군요. 그럼 그때까지 준비하죠."

"간소한 식이니 준비할 건 없을 거다. 그래도 모르니 시종장과 상의해봐라. 그보다 네 의향을 묻고 싶은 게 있는데."

왕은 곧바로 화제를 바꿨다. 그가 꺼내든 것은 동대륙으로 파견하는 사신단 문제였다.

호란국의 황제는 황녀와 혼인하는 로이드를 '서성왕'에 봉했다. 덧붙여 서주의 봉토와 수도의 저택이 하사되었다. 봉토는 무역을 위한 거점으로 쓰이고, 저택에는 왕국에서 파견된 외교관들이 거주하게 될 예정이었다.

"무역이나 외교 쪽이야 문제없이 굴러가겠지만, 그것만으로는 반쪽이야. 정벌을 준비하려면 다른 쪽이 필요하지. 가능하다면 네가 가줬으면 좋겠구나."

"정확히 어떤 준비가 필요한 겁니까?"

"그거야 네 판단에 달렸지. 알다시피 동대륙에 대해선 알려진 것이 거의 없다. 그러니 알아서 판단하고 행동할 놈이 필요해."

로이드는 천천히 고개를 끄떡였다. 왕의 말대로 그런 식의 '작업'이라면 그가 가장 적절할 터였다. 하지만 이번만큼은 나설 생각이 없었다.

"죄송합니다, 전하. 저는 못 합니다."

왕은 의외로 놀라지 않았다. 뚫어져라 로이드를 쳐다보던 그가 물었다.

"황녀 때문이냐?"

"불가능한 일에 투자하고 싶지 않기 때문입니다."

"불가능?"

왕의 되물음에 어깨를 으쓱한 로이드가 말했다.

"동대륙 사절단이 어떻게 그렇게 빨리 도착했다고 생각하십니까. 동제국 황제는 바보가 아닙니다. 개항이 곧 외세의 침략이라는 것쯤은 알고 있었을 겁니다. 단순히 황녀 하나를 치워버리기엔 잃는 게 너무 많지 않습니까."

처음부터 동제국의 의도가 이상하다고 생각했다. 그의 의혹은 사절단을 만난 뒤에 확신으로 바뀌었다.

"무슨 뜻이냐?"

"동제국은 황녀를 이곳에 팔아넘기는 대가로 향후 100년간의 수호를 약속받았다더군요. 무역선이라면 몰라도 군함을 보내면 분명 도중에 좌초될 겁니다."

"뭐?"

왕의 표정이 어이없다는 것으로 변했다. 로이드는 "못 믿겠으면 시험해보십시오." 하고 말했다. 제자리에서 벌떡 일어선 왕이 그를 노려봤다.

"군대를 못 보낸다고 해서 정벌을 못 하는 건 아니지. 용병을 고용하면 끝날 일이다."

과거 로이드가 즐겨 썼던 방법도 자국의 용병을 고용해서 분란을 일으킨 다음 국경을 무너뜨리는 것이었다.

로이드가 싱긋 웃으며 말했다.

"그것도 괜찮겠군요. 동대륙에 고립되어 꼼짝도 못 하겠지만요. 정벌하되 군림하지 않는 새로운 왕국이 되겠습니다."

"로이!"

"아, 무역침탈도 안 될 겁니다. 동대륙은 자급자족이 가능한 데다 사치품의 수준이 더 높더군요. 우리가 원하는 건 그들에게 많지만, 그들이 원하는 건 우리에게 없습니다. 개항과 동시에 대량의 은이 동대륙으로 흘러가겠지요. 식민지로 유지되는 경제가 무너질지도 모르겠군요."

퍽 소리와 함께 로이드의 얼굴이 홱 돌아갔다. 로이드의 뺨을 주먹으로 내리친 왕이 이를 악물었다.

"네가 감히 나를 물다니."

"입을 다물고 있었을 뿐입니다, 전하."

호란국에서 이곳까진 빨라도 4개월의 시간이 걸린다. 하지만 사절단은 지나치게 빨리 도착했고 로이드는 그것에 의문을 품었다. 퍼레이드 때 무라에게 '사절단이 빨리 도착한 방법'에 대해 묻자, 그는 용왕이 새로운 '해류'를 열었다고 답했다.

로이드는 사절단에게 '해류'에 대한 질문을 던졌다. 사절단이 보인 불편한 반응에 그는 '해류'의 사용이 일시적인 것이 아니라 지속적이라고 추측했다. 이번 혼인으로 황제가 얻을 이득과 '해류'를 연관 지으면 답은 몇 가지로 추려졌다.

마지막으로 사절단이 저택에 머무를 때 로이드는 답을 확인할 기회를 얻었다. 동물로 변했다가 간신히 풀려난 이들을 추궁하는 건 쉬웠다. 무라에게 모든 것을 들은 것처럼 말을 꺼내자, 사절단은 죄책감 가득한 얼굴로 황녀를 팔아 제국의 안전을 도모했다고 시인했다.

그럼에도 로이드는 사실을 숨겼다. 통역을 맡은 이들을 저택에 가두고 입을 다물었다. 왕의 부름을 거부한 이유도 때를 기다리고 있었기 때문이다. 혼인식의 날짜까지 정해진 이상 왕에게도 선택의 여지가 없었다.

"정벌은 포기하십시오."

"포기하면? 네 말대로 은이 새어나가는 것을 보고만 있으라고?"

왕이 당장 폭발할 것 같은 얼굴로 말했다. 로이드는 피식 웃었다.

"전하, 2주입니다. 2주면 동대륙에서 여기까지 물건을 실어올 방법이 있다는 말입니다. 비단길을 차지하고 앉은 놈들에게 한 방 먹일 기회가 아니겠습니까. 킬케니의 해상권 정도는 가볍게 뺏어올 수 있을 것 같은데요."

왕이 입을 굳게 다물었다. 로이드는 그의 시선을 무시하고 말을 이었다.

"동대륙은 인구가 많아 노동력이 싸다고 들었습니다. 천 같은 물건은 거기서 만들어서 싣고 오는 게 남을 정도라고요. 용병이 아니라 장인을 대량으로 고용하는 것도 괜찮을 것 같군요."

"……."

"꼭 군사로 밀고 들어가 정복해야 정벌인 건 아니잖습니까. 정벌의 목적은 왕국에 더 많은 이득을 가져오기 위해서입니다. 동대륙의 해상무역을 독점할 수 있다면 정벌보다 더 큰 이득을 볼 수 있을 겁니다. 다시 생각해주십시오."

그를 노려보던 왕이 긴 한숨을 쉬었다. 그는 시종장에게 명했다.

"하워드를 불러오시오. 이 멍청이가 지껄이는 소리가 맞는지, 그의 의견도 듣고 싶군."

로이드는 속으로 안도의 한숨을 삼켰다. 꽉 움켜쥔 손에서 식은땀이 배어나왔다. 애써 태연한 표정을 짓고 있는 그를 힐끗 본 왕이 다시 자리에 앉았다.

"황녀가 그렇게 마음에 들더냐."

"예? 저는 그냥……."

"나한테 대들 정도로 마음에 든 거겠지."

왕이 다시 한숨을 쉬었다. 난처해진 로이드가 입을 다물었다. 왕은 어딘지 허허로운 표정으로 말했다.

"내가 너를 너무 외롭게 키운 모양이다. 잘못 키웠어."

"……바르게 크기엔 썩 좋은 환경이 아니었죠."

어머니가 돌아가신 후 로이드는 왕의 충실한 기사에게 맡겨졌다. 그는 양부가 아니라 선배 기사로서 로이드를 가르쳤다. 덕분에 로이드는 성년이 되기도 전에 전장을 구르며 자라났다. 아란을 만나고 나서야 자신이 얼마나 가족을 원했는지 깨닫게 되었다.

"죄송합니다, 숙부님. 전 아란이 슬퍼할 짓은 하고 싶지 않습니다."

로이드는 진심으로 말했다. 잠시 그를 바라보던 왕이 고개를 돌렸다.

"……다음에 이야기하자꾸나. 이만 나가봐라."

자리에서 일어선 로이드는 그를 외면하는 왕에게 정중히 고개를 숙였다. 밖으로 나갈 때까지 왕은 그를 돌아보지 않았다.


게임룸으로 향하던 로이드는 뜻밖의 광경을 목격했다. 점잖은 귀부인들이 문에 달라붙어 안의 소리를 엿듣기 위해 애쓰고 있었다. 당황한 로이드가 제자리에 멈추자 그의 등장을 눈치챈 이들이 얼른 몸을 바로 했다.

로이드는 아무것도 못 본 척 물었다.

"왜 여기 계십니까? 황녀님은요?"

"캐서린 저하께서 독대를 청하셔서 두 분만 안에 계십니다."

"공주께서 모두 나가라 명하시는 바람에 어쩔 수 없이 여기 있었어요."

귀부인들이 조금 분한 얼굴로 말했다. 로이드는 반사적으로 마리아를 찾았다. 그의 시선을 눈치챈 한 명이 얼른 일러주었다.

"왕자비 저하께선 아드님이 아프시다는 연락을 받고 급히 돌아가셨습니다. 그 직후 공주 저하께서 오셨죠. 마치 알고 오신 것처럼 말이죠."

입을 삐죽인 귀부인들이 신경질적으로 부채질했다. 로이드는 호응을 바라는 그들을 무시하고 급히 문을 열어젖혔다. 귀부인들이 "어머, 들어가시면 안 되는데." 하고 형식적으로 만류했다.

로이드는 따라 들어오려는 이들을 막으며 문을 닫았다. 룸 안에서 대치 중이던 두 사람이 동시에 그를 바라봤다. 캐서린이 붉게 칠한 입술을 올리며 말했다.

"마침 잘됐네요. 본인이 왔으니 직접 물어보세요, 황녀."

로이드는 아란의 얼굴이 굳어 있는 것을 눈치챘다. 급히 아란에게 다가가려는 순간 캐서린의 말이 이어졌다.

"동대륙을 정벌하려는 목적이 아니면, 당신 같은 어린애랑 혼인할 리가 없잖아요."

로이드는 피가 식는 것을 느꼈다. 제자리에 멈춰선 그는 아란의 얼굴을 바라봤다. 하지만 아란은 그를 보지 않았다. 대신 허리를 꼿꼿하게 편 채로 캐서린에게 말했다.

"하고 싶은 말은 그게 전부인가요?"

캐서린은 코웃음을 쳤다. 아란이 허세를 부린다고 생각하는 듯했다. 하지만 아란은 흔들림 없이 말을 이었다.

"정략혼인이라는 건 처음부터 알고 있었어요. 정벌이 진짜 목적이라는 건 몰랐지만요. 정말 놀라운 건 왕녀가 내게 이걸 말했다는 거예요."

아란은 화가 나기보단 의아해 보였다. 조금은 어이없어하는 것 같았다.

"나라에 해가 될 수도 있는 말을 함부로 하다니. 왕녀, 대체 무슨 생각이죠?"

캐서린의 얼굴이 확 달아올랐다. 하지만 이내 표정을 바로잡은 그녀가 녹색 눈을 번뜩였다.

"사람들이 떠받들어주니 뭐라도 된 것 같지? 천만에, 넌 그냥 인질일 뿐이야. 잡아먹을 돼지에게 잘해주는 것과 똑같다고! 혼인식만 끝나면 시골에 처박아놓고 보지도……."

"그만두지 못하겠습니까!"

참다못한 로이드가 소리쳤다. 철이 없다고 해도 이건 너무 지나쳤다. 그는 위협하듯 캐서린 앞으로 다가가며 말했다.

"믿을 수가 없군요. 어떻게 그따위 말을 지껄일 수가 있습니까."

캐서린은 조금도 겁먹지 않았다. 오히려 교태 어린 미소를 지으며 그에게 손을 뻗었다.

"로이, 당신이 이렇게 무서운 사람인 줄 몰랐어요. 아무리 나라를 위해서라지만, 너무하지 않나요? 진심인 척 어린애를 이용하다니."

로이드는 차갑게 그녀의 손을 쳐냈다. 마음 같아선 캐서린의 목을 졸라버리고 싶었다.

"당신이 남자였다면 결투를 신청했을 겁니다. 동대륙을 정벌할 일도, 아란을 시골로 보낼 일도 없으니까 아는 척하지 말고 입 다물어요!"

"그래요, 지금은 그렇게 말해야겠죠. 혼인날짜까지 잡힌 상황이잖아요?"

캐서린이 생글생글 웃으며 말했다. 로이드는 이를 악물었다. 그때 작은 손이 그를 붙들었다.

"괜찮아요, 백작님."

무덤덤한 얼굴로 말한 아란이 그를 잡아당겼다. 엉겁결에 끌려간 로이드는 그녀의 뒤에 서게 되었다. 아란이 차분한 투로 말했다.

"충고해줘서 고마워요, 왕녀. 이 빚은 다음에 갚죠."

고개를 까딱한 아란이 로이드를 문 쪽으로 끌고 갔다. 당황하던 로이드가 이내 그녀를 안아 들고 문을 나섰다. 그들의 뒷모습을 캐서린이 매섭게 노려보고 있었다.

몸이 불편하다는 핑계로 귀부인들을 따돌린 로이드는 마차에 올랐다. 아란은 계속 말이 없었다. 로이드는 뭐라고 말할 수 없는 기분으로 그녀를 보고 있었다. 마차가 출발한 뒤로도 한참이 지나서야 아란의 입이 열렸다.

"공주님의 말이 사실인가요?"

"아닙니다."

로이드는 반사적으로 대답했다. 그의 얼굴을 빤히 올려다보던 아란이 말했다.

"솔직하게 말해주세요."

도저히 거부할 수 없는 표정이었다. 뻔뻔하기 짝이 없는 로이드도 이번만큼은 얼버무릴 수 없었다. 잠깐 망설이던 그가 입을 열었다.

"전하께서 동대륙을 정벌할 생각이신 건 알고 있었습니다. 그것 때문에 당신께 혼인을 강요한 것도 사실입니다."

"……그랬군요."

아란이 고개를 숙였다. 로이드는 다급하게 말을 이었다.

"하지만 지금은 아닙니다. 저는 정벌을 막을 생각이고, 무슨 일이 있어도 그렇게 할 겁니다. 맹세할 수도 있습니다. 당신이 걱정하는 일은 없을 겁니다."

그는 진작 모든 것을 밝히지 않은 것을 후회했다. 잃고 싶지 않다는 이기심으로 더 큰 상처를 준 거나 마찬가지였다. 잠시 시무룩해 있던 아란이 물었다.

"혼인한 뒤엔 절 시골로 보내실 생각이셨어요?"

"아뇨."

로이드는 고개를 저었다. 그는 아란의 손을 꼭 잡고 말했다.

"당신이 너무 착하고 순진해서 잠깐 숨겨둘까 생각한 적은 있습니다. 하지만 쓸데없는 걱정이라는 걸 알았고, 그 뒤엔 당신을 보내는 것이 오히려 무서웠습니다. 제발 믿어주십시오."

애원하는 목소리에는 힘이 없었다. 자신이 아란의 입장이라도 믿기 어려울 듯했다. 로이드는 덫에 걸린 기분으로 아란을 바라봤다.

잠시 침묵하던 그녀가 속삭이듯 말했다.

"처음부터 저를 속이신 거였어요."

"……아란."

무어라 말하려던 로이드는 아란의 뺨으로 굴러떨어지는 눈물에 말을 멈췄다. 급히 눈물을 닦아낸 아란이 말했다.

"백작님이 미워요."

"……."

"그런데 백작님보다 저 자신이 더 미워요. 지금도 거짓말이 아닐

거라고, 백작님을 믿고 싶다고 생각하는 제가 미워요."

새카만 눈에서 눈물이 넘쳐흘렀다. 두 손으로 얼굴을 가린 아란이 작게 흐느끼기 시작했다. 로이드는 숨이 턱 막히는 것을 느꼈다. 다른 이의 눈물이 가슴에 박힌 것은 처음이었다.

남들이 울면 당혹스러울 뿐이었다. 하지만 아란이 울면 가슴이 아팠다. 방울방울 떨어지는 눈물이 심장을 지지는 것 같았다. 그는 눈물을 닦아줄 생각조차 못 하고 아란을 끌어안았다.

"……죄송합니다."

로이드를 밀어내리던 아란이 그의 가슴에 얼굴을 묻고 울기 시작했다. 로이드는 몇 번이나 죄송하다는 말을 반복하며 그녀를 안고 있었다.

아란은 마차에서 내리는 동안에도 고개를 들지 않았다. 마중 나온 사람들에게 우는 얼굴을 보여주고 싶지 않은 것 같았다. 로이드는 어쩔 줄 몰라 하는 사람들을 무시하고 그녀를 방으로 데려갔다. 아란이 조그맣게 말했다.

"혼자 있고 싶어요."

"……."

로이드는 아무 말도 못 하고 그녀를 내려놓았다. 아란은 부은 눈을 감추며 그를 외면했다. 고개 돌린 모습을 보는 것만으로도 가슴이 조여들었다.

"아란, 저는……."

변명하고 싶었지만, 목소리가 나오지 않았다. 용서해달라고 빌 자격도 없었다. 손톱이 파고들 정도로 주먹을 꽉 움켜쥔 그는 몸을 일으켰다.

"옆방에 있겠습니다. 필요하다면 언제든 불러주십시오."

아란은 어떤 반응도 보이지 않았다. 로이드는 떨어지지 않는 발을 움직여 방을 나섰다. 굳게 닫힌 문이 두 번 다시 열리지 않을 것 같아서 마음이 무거웠다.


로이드는 부슬비가 내리는 창가를 서성거렸다. 계속 내리는 비가 아란의 눈물 같아서 괴로웠다. 그때 끼익 하고 문이 열리는 소리가 났다. 흠칫해서 돌아본 로이드는 문틈으로 빼꼼 고개를 내민 짐승을 발견했다.

"해치?"

반갑게 왕왕 짖은 해치가 달려왔다. 로이드는 뒷발로 서서 깡충거리는 놈을 안아 들었다. 습기를 싫어해서 비 오는 날엔 나오지 않는 녀석인데 이상한 일이었다. 짧은 꼬리를 파닥거린 놈이 사방을 두리번거렸다. 놈이 아란을 찾고 있다는 것을 깨달은 로이드는 한숨을 쉬었다.

"지금은 안 돼. 그림으로 돌아가."

끼잉 소리를 낸 해치가 두 귀를 늘어뜨렸다. 원망스러운 표정이 꼭 주인을 닮았다. 로이드는 달래듯 해치의 머리를 쓰다듬었다. 부드러운 털에 꽤히 마음이 술렁였다. 그는 저도 모르게 입을 열었다.

"어떡하면 좋지?"

해치의 동그란 눈이 그를 바라봤다. 로이드는 고해하듯 말했다.

"도저히 용서…… 못 받을 것 같은데."

아란을 속인 것도 문제였지만, 남을 이용해먹는 나쁜 놈이라는 것까지 들켜버렸다. 정벌을 하건 안 하건, 그런 건 사실 부차적인 문제에 불과했다. 제 실체가 모조리 탄로 난 기분에 꼼짝도 할 수가 없었다.

쿵!

불만스럽게 코를 울린 해치가 온몸을 퍼덕거렸다. 아차 하는 순간 로이드의 손에서 벗어난 녀석이 가볍게 바닥에 내려섰다. 부르르 몸을 떤 해치가 옆방으로 이어지는 문을 향해 달려갔다.

"해치!"

다급한 만류에도 해치는 순식간에 닫힌 문을 열고 들어가버렸다. 로이드는 살짝 벌어진 문을 바라봤다. 불이 켜지지 않은 방은 어두워서 안이 전혀 보이지 않았다.

'문을 닫아줘야 하나? 아니면 괜찮은지 물어봐도…….'

어떻게 해야 맞는 건지 알 수가 없었다. 로이드는 멍하게 열린 문을 바라봤다. 그때 가벼운 인기척이 들렸다. 문이 살짝 움직이더니 아란의 목소리가 들렸다.

"백작님?"

"예."

로이드는 이끌리듯 문으로 다가갔다. 잠시 머뭇거리던 그가 물었다.

"괜찮습니까?"

"……괜찮지 않아요."

울먹이듯 잦아든 목소리가 답했다. 로이드는 반사적으로 문을 잡았다. 아란의 얼굴을 확인하고 싶었다. 하지만 다급한 목소리가 그를 만류했다.

"열지 마세요."

"……."

"무, 묻고 싶은 게 있는데…… 백작님 얼굴을 보면 말 못 할 것 같 아요."

떨리는 목소리에 로이드는 잡고 있던 문을 놓았다. 그는 몸을 숙 여 아란의 눈높이와 맞추었다. 색색거리는 숨소리가 들리는 것 같 았다.

"저, 저한테 왜 친절하게 대해주셨어요? 정벌이 목적이었다면, 그렇게 상냥하게 하실 필요 없었잖아요."

"……."

"왜 친구라고 말하고 다정하게 대하신 거예요? 왜 제가 착각하게 하셨어요?"

절절한 원망이 묻어나는 목소리였다. 작은 흐느낌과 함께 아란 이 다시 말했다.

"말해주세요. 백작님은 저한테 변명이라도 하셔야 해요."

잠시 바닥을 내려다보던 로이드가 말했다.

"제가 나쁜 놈이라서 그렇습니다."

흐느끼는 소리가 멎었다. 로이드는 쥐어짜듯 말을 이었다.

"이용하려고 혼인해달라고 해놓고, 막상 당신의 다정함을 알게 되자 탐이 났던 겁니다. 당신을 놓치고 싶지 않아서, 그래서 그랬습니다.”

“……”

잠깐의 침묵이 흐른 후 문이 활짝 열렸다. 어둠을 밀치듯 아란이 모습을 드러냈다. 아직 눈물 자국이 남았지만 꼿꼿한 얼굴이었다. 그녀는 잔뜩 화가 난 어조로 입을 열었다.

“탐난다는 게 무슨 뜻이에요? 말 잘 듣는 애완동물 같아서요? 착한 인형 같아서요? 그래서 절 놓치기 싫으셨어요?”

처음 보는 공격적인 모습에 당황한 로이드가 눈을 깜빡였다. 입술을 꼭 깨문 아란이 말했다.

“얕보지 마세요. 저는 어린애가 아니에요. 이런 모습을 하고 있지만, 다 자란 어른이에요.”

“알고 있습니다. 매일 밤 보니까요.”

로이드의 대답에 아란의 얼굴이 멍해졌다. 설명이 부족했다는 것을 느낀 로이드가 덧붙였다.

“매일 당신이 잠들면 봉인이 풀려서……. 그러니까 어린애라고 착각하지 않습니다.”

“……한 번만 그랬다고 하셨잖아요.”

“한 번만 말했습니다. 자세히 말하기가 곤란한 상황이라서.”

로이드는 조금 뻔뻔하게 말했다. 아란의 얼굴이 순식간에 확 달아올랐다. 다음 순간 짝 하는 소리와 함께 로이드의 얼굴이 홱 돌아갔다.

“나빠요! 어떻게, 어떻게!”

아란이 어쩔 줄 몰라 하며 발을 굴렀다. 그것에 반응해서 튀어나온 해치가 그들의 주변을 뛰어다니며 왕왕 짖었다. 아란이 왁 울음을 터트렸다.

"정말 나빠! 미워요!"

쾅 소리와 함께 문이 닫혔다. 로이드는 한숨을 쉬며 얼얼한 뺨을 감쌌다. 왕에게 주먹으로 맞은 것보다 아란이 친 게 몇 배는 아픈 것 같았다. 기절하지 않아서 다행이라고 생각한 그는 한참 제 다리에 침질 중인 해치를 안아 들었다.

"……나 완전히 망한 거 맞지?"

로이드의 물음에 해치가 발랄하게 왕왕 짖었다.

결국, 아란은 그날 밤 로이드에게 오지 않았다. 로이드는 섣불리 입을 놀린 것에 대한 후회와 소박맞은 쓸쓸함을 곱씹으며 밤을 지새웠다.

다 죽어가는 모습으로 나타난 그를 보고 제임스가 혀를 찼다.

"그러게 감당도 못 할 거면서 왜 황녀님을 울리십니까. 네?"

"잔소리 들을 기운 없으니까 닥쳐."

지끈거리는 머리를 감싸 쥔 로이드가 말했다. 제임스가 대놓고 한숨을 폭폭 쉬었다.

"전 백작님의 더러운 성질머리가 언젠가 사달을 낼 줄 알았죠."

"닥치랬다."

"황녀님이 이렇게 못 살겠다고 도망치시면 진짜 발 벗고 도울 겁니다."

그의 뒤통수를 갈기려던 로이드의 손에서 힘이 빠졌다. 그는 잠시 머뭇거리다 물었다.

"정말 도망갈까?"

"네?! 대체 무슨 짓을 저지르신 거예요? 술? 여자? 도박? 아니면 설마?"

사사삭 물러선 제임스가 호들갑을 떨었다.

"이 짐승! 그 몇 년을 못 기다리고 황녀님께 손을……!"

"아니야."

"제가 진작 알아봤…… 네? 아니라고요?"

삿대질하던 손을 뒤통수로 감춘 제임스가 어색하게 웃었다. 로이드는 한숨을 쉬며 걸음을 옮겼다. 응징을 기다리던 제임스가 화들짝 놀라 그를 쫓아갔다.

"아니, 진짜 무슨 일인데요? 네?!"

달라붙는 제임스를 뿌리치며 아래층으로 내려가던 로이드는 집사와 마주쳤다. 드물게 곤란한 표정을 지은 집사가 고개를 숙이며 말했다.

"손님이 오셨습니다."

"이 시간에? 기드온인가?"

"아닙니다. 전에 방문하셨던 호란국 사절단의 대표십니다."

예고 없는 방문에 의아해진 로이드가 미간을 찌푸렸다. 집사가 난처하게 덧붙였다.

"황녀님을 모셔가기 위해 오셨답니다."


로이드는 잔뜩 열이 뻗친 상태로 응접실로 들어섰다. 그와 비슷할 정도로 화가 난 호란국 대신이 자리에서 벌떡 일어서더니 무어라 떠들었다. 그의 옆에서 지루한 표정을 짓고 있던 통역이 말했다.

"무슨 일이 있어도 황녀님을 모셔가겠답니다."

"뭔가 굉장히 축약된 것 같은데."

"들어봤자 기분이 좋지 않으실 겁니다. 반 이상이 욕이거든요."

통역이 어깨를 으쓱하며 말했다. 로이드는 고개를 끄떡였다.

"왜 갑자기 찾아와서 지랄인지 고상하게 물어봐."

"사실 이유는 아까 전부터 말하고 있었습니다. 사촌이랑 붙어먹는 더러운 남자에겐 황녀님을 시집보낼 수 없답니다."

로이드는 너무 열이 오르면 현기증이 난다는 것을 깨달았다. 캐서린이 그를 엿 먹이려고 단단히 작정한 모양이었다. 가만히 두지 않겠다고 이를 간 로이드가 대신의 멱살을 덥석 잡았다. 놀란 수행원들이 일제히 몸을 일으켰다. 로이드는 신경 쓰지 않고 말했다.

"내 말 그대로 전해. 눈이 제대로 달려 있으면 그딴 소린 안 지껄일 거라고, 그 여자랑 자느니 돼지랑 뒹굴겠다고 말해."

통역이 무덤덤한 어조로 그의 말을 전했다. 잠깐 당황하던 대신이 빠르게 뭐라고 말했다.

"확실한 정보를 듣고 오셨답니다. 여인이 자신의 명예를 걸고 거짓을 말할 리가 없답니다."

"그 미친 여자는 절대 자신의 말을 책임지지 않을 거고, 증거도 없이 나를 계속 모욕하면 죽을 때까지 싸워야 할 거라고 해."

통역이 그의 말을 전하자 대신의 얼굴이 조금 누그러졌다. 그는 아까보다 조심스러운 어조로 뭔가 말했다. 땡감 씹은 표정이 된 통역이 로이드를 바라봤다.

"이 말을 전해도 절 죽이지 않을 거라고 약속해주십시오."

"알았으니까 말해."

"백작님이…… 공주 저하께서 임신한 아이의 아버지가 아니라고 확답해달랍니다."

"이런 미친!"

로이드가 사납게 소리쳤다. 움찔한 사신이 애써 고개를 치켜들었다. 그의 멱살을 놓은 로이드가 이를 갈며 말했다.

"내 어머니의 명예를 걸고 말하는데 절대 아니야. 원한다면 선인 앞에서 맹세해드리지."

통역하기도 전에 그 뜻을 알아들은 사신이 민망한 표정을 지었다. 헛기침을 하며 긴 수염을 쓸어내린 그가 무어라 말했다.

"백작님을 모욕할 생각은 없었답니다. 하지만 국왕 전하께서도 허락한 일이니 혼인 전까지 황녀님의 거처를 옮기겠답니다. 혼인 전에 같은 곳에서 사는 일은 여인에게 큰 흠이 된다나요."

"전하께서 허락하셨다고?"

로이드는 믿을 수 없다는 얼굴로 되물었다. 통역이 무어라 묻자 수행원 하나가 양피지 하나를 꺼내 들었다. 거기엔 황녀의 거처를 장미궁으로 옮기라는 칙서와 함께 왕의 인장이 찍혀 있었다. 로이드는 할 말을 잃었다.

사절단은 황녀를 모셔가겠다며 마차까지 준비해 왔다. 무시하려 해도 명분을 잃은 상황이었다. 게다가 사절단과 함께 나타난 왕실 기사라는 놈이 자꾸 로이드의 신경을 긁었다. 황녀를 장미궁까지 호위하라는 명령서를 내민 기사가 뻣뻣하게 말했다.

"황녀님을 뵙게 해주시오. 계속 이런 식으로 나오면 황녀님을 감금하고 있다고 생각할 수밖에 없소."

"왕실기사라고 했나? 못 보던 얼굴인데."

로이드가 지나치게 멀끔한 기사의 얼굴을 훑어보며 말했다. 코웃음을 친 기사가 손에 낀 반지를 보여줬다. 왕실기사단을 상징하는 문장이 들어 있었다.

"데일 칼슨이오. 은퇴하신 분께선 모르실 만도 하지."

"은퇴할 정도로 늙진 않아서 유감이군. 데일 칼슨이라는 이름을 들어본 적 없다는 것쯤은 기억하고 있거든."

"그래서 왕명에 불복할 거요?"

"아, 당신이 수상하다고 말하면 왕명에 불복하는 거였군. 못 알아봐서 정말 죄송합니다, 칼슨 경. 그런데 고매하신 경께서는 어느 가문 출신이신지 무척 궁금하군요."

빈정거리는 로이드를 제임스가 잡아당겼다. 그는 기사의 눈치를 보며 속삭였다.

"대체 왜 그러세요. 왕명을 수행하는 기사랑 싸워서 뭘 어쩌겠다는 겁니까?"

"내 약혼녀를 끌고 가겠다는 놈에게 이런 말도 못 해?"

로이드는 제임스의 손을 뿌리치며 말했다. 굳은 얼굴로 그를 노려보던 기사가 말했다.

"나는 에르실던의 칼슨이오. 루퍼트 맥그윈의 사촌이지. 더 궁금한 것이 있소?"

"아니, 하지만 내 약혼녀와 만나는 건 허락할 수 없어. 정 만나야겠다면 사절단 대표로 하지."

"뭐, 상관없소. 내 임무는 황녀님을 장미궁까지 호위하는 것이니까."

기사가 어깨를 으쓱하며 물러났다. 로이드는 이를 갈며 그를 노려보았다. 하지만 호란국 대신이 아란을 알현하러 가자 분노는 초조함으로 바뀌었다.

로이드는 정서불안을 일으키며 같은 자리를 왔다 갔다 했다. 잠시 후 환한 표정으로 나타난 대신이 무어라 외쳤다. 수행원들이 일제히 환호했다. 통역이 로이드의 눈치를 보면서 말했다.

"황녀님께서 거처를 옮기시기로 했답니다."

이를 악문 로이드가 계단을 올랐다. 신이 나서 무어라 외치던 대신이 주춤거리며 물러났다. 로이드는 그의 옆을 스쳐 곧장 아란의 방으로 향했다. 벌써 짐을 정리 중이던 하녀들이 놀란 표정으로 그를 바라봤다. 로이드는 그들에게 명령했다.

"모두 나가."

아란은 차분한 표정으로 그를 보고 있었다. 그녀에게 성큼성큼 다가간 로이드가 한쪽 무릎을 꿇었다. 그는 감정을 억누르려고 애쓰며 말했다.

"아란, 정말 가야겠습니까?"

잠시 망설이던 아란이 고개를 끄떡였다. 로이드는 그녀의 손을 잡고 애원했다.

"제가 잘못했습니다. 다시는 당신을 속이지 않겠습니다. 제발 가지 마십시오.”

“백작님, 전 화가 나서 가려는 게 아니에요.”

그의 손을 다독거린 아란이 말했다.

“전 몰랐어요. 저 때문에 백작님이 오해받으실 거라고는 생각도 못 했어요. 미리 알았더라면 계속 여기 있겠다고 우기지 않았을 거예요.”

“오해요? 무슨 오해 말입니까.”

가슴이 철렁 내려앉은 로이드가 되물었다. 캐서린이 지어낸 파렴치한 거짓말을 아란이 들었을까 봐 두려웠다. 난처한 듯 입술을 깨문 아란이 말했다.

“백작님이…… 어린 소녀만 좋아한다는 소문이 났대요.”

“아.”

안도의 한숨을 내쉰 로이드가 말했다.

“상관없습니다. 사실이 아니니까요.”

“상관있어요. 전 백작님이 그런 오해를 받는 게 싫어요. 그리고 제 거처 문제로 왕과 싸우셨다면서요. 왜 말씀 안 하셨어요?”

“싸운 건 그것 때문이 아니라…….”

급히 변명하던 로이드가 아란의 표정을 보고 아차 했다. 시무룩해진 아란이 “정말 싸우셨군요.” 하고 말했다. 로이드는 얼른 그녀를 안아 들었다.

“아란, 전하와 다툰 건 정벌 때문이었습니다. 언젠가 한 번은 부딪쳐야 할 문제였어요. 그리고 남들이 뭐라고 지껄이든 전 신경 안 씁니다. 그것보다 당신이 떠나는 게 더 싫습니다. 정말, 죽을 정도로 싫단 말입니다."

"……."

"그래도 갈 겁니까? 당신만 바라보는 약혼자를 매정하게 버리고 가려고요?"

당황한 아란이 눈을 깜빡였다. 속이 탄 로이드가 무어라 덧붙이려 하자 그녀는 얼른 손으로 그의 입을 막았다.

"너무, 너무 절 난처하게 하지 마세요. 가야 한다는 거 아시잖아요."

"……."

"혼인하기 전에 같이 살면 남들이 흉봐요. 처음부터 제가 억지 부린 거였고, 또 날짜도 얼마 안 남았으니까, 지금 옮기는 게 맞아요."

조곤조곤한 목소리에 도저히 반박할 수가 없었다. 풀이 죽은 로이드의 뺨을 살짝 어루만진 아란이 말했다.

"멍이 들었어요. 많이 아프셨어요?"

"얼굴보다는 마음의 상처가 더 컸습니다."

"죄송해요. 하지만 그건…… 백작님이 잘못하셨어요."

아란의 얼굴이 빨개졌다. 로이드는 싱긋 웃었다.

"예, 압니다. 맞을 만한 짓이었죠."

뽀로통해졌던 아란이 이내 어쩔 수 없다는 듯이 웃었다.

"백작님은…… 뻔뻔한 거짓말쟁이예요."

"그래도 당신을 좋아하는 건 사실입니다."

"거짓말쟁이. 정말 나빠요."

아란의 눈에 눈물이 고였다. 얼른 눈물을 훔쳐낸 그녀가 말했다.

"시간을 좀 주세요. 백작님을 믿을 시간이 필요해요."

로이드는 말없이 아란의 손을 꼭 잡았다. 속은 것을 알면서도 다시 믿어주려고 노력하는 것이 고맙고 또 미안했다. 로이드는 그녀를 꼭 끌어안으며 말했다.

"보고 싶을 겁니다."

"자주 만나러 올게요. 날아서 오면 금방일 거예요."

"약속한 겁니다. 안 오면 제가 장미궁을 쑥대밭으로 만들지도 모릅니다."

농담이라고 생각했는지 아란이 웃었다. 로이드는 그녀의 머리를 살살 어루만졌다. 보내야 한다는 건 알았지만, 정말로 보내기 싫었다. 한숨을 쉰 그가 말했다.

"작별의 입맞춤을 해주십시오. 그럼 보내드리겠습니다."

당황해서 얼굴을 붉힌 아란이 입술을 깨물었다. 로이드는 조금 심술궂은 마음으로 그녀를 지켜보았다. 이대로 있어도 좋을 것 같다고 생각하는 순간 뺨에 깃털처럼 가벼운 입맞춤이 닿았다. 로이드는 할 수 없이 아란을 내려놓았다. 시무룩해진 그를 보고 수줍게 웃은 아란이 그의 목을 꼭 끌어안았다.

"거짓말쟁이 백작님, 저도 보고 싶을 거예요."

이런 순간까지 사랑스러운 건 정말 반칙이었다. 로이드는 씁쓸하게 웃으며 아란을 놓아주었다.


사절단은 로이드의 배웅을 한사코 거절했다. 정확히는 로이드가 따라와 장미궁에 눌러앉는 것을 경계하는 듯했다.

"왕실기사단이 호위할 테니 백작님의 보호는 필요 없답니다."

호란국 대신의 길고 긴 말을 통역이 간단히 번역했다. 따라간다고 하면 당장 공격이라도 할 기세였다. 로이드는 할 수 없이 다음 기회를 노리기로 했다.

저택의 모든 사람이 나와 아란을 배웅했다. 잠깐의 이별이라는 것을 들었음에도 모두 침울한 얼굴이었다. 로이드는 그들 틈에 서서 아란이 탄 마차가 작은 점이 될 때까지 지켜봤다. 옆에 선 제임스가 훌쩍거리며 손수건으로 눈을 훔쳤다. 로이드는 어이없다는 눈으로 그를 쳐다봤다. 코까지 팽 푼 제임스가 걱정스럽게 말했다.

"이렇게 가버리시다니, 영영 돌아오지 않으시면 어떡하죠?"

"불길한 소리 하지 말고 가서 기름이나 가져와."

"기름은 갑자기 왜요?"

"전하의 집무실에 불지르러 갈 거니까."

로이드가 저택 쪽으로 몸을 돌리며 말했다. 화들짝 놀란 제임스가 그를 붙들었다.

"농담이시죠?"

"왜? 전하는 내 염장에 불을 지르시는데, 난 전하의 집무실에 불지르면 안 되나?"

"당연히 안 되죠! 왜 침착하게 미치고 그러세요?!"

마음 같아선 에보니 궁을 몽땅 태워버려도 시원치 않았다. 이를 득득 가는 그를 보고 심상찮은 것을 깨달은 제임스가 기사들을 불렀다.

개떼처럼 몰려든 놈들에게 끌려가던 로이드가 악을 썼다.

"이거 놔! 난 안 미쳤어! 미친 건 공주라고, 젠장!"

"네네, 정신이 돌아올 때까지 방에 묶어두십시오."

"망할 여자! 진짜 가만히 안 두겠어!"

로이드는 속에서 천불이 치미는 것을 느꼈다. 처음에야 갖고 놀던 상대가 손을 빠져나간 것에 대한 아쉬움이라 생각했다. 하지만 이번 일은 정도를 넘어섰다. 그런 끔찍한 거짓말까지 하다니, 진짜 미친 게 아닌지 의심될 정도였다. 그와 아란을 이간질하자마자 사절단까지 움직여 갈라놓다니, 이건 꼭…….

퍼뜩 머리를 스치는 생각에 멈칫한 로이드가 소리쳤다.

"제임스, 빨리 내 총을 가져와!"

"아이고, 진짜 의사를 불러야겠네요."

"농담이 아니야. 아란이 위험할지도 모른다고!"

하얗게 질린 로이드의 얼굴을 본 제임스가 제자리에 우뚝 멈춰 섰다. 기사들의 손을 뿌리친 로이드가 말이 있는 곳으로 달리기 시작했다. 시간이 없었다.


마차는 누가 쫓아오는 것처럼 빠르게 달렸다. 외곽으로 접어들수록 거칠어진 길에 마차가 덜컹덜컹 흔들렸다. 불안해진 사절단이 조금만 천천히 달릴 것을 청했다. 하지만 행렬을 이끄는 기사는 그들의 부탁을 거절했다.

"외곽 지역은 위험합니다. 장미궁으로 가는 가장 빠른 길이라 이쪽을 택했지만, 되도록 빨리 지나가는 게 좋습니다."

근처를 어슬렁거리는 부랑자들을 본 사절단은 고개를 끄떡였다. 이내 마차는 외곽 지역을 빠져나와 성벽을 따라 북문을 향해 달렸다. 기사는 그제야 행렬의 속도를 줄였다. 안도한 사절단이 다행이라는 말을 주고받는 순간이었다.

"아악!"

사절단 중 하나가 비명을 지르며 낙마했다. 옆에서 달리던 병사가 창으로 그를 찌른 것이다. 다른 병사들도 일제히 사절단을 공격하기 시작했다. 놀라 고함을 지른 사절단이 무기를 꺼내 들었다. 하지만 무기를 챙겨온 사람은 그들 중 절반도 되지 않았다.

『무기가 없는 자는 뒤로 물러서라!』

『황녀님을 보호해라!』

사절단이 급히 마차를 둘러쌌다. 그때 마차의 문이 부서지며 아란이 튀어나왔다. 그녀는 부서진 문짝을 가볍게 휘둘러 병사 세 명을 한꺼번에 낙마시켰다. 주인을 잃은 말에 가볍게 내려선 그녀가 물었다.

"이게 무슨 짓이죠?"

"빨리 공격해! 모두 한꺼번에 쳐라!"

당황한 기사가 악을 썼다. 미간을 찌푸린 아란이 춤을 추듯 팔을 움직였다. 붕붕 소리와 함께 휘둘러진 문짝이 달려드는 이들을 허공으로 날려 보냈다. 입을 떡 벌린 사절단이 두 손을 모으고 기도하기 시작했다.

바로 그때였다. 덤불을 가르고 집채만 한 검은 개가 튀어나왔다. 달려드는 개를 발견한 아란이 문짝을 집어 던졌다. 고개를 돌려 날아오는 것을 피한 개가 다시 아란을 노렸다. 하지만 아란의 발이 개의 턱을 걷어차는 것이 먼저였다. 캥 소리와 함께 날아간 개가 덤불 위로 풀썩 쓰러졌다.

사뿐히 바닥에 내려선 아란이 허리띠에 손을 댔다. 촤르륵 소리와 함께 허리띠에서 뽑혀 나온 연검이 버들가지처럼 흔들렸다. 아란의 보패인 백아옥편이었다.

"무슨 일로 공격했는지 모르지만, 지금 물러난다면 쫓지 않겠어요."

아란이 위협하듯 검을 겨누며 말했다. 푸르륵 머리를 털며 일어선 개가 으르렁거렸다. 하얗게 드러난 이빨에서 짙은 살기가 풍겼다. 아란은 놈을 견제하며 사람들에게 말했다.

"요괴는 제가 막겠어요. 여러분은 어서 도망치세요."

– 그렇게는 안 되지!

날카로운 여자의 목소리와 함께 녹색 연기가 확 밀려들었다. 연기에 휩쓸린 말과 병사들이 피를 토하며 쓰러졌다. 화들짝 놀란 아란이 소매를 움직여 바람을 일으켰다.

– 미안하지만, 선인. 여기서 죽어줘야겠어.

흩어지는 연기 속에서 나타난 붉은 뱀이 마차 앞을 가로막았다. 성인 남자의 몸통보다 굵은 꼬리가 병사 하나를 휘감아 집어 던졌다. 아란이 그를 받아내는 순간 개가 달려들었다. 이를 악문 아란이 연검을 뿌리치듯 떨쳐냈다. 동그랗게 말린 연검이 다음 순간 허공에 흰 무지개를 그렸다. 황급히 몸을 뺀 개의 다리에서 퍽 피가 튀었다.

－크아악!

－흑우! 이 멍청아!

당황한 뱀이 채찍이 쏘아지듯 몸을 날렸다. 빙글 몸을 돌린 아란이 기다렸다는 듯이 뱀의 머리를 걷어찼다. 뒤로 휙 날아간 뱀이 쿵 소리와 함께 바닥에 나뒹굴었다. 비틀거리며 일어선 개가 으르렁거렸다.

－저년 왜 저렇게 세! 아직 백 살도 안 됐다며!

－나도 몰라! 어쨌든 여기까지 와서 도망칠 순 없잖아!

날카롭게 소리친 뱀이 꼿꼿이 머리를 세웠다. 그들이 물러서지 않을 것을 깨달은 아란이 사람들에게 외쳤다.

"다들 마차에 타세요! 빨리요!"

사절단이 앞다투어 마차로 뛰어들었다. 눈치만 보던 병사들도 마차에 매달렸다. 지붕이나 마부석에 올라탄 사람들도 있었다. 그들이 모두 옮겨 타자 아란이 몸을 날렸다. 그녀의 속셈을 눈치챈 뱀이 소리쳤다.

－막아!

움찔한 개가 뒤늦게 몸을 날렸다. 그보다 빨리 아란이 마차를 걷어찼다. 구름에 휘감긴 마차가 공처럼 허공을 날았다. 사람들이 으아악 하고 비명을 질렀다.

아란은 뱀과 개의 공격을 튕겨내며 다시 한 번 마차를 걷어찼다. 마차는 거의 빛의 속도로 날아서 비탈길을 굴러갔다. 인질을 놓쳐 버린 것을 깨달은 뱀이 샤아악 소리를 내며 아란을 공격했다.

바로 그때, 아란의 모습이 씻은 듯이 사라졌다.

- 어, 어디 갔지?!

당황한 개와 달리 뱀은 허공을 가로질러 날아가는 파랑새를 발견했다. 뱀이 악을 질렀다.

- 놓치면 안 돼!

뱀이 바닥에 널브러진 사절단 중 하나를 낚아채 새에게 집어 던졌다. 그는 처음 공격받아 낙마한 이들 중 하나였고, 아직 숨이 붙어 있었다. 허공으로 던져진 그가 비명을 질렀다.

선인인 아란은 죄 없는 이가 죽게 내버려둘 수가 없었다. 소녀의 모습으로 돌아온 아란이 그를 붙잡았다. 상처에서 흘러나온 피가 그녀의 몸에 묻었다. 아란은 안간힘을 썼지만, 결국 힘을 잃고 추락하기 시작했다. 뒤를 쫓던 요괴들은 뜻밖의 행운에 놀라 눈이 휘둥그레졌다.

- 잡아, 잡아, 잡아! 빨리!

뱀의 재촉에 개가 서둘러 몸을 날렸다. 하지만 놈은 또다시 아란에게 채여 나뒹굴고 말았다. 깽깽거리며 앞발로 코를 문지른 개가 원망스러운 눈으로 뱀을 노려봤다. 뱀은 제자리에서 비틀거리는 아란을 보고 말했다.

- 봤지? 약해졌어, 뭐 때문인지 몰라도 갑자기 약해졌다고!

- 그럼 다른 것도 던지든가!

개가 신경질적으로 외쳤다. 그 말에 퍼뜩 몸을 돌린 뱀이 죽은 병사를 낚아채 아란에게 집어 던졌다. 사절단을 보호하던 아란은 피가 튀자 흠칫하며 몸을 움츠렸다. 뱀이 쾌재를 불렀다.

- 피야! 저년 피에 약하다고!

신이 난 뱀이 시체의 목을 잘라 아란에게 던졌다. 개도 그에 동참했다. 어떻게든 피해보려고 애쓰던 아란은 결국 피를 뒤집어쓰고 바닥에 쓰러졌다. 뱀이 날듯이 그녀에게 달려들었다. 그때였다.

타앙!

천둥 같은 소리와 함께 뱀의 머리가 날아갔다. 머리를 잃은 뱀의 몸뚱이가 바닥에 쓰러져 꿈틀거렸다. 두 눈을 부릅뜬 개가 소리쳤다.

– 홍령!

말에서 뛰어내린 로이드가 다시 총을 장전했다. 그제야 그가 범인이라는 것을 알아챈 개가 이를 드러내며 달려들었다.

– 인간놈!

타앙 소리와 함께 개의 어깨가 날아갔다. 하지만 개는 멈추지 않고 로이드에게 달려들었다. 코앞으로 다가온 개의 아가리에도 로이드는 흔들림 없이 총을 장전했다. 세 번째로 타앙 소리가 울려 퍼졌다.

"백작님!"

뒤늦게 달려온 제임스가 비명을 질렀다. 개의 밑에 깔린 로이드가 몸을 버둥거렸다. 그를 돕기 위해 말에서 내린 제임스가 박살 난 개의 머리를 보고 헛구역질을 했다.

"어, 주군. 벌써 해치우셨습니까?"

"으아, 엄청 크네요!"

"이럴 거면 우린 왜 온 거지 말입니다?"

우르르 몰려든 기사들이 개를 둘러싸고 웅성거렸다. 참다못한 로이드가 고함을 질렀다.

"보고만 있지 말고 당장 이거 치워!"

그제야 기사들이 말에서 내려 개를 옆으로 밀어냈다. 비틀거리며 몸을 일으킨 로이드가 아란에게 달려갔다.

"아란!"

피범벅이 된 소녀는 바닥에 쓰러진 채로 정신을 잃고 있었다. 그녀를 안아 든 로이드가 기사들에게 소리쳤다.

"물 가져와, 빨리!"

당황하던 기사들이 각자 가지고 다니는 수통을 내밀었다. 로이드는 물을 부어서 아란에게 묻은 피를 씻어냈다. 마실 물이라 양이 적었지만, 여럿을 부으니 흔적 없이 모두 씻겨나갔다. 아란이 작게 기침했다.

"아란! 정신이 듭니까?"

"……아파. 아파요."

아란이 작게 훌쩍였다. 로이드는 피가 묻지 않은 안쪽의 옷을 벗어서 그녀를 감싸 안았다.

"조금만 참아요. 외백부님께 갑시다."

고통으로 흐느끼던 아란이 고개를 끄떡였다. 눈도 못 뜨는 모습에 로이드는 가슴이 미어지는 것을 느꼈다. 조금만 빨리 왔어도 이런 일을 당하지 않았을 텐데.

"미안합니다. 늦어서 정말 미안해요."

괴롭게 사과한 로이드가 아란을 안고 몸을 일으켰다. 제임스가 득달같이 그를 쫓아왔다.

"배, 백작님. 그냥 가시면 안 됩니다!"

"뒷수습은 좀 알아서⋯⋯."

"자라고 있어요! 저거, 저 머리 자라고 있다고요!"

제임스가 거의 울 것처럼 말했다. 부들부들 떨리는 손이 쓰러진 개를 가리키고 있었다. 혀를 찬 로이드가 몸을 돌렸다. 가까이 다가가 보자 박살 난 개의 머리가 부글거리며 조금씩 재생되고 있었다. 기사들이 그를 향해 일제히 떠들었다.

"주군, 이런 건 어떻게 합니까? 사지를 잘라서 매달아둘까요?"

"아! 절단해서 불로 지지면 되지 않을까요? 왜 옛날이야기에도 나오잖습니까."

"아니지 말입니다. 총으로 쏴도 재생되면 불로 지져도 별수 없지 말입니다."

"그럼 태우면 안 되나? 화끈하게 태우면?"

"이 멍청아, 태우면 증거가 없어지잖아!"

로이드는 인상을 쓴 채로 개를 보고 있었다. 잠깐 망설이던 그는 괴로워하는 아란을 보고 결심을 굳혔다. 품에서 주머니를 꺼낸 그가 그것을 기사들에게 내밀었다.

"여기 집어넣어."

"예?"

"저거, 여기 집어넣으라고."

미쳤냐는 눈으로 로이드를 쳐다보던 기사들이 주머니를 풀어 개에게 가져다 댔다. 정말 넣는다기보다는 넣는 시늉만 하는 것이었다. 하지만 주머니는 기다렸다는 듯이 개를 꿀꺽 삼켜버렸다. 기사들이 비명을 질렀다.

"으악! 이게 뭐야! 재밌어!"

"뭐야, 뭐야! 나도 해볼래! 나도!"

신이 난 기사들은 시키기도 전에 널브러진 뱀까지 수거해 왔다. 로이드는 눈을 반짝이는 그들에게서 주머니를 뺏어 들었다. 기사들이 대번에 시무룩해졌다. 로이드는 빠르게 명령했다.

"발 빠른 놈들로 열 명만 따라와라. 나머지는 생존자 찾고, 부상자 옮기고, 사망자 신원 파악해. 시신이 얼마 없는 것을 보면 무사히 도망친 사람들이 있을 거다. 찾아서 증언 확보해."

당황한 기사들이 누가 무슨 역할을 맡을 것인지 떠들기 시작했다. 그 사이 로이드는 주머니를 품에 넣었다. 아란이 준 선물이 요괴로 더럽혀진 것 같아 기분이 좋지 않았다. 요괴가 사라진 뒤에야 안심한 제임스가 옆으로 다가왔다.

"황녀님은 괜찮으십니까?"

"안 괜찮아. 그러니 나머진 네가 맡아. 현장 기록해서 전하께 보고드린 다음 사절단의 숙소에도 상황을 알려."

평소라면 또 떠맡기냐고 불평할 제임스가 얌전히 고개를 끄떡였다. 로이드는 서둘러 말에 올랐다. 기사들도 허둥지둥 자신의 말을 끌고 왔다.

그 사이 제임스가 바닥에 굴러다니는 총을 주워 와 로이드에게 내밀었다.

"조심하십시오."

"고맙다."

총을 받아 등에 멘 로이드가 말을 재촉했다. 시간을 너무 지체한 것 같아서 겁이 났다. 몸이 흔들리자 아란이 그의 옷을 꼭 붙잡았다.

"아란, 조금만 더 버텨줘요."

로이드는 애원하듯 말했다. 아란이 작게 속삭였다.

"죄송해요. 백작님. 제가 너무 바보 같아서……."

"당신 잘못이 아닙니다."

아란을 찾는 동안 그는 몇 번이고 후회했다. 처음부터 속이지 않았더라면, 거짓말을 하지 않았다면 얼마나 좋았을까. 이렇게 헤매는 사이에 아란이 잘못될까 봐 너무나 두려웠다. 겨우 찾아낸 그녀가 피범벅으로 쓰러지는 것을 봤을 때의 기분은 평생 잊지 못할 것 같았다.

"이번 일을 꾸민 자에게 반드시 대가를 치르게 하겠습니다."

이를 악문 로이드가 맹세했다. 이럴 때까지 복수를 생각하는 자신은 분명 악당이었다. 하지만 악당에게도 소중한 것은 있는 법이다. 로이드는 아란을 더욱 꼭 끌어안으며 말을 재촉했다. 주인의 뜻을 읽은 말이 거세게 바닥을 박찼다. 뒤쫓는 기사들의 말발굽 소리까지 합쳐져 천둥처럼 길이 울렸다.

## 07

빛나는
거울보다

금화는 놀란 눈으로 팔찌를 확인했다.

팔찌에 박힌 두 개의 보석에 금이 가 있었다. 홍령과 흑우에게 무
슨 일이 생긴 것이다. 그녀는 초조한 기분으로 손톱을 깨물었다.

'둘을 보냈는데도 실패하다니. 그 계집이 그렇게 강하다고?'

날 때부터 강한 요괴와 달리 선인은 수행을 통해 강해진다. 백 살
도 안 된 선인은 인간과 거의 비슷했다. 흑우로도 충분할 거라 생각
했지만, 만일에 대비해 홍령까지 붙었다. 둘이 모두 당할 거라고는
생각지도 않았다.

'천신은 강에서 움직이지 않는다고 들었는데, 혹시 다른 천신이
있나?'

하지만 천신 정도가 되면 함부로 인간계에 개입할 수가 없었다.
상제의 명이 있다면 모를까 요괴를 막기 위해 천기를 거스르진 않
을 것이다. 믿을 수 없지만, 선인이 둘을 이길 정도로 강하다고 봐
야 했다.

'어떡하지? 이제 와서 포기할 수는 없는데.'

힘이 센 흑우나 독을 잘 쓰는 홍령과 달리 금화는 공격력이 거의 없었다. 선인이 그렇게 강하다면 상대하기 어려웠다.

그때 문이 활짝 열리더니 잔뜩 화가 난 공주가 들어왔다. 따라 들어오는 시녀들을 물린 공주가 날카롭게 물었다.

"대체 무슨 짓을 한 거지?"

"왜 그러세요, 저하? 그렇게 화내시면 무섭답니다."

금화는 생글 웃으며 자리에서 일어섰다. 공주가 그녀의 뺨을 때릴 기세로 말했다.

"황녀를 습격했다가 실패했다고? 그런 짓을 할 거란 말은 안 했잖아!"

"그럼 제가 뭘 할 거라고 생각하셨나요?"

금화의 얼굴에서 웃음이 사라졌다. 싸늘한 시선에 공주가 잠시 주춤했다. 다시 생긋 미소 지은 금화가 말을 이었다.

"처음부터 약속드렸잖아요. 전하께서 조금만 도와주시면, 얄미운 황녀를 혼내주고 백작을 되찾게 해드리겠다고."

무슨 뜻인지 몰랐을 리가 없다. 실패했다고 생각하니 발을 빼고 싶어진 것이다.

금화의 시선을 피한 공주가 말했다.

"그게 황녀를 죽이란 뜻은 아니었어."

"어머, 죽이다니요. 황녀가 죽었나요?"

능청스러운 되물음에 공주가 그녀를 노려봤다. 금화는 요염하게 웃으며 말했다.

"걱정하지 마세요. 공주 저하께선 아무것도 하지 않으셨잖아요?

황녀에게 혼인의 목적이 뭔지 알려줬을 뿐이지.”

그것만으로도 큰일이었지만, 공주는 다소 안심한 얼굴로 변했다.

금화는 속으로 그녀를 비웃으며 말을 이었다.

“저하께선 아무 잘못도 없으세요. 아무도 전하께 책임을 묻지 않을 거예요.”

“당연하지. 난 책임을 질 만한 일은 하지 않았으니까.”

공주가 방어적으로 말했다. 금화가 깊게 고개를 숙여 절을 했다.

“걱정하지 마세요. 저하께서 원하시는 대로 모두 이루어질 테니까요.”

공주는 못마땅한 눈으로 그녀를 쳐다봤다. 트집을 잡으려고 해도 아는 게 없으니 망설이는 거였다. 고개를 든 금화가 문득 생각났다는 것처럼 말했다.

“어머, 이러다가 야유회에 늦으시겠어요. 어서 가보셔야 하지 않나요?”

“네 뜻대로 움직이는 것도 오늘이 마지막이야.”

신경질적으로 말한 공주가 몸을 돌려 방을 떠났다.

금화는 차가운 눈으로 그녀를 노려봤다. 고작 모임 몇 개에 참석하면서 대단한 성의라도 베푸는 양 구는 것이 같잖았다.

“기껏 생각해줬더니. 인간이란.”

혀를 찬 금화가 제자리에서 빙글 몸을 돌렸다. 어느새 그녀의 모습은 공주와 똑같이 변해 있었다. 곱슬곱슬한 금발을 쓸어 넘긴 금화가 웃었다.

"네 도움 따윈 처음부터 필요 없었다고."


강물이 출렁거렸다.

바람이 불 때마다 물에서 소곤소곤 속삭이는 소리가 났다. 고개를 숙인 거북이 술렁이는 물에 후우 숨을 불어넣었다. 거북의 숨결이 스칠 때마다 퐁퐁 연꽃이 피어났다. 바람에 밀려간 연꽃이 수면에 떠 있는 아란을 감쌌다. 연꽃의 주변에서 부글부글 거품이 일었다.

─ 됐네. 이 정도면 부정이 잡혔을 거야.

거북의 말에 안심한 로이드가 어깨를 축 늘어뜨렸다. 비틀거리며 강가에 주저앉는 그를 보고 거북이 껄껄 웃었다.

─ 당장 치료하라고 날 윽박지를 땐 언제고. 이제 와 약한 척하긴가?

"……죄송합니다. 경황이 없어서."

로이드가 민망한 얼굴로 말했다. 거북을 찾아오는 데도 시간이꽤 걸려서 이성을 잃고 말았다. 마른세수를 한 그가 물었다.

"아란은 이제 괜찮은 겁니까?"

─ 피가 묻자마자 씻어내서 다행이었네. 며칠만 정양하면 다시 팔팔해질 거야.

거북은 보기보단 심각한 상태가 아니었다고 했다. 면목이 없었던 로이드가 고개를 숙였다.

"드릴 말씀이 없습니다. 이런 일이 없도록 아란을 지켰어야 했는데."

- 요괴에 맞서고도 살아남아서 다행이네. 막아내기까지 했으니 오히려 칭찬을 받아야지.

거북의 위로에도 무거운 마음은 풀리지 않았다. 이번에는 운이 좋아 막을 수 있었던 것에 불과했다. 거북의 힘을 빌리지 않았다면 분명 자신이 죽었을 터였다.

"귀왕은 요괴보다 강하겠지요?"

- 비교할 수 없을 정도지.

"습격한 것이 귀왕이 아니라서 다행이군요."

- 아니지, 강하니까 쉬이 움직일 수 없는 거라네.

거북이 빙그레 웃으며 말했다. 무슨 뜻인지 알 수 없었던 로이드가 미간을 찌푸렸다. 거북이 재미있다는 얼굴로 말을 이었다.

- 천신은 선인보다 강하네. 하지만 천신은 지상의 일에 개입할 수가 없어. 만약 개입한다면 그만큼의 대가를 치러야 하지. 귀왕 역시 마찬가지야.

"아란의 정체를 알아도 가만히 있을까요?"

- 글쎄, 그건 장담을 못 하겠군. 하지만 분명 이번 일엔 귀왕이 개입하지 않았을 거야. 원한을 풀기 위해 인간을 끌어들이다니, 그런 짓을 하는 귀왕은 없네.

로이드 역시 거북의 말에 동의했다. 그가 귀왕이라도 직접 복수를 하지, 남의 손을 빌리진 않을 터였다.

"그럼 귀왕은 아란에 대해 모른다고 봐야겠군요."

- 그렇지. 언제까지 모를지는 하늘만이 아시겠지만.

거북이 조금 씁쓸하게 답했다. 로이드는 강물 위를 떠다니는 아란을 바라봤다. 연꽃에 감싸인 소녀의 모습은 신비롭고 아름다웠다. 그는 혼잣말처럼 중얼거렸다.

"지키고 싶습니다. 그런데 지키지 못할까 봐 두렵습니다."

— 왜 지키고 싶은가?

로이드의 말에 거북이 되물었다. 당황한 로이드가 거북을 바라봤다. 하지만 거북은 진지한 얼굴로 말을 이었다.

— 둘이 만난 시간도 그리 길지 않았고, 남에게 동정을 베풀 정도로 자네가 따스한 성품도 아니지. 첫눈에 반하기엔 란아의 모습이 너무 어리고. 무엇 때문에 목숨을 걸고 란아를 지키려 하는지 궁금하군.

"……저는,"

멈칫한 로이드가 주먹을 꽉 쥐었다 폈다. 속을 헤집는 것 같은 거북의 시선에서 도망치고 싶었다. 그는 떨어지지 않는 입술을 움직였다.

"아란은 절대 저를 속이거나 배신하지 않을 겁니다. 그래서 저도 그녀를 배신하지 않겠다고 생각했습니다. 아란은 제게 특별한 존재입니다. 목숨이 위험하다고 저버리고 싶지 않습니다."

— 란아가 자네를 배신하지 않을 거라고? 왜 그렇게 생각하나?

거북이 고개를 갸웃하며 물었다. 로이드는 순간적으로 할 말을 잃었다.

— 선인은 거짓말을 못 하지. 하지만 그게 남을 속일 수 없다는 말은 아니야. 선인 또한 남을 속이고 배신하기도 하네.

"그래도 아란은 그러지 않을 겁니다."

로이드는 고집스럽게 말했다. 거북이 씨익 웃었다.

─ 란아가 특별한 게 아니라 자네의 믿음이 란아를 특별하게 한 거겠지. 절대적인 신뢰라니, 과연 뜨겁구먼.

로이드의 얼굴은 벌겋게 달아올랐다. 그는 총으로 손을 뻗지 않기 위해 애쓰며 말했다.

"무라 님도 그렇고, 두 분은 왜 자꾸 절 놀려먹으려고 하십니까."

─ 이런, 오해했군. 자네를 놀린 것이 아니야. 내 나름대로는 진지한 물음이었네.

한숨을 쉰 거북이 몸을 움츠렸다. 머리를 제외한 사지가 등껍질 속으로 숨어들었다.

─ 이걸로 정말 안심하고 란아를 맡길 수 있겠어.

"괜찮으십니까?"

로이드는 거북의 상태가 안 좋다는 것을 깨달았다. 눈을 껌뻑인 거북이 장난스럽게 말했다.

─ 조금 피곤할 뿐이야. 천기를 거스르고도 이 정도 대가라면 아주 싼 편이지.

"제가 아란을 치료해달라고 해서⋯⋯."

─ 신경 쓰지 말게. 내가 이곳에 와 있는 것 자체가 천기에서 벗어난 일이니. 그래도 조금 더 돕고 싶었는데 이제 슬슬 한계가 오는 것 같군.

거북의 목소리가 속삭이는 것처럼 잦아들었다.

─ 자네에게 이야기하지 않은 게 있네. 청원진군이 묵림의 아내와 자식을 지키지 못한 이유. 그건 내 동생인 능파선 때문이었네.

능파선은 아란의 양어머니인 용궁 공주였다. 로이드는 뭐라고 반응해야 할지 몰라 침묵했다.

　- 내 동생은 진군을 짝사랑하다 못해 상사병을 앓았어. 보다 못한 내 부친이 상제께 무릎 꿇고 애원하여 진군에게 시집보냈네. 하지만 능파선은 심하게 남편에게 집착했고, 그게 부부 사이를 벌어지게 했지.

　용궁의 금지옥엽으로 살아온 능파선에게 남편의 냉대는 참기 힘든 일이었다. 결국, 그녀는 마음의 병을 앓기 시작했다. 하계로 자주 내려가는 진군을 의심한 능파선은 남편이 밤늦도록 돌아오지 않자 자살소동을 벌였다. 놀란 진군은 묵림의 가족을 부관에게 맡긴 채 선계로 돌아갔고, 그날 밤 참사가 일어났다.

　- 부끄럽고 또 부끄러운 일이야. 내 동생의 질투로 얼마나 많은 이가 상처 입었는지, 이 죄를 어떻게 해야 할지 알 수가 없었네.

　거북이 침통하게 중얼거렸다. 그는 애정 어린 눈으로 아란을 보며 말을 이었다.

　- 그런데 란아가 우리에게 왔다네.

　능파선에게 화가 난 왕모는 그녀에게 직접 아란을 키울 것을 명했다. 처음엔 저항하던 능파선도 차츰 아이에게 빠져 애정을 쏟기 시작했다. 하지만 아란은 무척 더디게 자라는 아기였다. 두 발로 서서 아장아장 걸어다닐 때까지 무려 50년의 세월이 걸렸다. 육아로 바쁜 능파선은 남편에게 집착할 시간도 없었다.

　그것이 이혼을 요구하던 진군의 마음을 돌렸다. 힘을 합쳐 아이를 키우다 보니 전과 다른 방식으로 서로를 보게 된 것이다. 금이 갔던 부부 사이도 차츰 좋아졌고, 능파선의 병도 나았다. 이렇게 되자 용궁의 모든 이들은 아란을 구세주처럼 여겼다. 특히 용왕은 친손녀보다 아란을 더 아낄 정도였다.

－내 동생으로 인해 모든 것을 잃은 란아가 그 애를 구해준 거야. 이상한 일이 아닌가.

"……아란이 왜 친부모를 잃었는지, 그분은 알고 계십니까?"

－모르네. 란아를 친자식처럼 사랑하는 것을 보고 누구도 말할 용기를 내지 못했어.

거북이 고개를 저었다. 떨떠름한 로이드의 얼굴을 보고 미소 지은 그가 후우 하고 숨결을 내뿜었다. 그러자 아란을 둘러싼 연꽃이 비눗방울처럼 흩어졌다. 거품에 휩싸인 아란의 몸이 둥실 떠올라 로이드의 앞으로 날아왔다.

－하지만 죄책감이나 부채감만으로 란아를 아낀 것은 아닐세. 알다시피 무척 사랑스러운 아이잖나. 그렇지?

자리에서 일어난 로이드가 꽃다발처럼 아란을 받아 안았다. 그는 잠든 아란을 꽉 끌어안는 것으로 대답을 대신했다.

거북이 속삭이듯 말했다.

－믿음은 거울보다 빛나지만, 더 깨지기 쉽지. 지금의 마음을 소중히 하게나. 인간의 몸으로 귀왕을 막을 길은 그것뿐이니까.

"믿으라고요?"

반사적으로 되물은 로이드는 잠에 빠진 거북을 발견했다. 눈을 감은 거북은 오래된 바위 같아 보였다. 로이드는 그가 최선을 다해 자신을 도왔음을 깨달았다.

"감사합니다."

깊게 고개를 숙인 로이드가 몸을 돌려 강가를 벗어났다. 멀찍이 떨어진 곳에서 모닥불을 피우고 노닥거리던 기사들이 벌떡 일어섰다. 그들은 걱정스러운 눈으로 주춤주춤 다가와 물었다.

"황녀님은 이제 괜찮으십니까?"

로이드가 고개를 끄떡이자 기사들의 얼굴에 화색이 돌아왔다. 그들은 기다렸다는 듯이 엄살을 부리기 시작했다.

"아이고, 진짜 기다리다가 죽는 줄 알았습니다."

"등가죽이랑 뱃가죽이 붙어서 인사하지 말입니다."

"주구운! 배가 고파요! 술이 고파요!"

시끄럽게 꽥꽥거리는 목소리에 움찔한 아란이 깨어났다. 당황한 로이드가 그녀를 다독이며 기사들을 노려봤다. 놀란 기사들이 일제히 입을 틀어막았다.

"……백작님?"

졸린 눈을 비빈 아란이 그를 찾았다. 로이드는 그녀의 머리를 살살 쓰다듬었다.

"여기 있습니다. 좀 괜찮으십니까?"

"네, 정말 좋은 꿈을 꿨어요."

아란이 몽롱한 얼굴로 속삭였다. 반쯤 감긴 눈이 여전히 꿈속에서 헤매는 것 같았다. 로이드는 그녀를 품에 기대게 하며 물었다.

"무슨 꿈이요?"

"백작님이랑 같이 선계로 돌아가는 꿈이요."

아란이 부끄러운 듯 말했다. 로이드는 뭐라고 말할 수 없는 기분이 되었다. 아란이 선계로 돌아가고 싶어 한다는 것은 알고 있었다. 하지만 이제 그와 함께 돌아가는 꿈을 꾸고 그게 좋았다고 말한다. 몽글몽글한 것이 차오르는 기분에 그는 저도 모르게 미소 지었다.

"좋은 꿈이군요. 언젠가 정말 가볼 수 있었으면 좋겠습니다."

그곳에서 자신은 초대받지 않은 까마귀처럼 보일 테지만, 아란이 기뻐한다면 상관없었다. 로이드의 말에 수줍게 웃은 아란이 그의 목을 꼭 끌어안았다. 거북의 말처럼 거울보다 빛나는 미소였다.


"자, 아 하세요."

로이드는 주방장이 공들여 깎은 사과를 콕 찍어 아란의 앞에 내밀었다. 얼굴이 토마토처럼 붉어진 아란이 고개를 휘저었다. 고문당하는 그녀를 보다 못한 제임스가 말했다.

"황녀님 좀 그만 괴롭히세요. 보기 안 좋습니다."

"괴롭히는 거 아닌데?"

의아하게 말한 로이드가 블루베리로 다시 시도했다. 하지만 아란은 이번에도 고개를 저어 거부했다. 로이드가 혀를 찼다.

"아란, 편식하면 안 됩니다. 초콜릿은 나중에 먹어요."

"초, 초콜릿 때문에 그러는 거 아니에요!"

울상이 된 아란이 항의했다. 로이드는 그녀의 입술에 블루베리를 쏙 밀어 넣었다. 놀라 입을 가린 아란이 주변의 눈치를 살폈다. 난처해하는 그녀를 보고 시종들이 슬며시 웃었다.

"그러다 체하신다고요! 마음 편히 드시게 좀 내버려두세요!"

로이드의 손에서 포크를 뺏은 제임스가 시종에게 눈짓했다. 시종이 아란의 앞에 새로운 식기를 세팅했다. 안도한 아란이 얼른 포크를 들었다. 직접 먹여주지 못해 조금 서운했지만, 오물오물 먹는 모습이 퍽 귀여웠다. 넋을 놓은 로이드의 등을 포크로 쿡 찌른 제임스가 아란에게 말했다.

"황녀님, 백작님은 제가 치워드리겠습니다. 편하게 식사하십시오."

"아."

한창 석류를 공략 중이던 아란이 고개를 들었다. 순간 미안한 표정이 된 그녀가 로이드를 바라봤다.

"전 이제 괜찮아요. 백작님. 어서 가보세요."

"아란."

"오늘 있었던 일 때문에 바쁘시잖아요. 도와드릴 일이 있으면 뭐든 말해주세요."

로이드는 한숨을 쉬었다. 식사를 마칠 때까진 함께 있고 싶었는데 되는 일이 없었다. 원망스러운 눈으로 제임스를 노려본 그가 자리에서 일어났다.

"금방 돌아오겠습니다."

아란은 말없이 생긋 웃었다. 지키지 못할 약속은 하지 말라는 것 같아 마음이 무거웠다. 로이드는 제임스를 질질 끌다시피 하며 집무실로 향했다. 그는 거의 따지듯이 말했다.

"그런 말을 꼭 그때 해야 하나?"

"그럼 언제 합니까? 식사 다 하시고 나면 주무실 때까지 옆에 붙어 있으실 거잖아요."

제임스가 부루퉁하게 말했다. 할 말이 없었던 로이드는 그냥 책상으로 가서 앉았다. 제임스가 부지런히 서류를 분류해 그의 앞에 놓았다. 서류의 앞부분만 흘어본 로이드가 물었다.

"어떻게 됐지?"

"증언이 갈립니다. 사절단의 주장과 공주 저하의 행적이 일치하지 않아요."

사절단은 공주가 직접 숙소로 찾아왔다고 증언했다. 하지만 그 시간에 공주는 구휼병원에서 봉사 중이었다. 병원과 숙소 사이의 거리는 꽤 멀어서 빠르게 오갈 수도 없었다.

"목격자가 수십이 넘습니다. 중간에 자리를 비운 적도 없고, 봉사가 끝난 후에는 바로 사교모임에 참석하셨다고 합니다."

"공주가 동시에 두 곳에 존재했거나 하나는 가짜였다는 거군."

이번 일로 공주를 엮어 넣긴 힘들 거라 생각했지만, 이젠 거의 불가능하게 되어버렸다. 하긴 로이드 역시 공주와 요괴가 결탁했을 거라곤 상상도 못 했다. 총을 가져간 것도 만일에 대비해서지 요괴의 공격을 예상한 건 아니었다.

"사망자가 나왔으니 사절단에선 이번 일을 쉽게 넘기려고 하지 않을 거다. 당연히 전하께 책임을 묻겠지. 하지만 전하께서는 그런 지시를 내린 적이 없을 테니 부정하실 거고. 곧 시끄러워지겠군."

로이드는 서류를 흘어놓고 생각을 정리해봤다. 공격당한 것이 황녀니 자칫하면 국가 간의 분쟁으로 번질 수도 있는 일이었다. 왕은 당연히 사태를 축소하고 싶어 할 것이다.

"전하로선 기사가 황녀를 습격한 일을 은폐하고 요괴의 책임으로 모두 넘기는 것이 최선이야. 동대륙에서 황녀를 따라온 뭔가가 습격했고, 그 과정에서 병사들이 희생당한 걸로 포장하는 거지.”

“사절단이 그걸 받아들일까요?”

“그들이 지금의 주장을 고수한다면 그건 공주와 왕실을 모욕하는 거야. 전하께서도 물러설 수 없는 상황이 되겠지. 그리고 사절단 역시 분쟁까지 갈 생각은 없어. 그들의 임무는 아란을 이곳의 사람과 혼인시키는 거니까. 적당한 선에서 멈출 거다.”

로이드는 미간을 꾹꾹 눌렀다. 가짜 공주 행세로 사절단을 자극하고, 병사들을 동원해 아란을 죽이라고 사주한 자가 있었다. 공주의 뒤에 숨어서 요괴를 움직일 수 있는 놈. 그런 놈이 아란을 쉽게 포기할 거란 생각은 들지 않았다.

“찾아내야 하는데 시간이 없어.”

“그럼 황녀님과 노닥거리는 시간을 좀 줄이세요.”

제임스가 한심하다는 얼굴로 말했다. 픽 웃은 로이드가 책상을 두드렸다.

“전하께서 날 쳐내는 상황을 대비해야겠어.”

“네? 그건 또 무슨 뜬금없는 소립니까?”

제임스가 질색하며 말했다. 로이드는 대답하지 않았다. 애초에 이런 일이 공정하고 깨끗하게 해결될 리가 없었다. 하나의 희생양을 만들어 쳐내는 것이 정석이었다. 그리고 지금 상황에서 가장 적절한 희생양은 자신이다.

“당장 움직일 수 있는 자금이 얼마나 되지? 묶일 수 있는 재산은 다 처분해. 빨리 팔리지 않는 건 내버려두고, 현금화할 수 있는 것부터."

"아니, 잠깐만요. 진심이세요?"

제임스가 당황한 얼굴로 되물었다. 로이드는 한숨을 쉬었다.

"전하께서 나와 아란을 혼인시키려고 한 건 정벌 때문이었지. 정벌 가능성이 불확실해진 지금은 혼인을 미룰 기회를 노리고 계셨을 거다. 그런데 이번 일이 터졌지. 그리고 전하께는 더 나은 선택지가 있어."

"더 나은 선택지라면……."

"날 쳐내고 조슈아 왕자의 아들인 필립과 아란을 혼인시키는 거지. 지금으로선 그쪽이 더 이득이거든."

찰스 왕태자에겐 두 딸이 있을 뿐 아직 아들이 없었다. 반면 필립은 병약하지만, 루스의 공주인 마리아의 아들이었다. 만약 필립이 루스의 왕실에서 약혼녀를 얻는다면 왕태자의 걸림돌이 될 수도 있었다. 그런 의미에서 아란은 부유하면서도 발목을 잡을 리도 없는 훌륭한 신붓감이다.

"정말, 정말 전하께서 백작님을 쳐내실까요?"

"그럴 가능성이 크다는 말이야. 안 그러길 바라야지."

로이드가 왕이라고 해도 같은 선택을 할 터였다. 제임스가 울상으로 말했다.

"그런 이야기를 왜 그렇게 덤덤하게 하십니까? 정떨어지게."

"뭐?"

"이럴 땐 좀 불안해하거나 화를 내거나 그래야 하는 거 아닙니까. 백작님이 지금까지 전하를 위해 한 일이 얼마인데, 배신감도 안 드시냐고요."

멈칫한 로이드가 턱을 쓸었다. 얼마 전의 자신이라면 그랬을지도 모른다. 하지만 지금의 그는 놀라울 정도로 아무렇지도 않았다. 로이드는 모르는 사이에 자신이 꽤 변했음을 깨달았다. 그는 피식 웃으며 말했다.

"그런 곳에 쓸 시간이 없어. 나중에 혼자 있을 때 느껴보지."

한숨을 쉰 제임스가 빠르게 메모를 시작했다. 둘은 잠시 자금을 정리하고 숨기는 방법에 대해 의논했다. 로이드는 문득 생각난 것처럼 덧붙였다.

"혹시 모르니까 배를 한 척 준비해둬."

"배요?"

"최악의 상황에서 아란이 탈출할 방법은 만들어줘야 하니까."

"황녀님을 빼돌리면 사형으로 끝나지 않는 거 아시죠?"

제임스가 의심스러운 눈으로 그를 노려보며 말했다. 로이드는 어깨를 으쓱했다. 제임스는 나도 모르겠다는 표정으로 마저 메모했다.

간단한 대비책을 세우고 의논을 하는 것만으로도 시간이 훌쩍 지나갔다. 밖이 캄캄해질 때가 되어서야 집무실을 나선 로이드는 아란의 방으로 향했다. 자고 있나 싶어 망설였지만, 가볍게 노크하자 달칵 문이 열렸다. 급히 달려온 것 같은 아란이 그를 올려다보았다.

"일은 끝나셨어요?"

"피곤하진 않습니까?"

동시에 나온 말에 로이드가 피식 웃었다. 마주 수줍게 웃은 아란이 그의 손을 잡아당겼다. 로이드는 선선히 안으로 들어섰다. 아란이 걱정스럽게 말했다.

"백작님이 더 피곤해 보이세요. 제가 도와드릴 일은 없어요?"

잠시 망설이던 로이드가 들고 있던 상자를 그녀에게 내밀었다. 아란이 고개를 갸웃했다. 뭐냐고 묻는 시선에 로이드가 말했다.

"이건 저를 위한 선물입니다."

"네?"

"아란, 지금이라도 소원을 바꿀 수 있겠습니까?"

로이드가 아란에게 빈 소원은 자신과 혼인해달라는 것이었다. 당황해서 눈을 깜빡인 아란이 손을 꼼지락거렸다.

"……바꾸고 싶으세요?"

"예."

로이드의 대답에 아란이 어쩔 줄 몰라 하는 얼굴이 됐다. 그녀는 거의 들리지 않을 정도로 조그맣게 말했다.

"가능해요."

"다행이군요."

아란의 앞에 무릎을 꿇은 로이드가 상자를 열었다. 안에 들어 있던 것이 화려하게 반짝였다. 열두 개의 커다란 사파이어와 수많은 다이아몬드로 장식된 목걸이였다. 아란이 영문을 모르겠다는 눈으로 그를 바라봤다. 로이드는 상자를 그녀 쪽으로 내밀었다.

"당신이 원래의 모습이 되었을 때, 저를 위해 이 목걸이를 걸어주길 바랍니다. 그게 저의 소원입니다."

120년 후일 것이고 자신은 영영 보지 못할 테지만, 그래도 상관 없었다. 로이드는 아란에게 자유를 선물하고 싶었다.

한참을 침묵하던 아란이 그에게 물었다.

"그게 정말 백작님의 소원인가요?"

"예."

로이드는 흔들림 없이 말했다. 입술을 깨문 아란이 그의 손목을 낚아챘다. 굉장한 힘으로 자리에서 일으켜진 로이드가 그녀에게 끌려갔다.

"아, 아란?"

"따라오세요."

반박할 수 없는 어조로 말한 아란이 그를 끌고 가서 탁자에 손을 댔다. 로이드는 탁자 위에 풍경화 같은 것이 놓여 있는 걸 확인했다. 다음 순간 시야가 멋대로 일그러졌다.

어지러움에 잠깐 눈을 감았다 떴을 때, 주변의 풍경은 완전히 달라져 있었다. 바닥에는 금과 은을 섞은 것 같은 폭신한 풀이 있었고 처음 보는 나무와 꽃들이 주변에 가득했다. 해는 없지만, 사방이 환하고 향긋한 냄새가 나는 바람이 불었다.

'환상인가?'

로이드는 정신을 차리기 위해 팔을 꼬집고 혀를 깨물었다. 하지만 주변의 풍경엔 아무런 변화가 없었다. 이렇게 실감 나는 환상은 처음이었다.

"제가 살던 곳이에요. 백작님께 보여드리고 싶어서 그랬어요."

부드러운 목소리에 돌아보자 아란이 서 있었다. 어린 소녀의 모습이 아닌 아름답게 성장한 모습이었다. 그동안 꽤 익숙해졌다고 생각했지만, 환한 곳에서 보자 머리가 멍해지는 것 같았다. 로이드는 저도 모르게 중얼거렸다.

"······자랐군요."

"여긴 제 그림 속이니까요. 제가 원하는 모습으로 있을 수 있어요."

쓸쓸한 미소를 지은 아란이 말을 이었다.

"목걸이, 백작님이 직접 걸어주세요."

그제야 정신을 차린 로이드가 상자에서 목걸이를 꺼냈다. 아란은 조용히 그를 바라보고 있었다. 로이드는 조금 떨리는 손으로 그녀의 목에 목걸이를 걸어주었다. 한 발짝 물러나 아란의 모습을 확인한 그가 웃었다.

"제 생각보다 훨씬 아름답군요."

"정말 이걸로 만족하세요?"

아란이 떨리는 목소리로 물었다. 로이드는 다시 한 번 그녀의 모습을 새기며 끄덕였다.

"예, 만족합니다."

"백작님은······ 저와 혼인하기 싫어지셨어요?"

놀란 로이드는 아란을 바라봤다. 까만 눈이 상처받은 것처럼 떨리고 있었다. 그녀가 자신의 행동을 오해하고 있다는 것을 깨달은 로이드가 이마를 문질렀다.

"아란, 저는 소원으로 당신을 얽맨 것을 후회하지 않습니다. 그것 때문에 당신을 만났고, 당신이 얼마나 소중한지 깨달았으니까

요. 하지만 다른 남자가 같은 방법으로 당신을 차지하는 건 용납할
수 없더군요. 그래서 제가 먼저 소원을 써버리자고, 그렇게 생각한
겁니다."

로이드가 소원의 수혜자로 지정된 것은 정략혼인을 위해서였다.
만약 정략혼인의 상대가 바뀐다면 소원을 들어줄 사람도 바뀔 수
있었다. 로이드는 쓰게 웃었다.

"비겁한 방법이라는 건 압니다. 그래서 속셈을 감춰보려고 했는
데…… 잘 안 되는군요."

놀란 듯 눈을 깜빡인 아란이 한 걸음 그에게 다가왔다. 그녀가 속
삭이듯이 물었다.

"백작님께 제가 소중한가요?"

"예."

"저를 좋아하세요?"

순간적으로 말문이 막힌 로이드가 하늘을 바라봤다. 난처하게
숨을 몰아쉰 그가 물었다.

"아니라고 하면 나쁜 놈이 되고 그렇다고 하면 악당이 되는데, 어
떤 쪽이 좋습니까?"

"솔직한 쪽이요."

"그럼 악당이 되죠."

로이드의 대답에 환하게 웃은 아란이 그에게 달려들었다. 방심
하고 있던 로이드는 그녀에게 떠밀려 뒤에 있던 나무에 부딪혔다.
눈처럼 하얀 꽃잎이 어지럽게 휘날렸다. 그리고 꽃잎보다 부드러
운 것이 그의 입술에 닿았다. 눈앞이 아찔해진 로이드는 그대로 눈

을 감아버렸다.


로이드는 귀여운 여자를 좋아했다. 귀엽고 당찬 여자는 더 좋았다. 그리고 지금 그는 예쁘고 귀여운 데다 한 손으로 그를 휘두를 수 있는 아가씨에게 끌려다니고 있었다. 제정신이 아니었다는 소리다.

"저쪽으로 가면 요지궁이 있어요. 매일 이 다리를 건너서 심부름을 가는 게 제 일이었어요."

아란이 백옥을 깎아 만든 아치형 다리를 건너며 재잘거렸다. 로이드는 멍하게 고개를 끄덕였다. 아란이 그에게 한 걸음 더 다가섰다. 당황한 로이드가 고개를 돌렸다.

"무슨 생각을 그렇게 하세요?"

"그냥……."

대답을 못 하고 머뭇거리던 그는 더 가까워진 거리에 흠칫해서 물러섰다. 아란이 품 하고 웃음을 터트렸다. 얼굴이 붉어진 로이드가 항의했다.

"아란, 일부러 이러는 겁니까?"

"죄송해요. 백작님이 너무 당황하시니까, 저도 모르게 그랬어요."

아란이 장난스럽게 웃었다.

"항상 놀리는 건 백작님이고 부끄러워하는 건 저였잖아요. 그런데 백작님이 부끄러워하시니까 신기해서요."

"이건 부끄러운 게 아니라……."

저도 모르게 반박한 로이드가 멈칫했다. 민망함에 괜히 머리에 손을 올렸다 내렸다 하던 그가 말을 이었다.

"그, 익숙하지 않아서 그렇습니다."

"뭐가요?"

아란이 눈을 동그랗게 뜨고 물었다. 로이드는 먼 산을 바라봤다. 완벽한 이상형의 여자가 제가 준 선물을 목에 걸고 눈앞에서 왔다 갔다 하는 상황이다. 아무렇지도 않으면 그건 남자가 아니라 돌이었다. 하지만 구구절절 설명하자니 어쩐지 구차하게 느껴졌다. 말이 없는 그를 보던 아란이 웃었다.

"백작님은, 뭔가 더 능숙하실 줄 알았어요."

"네?"

"많이 겪어보셨을 테니까. 제가 고백해도 당연한 듯 웃어넘기실 줄 알았어요. 그래서 백작님이 당황하시는 게 좀 좋아요. 심술궂죠."

수줍게 말한 아란의 얼굴이 빨개졌다. 덩달아 얼굴이 붉어진 로이드가 말했다.

"저는, 그런 경험이 많은 편은 아닙니다."

"하지만 백작님은…… 가끔 굉장히 나쁜 남자 같아요."

"어떤 면에서요?"

"부끄러운 말도 아무렇지도 않게 하시고, 또 칭찬에도 익숙하시잖아요."

아란이 손을 꼼지락거리며 말했다. 로이드는 피식 웃어버렸다.

"어릴 때부터 궁정에서 구른 탓이죠. 귀부인들에게 붙잡혀 매일 희롱당하다 보면 싫어도 생존기술을 터득하게 됩니다."

"희롱이요?"

고개를 갸웃한 아란이 물었다. 차마 거기 답할 자신이 없었던 로이드는 말을 돌렸다.

"그래도 당신에게 했던 칭찬에 거짓은 없습니다. 믿어주십시오."

"네, 믿을게요."

아란이 속삭이듯 말했다. 로이드의 얼굴이 다시 붉어졌다. 생긋 웃은 아란이 그의 손을 잡았다. 로이드는 그녀의 손을 맞잡고 깍지까지 꼈다. 딱 붙은 손을 내려다보던 아란이 물었다.

"백작님은 정말 괜찮으세요?"

"뭐가 말입니까?"

"저는…… 어린애처럼 보이잖아요. 앞으로도 계속 그럴 거고요."

아란이 조금 자신 없다는 투로 중얼거렸다. 로이드가 장난스럽게 말했다.

"어른이니 깔보지 말라고 제 뺨까지 때리신 분이."

"그러지 않았어요! 그건, 그런 게 아니었잖아요."

아란이 당황해서 반박했다. 맞잡은 손에 힘을 준 로이드가 말을 이었다.

"그런 걸 신경 썼다면 당신을 좋아하지도 않았겠죠. 저는 당신이 어떤 모습이라도 좋고, 어떻게 변해도 좋아할 겁니다."

아란이라면 분명 할머니가 되어도 귀여울 것 같았다. 로이드는 쓸쓸하게 웃었다.

"아란, 함께 있지 못해도 제 마음은 변하지 않습니다. 기억해주십시오."

"왜 그런 말을 하세요?"

아란이 의아한 듯 물었다. 잠깐 망설이던 로이드는 그녀에게 앞으로 일어날 일에 대해 간단히 말해주었다. 당사자인 아란이 알아야 빠르게 대처할 수 있었다.

"당신은 이미 제 소원을 들어주셨습니다. 전하가 다른 이와의 혼인을 강요하면 이곳을 떠나 동대륙으로 가십시오. 가서 왕모님께 도움을 청하세요. 당신이 처한 상황을 들으면 분명 도와주실 겁니다."

"……."

"제임스에게 배를 준비해두라고 했습니다. 왕모님께 연락하지 못해도 괜찮습니다. 함께 가는 이들이 불편함이 없도록 당신을 돌봐줄 겁니다. 그러니……."

"저를 좋아한다고 하셨잖아요. 왜 포기하려고 하시는 거예요?"

아란이 이해할 수 없다는 듯이 물었다. 당황한 로이드가 말을 더듬었다.

"포기, 하는 게 아닙니다. 저는 단지……."

"저는 백작님이 좋아요. 그러니까 누가 백작님과 함께 있지 못하게 하면 싸울 거예요."

아란이 단호하게 말했다. 까만 눈에 직시 당한 로이드는 약간의 어지러움을 느꼈다. 입술을 앙다물고 그를 바라보던 아란이 한숨을 쉬었다.

"저는 지금까지 왕모님이나 어머니가 정해주신 대로 살았어요.

착한 아이가 되고 싶었어요. 절 주워주고 키워주셨으니까. 친자식도 아닌데 아끼고 사랑해주셨으니까. 아무도 그러라고 한 적 없지만, 그래야 할 것 같았어요."

"그건……."

저도 모르게 입을 열었던 로이드는 다시 침묵했다. 아란의 출생에 얽힌 비밀은 그라도 건드릴 수 없는 영역이었다.

"백작님을 좋아한 건 제 선택이에요. 그리고 전 백작님의 옆에 있기로 했어요. 처음으로 제가 정한 거예요. 그러니 최선을 다해 지키고 싶어요."

"…….'

"하지만 저 혼자는 안 돼요. 혼자서는 지킬 수가 없어요. 백작님, 포기하지 마세요. 저랑 같이 싸워주세요. 부탁이에요."

아란이 그의 팔을 붙잡으며 말했다. 로이드는 그녀의 간절한 얼굴에 넋을 잃었다. 아란이 이런 표정을 지으면 도저히 거부할 수가 없었다. 그는 홀린 듯이 말했다.

"예, 당신과 함께 싸우겠습니다."

아란의 얼굴이 환해졌다. 행복해하는 그녀를 보고 로이드도 행복했다. 그는 그녀의 얼굴로 손을 뻗으며 말했다.

"아란, 당신이야말로 괜찮습니까?

"네?"

"시간이 지나면 전 늙고 병들 겁니다. 제 옆에 있으면 괴로울지도 모릅니다."

로이드는 인간과 혼인한 귀왕을 생각했다. 그 역시 반려가 늙고 병들어가는 모습을 견딜 각오를 했을 것이다. 그런 짐을 아란에게 지워도 될지 확신이 들지 않았다. 그의 손에 얼굴을 부빈 아란이 속삭였다.

"백작님은 분명 나이가 들어도 멋질 거예요."

로이드는 시간이 허락하는 한 아란과 함께 있기로 했다. 만약 서로에게 견뎌야만 하는 관계가 된다면 그때 놓아줘도 늦진 않을 것이다. 지금은 그냥 아란이 약속하는 행복에 잠겨 있고 싶었다.

"저도, 백작님 얼굴 만져봐도 되나요?"

아란이 부끄러워하며 물었다. 로이드는 그녀를 번쩍 안아 올렸다. 달라진 눈높이에 잠깐 망설이던 아란이 손을 뻗었다. 로이드는 부드러운 손길이 뺨을 스치는 것을 느끼며 눈을 감았다.

"백작님을 처음 봤을 때, 은여우 같다고 생각했어요."

"……여우요?"

로이드에게 여우란 사냥터의 단골 메뉴나 마찬가지였다. 기왕이면 늑대나 사자 같은 멋진 동물로 봐주면 안 되나 싶었다. 불만스러운 반응에 아란이 웃었다.

"머리가 반짝반짝 빛나고 있었거든요. 그리고 괜히 심술부리는 것도 똑같고요."

최악의 첫 만남을 떠올린 로이드의 얼굴이 붉어졌다. 문전박대에 재수 없게 굴기까지 했으니, 아란이 그를 좋아해주는 것도 기적이었다. 로이드의 눈가를 쓰다듬은 아란이 말했다.

"눈도 굉장히 예뻐요."

"마음에 든다니 다행입니다."

로이드는 자신의 머리와 눈을 좋아하지 않았다. 어머니에게 물려받은 은발을 볼 때마다 사람들은 선왕의 정부에 대해 수군거렸다. 자신의 머리색이 어머니를 욕되게 하는 것 같아서 괴로웠다. 그리고 그의 금안은 왕가를 상징하는 색이었다. 로이드는 왕태자보다 더 선명한 금색 눈을 가지고 있었다. 선왕은 그의 눈을 자랑스러워했지만, 남들에겐 비웃음거리일 뿐이었다. 끔찍하게 싫었던 것임에도 아란이 좋다고 하자 좀 다르게 느껴졌다.

"당신의 여우니까 많이 예뻐해주십시오."

뻔뻔한 그의 말에 아란의 얼굴이 붉어졌다. 로이드는 부끄러워하는 그녀의 이마에 입술을 눌렀다. 아란이 조그맣게 속삭였다.

"어떻게 예뻐해줘야 해요?"

"이 여우는 자주 안아주고 뽀뽀해주는 걸 좋아합니다. 좋아한다고도 매일 말해줘야 합니다. 아니면 토라져서 심술을 부릴 겁니다."

로이드는 기왕 뻔뻔하게 군 것 발까지 뻗어보기로 했다. 자신이 하면 범죄지만, 아란이 해주면 애정표현이다. 이런 조건이라도 걸어놔야 말라 죽지 않고 잘 버틸 수 있을 것 같았다. 그리고 사실 순수한 진심이기도 했다. 얼굴이 홍시처럼 붉어진 아란이 말했다.

"생각보다 까다로운 여우네요."

"그래서 싫습니까?"

로이드의 되물음에 입술을 깨문 아란이 고개를 저었다. 그녀가 로이드의 목을 꼭 껴안으며 말했다.

"예뻐해드릴게요. 그러니 도망가지 마세요."

그건 로이드가 하고 싶은 말이었다. 그는 아란을 품속에 숨기듯 끌어안았다. 그녀가 날아가지 않고 옆에 있는 게 믿어지지 않아서, 꼭 꿈을 꾸고 있는 것 같았다.


다음 날, 로이드는 왕실위원회의 최고법정에서 소환장을 받았다.

황녀를 장미궁까지 수행하는 임무를 맡았던 '데일 칼슨'이 로이드를 고발한 것이다. 그는 로이드가 황녀를 빼앗긴 일에 불만을 품고 자신들을 습격했다고 주장했다. 그의 사촌인 루퍼트 맥그윈 역시 황녀가 납치당하는 것을 목격했다고 증언했다. 대귀족인 맥그윈 가문이 보증인으로 나서면서 최고법정이 열린 것이다.

"막장이군. 이렇게까지 본격적으로 나올 줄은 몰랐는데."

로이드는 순수하게 감탄했다. 무슨 일이 있어도 그를 찍어내겠다는 의지가 느껴졌다.

"사절단이 수행하는 병사들에게 공격당했다고 주장했지만, 위원회는 받아들이지 않았습니다. 백작님의 재판이 끝난 뒤에 조사하겠다고 한 모양이더군요."

제임스가 못마땅한 얼굴로 말했다. 로이드는 가볍게 책상을 두드렸다. 사절단은 로이드에게 불만을 품고 있었고, 왕이 새로운 약혼자를 내세우면 더는 그를 도우려 하지 않을 것이다.

"증인은 확보했나?"

"네, 그런데 지역이 지역이다 보니 출신이 나쁜 자들뿐입니다. 위원회에서 얼마나 인정해줄지 모르겠군요."

제임스가 자신 없다는 투로 말했다. 요괴를 직접 목격한 사람은 없지만, 큰 소란과 비명을 들었다는 이는 많았다. 그리고 소란이 끝난 뒤에야 로이드가 말을 몰고 그쪽으로 향했다는 증언도 얻었다. 문제는 이런 증언이 얼마나 실효가 있냐는 것이었다.

"맥그윈이 왜 설치는지부터 알아봐야겠다. 아마 공주와 관련이 있겠지만."

"맥그윈의 장남과 공주 저하와의 혼인을 노리는 게 아닌가 싶습니다."

"농담이지? 그게 가능할 리가 없잖아?"

로이드가 어처구니없다는 듯이 되물었다. 제임스는 어깨를 으쓱했다.

"공주 저하가 이그나시오 공에게 파혼당한 것은 유명한 이야기잖습니까. 정치적인 문제였지만, 공주 저하에게 흠이 있다는 소문 또한 만만찮았죠. 어떻게든 비벼보면 될 거라 생각했을지도 모릅니다."

로이드는 입을 다물었다. 이그나시오 공이 혼약을 파투 낸 것은 정치적인 문제가 아니었기 때문이다. 맥그윈이 그걸 알아챘다면 공주에게 들이대는 것도 무리는 아니었다.

"비열한 모습을 보여주긴 싫은데, 어째 그런 방법만 남은 것 같군."

"농담이시죠? 이건 결투가 아니라 재판입니다. 까딱하다간 목이 잘린다고요."

제임스가 어처구니없다는 듯이 말했다.

그때 똑똑 노크 소리와 함께 문이 열리더니 기사들이 빼꼼 고개를 내밀었다. 놈들이 싱글싱글 웃으며 말했다.

　　"주군, 어서 나와보셔야겠습니다."

　　"빨리요. 황녀님이 부르십니다."

　　음모를 꾸미는 악당 같은 얼굴에 한숨을 쉰 로이드가 자리에서 일어섰다. 그는 "거짓말이면 죽을 줄 알아." 하고 경고한 후 그들이 이끄는 대로 밖으로 향했다.

　　놀랍게도 기사들의 말은 거짓이 아니었다. 처음 보는 화려한 옷을 입은 아란이 층계참에 서서 그를 기다리고 있었다. 그리고 계단 아래에는 새파랗게 질린 사절단이 모여 있었다.

　　그들이 저택에 왔다는 소식을 듣지 못했던 로이드는 눈을 크게 떴다. 그를 발견한 사절단이 일제히 무릎을 꿇고 납작 엎드렸다. 바닥에 이마를 댄 이들이 한목소리로 뭔가를 외쳤다. 당황한 로이드는 제자리에 멈춰 섰다. 아란이 웃으며 그에게 손을 내밀었다.

　　"이리 오세요, 백작님."

　　"아란, 이게 무슨 일입니까?"

　　로이드가 서둘러 그녀의 손을 잡으며 물었다. 아란이 담담하게 그에 답했다.

　　"저는 백작님을 부군으로 인정했고, 다른 남편을 받아들이는 일은 없을 거라 말했어요."

　　기사들이 히죽거리며 그녀를 거들었다.

　　"예에, 말만 하셨죠. 그럼요."

　　새파랗게 질려 떨고 있는 사절단을 보면 뭔가 다른 일이 있었던 것 같지만, 딱히 궁금하진 않았다. 아란이 야무지게 말했다.

"제가 백작님을 지켜드릴게요. 걱정하지 마세요."

우습게도 그 말에 가슴이 설레고 말았다. 로이드는 그녀의 손을 꼭 쥐며 웃었다.

"그래요, 당신만 믿겠습니다."

「살아라, 묵림. 살아서 그들을 기다려.」

묵림은 눈을 떴다.

피와 연기와 재의 꿈. 오래전에 시작된 악몽은 어김없이 그를 찾아왔다. 갈증을 느끼고 손을 뻗은 그는 텅 빈 술병을 느끼곤 그대로 던져버렸다. 와장창 하고 부서지는 소리가 났다.

잠시 멍하게 앉아 있던 묵림은 무릎으로 흘러내린 목도리를 발견했다. 그는 조그마한 여우의 머리를 부드럽게 쓰다듬었다.

"솔아, 이번에도 늦어서 미안하구나."

꿈에서도 구해줄 수 없는 아이. 그는 매번 늦었고 아이는 죽어 있었다.

묵림은 천천히 기억을 더듬었다. 그리 오래된 일도 아닌데, 아내와 아이의 얼굴이 기억나지 않았다. 남아 있는 건 그저 사랑스러웠다는 느낌뿐이었다.

'아, 맞아. 눈이 까맸었지.'

꼬마 선인을 만난 후에 떠올린 기억이었다. 그의 아이도 꼬마 선인처럼 눈이 까맸다. 그래서 머루라고 이름을 지었다가 아내가 질색해서 푸른솔로 바꾸었다. 그리운 기억을 떠올린 그는 작게 웃었다. 그러다 문득 위화감을 느꼈다.

'이상하게 조용하군.'

술병이 깨지는 소리에 달려와 따박따박 잔소리를 할 홍령이나 눈물부터 짜낼 금화가 보이지 않았다. 묵림은 천천히 몸을 일으켰다. 공기가 이상하게 술렁이는 것이 느껴졌다. 이끌리듯 밖으로 나선 그는 텅 빈 복도를 가로질렀다.

현관 밖으로 나와서야 묵림은 자신을 부른 게 뭔지 깨달았다. 표범의 머리를 한 천신이 그를 기다리고 있었다. 시간을 거스른 것처럼 변함없는 모습이었다. 묵림은 천천히 계단을 내려가며 말했다.

"까치가 울지도 않았는데, 반가운 손님이 오셨군."

― 묵림.

"오랜만이구나, 무라."

그와 무라, 그리고 청원진군인 이랑은 어린 시절부터 함께한 친우였다. 그들은 어머니를 찾는 이랑을 도와 대륙을 떠돌았고, 선계에 든 뒤에도 함께 술잔을 기울였다. 변함없을 줄 알았던 우정에 금이 간 것은 묵림이 인간과 혼인하면서부터였다.

인간을 경멸하던 무라는 묵림을 이해하지 못했다. 그는 묵림이 천신의 자리까지 버리고 하계로 내려간 것에 분노했다. 묵림 또한 제 반려를 멸시하는 무라에게 실망했다. 이랑이 둘 사이를 오가며 화해시키려 애썼으나 결국 둘은 절교에 이르렀다.

평생을 함께해온 친우를 버리는 게 쉬울 리가 없었다. 하지만 아내는 사랑스러웠고, 아이는 날마다 무럭무럭 자랐다. 묵림은 그들을 보듬으며 친우에 대한 생각을 멀리 밀쳐놓았다. 달마다 찾아오는 이랑이 소식을 전하기 전엔 거의 떠올리지도 않았다.

그런데 어느 날 급히 찾아온 이랑이 부탁했다. 원정을 나섰던 무라가 심하게 다쳤다고, 그를 보고 싶어 하니 잠깐 가줄 수 없겠냐는 것이었다. 망설이던 묵림은 거절했다. 돌림병으로 인심이 흉흉하던 때였고, 떠돌이들이 근처에 나타나 신경을 쓰고 있던 참이었다.

그때 술상을 들고 들어온 아내가 어서 가보라고 그의 등을 떠밀었다. 늘 신경 쓰던 것을 안다고, 가서 화해하라고 웃으며 말하는 것에 못 이겨 집을 나섰다. 결국, 손을 흔드는 아내와 이랑의 품에 안겨 있던 아이가 묵림이 기억하는 마지막 모습이 되었다.

— 묵림, 너와 이랑은 나의 자랑이었다. 너는 누구보다 뛰어났고 우리 중에서도 앞서 있었지. 나는 너를 존경했고, 네가 언제나 내 앞에 있어주길 원했다.

잠시 과거를 떠올리던 묵림은 무라를 바라봤다. 무라가 떨리는 목소리로 말을 이었다.

— 그래서 네가 인간과 혼인하며 모든 것을 포기했을 때, 무척 화가 나고 실망했다. 네가 우리를 버렸다고 생각했어.

"버린 건 너였지."

묵림의 대꾸에 움찔한 무라가 어깨를 늘어뜨렸다. 그는 천천히 고개를 끄떡였다.

— 그래, 나는 항상 잘못된 답을 골랐지. 그래서 이번엔 옳은 답을 선택할 생각이다.

무라가 손을 떨치자 얼음으로 된 긴 창이 나타났다. 무라의 보패인 빙첨창이었다. 창의 주변에 서리가 맴돌기 시작했다. 묵림의 얼굴이 차가워졌다.

"그게 네가 선택한 답이냐?"

― 네가 타락하여 하늘을 저버린 모습을 보느니, 죽여서라도 편하게 해주겠다.

무라가 일그러진 얼굴로 말했다. 묵림이 코웃음을 쳤다.

"여전하군. 무라. 넌 인간을 사랑하는 나도, 귀왕이 된 나도 받아들이지 못하는 것뿐이다."

고지식한 무라는 항상 자신이 정한 틀에 남을 끼워 맞추곤 했다. 묵림은 그런 친우를 이해했지만, 때로는 귀찮게 여겼다. 차가운 비웃음에 무라는 이를 악물었다.

― 그때 내가 너를 부르지 않았다면. 아니, 돌아가려는 너를 붙잡지 않았다면…….

"닥쳐라!"

날카롭게 소리친 묵림이 손을 휘둘렀다. 어느새 그의 손에 들린 공작선이 강한 충격파를 일으켰다. 창을 휘둘러 그것을 막아낸 무라가 괴롭게 말했다.

― 내가 너를 망친 거다. 묵림. 이제라도 그걸 바로잡겠다.

살아 있으니 됐다며 얼굴만 보고 돌아서려는 묵림을 붙잡은 것이 무라였다. 배에 구멍이 뚫린 놈이 술을 마시자고 우기는 것에 져서 묵림 혼자 술독을 비웠다. 그대로 잠들지 않고 집으로 돌아갔다면, 그 일을 막을 수 있었을까. 하지만 가정 따위는 아무런 의미가 없었다.

"멍청한 놈. 헛생각이나 하고 있었군. 나는 너 때문에 귀왕이 된

게 아니다."

신경질적으로 내뱉은 묵림이 공작선을 휘둘렀다. 부채가 움직일
때마다 그와 똑같은 모습을 한 분신이 나타났다. 동시에 바닥에 닿
을 정도로 길던 그의 머리카락이 짧아졌다. 순식간에 아홉 명이 된
분신이 무라를 둘러쌌다.

"그래, 그동안 얼마나 강해졌는지 한번 볼까?"

묵림의 말이 끝나자마자 분신들이 일제히 무라에게 달려들었다.
무라가 이를 악물고 창을 휘둘렀다. 그의 창이 바람을 찢고 땅을 얼
렸다. 창에 찢긴 분신들이 하나둘 쓰러졌지만, 모두를 막아내는 것
은 불가능했다. 무라는 곧 수세에 몰렸다.

"못 보던 사이에 실력이 녹슬었구나."

팔짱을 낀 채로 그것을 지켜보던 묵림이 말했다. 잠깐 사이에 엉
망이 된 무라가 숨을 헐떡였다. 그동안 더 강해졌을 거라고는 생각
했지만, 꼬리에 휘둘려서 본체에 닿지도 못할 정도일 거라곤 상상
도 못 했다.

- 대체 어떻게……!

"천신은 무욕해야 하지만, 내겐 그런 한계가 없으니까. 절망에
사로잡혀 귀왕이 되면 끊임없이 절망하는 것만으로도 강해지거
든."

묵림이 웃었다. 전혀 웃는 것처럼 보이지 않는 미소였다. 그의 몸
에서 흘러나온 요기가 공기를 불태우고 사방을 푸르게 물들였다.
새카맣게 물든 땅이 진흙처럼 무라의 몸을 빨아들였다.

무라는 땅을 얼리며 저항했지만, 분신의 공격을 막으며 동시에

발을 빼기란 어려운 일이었다. 결국, 그는 허리까지 땅에 박히고 말았다. 그의 앞으로 다가간 묵림이 물었다.

"한 가지 궁금한 점이 있는데, 꼬마 선인의 정체는 뭐지?"

— ……

"용궁의 첫째 왕자가 수호하고, 무라 네가 직접 찾아올 정도로 친분 있는 선인이라."

공작선을 가볍게 살랑거린 묵림이 웃었다.

"능파선이 아이를 낳았나?"

뻣뻣이 굳어진 무라의 얼굴에 답이 적혀 있는 거나 마찬가지였다. 묵림의 눈에 한광이 돌았다.

"그래? 드디어 소원성취하셨군. 어렵게 얻은 아이니 더욱 귀했겠어."

— 안 돼! 묵림, 아란선인은……!

새파랗게 질린 무라가 외쳤다. 묵림이 싸늘하게 응수했다.

"이랑의 아이라. 확실히 저번의 인사로는 부족하군. 알려줘서 고맙다, 무라."

이를 악문 무라가 흙에 파묻힌 창을 들어 올렸다. 분신들이 그의 공격을 막기 위해 나섰다. 하지만 그보다 무라가 자신의 몸을 찌르는 것이 더 빨랐다. 다음 순간 그를 중심으로 냉기의 폭풍이 일어났다. 몸을 빼내려던 분신들이 거기 휘말려 얼음덩이가 되었다. 폭풍은 저택을 통째로 얼려버린 뒤에야 사라졌다.

"이런…… 미친 새끼가!"

얼음을 깨고 간신히 밖으로 기어 나온 묵림이 이를 갈았다. 휘말리기 직전 여우로 돌아가지 않았다면 꼼짝없이 얼음덩이가 될 뻔했다. 비틀거리며 일어선 그는 하얗게 얼어붙은 오른팔을 보고 헛웃음을 지었다.

"여전히 물불 안 가리는 놈이군."

보패를 잃고 오른팔을 움직이기 힘들게 됐지만, 고작 그것뿐이었다. 반면 가사상태에 빠진 무라는 당분간 깨어나기도 어려울 것이다. 어처구니없다고 생각하며 몸을 돌린 묵림은 멈칫했다. 분신인 꼬리가 부름에도 돌아오지 않았다. 얼음 속에 갇혀서 꼼짝도 못하게 된 것 같았다. 기분 탓인지 요력이 조금씩 빨려 나가는 느낌도 들었다.

'아, 녀석의 얼음에는 기운을 흡수하는 능력이 있었지.'

듣기만 하고 당해본 적은 없어서 빨리 깨닫지 못했다. 불쾌한 기분에 미간을 찌푸린 묵림이 젖은 목도리를 털었다. 요기로 목도리를 말려 목에 걸친 그가 여우의 머리를 쓰다듬었다.

"과거라."

부부연과 자식연은 삼생을 함께한다고 한다. 부부나 자식의 연을 맺으면 다시 태어나더라도 만날 수 있다는 뜻이다. 복수를 마친 묵림은 거기 기대어 동대륙을 헤매고 다녔다. 환생한 아내와 자식을 만나고 싶었다. 그가 기억하는 모습과는 다르겠지만, 그래도 상관없었다.

단 한 번이라도 다시 만날 수 있다면.

하지만 30년에 가까운 시간이 흐르는 동안 묵림은 그들을 찾지 못했다. 그는 포기하지 못하고 서대륙으로 건너왔다. 분명 같은 하늘 아래 그들이 있을 거라고 생각하면서.

기다림은 점차 체념이 되었다. 어쩌면 이미 만났는데 모르고 지나쳤는지도 모른다. 이름 없는 풀이나 작은 벌레로 태어나도 알아볼 수 있을 거라 생각했지만, 시간이 흐를수록 자신이 없어졌다. 그럴 때마다 묵림은 술을 마시고 모든 것을 잊었다.

"너는 찾지 못했는데 과거가 제 발로 찾아왔구나, 솔아."

한숨처럼 중얼거린 묵림이 고개를 들었다. 작고 반짝이는 선인의 기운이 그를 부르고 있었다. 그리고 흐릿한 요기도 그것과 함께 느껴졌다.

'금화?'

묵림은 의아하게 눈을 찌푸렸다. 웬일로 보이지 않는다 했더니, 꼬마 선인의 옆에서 얼쩡거리고 있었던 모양이다. 무슨 속셈으로 그러고 있는지는 뻔했다.

'항상 나를 위한다면서, 내가 원하지 않는 짓을 하지.'

쓴웃음을 지은 묵림이 걸음을 옮겼다. 등대처럼 반짝이는 기운을 향해서였다.


사절단은 거의 목숨을 걸고 재판에 압력을 넣었다.

아란이 로이드를 부군으로 칭하면서, 그는 '서성왕'이자 황실의 일원이 되었다. 로이드가 자국의 황족이 된 이상 사절단도 물러설 곳이 없었다. 로이드가 처벌당하면 황족의 명예가 땅에 떨어진다. 그들의 목이 모조리 날아갈 수도 있는 일이었다.

사절단은 할 수 있는 모든 방법을 동원하여 항의하기 시작했다.

얌전하던 이들이 날뛰기 시작하자 왕실위원회는 영문을 몰라 우왕 좌왕했다. 결국, 왕과 관료들만이 참석하는 재판에 사절단의 입회를 허락하고, 그들의 요구대로 황녀를 모신 채로 재판을 진행했다.

아란은 거기서 한술 더 떴다. 화려한 대례복 차림으로 나타난 그녀는 재판정 안을 쭉 둘러보았다. 관료 하나하나와 눈을 마주친 그녀가 입을 열었다.

"재판에 앞서 말씀드리겠어요. 저의 부군이신 백작님은 제국의 황족입니다. 반역에 준하는 죄가 아니라면 누구도 심판할 수 없는 고귀한 몸이세요. 하지만 백작님의 모국을 존중하여 이번만큼은 소환에 응하겠습니다."

아란의 눈에 새파란 빛이 감돌았다.

"하지만 명심하세요. 백작님을 모욕하는 것은 곧 저를 모욕하는 것이고, 나아가 제국의 황실을 모욕하는 것이에요. 여러분은 이 점을 염두에 두고 언사에 조심하시길 바라요."

말만 조심하라는 것이지 사실 닥치라는 것이나 다름없었다. 느닷없는 선언에 당황한 관료들이 입을 떡 벌렸다. 멍하게 있던 왕이 급하게 입을 열었다.

"황녀, 로이. 아니, 백작과는 아직 약혼관계고 그건 언제든 깨어질 수 있는……."

"제국에선 남녀가 같이 식사를 하고, 함께 잠을 자면 혼인한 것과 마찬가지로 여겨요. 왕께서는 지금 저의 정절을 모욕하셨어요. 모르고 한 일이니 한 번만 용서해드리겠어요."

아란이 또박또박 말했다. 그녀의 뒤에 버티고 선 사절단이 왕에게 눈을 부라렸다. 어떻게 그런 무엄한 말을 할 수 있냐는 얼굴이었다. 새로운 약혼자에 대한 말을 꺼냈을 때는 좋다고 달려들더니, 이제 와서 언제 그랬냐는 듯 안면을 바꿔버린다. 왕은 뭐 씹은 얼굴이 되어 입을 다물었다.

일이 이렇게 되자 관료들도 눈치를 보기 시작했다. 그들 중 일부는 맥그윈 가문의 사주를 받고 있었다. 재판에서 데일 칼슨의 편을 들고 대가를 받기로 한 것이다. 하지만 새파랗게 독이 오른 황녀를 건드릴 정도로 매력적인 대가는 아니었다.

그리고 맥그윈 가문과 관련이 없는 중립적인 관료들도 마찬가지였다. 황녀는 대놓고 로이드를 싸고돌 정도로 마음에 들어 하고 있었다. 이미 혼인이 성사된 거나 마찬가지인 분위기였다. 그럼 곧 동대륙과의 무역이 열릴 텐데, 로이드가 중심이 될 가능성이 컸다. 이런 상황에서 그와 척을 져서 좋을 게 없었다.

재판이 시작되기도 전에 결론이 난 것이나 마찬가지였다. 분위기를 휘어잡다 못해 두들겨 패서 제압해버린 아란이 사뿐사뿐 걸어가 자리에 앉았다. 사절단도 서둘러 착석했다. 왕이 의욕 없는 얼굴로 말했다.

"그럼 재판을 시작하지."

잠시 후 고소인인 데일 칼슨이 등장했다. 한껏 멋을 부린 모습으로 나타난 그는 넋이 나간 관료들을 보고 멈칫했다. 그를 본 사절단의 기세가 험악해졌다. 만국공통어인 욕설이 쏟아지기 시작했다. 정신을 차린 데일 칼슨이 재빨리 자리로 이동했다.

마지막으로 로이드가 나타났다. 웅성거리던 공기가 순간 찬물을 끼얹은 듯 조용해졌다. 관료들은 희대의 요부를 보는 눈으로 로이드를 쳐다봤다. 칼슨과 달리 로이드는 차분하고 단정한 차림이었다. 고발을 의식해 작은 장신구 하나도 달지 않았다.

그러나 '무대 위의 요정'으로 유명한 어머니에게 물려받은 외모는 옷차림과 관계없이 눈에 띄었다. 관료 중에선 과연 피는 못 속인다는 말을 중얼거리는 이도 있었다. 돌아가는 분위기를 파악한 로이드가 쓴웃음을 지었다. 아란이 걱정스러운 눈으로 그를 보고 있었다. 로이드는 얼른 장난스러운 미소를 지으며 그녀에게 손을 흔들었다. 아란이 수줍게 웃었다.

"정숙, 정숙해주십시오!"

진행관이 괜히 소리치며 끼어들었다. 로이드는 어깨를 으쓱하며 자리로 향했다.

로이드가 자리 잡자 진행관이 곧바로 고발서의 내용을 읽기 시작했다. 로이드가 황녀를 빼앗긴 것에 불만을 품고, 수행하는 병사들을 살해한 후 황녀를 납치했다는 내용이었다. 처음 들었을 때는 다소 그럴싸한 이야기였으나 이런 상황에선 얼토당토않은 거짓말로만 들렸다. 관료들이 저도 모르게 아란의 눈치를 살폈다.

읽기를 마친 진행관이 왕을 쳐다봤다. 어떻게 해야 할지 묻는 시선이었다. 왕이 어서 속행하라는 손짓을 하려는 순간이었다. 아란이 자리에서 발딱 일어났다. 이어서 사절단 전원이 자리에서 기립했다. 관료들의 시선이 일제히 아란에게 쏠렸다.

"한 가지 묻고 싶은 게 있어요."

재판을 참관 중인 아란에겐 발언권이 없었지만, 아무도 그녀를 막지 못했다. 아란이 데일 칼슨을 향해 물었다.

"왜 절 찾아오신 백작님을 막은 거죠? 백작님은 저의 부군이시고, 제 허락 없이는 아무도 막을 수 없어요."

"……예?"

당황한 칼슨이 주변을 둘러봤다. 하지만 그와 눈이 마주친 관료들은 모두 시선을 피했다. 마른침을 꿀꺽 삼킨 칼슨이 말했다.

"저, 저는 백작이 황녀님을 해칠까 봐 그걸 막으려고 했던 것뿐입니다."

"지금 제 부군께서 저를 해치려 했다고 말한 건가요?"

아란의 얼굴이 싸늘해졌다. 서릿발 같은 그녀의 기세에 당황한 칼슨이 입을 다물었다. 그의 발언을 전해 들은 사절단이 분개했다. 그들은 앞다투어 소리쳤다.

『무례한 자! 감히 어느 안전이라 그런 소리를 지껄이는가!』

『황족의 앞을 가로막고 무기를 들이대다니, 당장 참수해도 모자랄 중죄이거늘!』

아득바득 이를 가는 그들을 보고 칼슨은 일이 뜻대로 풀리지 않을 것을 깨달았다. 그는 도움을 청하듯 맥그윈 가주를 바라봤다. 하지만 그 역시 퍼렇게 질린 얼굴을 하고 있었다.

"왜 백작님이 저를 해칠 거라 생각하셨죠? 그건 당신의 판단인가요, 아니면 왕실의 판단인가요?"

"황녀!"

참다못한 왕이 입을 열었다. 하지만 아란은 그를 쳐다보지도 않았다. 아란의 시선에 시체 같은 안색으로 변한 칼슨이 떨리는 목소리로 말했다.

"제…… 개인적인 판단입니다."

"그렇군요."

아란이 부드럽게 미소 지었다. 그는 왕을 향해 미안한 듯 말했다.

"끼어들어서 죄송해요. 계속하세요."

아란이 다시 자리에 앉았다. 씩씩거리던 사절단도 얼른 착석했다. 어이없다는 눈으로 그걸 쳐다보던 왕이 로이드에게 시선을 돌렸다. 천하의 난봉꾼을 보는 눈이었다. 약간의 민망함을 느낀 로이드가 헛기침을 했다.

진행관의 부름에 자리에서 일어선 로이드는 차분하게 반론을 펼쳤다. 그는 괴물에게 습격당한 황녀의 일행을 구해냈을 뿐이라 항변했다. 그는 시민들의 증언이 담긴 서류를 제출한 후에 덧붙였다.

"칼슨 경이 왜 제가 행렬을 습격했다고 생각했는지 모르겠군요. 괴물이 너무 두려워서 착란상태에 빠진 것이 아닐까 합니다."

"백작은 계속 괴물의 존재를 주장하는데, 그걸 증명할 수 있습니까?"

관료 하나가 조심스럽게 물었다. 갖은 용기를 쥐어짜낸 것 같은 목소리였다. 로이드는 몹시 유감스럽다는 듯이 말했다.

"가까스로 놈들을 물리쳤지만, 사로잡는 것에는 실패했습니다. 하지만 함께 목격한 사절단과 괴물과 직접 싸우기까지 한 칼슨 경이 증언해줄 겁니다. 그렇지요, 칼슨 경?"

로이드의 말에 칼슨이 어깨를 흠칫했다. 그는 혼란스러운 눈으로 로이드를 바라봤다. 망설이던 칼슨이 급하게 말했다.

"마, 맞습니다! 괴물이, 괴물이 나타나서 사람들이 죽는 바람에…… 정신없는 와중에 백작을 보자 그만 행렬을 공격하는 것으로 여겼던 겁니다. 워낙 혼란스러운 상황이라 착각할 수밖에 없었습니다."

로이드는 만족스러운 미소를 지었다. 요괴는 아직 주머니 속에 들어 있었지만, 그걸 꺼내서 증명할 수는 없었다. 놈들은 아란의 약점을 알고 있었다. 그게 왕의 귀에 들어가선 안 되었다. 미래의 언젠가 왕이 아란의 목숨을 노릴 수도 있었다. 혹시 모를 가능성은 모두 배제하는 것이 좋았다.

"칼슨 경, 그럼 경이 착각했다는 겁니까?"

관료가 확인을 요구하듯 되물었다. 칼슨이 맹렬히 고개를 끄떡였다.

"예, 착각이었습니다. 고발은 취소하겠습니다. 죄송합니다."

"이런 일을 착각하다니, 너무 경솔한 것 아닌가!"

왕이 기다렸다는 듯이 역정을 냈다. 칼슨의 얼굴이 새파랗게 질렸다. 그때 사절단의 대표가 일어나 앞으로 나섰다. 그는 조금 어눌한 발음으로 말했다.

"이 일은 그의 잘못이 아니오."

이번만큼은 로이드도 놀랐다. 사절단 대표가 서대륙의 말을 할 수 있다는 것은 그도 처음 안 사실이었다. 대표는 느리지만 또렷한 말투로 말을 이었다.

"그도 나처럼 요괴에게 속은 것뿐이오. 나는 이곳의 공주와 똑같은 모습을 한 요괴를 만났소. 공주의 모습을 한 요괴는 자신이 왕

야의 아이를 임신했다며, 무엄하게도 황녀님께 파혼을 요구했소이
다."

"뭐라고?!"

왕이 자리에서 벌떡 일어섰다. 대표는 차가운 눈으로 그를 응시
했다.

"공주가 아니라 공주의 모습으로 둔갑한 요괴라 하였소. 나는 요
괴에게 속아 황녀님께 거처를 옮길 것을 주청드렸소. 그것이 요괴
의 술수임을 몰랐던 것이오. 만약 왕야께서 구해주지 않으셨다면
황녀님은 크게 다치셨을 것이 분명하오."

손을 모아 로이드에게 감사의 절을 한 대표가 칼슨을 바라봤다.

"그대도 공주의 모습을 한 요괴를 만났을 것이오. 그렇지 않소이
까?"

잠시 눈치를 보던 칼슨이 머리가 떨어져라 고개를 끄떡였다.

"그, 그렇습니다. 공주 저하께서 제게 백작을 경계하라 말씀하셨
습니다. 백작이 황녀님을 해치려 할지도 모른다고요. 그래서 제가
착각할 수밖에 없었던 겁니다."

정확히는 황녀를 죽이라는 명을 받았지만, 지금 그런 말을 할 수
는 없었다. 칼슨은 목숨이라도 건지기 위해서 필사적이었다. 만족
스러운 얼굴로 수염을 쓰다듬은 대표가 말했다.

"요괴는 두 나라의 화합을 경계하여 이번 일을 꾸민 것이오. 이건
반역이나 다름없소이다. 철저히 조사하여 그 요괴를 잡아내야 할
것이오."

"기꺼이 그렇게 하겠소."

왕이 노여운 기색을 거두며 말했다. 왕실기사가 황녀를 습격한 일이 무마되었으니 왕으로서도 좋은 일이었다.

하지만 대표의 말은 끝난 것이 아니었다.

"그럼 공주를 불러주시오. 요괴가 공주의 모습을 하고 나타났다는 것은 결코 간과할 수 없는 일. 우리는 그녀가 요괴와 관련이 없다는 것을 증명받아야겠소."

왕의 시선이 로이드를 향했다. 로이드는 미소를 짓지 않기 위해 노력해야 했다.

드디어 모든 이가 무대에 올랐다.


왕은 공주의 소환을 거부했지만, 사절단은 강경하게 나왔다. 그들은 '황녀 암살시도'에 대해 얼마든지 걸고넘어질 수 있다는 뜻을 표했다. 국가적인 분쟁도 피하지 않겠다는 의지에 왕의 얼굴이 딱딱하게 굳었다.

"공주 저하는 결백하십니다. 여기서 해명을 피하면 오히려 추문을 낳을지도 모릅니다. 이쯤에서 저하의 증언을 들어보는 게 어떻겠습니까."

맥그윈 가주가 사절단의 편을 들면서 분위기가 반전됐다. 이곳에 불려오는 것 자체가 추문임을 알면서 내뱉는 말이었다. 그로서는 공주의 가치가 떨어질수록 좋았다. 그래야 발이라도 뻗어볼 틈이 있었다.

사절단 대표가 얼른 그의 말을 받았다.

"옳은 말이오. 공주는 요괴에게 해를 입고 있을지도 모르오. 그럼 황녀님 외에는 도움을 주실 분이 없소이다. 공주를 위해서라도 어서 확인하는 것이 옳소."

"전하, 이번 일의 해명을 위해서라도 공주 저하를 모셔야겠습니다."

맥그윈을 따르는 관료들도 슬그머니 편승했다. 왕은 허탈한 눈으로 로이드를 바라봤다.

로이드가 어디까지 예상하고 판을 짰는지 모르지만, 맥그윈의 욕심 역시 계산에 들어 있었을 것이다. 명분에서도 밀리고 수 싸움에서도 밀렸다. 더 버텨봐야 우스워질 뿐이라는 것을 깨달은 왕이 공주를 불러오라 명했다.

결국, 공주가 소환되기까지는 한참의 시간이 걸렸다. 하지만 기다린 보람은 없었다. 파랗게 질린 얼굴로 나타난 공주는, 제 모습을 한 요괴가 저지른 짓을 듣자 그대로 혼절했다. 왕은 반시간의 휴정을 선언했다.

"아란!"

자리에서 벗어난 로이드가 아란에게 향했다. 그는 쏟아지는 시선을 무시한 채 약혼녀를 안고 휴게실로 도망쳤다. 수줍게 얼굴을 붉히고 있던 아란이 물었다.

"괜찮으세요?"

"예, 당신이 지켜줘서 괜찮습니다."

로이드가 무거운 관을 쓴 아란의 목을 조심조심 주물렀다. 보기는 아름다워도 쓰고 있는 처지에선 고생일 뿐이다. 미적거리며 나타난 공주에게 살심이 들 정도였다.

"죄송해요. 제가 백작님을 욕보인 것 같아요."

아란이 기운 없이 말했다. 놀란 로이드는 그녀와 눈을 마주했다.

"그럴 리가요. 왜 그런 생각을 합니까?"

"사람들이 백작님을 이상하게 쳐다봤잖아요. 제가, 제가 원한 건 이런 게 아니었는데."

울상이 된 아란이 손을 꼼지락거렸다. 황녀의 부군이라고, 귀한 사람이라고 말했는데도 사람들이 그를 요부 취급하자 속상했던 모양이다. 피식 웃은 로이드가 말했다.

"이런, 몰랐군요. 그건 질투의 시선입니다."

"질투요?"

"당신처럼 예쁜 여자가 제 편을 들어주니 질투할 수밖에요. 인생에서 승리한 남자만 누릴 수 있는 특권이라 전 아주 자랑스럽습니다. 오히려 더 질투해줬으면 좋겠군요."

아란이 입술을 꼭 깨물었다. 하지만 결국 참지 못하고 배시시 웃어버렸다. 그게 너무 사랑스러웠던 로이드는 그녀의 이마에 쪽쪽 입 맞췄다. 간지러웠는지 어깨를 움츠린 아란이 작게 웃었다. 그때 흠흠 헛기침 소리가 났다. 놀라 고개를 들자 민망한 표정의 왕이 보였다. 그는 곤혹스러운 얼굴로 아란에게 말했다.

"실례했소, 황녀. 잠시 로이와 이야기하고 싶은데, 자리를 비켜 줄……."

"싫어요."

아란이 딱 잘라 거절했다. 왕이 입을 벌린 채 굳어버렸다. 아란이 단호하게 말을 이었다.

“백작님을 해칠지도 모르잖아요. 비켜드릴 수 없어요.”

“아니, 내가 왜 조카를 해치겠소?”

왕이 어이없다는 듯이 되물었다. 그러자 아란은 질책하는 눈으로 그를 노려봤다. 찔리는 것이 있었던 왕은 헛기침을 했다. 보다 못한 로이드가 나섰다.

“아란, 전 괜찮습니다. 전하의 부탁을 들어주십시오.”

이 와중에도 부탁이라는 말에 힘을 주는 로이드였다. 그것을 알아챈 왕이 떨떠름한 표정을 지었다. 아란이 조금 망설이며 로이드를 바라봤다.

“하지만…….”

“전하께서 절 해치려고 하면 비명을 지르겠습니다. 그럼 얼른 달려와서 구해주십시오.”

로이드의 농담에 아란이 심각한 얼굴로 고개를 끄떡였다. 그녀는 한참을 주저하다가 “문 앞에 있을게요.” 하고 말한 후 밖으로 나섰다.

왕이 어처구니없다는 얼굴로 한숨을 쉬었다.

“너 정말…… 아니, 됐다. 어디까지 할 생각이냐?”

“테이블 밖에서 카드를 보여달라고 하시는 겁니까. 너무 불공평한데요.”

“이놈의 자식이, 나랑 정말 싸울 생각이냐!”

왕이 반항하는 자식에게 그러하듯 역정을 냈다. 로이드는 어깨를 으쓱했다.

“전하께서도 절 쳐낼 생각이셨잖습니까. 선수 필승이죠.”

"내가 진짜 널 쳐낼 것 같아?"

"예, 압니다. 호화로운 감옥에 감금해뒀다가 적당한 임무 몇 개 던져주고, 공을 세웠으니 풀어준다는 식으로 사면하시겠죠. 그리고 제가 아는 걸 전하가 아신다는 것도 압니다."

"그걸 아는 놈이 대체 왜 이러는 거냐!"

왕이 씩씩거리며 외쳤다. 그들은 서로를 너무 잘 알고 있었다. 왕의 자식들보다 로이드가 더 왕에 대해 잘 알고 속내를 짐작할 정도였다.

쓴웃음을 지은 로이드가 말했다.

"하지만 아란을 제게서 뺏으실 거잖습니까."

왕의 입이 꾹 다물렸다. 로이드가 차분하게 말을 이었다.

"형벌을 받거나 유배를 당하면 참았을 겁니다. 하지만 제 약혼녀를 빼앗기는 건 참을 수 없습니다. 그래서 그랬습니다."

"너 진짜 그 꼬마 때문에 이러는 거냐? 그래?"

왕이 못 믿겠다는 얼굴로 물었다. 워낙 외로운 아이니 황녀와 같이 있다가 정이 붙어 그런다고 생각했다. 하지만 이건 그런 수준이 아니었다. 로이드는 정말 사랑에 빠진 것처럼 굴고 있었다. 왕은 그런 조카가 낯설고 무섭기까지 했다.

로이드는 담담하게 말했다.

"전하, 아란은 제 반려이자 가족입니다. 또다시 제 가족을 빼앗지 마십시오."

"그게…… 무슨 소리냐?"

"어머니의 마차 사고. 전하와 관련 있다는 것을 압니다."

왕의 눈이 크게 벌어졌다. 그는 손까지 부르르 떨며 고개를 저었다.

"아니다! 대체 무슨 소리를 하는 거냐!"

"전하께서 현장을 수습하고 손을 쓰셨죠. 범인의 흔적도 지우셨더군요. 단순한 은폐인지 공모인지 모르겠지만, 너무 서투르셨습니다. 저라면 그렇게 인위적으로 처리하지 않았을 겁니다."

왕은 얼굴은 이제 거의 퍼레졌다. 그는 충격받은 눈으로 로이드를 보며 고개를 저었다.

"로이, 정말로 오해다. 내가, 내가 현장에 손을 댄 건 사실이야. 하지만 그건 어쩔 수 없는 일이었다. 정말로 어쩔 수가 없었어. 범인이 밝혀져도 네 어머니에게 해가 되었을 거다."

"알고 있습니다. 태후께서 손을 쓰신 게 알려져도 어쩔 수 없었겠죠."

로이드가 어깨를 으쓱했다. 왕이 탄식하듯 말했다.

"네 어머니는 좋은 여자였다. 형님께는 아까울 정도로 좋은 사람이었어. 평민이지만 어떤 귀부인보다 당당하고 멋진 사람이었지. 나는 그녀를 보호하려 했지만…… 모후께서 너무나 집요했다. 뒤늦게 알고 달려갔을 때는 늦어 있었어. 너무 늦었지."

왕은 몇 번이고 고개를 저었다. 로이드도 알고 있었다. 왕은 선왕보다 더 세심하게 어머니를 돌봐주었다. 공작 부인이던 제 아내와 어머니가 친분을 쌓도록 도왔고, 자식들과 사생아인 그를 한데 어울려 놀게 했다. 왕이 비호했기에 어머니의 면전에서 그녀를 멸시하는 사람은 없었다.

어머니의 유해를 수습하고 호화로운 묘지에 안장한 것도 왕이었다. 선왕이 작위를 주지 않아 묘지에 들 수도 없는 것을, 귀족들과 싸워가면서 강행했다.

로이드는 그것을 모두 기억하고 있었다.

"로이, 이 멍청한 녀석. 불쌍한 녀석아. 그렇게 생각하고 있었단 말이냐. 내가 네 어머니를 해쳤다고, 그렇게 믿었어?"

눈시울이 붉어진 왕이 로이드의 머리를 쓰다듬었다. 슬쩍 몸을 빼낸 로이드가 말했다.

"그럴 리가 없잖습니까. 제가 바봅니까? 어머니를 죽인 원수에게 충성을 다하게요?"

왕의 얼굴이 멍해졌다. 로이드는 뻔뻔한 표정으로 그를 바라봤다. 부르르 떨리는 손을 든 왕이 로이드의 머리통을 후려갈겼다. 휘청한 로이드가 죽는소리를 냈다.

"아, 전하. 진짜 아픕니다!"

"이놈! 장난칠 게, 장난칠 게 따로 있지! 미친놈아!"

"장난 아니라고요. 그만 때리십시오!"

로이드가 왕의 팔을 붙잡았다. 흥분해서 주먹을 휘두르던 왕은 이러다 아란이 들어오겠다는 말에 손을 멈췄다. 로이드가 싱긋 웃었다.

"전하께서 어머니와 저에게 은혜를 베푸신 것 압니다. 저는 은혜 갚은 개가 되고 싶었습니다. 그래서 지금까지 전하께 충성을 다했습니다. 앞으로도 그럴 겁니다."

"……."

"그러니 저 좀 놔주십시오. 저도 장가가서 행복하게 살고 싶단 말입니다. 언제까지 노총각으로 살 순 없잖습니까. 혼인해도 전하께 충성하겠습니다. 그만 집착하세요."

왕의 얼굴이 기묘해졌다. 그는 뭐라 말할 수 없는 표정으로 로이드를 보다 이마를 감싸 쥐었다.

꿍 소리를 낸 왕이 한숨을 쉬었다.

"네 혼인 문제로 이렇게 애를 먹을 줄은 몰랐다."

"저도 몰랐습니다."

로이드가 머쓱하게 말했다. 왕이 근처의 의자에 털썩 주저앉았다. 한참을 침묵하던 그가 말했다.

"로이, 난 정말 널 아낀다. 네가 내 아들이었으면 하고 바란 적이 많았다. 그럼 고민하지 않고 네게 왕위를 물려줬을 거다."

"정말 절 아끼시면 반역죄로 끌려갈 말씀 좀 하지 마세요."

로이드가 투덜거렸다. 멍하게 있던 왕이 넋 나간 얼굴로 말했다.

"너를 발릴리의 엘레노어와 혼인시킬 생각이었는데."

"농담이시죠? 애가 둘이나 딸린 과부잖습니까."

"그래도 상속녀잖아! 너처럼 사랑 찾아 결혼하는 놈이 흔한 줄 아느냐?"

왕이 벌컥 성질을 냈다. 할 말이 없었던 로이드는 슬쩍 눈을 피했다. 그것을 보고 머리를 절레절레 흔든 왕이 말했다.

"그래, 마음대로 해라. 마음대로 해. 황녀와 혼인해도, 정벌을 때려치워도, 난 이제 신경 안 쓰겠다. 대신 무역으로 성공할 수 있다고 나불거렸으니 그 말엔 책임을 져라."

"전하, 저 곧 신혼입니다."

"닥쳐, 이놈아!"

쳇 하고 혀를 찬 로이드가 저 대신 갈아 넣을 후보를 골랐다. 하워드에 기드온을 처넣고 다른 욕심 많은 가주들도 적당히 끌어넣으면 그럭저럭 돌아갈 것 같았다.

열심히 머리를 굴리는 그를 물끄러미 바라보던 왕이 말했다.

"로이, 하나만 부탁하자."

"예?"

"……캐서린, 그 아이. 최소한의 명예는 지켜다오."

왕의 얼굴은 잠깐 사이에 주름이 깊어진 것 같았다. 잠시 말이 없던 로이드가 되물었다.

"최소한의 명예는 어디까지를 말씀하시는 겁니까."

"그 아이가 파혼당한 이유. 그에 대해선 말이 나오지 않았으면 좋겠구나."

"그건 처음부터 언급할 생각이 없었습니다."

로이드가 담담히 말했다. 공주를 처벌한다고 해도 왕실의 명예는 끌어내릴 생각이 없었다. 안심인지 아닌지 모를 표정을 지은 왕이 "그래." 하고 작게 중얼거렸다.


금화는 피가 나도록 손톱을 물어뜯었다. 애써 세운 계획이 자꾸만 어긋나고 있었다. 공주가 끌려가는 것은 그녀의 예상 밖이었다.

'왕실기사가 황녀를 습격한 것을 밝히려고 한참은 물고 뜯고 싸울 거라 생각했는데, 대체 어떻게 된 일이지?'

인간과 요괴를 동시에 움직인 것은 교란을 위해서였다. 도중에 백작이 끼어들 줄은 몰랐지만, 죄를 뒤집어씌울 수 있어서 오히려 잘됐다고 생각했다. 선인을 장미궁에 고립시킨 뒤 천천히 약점을 찾을 생각이었는데, 모든 것이 너무 빠르게 진행되고 있었다.

'왕은 왜 공주가 엮이는 건 막지 않은 거야. 무슨 생각을 하는 거냐고!'

히스테릭한 여자의 비명이 그녀의 생각을 방해했다. 금화는 짜증스러운 눈으로 난동을 부리는 공주를 바라봤다. 눈이 벌게져서 악을 쓰던 공주가 그녀에게 꽃병을 집어 던졌다. 금화는 살짝 고개를 돌리는 것으로 피했다. 그것에 더욱 화가 난 공주가 이를 갈았다.

"너! 모두 네 탓이야! 전부 네 짓이잖아! 나한테 알리지도 않고 그런 끔찍한 거짓말을……. 내 명예, 내 위신이 땅에 떨어졌다고!"

금화의 표정이 싸늘해졌다. 그것을 눈치채지 못한 공주가 악을 썼다.

"어서 말해. 모두 앞에서 거짓말이라고 해! 네가 내 흉내를 내고 돌아다닌 거라고, 나랑은 상관없는 일이라고 하란 말이야!"

"딱히 거짓말도 아니잖아요?"

금화가 요사스러운 미소를 지었다.

"제멋대로 놀아나다가 들켜서 파혼까지 당한 주제에. 그 사이 애가 생겼어도 이상하지 않은 일이지. 혹시 낙태한 적은 없나요, 공주님?"

"감히!"

공주의 얼굴이 파랗게 질렸다. 파르르 떠는 그녀를 비웃은 금화가 자리에서 일어났다. 이를 악문 공주가 쇳소리를 냈다.

"아무도 없느냐! 당장 이 여자를 끌어내!"

"멍청하긴. 널 도와줄 사람은 아무도 없어."

멍청하지 않았다면 정체 모를 존재의 도움을 받아들이지 않았을 것이다. 소리를 질러도 사람들이 오지 않자 공주의 안색이 하얗게 질렸다. 다가오는 금화를 보고 주춤 물러선 그녀가 문을 향해 달려갔다. 하지만 문은 아무리 애를 써도 열리지 않았다. 문을 두들기는 그녀의 손을 잡은 금화가 달콤하게 말했다.

"왜? 지금이라도 빠져나가고 싶어? 네 잘못을 나한테 전부 미루고, 아무 짓도 안 한 것처럼 살고 싶냐고."

"나, 난 정말 아무것도 안 했……."

떨면서 부정하던 공주는 싸늘한 손이 뺨에 닿자 움츠렸다. 금화는 부드럽게 그녀의 뺨을 쓰다듬었다.

"그래, 그렇게 해줄게."

금화의 손이 공주의 목을 짓눌렀다. 놀란 공주가 소리를 질렀다. 하지만 날카로운 비명은 곧 틀어 막혔다. 금화의 팔을 쥐어뜯는 공주의 손이 쭈글쭈글 주름지기 시작했다. 백옥 같은 피부가 잿빛으로 변하더니 검버섯이 올라왔다. 반짝이던 금발도 순식간에 하얘졌다. 남은 것은 칠십을 넘긴 노파와 같은 모습이었다. 축 늘어진 공주를 옆으로 집어 던진 금화가 웃었다.

"계속 아무것도 안 해도 돼. 내가 다 알아서 할 테니까."

금화는 늙기 전의 공주처럼 변해 있었다. 요력으로 둔갑한 것이 아니라 제 몸에 공주의 정기를 덧씌워 완벽하게 변신했다. 백 살도 안 된 어린 선인이 가짜라고 간파하긴 어려울 터였다.

"저하, 이제 나오셔야 합니다. 전하께서 기다리십니다."

똑똑 문 두드리는 소리와 함께 시녀의 목소리가 들려왔다. 요력을 펼쳐 공주가 보이지 않게 덮어버린 금화가 허리를 꼿꼿이 세웠다. 그녀는 공주의 목소리로 답했다.

"지금 나갈게."

다시 나타난 공주는 많이 진정된 모습이었다. 붉게 달아오른 눈가에도 꼿꼿이 머리를 쳐든 모습이 의연해 보이기까지 했다. 관료가 조심스럽게 입을 열었다.

"저, 공주 저하. 이전에 말씀드린 것에 해명을 해주셨으면 합니다."

"아바마마, 그리고 여러분. 저는 정말 억울합니다."

공주의 녹색 눈에 물기가 일렁거렸다. 하지만 끝내 흘러내리진 않았다. 공주는 처연하기 짝이 없는 얼굴로 말했다.

"제가 괴물과 내통하여 황녀를 해치려 하다니요. 무슨 근거로 그런 무서운 말을 하시는 건가요?"

"아닙니다. 저하께서 내통하셨다는 게 아니라……."

"그런 말을 한 사람은 모두 황녀의 측근들이 아닙니까?"

공주가 관료의 말을 자르며 반박했다. 관료들의 시선이 어지럽게 뒤엉켰다. 공주는 조금 화가 난 기색으로 말을 이었다.

"제가 괴물과 관련 있다고 지목한 이들은 황녀와 함께 온 사절단과 황녀를 수행한 기사입니다. 그 외에도 모두 황녀와 관련 있는 이들뿐이에요."

관료들의 시선이 일제히 아란에게 향했다. 아란은 아무 말 없이 공주를 바라봤다. 공주는 슬픈 듯이 고개를 저었다.

"더는 감출 수 없겠군요. 사실 이런 일이 처음이 아닙니다. 황녀는 줄곧 저를 음해하고 괴롭히셨습니다. 약혼자인 백작이 저에게 관심을 쏟는 것을 질투하셨어요."

공주의 손이 자연스럽게 가슴으로 올라갔다. 고백을 힘겨워 하는 것 같은 몸짓이었지만, 사람들은 그녀의 목에 걸린 에메랄드 목걸이를 보게 되었다. 공주가 호소하듯 말했다.

"아바마마, 이번 사건도 저를 음해하기 위해 황녀가 꾸민 일이 분명합니다. 부디 저의 억울함을 알아주세요."

얼굴을 굳힌 왕은 아무런 말도 하지 않았다. 관료들이 어떻게 해야 할지 의논했다. 공주가 이렇게 나온 이상 그들도 물러설 수 없는 상황이었다. 그때였다.

― 네 이년! 감히 우리 공주님께 무슨 망발이냐!

벼락같은 호통과 함께 나타난 지팡이가 공주의 머리를 후려갈겼다. 공주는 비명도 지르지 못하고 옆으로 쓰러졌다. 놀란 왕이 자리에서 벌떡 일어섰다.

"캐서린!"

― 천한 요괴 주제에 우리 공주님을 모욕하다니, 어서 정체를 드러내지 못하겠느냐!

지팡이 끝에서 뻗어 나온 거대한 혀가 채찍처럼 공주를 후려갈겼

다. 비명을 지른 공주가 손톱을 세우고 바닥을 기었다. 하지만 혀
는 놓치지 않고 연달아 그녀의 몸을 후려쳤다. 몸을 휙 돌린 공주가
순식간에 길어진 손톱으로 혀를 쳐냈다. 어느새 그녀의 모습은 공
주가 아니라 표독한 미녀로 바뀌어 있었다. 놀란 관료들이 신음을
흘렸다.

"선인이 하나 더 있었다니."

요괴가 이를 바득바득 갈며 말했다. 추르륵 소리와 함께 혀를 회
수한 개구리가 코웃음 쳤다.

─ 멍청한 것! 우리 공주님께서 네년의 뻔한 수작을 모를 줄 아셨더
냐. 공주님의 명을 받고 네년이 나타나길 기다린 지 오래다!

차분한 얼굴로 자리에서 일어선 아란이 말했다.

"순순히 항복하세요. 입구는 모두 봉쇄했어요. 당신이 여기서 빠
져나갈 방법은 없어요."

여기까지가 아란과 로이드의 계획이었다. 두 사람의 목표는 공
주가 아닌 요괴를 끌어내는 거였다. 사실 로이드는 금와의 존재를
거의 잊어버리고 있었다. 아란이 그에 대한 말을 하지 않았다면,
분명 지금의 계획과 많은 것들이 달라졌을 것이다.

"공주가 움직인 것은 단 한 번뿐. 계획을 세우고 나머지를 실행한
건 모두 당신이었죠. 공주에게 아무것도 맡기지 않는 당신이라면,
분명 이런 상황에서 나타날 거라 생각했어요."

그것을 위해 금와를 숨겨서 재판장에 데리고 왔다. 진짜 공주가
나타났을 때는 조금 당황했지만, 다행히 지금은 요괴로 바뀌어 있
었다.

처음부터 상대의 손바닥에서 놀아난 것을 깨달은 요괴는 분노했다.

"내가 너 따위에게 항복할 거 같아?!"

두 눈이 시뻘겋게 물든 요괴가 아란에게 달려들었다. 기다렸다는 듯이 아란의 앞을 막아선 로이드가 총을 발사했다. 가슴에 커다란 구멍이 뚫린 요괴가 휘청거렸다. 피와 살점이 튀는 광경을 코앞에서 목격한 관료들이 새하얗게 질렸다. 로이드가 어깨를 으쓱했다.

"아, 실례."

누가 들어도 일부러 한 게 느껴지는 말투였다. 구멍이 뚫린 가슴을 움켜쥔 요괴가 끄르륵 가래 끓는 소리를 냈다.

"네……놈……. 너…… 인간 주제에……!"

"머리를 날릴걸 그랬나."

혀를 찬 로이드가 다시 총알을 장전했다. 하얗게 질린 왕이 "머리는 날리지 마!" 하고 소리쳤다. 왕의 비위가 은근히 약한 것을 알고 있는 로이드는 잠시 어디를 쏴야 할지 고민했다.

그 사이 바닥에 쓰러진 요괴가 손톱을 세우며 기어왔다. 가슴에 구멍이 뚫리고도 죽지 않는 것에 놀란 관료들이 히익 하고 비명을 질렀다. 그때 냅다 달려든 지팡이가 요괴를 후려갈겼다. 휙 날아가 문에 부딪힌 몸뚱이가 피칠을 하며 주르륵 흘러내렸다. 겁에 질린 눈으로 지켜보던 관료들은 쓰러진 요괴가 더는 움직이지 않자 안도의 한숨을 내쉬었다.

"주, 죽었나?"

"안 죽었습니다. 그래도 당분간은 깨어나지 못할 겁니다."

로이드의 대꾸에 퍼뜩 정신을 차린 관료가 물었다.

"배, 백작. 그 총은 어디서 난 겁니까? 이곳엔 무기를 들고 들어 올 수 없을 텐데요."

"아."

당연히 주머니 속에 넣어와서 수색을 피했지만, 자세히 설명하기 곤란했다. 로이드는 뻔뻔한 얼굴로 대꾸했다.

"국가 기밀입니다. 전하께도 허락받았으니 신경 쓰지 마시죠."

왕은 '내가 언제?' 하고 뚱한 표정을 지었지만, 뭐라고 반박하진 않았다. 멍한 눈으로 요괴를 바라보던 관료가 중얼거렸다.

"정말 공주 저하로 변하는 요괴가 있었군요."

"저도 진짜인 줄 알았습니다. 완벽하게 속았어요."

"잠깐만요. 그럼 지금 진짜 공주 저하는 어디 계신 겁니까?"

누군가의 되물음에 왕의 얼굴이 하얗게 질렸다.

바로 그때 벌컥 문이 열렸다. 문에 기대 있던 요괴의 몸이 바닥으로 쓰러졌다. 열린 문으로 검은 옷을 입은 남자가 들어섰다. 그는 쓰러진 요괴를 보고 잠시 발을 멈췄다.

"이런, 이게 무슨 꼴이냐. 금아야."

웃는 얼굴로 말한 남자가 손을 뻗어 뭔가를 떨어뜨렸다. 그러자 쓰러진 요괴의 몸이 경련했다. 순식간에 가슴에 난 구멍이 아물었다. 컥 하고 숨을 토해낸 그녀가 남자를 올려다보았다.

"주, 주인님."

무감정한 눈으로 그녀를 내려다본 남자가 아란에게 시선을 돌렸다. 눈을 동그랗게 뜬 아란이 그를 바라봤다.

"내 수하가 신세를 진 것 같군, 꼬마 선인."

'……귀왕이 하필 이럴 때 나타나다니.'

바짝 긴장한 로이드가 귀왕을 바라봤다. 바닥에 닿을 정도로 길었던 머리가 목덜미에 닿을 정도로 짧아져 있었다. 그런데도 여전히 위는 하얗고 끝부분은 검은 기묘한 머리였다. 전과 달리 헝클어진 옷차림도 눈에 띄었다. 목에 걸친 여우 목도리가 아니면 한 번에 알아보지 못했을 것이다.

'아란의 정체를 알고 온 건가? 하지만 공격 의사는 없어 보이는데.'

이럴 때 섣불리 움직였다간 상황이 악화되기 마련이다. 로이드는 평정을 가장하며 귀왕의 행동을 관찰했다. 왕이 "로이." 하고 그를 불렀다. 로이드는 "전하, 움직이지 마십시오." 하고 경고했다. 상대의 심기를 건드려 좋을 것이 없었다.

귀왕이 그를 보고 웃었다.

"저 남자도 조금은 눈치가 생긴 것 같군."

아란이 조금 걱정스러운 목소리로 말했다.

"요괴들이 먼저 저를 공격했어요."

"알고 있어. 오늘은 그걸 따지러 온 게 아니다. 한 가지 묻고 싶은 게 있어서 말이지."

귀왕이 성큼 그녀에게 걸음을 옮겼다. 당황한 개구리가 귀왕의 앞을 가로막았다.

─ 귀, 귀왕이 무슨 일로 우리 공주님께 말을 건단 말이오? 썩 물러

서시오!

하지만 말이 끝나자마자 그는 억 소리와 함께 나가떨어졌다. 무슨 일이 있었는지 제대로 보이지도 않았다. 떼구르륵 굴러가는 지팡이를 짓밟은 귀왕이 물었다.

"꼬마 선인, 넌 청원진군과 능파선의 자식이냐?"

"금와!"

다행히 아란은 귀왕에게 대답할 정신이 없었다. 바닥에 뻗은 개구리에게 달려가는 그녀를 로이드가 재빨리 낚아챘다.

"금와는 괜찮을 겁니다. 지금부터 아무 말도 하지 마세요."

낮게 속삭인 로이드가 그녀를 제 뒤에 숨겼다. 그는 귀왕이 말하기 전에 선수를 쳤다.

"제 약혼녀는 정숙한 여자라 수작 부려봤자 소용없을 겁니다. 더 이상 말 걸지 않았으면 좋겠군요. 무척 불쾌합니다."

"너, 뭔가 알고 있는 모양이군."

귀왕의 입꼬리가 올라갔다. 로이드는 무슨 말인지 모르겠다는 표정을 지었다. 피식 웃은 귀왕이 나른하게 말을 이었다.

"그렇게 경계할 것 없다. 나는 청원진군의 오랜 친우니까. 그의 아내인 능파선과도 친분이 있지. 두 사람의 자식인 선인과 이야기하고 싶을 뿐이야."

'이 개자식이.'

이를 악문 로이드가 총을 움켜쥐었다. 분명 거짓은 아니지만, 진실도 아니다. 문제는 로이드가 뭐라고 반박할 수 없다는 것에 있었다.

"정말 아버지의 친구세요?"

로이드의 뒤에서 빼꼼 고개를 내민 아란이 물었다. 눈을 가늘게 접은 묵림이 "그래." 하고 답했다. 로이드는 앞으로 나오려는 아란을 붙잡았다.

"안 됩니다."

"네? 하지만……."

아란이 의아한 표정을 지었다. 로이드는 그녀를 안아 올리며 귀왕을 경계했다. 기묘한 얼굴로 그를 쳐다보던 귀왕이 팔짱을 꼈다.

"이쯤이면 뭔가 이상하군, 꼬마 선인. 저 남자도 그렇고, 무라도 그렇고. 왜 내가 널 해칠 거라고 생각하지?"

아란이 로이드를 올려다보았다. 왜 그러냐고 묻는 시선이었다. 이를 악문 로이드가 귀왕을 노려봤다.

"당신은 아란의 아버지인 청원진군에게 원한이 있다 들었습니다. 지금도 아란에게 복수하려는 것 아닙니까."

아란의 몸이 흠칫 떨리는 것이 느껴졌다. 로이드는 힘주어 그녀를 껴안았다. 상처 주고 싶지 않았는데, 어쩔 수 없는 상황이었다.

"이건 또 무슨 헛소리지? 내가 이랑에게 원한이 있다고?"

귀왕이 어이없어하며 되물었다. 순간 로이드는 머리가 멍해지는 걸 느꼈다. 귀왕이 실소하며 말을 이었다.

"이랑은 상제의 명까지 어겨가며 날 살려준 친우다. 그에게 원한을 가질 이유가 있나?"

"……청원진군은 당신의 가족을 지키지 못했다 들었습니다. 진군에게 가족을 맡기고 떠났는데, 그가 자리를 비우는 바람에 가족들이 인간에게 죽임을 당했다면서요. 원한을 가질 충분한 이유가 되지 않겠습니까?"

로이드는 귀왕의 얼굴을 유심히 살피며 말했다. 순간 안색이 어두워진 귀왕이 쓰게 웃었다.

"뭔가 잘못 알고 있군. 내가 이랑에게 가족을 부탁한 것도, 이랑이 자리를 비운 것도 사실이다. 하지만 그는 부관에게 내 가족을 맡겼다. 그냥 떠난 것이 아니라."

"아."

그러고 보니 거북에게도 그런 말을 들었던 것 같았다. 그럼 귀왕이 원한을 가질 사람은 청원진군이 아니라 그의 부관이었다. 진군 또한 원망할 수는 있지만, 자식까지 해칠 원한을 품기엔 좀 어색한 것이다.

"……그렇군요."

로이드는 안도와 함께 민망함을 느꼈다. 어색하게 헛기침을 한 그가 아무렇지도 않은 척 말을 이었다.

"그럼 아란이 진군의 딸인지 확인하러 오신 겁니까?"

"그것도 그렇고. 말 안 듣는 수하를 거둬 가려 왔지."

매끄러운 목소리에 귀왕의 뒤에 서 있던 요괴가 흠칫 몸을 떨었다. 하긴 수하가 친구의 딸을 해치려는 상황이면 급히 뛰어올 만도 했다. 로이드는 이 시점에서 주머니 속의 요괴들을 넘겨줘야 할지 고민했다. 놈들이 아란의 약점을 알고 있다는 것이 마음에 걸렸다.

"백작님, 내려주세요."

그때 로이드의 품에 안겨 있던 아란이 속삭였다. 그녀를 너무 꽉 안고 있었다는 것을 깨달은 로이드가 얼른 팔을 늦췄다. 아란의 안색이 하얗게 질려 있었다.

"괜찮습니까, 아란?"

"네, 괜찮아요."

고개를 끄떡인 아란이 재차 내려줄 것을 청했다. 로이드는 조심스럽게 그녀를 내려놓았다.

마른침을 삼킨 아란이 귀왕의 앞으로 다가가려 했다. 그런데 한 걸음 내딛는 순간 비틀거린 그녀는 콰당 넘어지고 말았다.

"아란!"

『황녀 전하!』

눈치만 보던 사절단이 놀라 소리쳤다. 순간 귀왕의 미간에 금이 갔다.

"황녀?"

재빨리 넘어진 아란을 안아 들던 로이드가 멈칫했다. 귀왕은 진군의 딸에게는 원한이 없다고 했다. 하지만 황제의 딸에게도 원한이 없을까.

"저건 천신의 딸이 아니에요. 동대륙 황제의 딸인데 천신의 양녀가 되었다 들었어요."

귀왕의 뒤에 있던 요괴가 기다렸다는 듯이 입을 놀렸다. 어떻게든 제 잘못을 줄이기 위해 필사적이었다. 로이드는 역시 머리를 날렸어야 했다고 후회하며 한 걸음 뒤로 물러섰다.

귀왕이 의아하게 말했다.

"그럴 리가. 하계에 간섭하기도 힘든 천신이 어떻게 인간을 양녀로 들인단 말이냐."

"저는……."

"안 됩니다!"

무어라 말하려는 아란을 로이드가 가로막았다. 귀왕의 눈이 가늘어졌다.

"사실이에요, 주인님. 저들에게 물어보세요."

요괴가 사절단을 가리키며 말했다. 흠칫한 사절단이 주춤주춤 물러섰다. 미간을 좁힌 귀왕이 손을 뻗었다. 사절단 중 하나가 공처럼 휙 날아가 그의 손에 붙잡혔다. 버둥거리는 사절단의 목을 움켜쥔 귀왕이 물었다.

"어떻게 된 일이냐. 인간이 왜 천신의 양녀가 된 거지?"

로이드가 총으로 사절단의 머리를 겨누었다. 입을 여는 순간 죽여버리겠다는 뜻이었다. 안색이 퍼렇게 질린 사절단이 덜덜 떨기 시작했다. 귀왕이 피식 웃었다.

"인간, 넌 선인이 뭔지 아직 모르는군."

"……뭐?"

"꼬마 선인, 죄 없는 이가 죽게 내버려둘 텐가?"

아차 한 로이드가 아란을 바라봤다. 사절단처럼 파랗게 질린 아란이 말했다.

"말할게요. 죽이지 마세요."

"아란!"

"저는 과거 하계의 황제였던 장경제의 딸이에요. 반란에 휩쓸려 부모를 잃은 저를 가엾게 여긴 아버지께서 양녀로 키워주셨어요.

그것뿐이에요."

귀왕의 얼굴이 무표정해졌다. 로이드는 이를 악물었다.

"그게 언제의 일이지?"

"78년 전이요."

무표정한 얼굴에 다시 미소가 걸렸다. 하지만 눈은 전혀 웃지 않았다. 손에 든 사절단을 헝겊 인형처럼 집어 던진 그는 느릿한 걸음으로 아란에게 다가섰다. 로이드는 그가 다가오는 만큼 뒤로 물러났다.

"기연이라는 말을 아나, 꼬마 선인. 만나야 할 자들은 어떻게든 만나게 되지."

"……."

"78년 전, 나는 사냥감 하나를 놓쳤다. 태어난 지 얼마 안 된 아기였지. 무척 귀엽고 예뻤어. 꼭 지금의 너처럼 말이야."

혼란스러워하는 아란의 눈을 응시한 귀왕이 부드럽게 속삭였다.

"다시 보게 되어 정말 기쁘구나. 내가 너의 친부모를 죽인 자다."

타앙 소리와 함께 로이드의 총이 발사됐다. 햇빛을 가리듯이 얼굴 앞으로 팔을 든 귀왕이 손을 내렸다. 그의 손에서 툭 떨어진 총알이 바닥을 굴렀다. 예상은 했지만, 이렇게까지 통하지 않을 줄은 몰랐다.

귀왕이 로이드를 바라봤다.

"말하는 도중 끼어들다니. 버릇없는 녀석이군."

"……왜?"

그의 관심을 돌리듯 아란이 입을 열었다. 로이드에게 안겨 있지 않았다면 당장 쓰러질 것처럼 창백한 얼굴이었다.

"왜 그랬어요? 왜 제 부모님을 죽였죠?"

"단순한 화풀이였지."

귀왕이 담담하게 답했다.

"나이 든 황후가 잉태하자 황제는 대륙 전체에 사람을 보내 귀하다는 것은 다 가져오라 시켰다. 내 아이도 그중 하나였어. 인간에게 뜯어먹힌 내 아이의 가죽을 네 어미가 몸에 휘감고 있었다."

"……."

"그래도 죽일 생각까진 아니었는데, 황제가 제 아내를 지키겠다며 난리를 치더군. 황제의 목줄을 틀어쥐자 이번엔 네 어미가 무릎을 꿇고 엎드려 빌었다. 자기를 죽여도 좋으니 아이만큼은 살려달라고."

로이드는 아란의 몸이 부들부들 떨리는 것을 느꼈다. 귀왕이 웃으며 말했다.

"부럽고 질투가 났어. 아내를 살리기 위해 필사적인 네 아비나 아이를 살리려고 애쓰는 네 어미나. 나는 가져보지도 못한 기회를 누리는 그들이 미웠다. 그래서 죽였다."

아란의 눈에서 눈물이 떨어지기 시작했다. 로이드는 아무것도 할 수 없는 자신에게 무력감을 느꼈다. 아란이 무참히 상처받는데도 그는 그걸 막을 수가 없었다.

귀왕이 유혹하듯 말을 이었다.

"복수하고 싶지 않나?"

"……."

"네 부모를 처참히 죽인 원수를 이대로 보고만 있을 건가?"

다음 순간 아란의 몸이 로이드의 팔을 벗어났다. 촤르륵 소리와 함께 뽑혀 나온 연검이 귀왕을 겨누었다. 로이드는 반사적으로 외쳤다.

"안 됩니다, 아란!"

"끼어들지 마라!"

귀왕이 날카롭게 말했다. 동시에 로이드의 옆에 있는 바닥이 퍽 소리와 함께 터져나갔다. 하지만 로이드는 멈추지 않고 말했다.

"선계를 생각하세요. 왕모님을, 어머니를 생각해요. 복수를 원한다면 제가 대신하겠습니다. 당신은 귀왕에게 손대면 안 됩니다."

천신에 가까웠던 귀왕도 인간들을 죽인 후엔 요괴로 전락했다. 귀왕을 해친다면 아란이 어떻게 될지 알 수가 없었다. 로이드는 아란이 그렇게 변하는 것만큼은 막고 싶었다.

"아란, 제발 부탁입니다."

귀왕을 겨누던 연검이 조금 아래로 내려왔다. 아란이 떨리는 목소리로 물었다.

"왜, 제가 당신에게 복수하길 원하죠?"

"……네 아버지는 내게 거짓말을 했어, 꼬마 선인."

귀왕이 가라앉은 눈으로 말했다.

"이대로 죽게 해달라고 애원하는 나에게 그들을 다시 만날 수 있을 거라 약속했지. 하지만 나는 이제 지쳤다. 더 이상 기다리고 싶지 않아."

그는 무서울 정도로 황폐한 얼굴을 하고 있었다. 오래된 폐허 같은 눈이 아란의 얼굴을 향했다. 눈앞을 보는 것 같으면서도 먼 곳을 응시하는 것 같은 시선이었다.

"이 순간, 과거가 나를 찾아온 이유가 있겠지. 그것이 내 손에 묻은 피 때문이라면 나 역시 바라던 바다."

"무슨 말인지 모르겠어요."

아란이 혼란스러운 듯 고개를 저었다. 귀왕의 입가에 흐릿한 미소가 걸렸다.

"그럼 좀 더 쉽게 말하지. 나를 죽여라, 꼬마 선인. 그렇지 않으면 내가 널 죽일 테니까."

"죽고 싶으면 그냥 자살해!"

로이드가 거칠게 외쳤다. 그를 힐끗 쳐다본 귀왕이 말했다.

"죽는 건 어렵지 않아. 어떻게 죽느냐가 문제지."

그에게 검을 겨누고 있던 아란이 천천히 손을 내렸다. 입술을 꾹 물었다 놓은 그녀가 단호하게 말했다.

"저는 당신을 죽이고 싶지 않아요. 죽고 싶지도 않아요."

"곤란한데."

속삭이듯 중얼거린 귀왕이 아란 쪽으로 한 걸음 다가갔다. 흠칫한 아란이 뒤로 물러섰다.

"그런 말은 아주 곤란해. 선인. 나는 지금 부탁을 하는 게 아니니까."

위협당하는 아란을 본 로이드가 주머니에 손을 넣었다. 총이 통하지 않는다고 해서 넋 놓고 있을 상황이 아니었다.

그때 귀왕의 시선이 그에게 닿았다.

"그래, 얼굴도 모르는 부모 때문에 분노하기는 힘들겠지. 그럼 약혼자의 죽음은 어떨까?"

다음 순간 공기가 찢어지는 소리를 냈다. 반사적으로 몸을 물리려던 로이드는 발치에서 날카로운 바람이 솟구치는 것을 느꼈다. 보이지 않는 칼날이 그의 몸을 꿰뚫고 지나갔다.

"로이!"

"백작님!"

로이드의 몸이 휘청거리며 앞으로 쓰러졌다. 비명을 지른 아란이 그에게 달려갔다. 바닥에 무릎을 꿇는 것 같던 로이드가 벌떡 몸을 일으키더니 귀왕의 얼굴을 향해 은 나이프를 던졌다. 예상하지 못한 공격에 당황한 귀왕이 그것을 쳐냈다. 퍽 소리와 함께 바닥에 박힌 은 나이프가 새카맣게 변하며 녹아내렸다.

그 사이 로이드는 아란을 안고 창문 쪽으로 달려가고 있었다. 갈기갈기 찢어진 옷과 달리 멀쩡한 모습이었다. 미간을 찌푸린 귀왕이 다시 손을 뻗었다. 보이지 않는 공격이 로이드의 등을 노렸다. 순간 기다렸다는 듯이 몸을 뒤로 젖힌 로이드가 바닥에 주르륵 미끄러졌다. 아슬아슬하게 그의 머리를 스치고 지나간 바람이 창문을 박살 냈다.

로이드는 그대로 부서진 창문 밖으로 몸을 던졌다.

"아란! 구름을!"

그의 외침에 아란이 서둘러 구름을 펼쳤다. 두 사람의 몸이 푹신한 구름으로 떨어졌다. 다급한 로이드의 마음에 반응한 구름이 쏜살같이 날았다. 귀왕이 부서진 창문가에 섰을 때, 이미 두 사람은 흔적도 없이 사라진 뒤였다.

"이런 쥐새끼 같은."

혀를 찬 귀왕이 창틀 위로 올라섰다. 당황한 요괴가 "주인님!" 하고 그를 불렀다. 귀왕은 그녀를 돌아보지도 않고 말했다.

"따라오지 마라."

훌쩍 몸을 날린 귀왕이 순식간에 모습을 감췄다. 낭패한 표정을 지은 요괴가 입술을 깨물었다. 신경질적으로 돌아선 그녀는 멈칫했다. 지팡이를 꼬나든 왕과 의자를 움켜쥔 관료들, 그리고 급조한 무기를 든 사절단이 주변을 둘러싸고 있었다. 요괴의 얼굴이 확 일그러졌다.

"이것들이 감히!"

"일단 쳐!"

버럭 소리친 왕이 제일 먼저 지팡이를 휘두르며 달려들었다. 뒤를 이어 관료들과 사절단이 "으아악!" 하고 비명인지 기합인지 모를 소리를 내며 돌진했다.


아란은 몇 번이나 로이드의 몸을 더듬으며 그가 무사한지 확인했다. 구름 위에 있어서 천만다행이었다. 쓴웃음을 지은 로이드가 그녀를 안고 다독였다.

"전 괜찮습니다. 아란. 무라 님이 주신 호부 덕에 살았어요."

로이드가 멀쩡한 것은 무라가 준 부적 때문이었다. 무슨 일이 있어도 한번은 목숨을 구해준다는 부적이 그 대신 갈기갈기 찢어졌다. 그게 아니었다면 분명 아란의 눈앞에서 죽었을 것이다. 로이드는 끔찍한 상상을 떨치듯 머리를 저었다.

"제가, 귀왕을 죽이겠어요."

눈시울이 붉어진 아란이 말했다. 로이드는 그녀의 손을 꽉 잡았다.

"절대 안 됩니다."

"하지만 이대로라면 백작님이 죽을지도 몰라요."

아란이 떨리는 목소리로 말했다. 그녀의 온몸이 바들바들 떨리고 있었다. 애처로웠지만, 로이드는 애써 단호한 표정을 지었다.

"저를 위해서라면 더더욱 안 되지요. 전 그걸 원하지 않으니까요."

어쩔 줄 몰라 하던 아란이 입술을 꾹 깨물었다. 로이드가 그녀의 입술을 살살 만져서 깨문 것을 놓게 했다.

"아란, 전 당신이 행복하길 원합니다."

"……."

"하지만 귀왕을 죽인 뒤의 당신이 행복할 것 같지가 않군요. 그러니 약속해주십시오. 무슨 일이 있어도, 제가 죽는다고 해도 귀왕에게 손대지 않기로요."

그러자 얼굴을 일그러뜨린 아란이 그의 옷을 꽉 움켜잡았다. 겨우 참고 있던 눈물이 그녀의 뺨으로 방울방울 흘러내렸다.

"왜, 모르세요. 저는…… 백작님이 죽어도 행복하지 않아요. 행복할 수가 없어요!"

"……."

좋아하는 사람이 울고 있는데, 이런 기분이 드는 건 자신이 나쁜 놈이라서일까. 로이드는 힘주어 아란을 끌어안았다.

"당신을 위해서 절대 죽지 않겠습니다."

"백작님 말은 못 믿어요."

이미 로이드에 대한 신뢰를 잃은 아란이 웅얼거렸다. 난처하게 눈을 굴린 로이드가 말했다.

"정말입니다. 말이 그럴 뿐이지, 죽을 생각 같은 건 처음부터 없었습니다. 장가도 못 가고 죽을 수는 없잖습니까."

아란의 뺨이 조금 붉어졌다. 로이드는 그녀의 뺨을 살살 어루만졌다.

"약속해주십시오. 그럼 안심하고 싸울 수 있을 것 같습니다."

"……귀왕이랑 싸우실 거예요?"

놀란 표정이 된 아란이 그를 올려다봤다. 로이드는 어깨를 으쓱했다.

"당연하죠. 안 그럼 왜 도망쳤겠습니까."

어디까지나 작전상 후퇴였다는 말에 아란이 흐릿하게 웃었다. 그녀는 로이드의 얼굴로 손을 뻗었다.

"약속할게요. 그러니 백작님도 약속해주세요."

"네, 절대 안 죽겠습니다."

"그것 말고요."

의아해하는 로이드의 뺨을 어루만진 아란이 말했다.

"다시 태어나도, 저를 만나 저와 혼인해주세요."

"다시 태어나요?"

로이드는 어리둥절하게 되물었다. 아란은 그에게 '환생'에 대해 말해주었다. 죽은 뒤엔 하늘로 올라가거나 신의 옆으로 불려간다는 말만 들어온 로이드에겐 다소 생소한 개념이었다.

"혼인했다면 분명 다시 만날 수 있겠지만, 지금은 약혼이니까 불안해요."

아란이 걱정스럽게 말했다. 로이드는 그녀가 최악의 경우를 생각하고 있다는 것을 알았다. 귀왕과 싸우다 둘 중 하나가 죽을 때를 대비한 약속이었다. 절대 그런 일은 없을 거라고 장담할 수 없어서 미안했다.

"환생이라는 게 있다면, 오히려 제가 애원해야겠군요. 다시 태어나 당신을 만나면 멋지게 청혼하겠습니다. 대신 절대 거절하면 안 됩니다."

로이드가 가장 후회한 것 중 하나가 엉망진창인 청혼이었다. 할 수만 있다면 시간을 되돌리고 싶을 정도였다. 다시 한 번 기회가 온다면 처음과 다르게 할 거라고 몇 번이고 다짐했다.

로이드의 말에 배시시 웃은 아란이 "네, 약속할게요." 하고 말했다. 로이드는 그 웃는 얼굴을 눈에 새겨넣었다. 정말 환생이 있다면 죽음도 별로 두렵지 않을 것 같았다. 죽어도 다시 태어나 좋아하는 사람과 만날 수 있을 테니까.

"생각보다 쫓아오는 게 느리군요."

로이드가 뒤를 돌아보며 말했다. 귀왕은 천신인 무라와 비슷한 정도의 힘을 갖고 있다고 들었다. 무라의 걸음을 생각하면 진작 공격이 들어와야 했다. 그러나 공격은커녕 귀왕이 쫓아오는 기색도 없었다. 그것이 다행이면서도 불안했다.

"얼마든지 쫓아갈 수 있으니, 어디 한번 도망쳐보라는 건가."

"귀왕도 뭔가 문제가 있는 것 같았어요. 꼬리가 하나도 없었고, 옷도 엉망이었잖아요."

"꼬리요?"

로이드의 되물음에 아란이 귀왕의 긴 머리가 바로 꼬리였다고 말했다. 머리에 꼬리를 달고 다니다니, 뭔가 웃기기도 하고 좀 이상했다.

"하지만 놓치지는 않을 거예요. 제가 있으니까요."

아란이 기운 없이 말했다. 그녀가 요괴의 요기를 느낄 수 있는 것처럼, 귀왕도 선인의 선기를 느낄 수 있었다. 아무리 느려도 결국 쫓아올 거라는 뜻이었다.

"작전을 짤 시간이 있어서 다행이군요. 그럼 힘을 합쳐서 귀왕을 물리쳐봅시다."

"정말 물리칠 수 있을까요?"

아란이 조금 자신 없이 말했다. 로이드도 사실 뾰족한 수는 없었다. 거북의 힘이 깃든 총도 통하지 않는 이상 타격을 줄 방법을 찾기가 어려웠다.

"귀왕은 원래 여우였다고 들었습니다. 그럼 여우의 약점을 공략하면 되겠죠."

"……음, 여우 요괴는 물에 약하다고 들었어요. 배가 없으면 큰물을 건너지 못하거든요. 그리고 불에도 약하고요."

주섬주섬 늘어놓던 아란이 "죄송해요. 도움이 안 되죠." 하고 얼굴을 붉혔다.

362

뭔가를 곰곰이 생각하던 로이드가 싱긋 웃었다.

"아뇨, 도움이 됐습니다."

"정말요?"

"네, 좋은 생각이 떠올랐거든요."

그의 시선이 켈빈 강의 부두에 닿았다. 막 배가 도착했는지 짐꾼
과 선원들이 달라붙어 상자를 내리고 있었다. 마차와 짐수레로 옮
겨진 짐이 부두의 하역장으로 이동하는 중이었다. 그중에서 원하
던 것을 찾은 로이드가 말을 이었다.

"계산대로 된다면 귀왕도 처치할 수 있을 겁니다."

"정말요?"

"그럼요. 당신의 약혼자는 제법 쓸 만한 놈입니다. 조금은 믿어
주십시오."

"네, 믿어요."

속삭이는 목소리에 로이드는 뿌듯해졌다. 좋아하는 사람이 자신
을 믿는다는 것처럼 힘이 되는 말은 없었다.

그때 뭔가를 떠올린 아란이 화들짝 놀랐다. 그녀는 어쩔 줄 몰라
하며 말했다.

"거기 남아 있던 분들은 어쩌죠? 귀왕이나 요괴가 해치지 않을까
요?"

"아."

끝까지 잊고 있길 바랐는데, 그만 떠올려버린 모양이다. 로이드
는 이제야 생각났다는 것처럼 어깨를 으쓱했다.

"어쩔 수 없죠. 원래 자기 목숨은 자기가 챙겨야 하는 겁니다."

"하지만……."

"국왕 전하는 기사 출신에 지금도 혈기왕성한 분이니, 약간의 위험은 오히려 좋아하실 겁니다. 걱정하지 마세요."

왕이 들었으면 악을 쓰며 그의 머리통을 후려갈겼을 말이었다. 하지만 로이드는 한 점의 부끄러움도 없이 혀를 놀렸다. 그제야 조금 안심한 아란이 고개를 끄덕였다.


부두에 도착한 로이드는 제일 먼저 책임자를 불러모았다.

누가 봐도 높은 귀족인 남자가 부상당한 꼴로 나타나 급한 일이라고 반복해서 말하는 상황이었다. 심각한 일임을 눈치챈 사람들은 서둘러 달려왔다.

로이드는 딱딱한 얼굴로 말했다.

"이건 극비입니다. 누구에게도 발설하지 마십시오. 하지만 동업자 한둘에게라면 말해도 됩니다."

도대체 말을 하라는 건지 말라는 건지, 알쏭달쏭했다. 사람들이 뭐라고 말하기도 전에 로이드가 말을 이었다.

"오늘 킬케니의 공습이 있을 겁니다. 그러니 국가적인 기밀이나 적에게 넘어가면 안 될 물건이 있다면 가지고 대피하십시오. 모든 것을 옮기긴 어렵습니다. 정말 귀중한 것들만 빼돌리십시오. 알겠습니까?"

"저, 정말입니까?"

책임자 중 하나가 다급하게 되물었다. 허옇게 질린 그의 얼굴을 보고 로이드는 크게 고개를 끄덕였다.

"나는 국왕 전하의 충신인 로이드 혜센타인입니다. 내 명예를 걸고 보증하겠습니다. 지금 당장 대피하는 것이 좋을 겁니다."

로이드는 이어서 선주들을 불러모아 같은 이야기를 반복했다. 그다음엔 일꾼들을 부리는 이들 차례였다. 부두 전체에 킬케니 공습에 대한 이야기가 퍼지는 것엔 반시간도 걸리지 않았다.

묵림이 부두에 도착한 것은 그로부터 한 시간이 지난 후였다. 생각보다 무라의 얼음에 빨려나가는 요기가 많은 탓이었다. 그는 조금 지친 얼굴로 하역장에 들어섰다. 요기가 약해진 탓인지 선인의 기운까지 흐릿하게 느껴졌다.

'보패라도 챙겨올걸 그랬나.'

답지 않게 약한 생각을 한 묵림이 피식 웃었다. 어차피 곧 죽을 텐데, 보패가 있어봤자 무얼 하나 싶었던 것이다.

'꼬마 선인에겐 미안하지만, 어쩔 수가 없어.'

지쳤다는 말이 거짓은 아니었다. 이렇게까지 찾아 헤매는데도 만날 수 없다는 것은 이상했다. 무언가가 눈을 가리고 있는 것 같았다. 묵림은 그것이 과거의 원한이 아닐까 추측했다. 죄 없이 흘리게 한 피가 그들과 만나는 것을 가로막고 있는 듯했다.

선인의 손에 죽어 조금이라도 원한을 덜어내면, 그래서 다시 태어나면 만날 수 있지 않을까. 황폐해진 그의 내면엔 그런 절망에 매달릴 정도의 힘밖에 남지 않았다.

'이쪽인가?'

곳곳마다 쌓인 상자가 그의 걸음을 방해했다. 상자를 훌쩍 뛰어

넘어 바닥에 내려선 묵림은 조그마한 주머니 하나를 발견했다. 주머니에 달린 금빛 술과 작은 노리개가 시선을 끌었다.

'저건 내가 무라에게 만들어줬던 호부인데.'

칠칠치 못하게 배에 구멍이나 뚫린 채 다니는 녀석을 위해 만든 방어용 호부였다. 기억에 사로잡힌 묵림은 주머니를 주웠다. 안을 보자 갈기갈기 찢긴 부적과 함께 푸른 깃털이 들어 있었다.

'깃털?'

묵림이 느낀 선인의 기운은 깃털에서 흘러나오는 것이었다. 그때 뭔가가 그의 머리 위로 덮쳐들었다. 반사적으로 고개를 든 묵림은 제게로 떨어지는 새카만 것을 갈랐다. 바람의 칼날이 자루를 뚫고 나가며 안에 들어 있던 것이 확 터져 나왔다.

재와 흙이 섞인 새카만 가루를 뒤집어쓴 묵림이 쿨럭쿨럭 기침을 토했다. 눈과 코가 참을 수 없을 정도로 따가웠다. 순간 타앙 소리와 함께 어깨에 뜨끔한 느낌이 퍼졌다. 총알이 날아온 방향으로 공격했지만, 퍽 하고 벽이 갈라지는 소리만 났다. 억지로 눈을 뜨자 상자의 모퉁이를 돌아 사라지는 로이드가 보였다.

"이런 몹쓸 쥐새끼를 봤나."

묵림의 머리카락이 곤두섰다. 쥐 따위에게 물리다니, 체면이 말이 아니었다. 그는 신경질적으로 얼굴을 훔치며 걸음을 옮겼다. 그가 지나간 자리에 주머니가 툭 떨어졌다.

로이드를 쫓아 모퉁이를 돌던 묵림은 정면으로 날아오는 통나무를 피했다. 배에서 내린 굵직한 목재에 촘촘한 날붙이를 박은 것으로, 정성을 봐서 맞아주기엔 너무 흉악한 물건이었다. 그에게 통나무를 집어 던진 아란이 곧바로 파랑새로 변하더니 포르르 날아가 버렸다.

"이것 봐라?"

어이가 없었던 묵림이 내뱉었다. 이것들이 뭐 하는 수작인지 알 수가 없었다. 구름을 타고 도망갈 때부터 알아봤지만, 얌전히 목을 내밀 생각은 없는 듯했다. 그래도 기껏해야 검을 뽑아 들고 달려들 줄 알았지, 이런 식으로 애를 먹일 줄은 몰랐다.

"숨바꼭질이라도 하자는 건가?"

슬슬 약이 오르기 시작한 묵림의 걸음이 점점 빨라졌다. 선인의 기척을 숨기기 위해서인지 곳곳에 선기를 내뿜는 물건이 놓여 있었다. 냄새로 추격할까 했지만, 어디선가 풍겨오는 달콤한 냄새가 인간의 냄새까지 덮어버렸다.

묵림은 몰랐지만, 그건 하역장에 쌓인 당밀의 냄새였다. 마침 당밀이 수확되는 시기라 엄청난 양의 당밀이 쏟아져 들어와 하역장에 보관되어 있었던 것이다. 토기가 올라올 정도로 짙은 단내에 여우에 더 가까운 묵림은 제대로 방향을 잡기가 어려웠다.

몇 번 허탕을 친 묵림은 그대로 상자를 뛰어넘었다. 높은 곳에 올라가자 저 멀리 도망치는 로이드의 모습이 보였다. 묵림이 코웃음을 쳤다.

"기껏 도망쳤는데 안됐군."

묵림은 그대로 아래로 뛰어내려 로이드를 덮쳤다. 마치 예상했다는 것처럼 앞으로 몸을 던진 로이드가 상체를 확 틀면서 총을 발사했다. 묵림은 이번에도 가볍게 총알을 쳐냈다.

"미련하구나. 이제 이건 소용없다는 것을 배울 때도 됐는데."

처음 어깨에 박힌 총알도 저절로 빠지고 상처가 사라진 뒤였다. 요괴에게는 제법 위협적일지도 모르지만, 귀왕인 그에겐 아무런 소용도 없었다.

로이드는 대답 없이 몸을 돌려 달아났다. 묵림은 여유 있는 걸음으로 그를 쫓았다. 그들은 거의 하역장의 끝에 와 있었고 더는 도망칠 곳이 없었던 것이다.

로이드는 마지막 상자가 쌓인 곳을 돌아 모습을 감췄다. 그를 따라 마지막 모퉁이로 들어선 묵림은 미간을 찌푸렸다. 단내가 코를 찌르다 못해 현기증이 날 정도로 강해졌다. 울렁거리는 것을 참은 묵림이 말했다.

"귀찮게 하지 말고 어서 나와라."

그러자 쌓인 상자 틈에서 로이드가 모습을 드러냈다. 긴장된 얼굴로 나타난 그는 곧바로 묵림을 향해 총을 쐈다. 아까와 달리 총알은 묵림에게 닿지 못하고 그대로 지나쳐버렸다. 로이드는 당황하지 않고 다시 총알을 장전해서 발사했다. 하지만 이번에도 묵림을 맞추지 못했다.

"뭐 하는 거지?"

묵림은 천천히 그에게 다가서며 말했다. 심호흡을 한 로이드가 다시 총을 장전했다.

"이게 마지막 총알이야."

묵림은 어서 쏴보라는 듯이 어깨를 으쓱했다. 로이드는 아까보다 신중하게 총을 겨냥하고 방아쇠를 당겼다. 총알이 날아오길 기다리던 묵림이 피식 웃었다.

"어떻게 된 거냐. 저번보다 실력이 줄어든 것 같군."

"천만에. 세 발 다 명중했거든."

로이드가 싱긋 웃으며 말했다. 다음 순간, 우르릉 땅이 울리더니 팅팅팅팅 하고 쇠판에 자갈을 굴리는 소리가 났다. 결코 무시할 수 없는 소리에 묵림은 반사적으로 뒤를 돌아봤다.

로이드가 맞춘 것은 거기서 200미터 정도 떨어져 있는 거대한 당밀 탱크였다. 그는 세 발의 총알로 탱크를 지지하고 있는 두 개의 다리와 받침대를 박살 낸 것이다. 컵이 떨어지듯 아래로 떨어진 탱크가 부서지면서 안에 담겨 있던 7천 톤의 당밀이 쏟아지기 시작했다. 4층 높이에 육박하는 당밀의 파도가 그들의 머리 위로 밀려오고 있었다.

"잘 가라, 멍청아."

뒤로 훌쩍 몸을 날린 로이드가 거짓말처럼 사라졌다. 그가 있던 자리에 푸른색 주머니 하나가 툭 떨어졌다. 다음 순간 아래로 낙하한 당밀의 파도가 묵림의 몸을 후려갈겼다.


엄청난 양의 당밀이 부두를 점령했다. 갈색의 늪 같은 모습이었다. 부두에 살던 쥐와 새들이 끈적끈적한 당밀에서 빠져나오지 못하고 발버둥을 치고 있었다.

둥실둥실 떠다니는 상자에 올라탄 아란이 끈적끈적해진 온몸에 울상을 지었다. 로이드가 든 주머니를 꺼내느라 한바탕 당밀 바다에서 헤엄친 탓이었다.

"구해줘서 고맙습니다. 아란."

그에 비해 주머니 속으로 대피했던 로이드는 아주 멀쩡해 보였다. 옷이 좀 찢어지긴 했지만, 사방이 단내로 점령당한 상황에서 그만이 말끔한 상태였다.

"효과는 생각보다 좋은데, 뒤처리가 좀 문제군요."

로이드는 당밀 위에서 둥둥 떠다니는 귀왕에게 시선을 주며 말했다.

당밀의 파도는 배 한 척을 3층 높이로 날린 후 완전히 산산조각 낼 정도의 위력을 가지고 있었다. 그걸 정면으로 맞았으니 제아무리 귀왕이라도 기절하는 것이 당연했다. 오히려 로이드의 예상보다 아주 멀쩡한 모습이었다.

"그럼 마무리를 할까요?"

로이드가 주머니에서 기름통을 꺼내며 말했다. 아란이 조금 떨떠름하게 물었다.

"그, 그렇게까지 할 필요가 있을까요?"

"어설프게 살려두는 것보다 확실하게 죽이는 게 좋습니다."

지금이야 방심해서 당했지, 정상적인 상황이라면 죽는 것은 이쪽이었다. 기회가 있을 때 처치해야 한다고 확답한 로이드가 빈 상자로 옮겨 탔다. 노를 저어 귀왕에게 다가간 그는 기름을 뿌리기 시작했다. 이제 물러나 불만 붙이면 된다고 생각하는 순간, 갑자기 상자가 옆으로 홱 넘어갔다. 로이드는 미처 피할 틈도 없이 당밀 속으로 푹 빠졌다.

"……내가 인간에게 당하다니."

짐승처럼 으르렁거리는 목소리가 들리더니 목이 콱 졸렸다. 로이드는 반사적으로 발버둥을 쳤다. 시뻘겋게 변한 짐승의 눈이 바로 코앞에 있었다.

"정말 대단하구나. 인간. 날 이렇게까지 몰아넣은 것은 칭찬해주마."

"컥!"

목에서 으드득 소리가 났다. 한 손으로도 목을 부러뜨릴 것 같은 엄청난 악력이었다. 로이드의 얼굴이 붉어지며 핏대가 섰다. "백작님!" 하는 비명이 들렸다. 오지 말라고 하고 싶은데 목소리가 나오지 않았다.

"백작님을 놓아줘요!"

급하게 달려든 아란이 홱 내뻗은 귀왕의 손에 맞고 튕겨 나갔다. 당밀 위를 데구르륵 굴러가는 아란을 본 로이드가 귀왕을 걷어차기 시작했다. 하지만 귀왕은 눈도 까딱하지 않았다. 그가 살기 어린 미소를 지으며 말했다.

"하지만 그것도 여기까지다."

"으아아악!"

로이드는 어깨를 푹 꿰뚫는 손톱에 비명을 질렀다. 투두둑 하고 근육과 혈관이 끊어지는 소리가 들리는 것 같았다. 귀왕의 손톱에서 흘러든 요기가 그의 몸을 엉망으로 헤집었다. 차갑고 뜨겁고 불로 지지는 것 같은 모든 고통이 공존했다. 불에 달군 부지깽이를 어깨에 박아넣어도 이거보단 덜 아플 것 같았다.

"백작님!"

아란의 비명이 아득히 먼 곳에서 들려오는 것 같았다. 눈앞이 흐려지며 머릿속이 빙빙 돌았다. 귀왕의 목소리가 귓가에 웅웅 울렸다.

"약혼자를 구하고 싶나? 그럼 지금 나를 죽여라. 어서 검을 뽑아."

"아란은 나와 약속했어! 절대로 네놈의 뜻대로는 안 될 거다!"

로이드가 악을 쓰며 외쳤다. 귀왕의 입가에 잔혹한 미소가 걸렸다.

"그건 두고 봐야 할 일이지."

로이드의 어깨에서 손톱을 뽑은 귀왕이 그의 가슴으로 손을 뻗었다. 단숨에 심장을 뽑아낼 작정이었다. 그런데 마지막 순간 그의 손이 멈칫했다. 피 묻은 손이 주인의 명령을 거부하며 부르르 떨리고 있었다. 귀왕의 눈이 의아해졌다.

"……뭐지?"

로이드에겐 마지막 기회나 마찬가지인 순간이었다. 손목에 찬은 나이프를 뽑아 든 그는 그것을 귀왕의 눈에 박아넣었다. 날카로운 비명을 지른 귀왕이 그를 떨치듯 밀어냈다.

휙 날아가 상자에 부딪힌 로이드가 컥 하고 옆구리를 감싸 쥐었다. 떨어질 때 잘못 부딪쳤는지 숨이 제대로 쉬어지지 않았다.

"백작님! 백작님!"

울면서 기어온 아란이 그를 끌어안았다. 고개를 저으려다 실패한 로이드가 그녀를 밀어내려고 애썼다.

"피가…… 아란, 피가 묻습니다."

그의 피는 아란에게 독이었다. 하지만 울면서 고개를 저은 아란은 그를 더욱 꼭 끌어안았다. 로이드는 멍하게 눈을 깜빡였다. 일어나서 싸워야 하는데, 아란이 울고 있는데 더 이상 움직일 힘이 없었다.

그 사이 눈에 박힌 나이프를 뽑아낸 귀왕이 비틀거리며 몸을 일으켰다. 보통 사람이라면 즉사했을 상처는 나이프를 뽑자마자 순식간에 사라졌다. 로이드는 정말 괴물 같은 놈이라고 생각하며 그를 노려봤다. 아니, 노려보고 싶었는데 초점이 잘 모이지 않았다. 로이드의 몸을 덮듯이 엎드린 아란이 귀왕에게 말했다.

"저를, 저를 죽여요. 백작님 대신 저를 죽여요. 저는 당신을 죽일 수 없어요. 그러니까 저를 죽이세요."

안 된다고 말하고 싶었지만, 목소리가 나오지 않았다. 로이드는 다가오는 귀왕을 보며 천천히 의식을 잃었다. 가까운 곳에서 귀왕의 목소리가 들렸다.

"그럴 리가 없어. 그럴 리가…… 없는데."

이상하게도 울 것처럼 떨리는 목소리였다. 차가운 손이 머리에 닿는 느낌을 마지막으로 로이드는 완전히 정신을 잃었다.

# 08

## 여우를
## 좋아하세요?

곤륜의 서쪽, 옥산의 정상에는 푸른색의 궁전이 서 있었다. 궁을 감싼 연못의 이름을 따서 요지궁이라 불리는 이곳은 선계 최고위 여신, 서왕모의 거처였다.

여신의 거처답게 호화롭기 짝이 없는 곳에서 가장 유명한 건물은 백운각이다. 백옥을 통째로 깎아 만든 이 누각에 오르면 선계가 한눈에 내려다보였다. 서왕모가 휴식을 위해 즐겨 찾는 장소이기도 했다.

그런데 지금 이 백운각 아래에서 난데없는 소란이 벌어지고 있었다.

"더 이상 가시면 안 됩니다!"

"왕모께서는 지금 쉬고 계십니다. 다음에 찾아오십시오!"

흰옷을 입은 선인들이 두 팔을 벌리고 누각 앞을 막아섰다. 거의 필사적이기까지 한 모습이었다. 그들을 노려보던 남자가 싸늘하게 말했다.

"비켜라. 내 왕모께 드릴 말씀이 있으니."

그는 제멋대로 풀어헤친 긴 머리에 검은 장포를 느슨히 걸치고 있었다. 무엇보다 시선을 끄는 것은 그의 맨발이었다. 이런 자유분방한 모습으로 돌아다닐 천신은 선계에서도 극히 드물었다. 북의 일족, 그것도 현무들에게만 허락된 일이었다.

남자는 북제의 아들이자 후계자인 현원태자였다. 전장에서 막 돌아와서인지 온몸에서 살기와 피 냄새가 넘쳐났다. 평범한 선인은 감히 마주 보기도 힘들 정도였다.

새하얗게 질린 선인 하나가 떨리는 목소리로 말했다.

"태자님, 부디 정식으로 알현을 청해주십시오."

"당장 비키지 않으면 베어버리겠다."

길게 풀어헤친 머리 사이로 붉은 눈이 번뜩였다. 말뿐인 위협이 아니라는 것을 보여주듯 그의 손이 옆에 찬 검으로 향했다. 그때 누각 위에서 낭랑한 목소리가 들렸다.

"진정하세요, 태자."

태자의 눈이 위로 향했다. 새하얀 깃털로 된 머리카락을 지닌 미녀가 서 있었다. 서왕모의 오른팔인 구천현녀였다. 태자가 마지못해 예를 취했다.

"현원이 구천현녀를 뵈오."

마주 예를 취한 현녀가 웃으며 말했다.

"승전을 축하드립니다, 태자. 위로 오르시지요. 왕모께서 부르십니다."

붉은 눈을 번뜩이며 그녀를 쏘아본 태자가 입을 열었다.

"현녀, 아란선인이 지금 요지궁에 있소?"

"······."

"왜 대답이 없소. 요지궁이 아니면 소혜왕부에 있을까?"

태자의 입꼬리가 위로 올라갔다. 웃는 것이 아니라 물어뜯기 위해 이를 드러내는 듯한 모습이었다.

작게 한숨을 쉰 현녀가 말했다.

"여기서 나눌 이야기는 아니니, 태자께선 속히 위로 오르십시오."

"소문이 사실이었군."

씹어뱉듯 말한 태자가 이를 악물었다. 그는 제 앞을 가로막은 선인을 거세게 밀쳤다. 휘청거린 선인이 바닥으로 넘어졌다.

태자는 쓰러진 그녀를 짓밟으며 누각을 오르는 계단으로 향했다. 사납게 뒤틀린 그의 입술이 내뱉었다.

"어디, 왕모께서 무슨 변명을 하는지 들어볼까."


열린 창으로 푸른 달빛이 쏟아졌다.

묵림은 달빛에 의지해 누워 있는 이의 얼굴을 찬찬히 살폈다. 흐릿해진 기억으로는 과거와 닮았는지조차 알아내기 힘들었다. 잠깐 망설이던 그는 손을 뻗어 로이드의 이마를 만졌다. 창백하게 질린 얼굴과 달리 뜨끈뜨끈한 열기와 땀이 느껴졌다.

로이드의 상태는 최악이었다. 어깨에 구멍이 뚫리고 갈비뼈 두 개에 금이 갔다. 그것만으로는 목숨에 지장이 없었지만, 몸속으로 파고든 요기가 내장을 다 헤집어놓았다. 그는 천천히 죽어가고 있었다.

묵림은 제 손이 부들부들 떨리는 것을 느꼈다. 로이드의 피를 손에 묻혔을 때부터 떨림이 그치지 않았다. 그것이 드디어 찾았다는 감격인지, 못 알아보고 제 손으로 죽일 뻔했다는 충격 때문인지는 분간할 수가 없었다.

"……미안하다."

묵림은 떨어지지 않는 입을 열었다. 달리 무슨 말을 해야 할지 알 수가 없었다.

그는 머뭇거리며 말을 이었다.

"이번에도 늦어서 미안하구나, 솔아."

그가 생각한 재회는 이런 것이 아니었다. 처음부터 알아봤다면 얼마나 좋았을까.

하지만 후회해봤자 아무 소용도 없었다. 내게 소중한 이가 아니라고 해치려 들었기에, 그는 지금까지 기다려온 자식을 제 손으로 죽일 뻔했다.

"면목이 없어서, 너를 기다렸다는 말도 못 하겠다."

쓴웃음을 지은 묵림이 여우 목도리를 벗어 로이드의 위에 덮어주었다. 창백한 안색 때문인지, 원래 주인이라서인지 어색함 하나 없이 잘 어울렸다. 잠시 그것을 내려다보던 묵림이 말했다.

"줄 것이 하나 더 있는데, 네가 별로 반기지는 않을 것 같고."

잠시 말을 멈췄던 묵림이 다시 입을 열었다.

"그러니 이렇게 하자꾸나."

그는 손바닥 위에 뭔가를 뱉어냈다. 속에서 푸른 불꽃 같은 것이 일렁거리는 구슬이었다. 영물이 된 여우가 정기를 모으기 위해 만드는 것이 바로 이 여우 구슬이다. 묵림은 반요선으로 태어난 아이를 위해 새로운 구슬을 만들었다. 비록 완성하기도 전에 아이가 죽어버렸지만.

"나를 원망하고 미워해도 좋다."

묵림은 달빛을 받아 영롱하게 빛나는 구슬을 로이드의 심장이 있는 곳에 내려놓았다. 구슬은 마치 스며들 듯이 모습을 감춰버렸다.

"내 욕심이라 욕해도 좋으니, 부디 살아다오. 이번에도 네가 죽는 걸 보고 싶진 않구나."

묵림은 조심스럽게 로이드의 머리를 쓰다듬었다. 몸을 뒤척인 로이드가 그의 쪽으로 돌아누웠다. 멈칫해서 손을 떼어낸 묵림이 희미하게 미소 지었다.

그는 이것으로 진정 만족했다.


- 묵림! 이 미친놈아!

로이드가 눈을 뜬 것은 천둥 같은 고함 때문이었다. 흐릿한 눈을 깜빡인 그는 제 옆에 서 있는 무라를 발견했다. 그는 털이 다 뽑힐까 걱정될 정도로 거세게 머리를 쥐어뜯는 중이었다.

- 어쩌자고, 대체 어쩌자고 이런 짓을 해!

"무라 님, 이러다 백작님이 깨겠어요!"

아란이 빽 소리치는 것이 들렸다.

"이제야 열이 내렸다고요. 편히 자게 좀 내버려두세요!"

조용히 하라면서 더 크게 짹짹거리는 것이 그녀다웠다. 로이드는 슬며시 미소 지으려다 말고 얼른 자는 척했다. 제가 깨어난 것을 알면 아란이 속상해할 것 같았다.

－왜 말리지 않았나, 선인. 이게 얼마나 큰 죄인지 알고 있을 텐데!

"제가 왜 말려야 해요?"

눈을 동그랗게 뜬 아란이 되물었다. 날뛰던 무라가 갑자기 꿀 먹은 벙어리가 되었다.

"그때 백작님은 상태가 너무 나빴어요. 귀왕님이 도와주지 않았다면 죽을 수도 있었단 말이에요. 그런데 제가 왜 말려야 해요?"

－……선인.

"백작님이 이렇게 된 것도 귀왕님 때문이잖아요."

아란의 목소리가 가늘게 떨렸다. 원망이 깃든 말투에 한숨을 쉰 무라가 그녀를 타일렀다.

－그래도 이런 식은 좋지 않아. 순리에 어긋나는 일이라는 건 알고 있잖나.

"……지금은 안 돼요. 백작님은 제게 몇 번이나 거짓말을 하셨단 말이에요. 저 때문에 백작님이 지옥에 떨어지면 어떡해요?"

－아니, 뭐. 음, 그래도 어쩔 수 없는 일이지. 선인에게 거짓말을 한 건 잘못이니까.

"그래도 전 싫어요. 백작님이 죽는 것도, 지옥에 떨어지는 것도 싫어요. 같이 있는 동안 어떻게든 죄를 갚을 생각이었어요. 덕을 쌓으면 거짓말한 죄도 용서받을 수 있잖아요."

아란이 단호하게 말했다. 무라가 회의적인 얼굴로 로이드를 응시했다. 로이드는 자는 척하는 것을 들키지 않기 위해 규칙적으로 숨을 쉬었다.

－저 거짓말쟁이를 구원하려면 곤륜보다 높게 덕을 쌓아도 부족할 텐데.

"……백작님을 거짓말쟁이라고 하지 마세요."

아란이 시무룩하게 반박했다. 어쩔 수 없다는 듯이 머리를 저은 무라가 몸을 돌렸다.

－난 다시 당밀을 제거하러 가보겠네. 그 사이에 묵림이 오면 꼭 붙잡아놓게. 이번에야말로 한소리 해야겠어.

"네."

무라가 방을 나가자 침대로 올라온 아란이 로이드의 이마를 살짝 짚었다. 그제야 슬며시 눈을 뜬 로이드가 이제야 깨어난 척했다.

"……아란?"

"백작님, 깨셨어요?"

"푹 자고 일어난 기분입니다. 아란은 괜찮습니까?"

"전 괜찮아요. 하나도 다치지 않은걸요."

아란이 미안한 얼굴로 말했다. 로이드는 손을 뻗어 그녀의 얼굴을 만졌다. 다친 어깨가 약간 뻐근했지만, 팔을 마음대로 움직일 수 있었다. 생각보다 부상이 심하지 않은 것 같았다.

"이제 미녀의 키스만 받으면 벌떡 일어날 수 있을 것 같군요."

얼굴을 붉힌 아란이 그의 뺨에 입 맞췄다. 약간의 아쉬움을 짓누른 로이드는 아란의 손을 찾아서 꼭 쥐었다.

"혼자 기절해버려서 미안합니다."

지켜주지는 못할망정 먼저 정신을 잃다니, 망신도 이런 망신이 없었다. 배시시 웃은 아란이 속삭였다.

"그 말, 굉장히 여러 번 하셨어요."

"제가요?"

"네, 계속 끙끙 앓으면서도 절 걱정하셨어요. 저 때문에 다치셨는데도."

아란의 눈이 슬프게 변했다. 로이드는 맞잡은 손에 꼭 힘을 주었다.

"당신 때문이 아니라 귀왕의 탓이죠. 그래도 둘 다 살았으니 작전은 성공했군요. 귀왕이 당신을 못살게 굴진 않았습니까?"

"네, 이젠 안 괴롭힐 거라고 약속하셨어요."

정신을 잃는 순간, 자신이 죽고 아란이 귀왕을 죽이는 최악의 결말을 생각했다. 그래서 지금의 행운이 얼떨떨하고 믿기지 않았다. 아란이 희미하게 웃으며 설명해주었다.

"찾고 있었던 것이 있었는데, 계속 못 찾아서 화가 났대요. 그런데 이제 어디 있는지 알게 되어서 화를 낼 이유도 없어진 모양이에요."

"그것참 미친놈이네요."

"정말 소중한 거니까요. 전 이해해요."

더 욕하려던 로이드는 아란의 말에 입을 다물었다. 쓸쓸한 얼굴로 그를 바라보던 아란이 한숨을 포옥 쉬었다.

"전 정말 나쁜 애인 것 같아요."

"그럴 리가요. 왜 그런 말을 합니까?"

당황해서 몸을 일으키던 로이드는 가슴 위로 주르륵 흘러내린 여우 머리에 비명을 질렀다. 급히 몸을 젖힌 그는 침대 헤드에 머리를 박고 말았다. 놀란 아란이 그를 부축했다.

"괜찮으세요?"

"이, 이게 왜 여기 있습니까?"

귀왕이 걸치고 다니던 여우 목도리가 그의 목에 대롱대롱 매달려 있었다. 당장 목도리를 내던지려는 손을 아란이 붙잡았다.

"그냥 두세요."

"……네?"

"요기를 빼내는 데 도움이 될 거예요. 그냥 두세요."

아란이 단호하게 말했다. 슬그머니 손을 내린 로이드가 웅얼거렸다.

"정말 이러고 있어야 하는 겁니까. 보기만 해도 끔찍한데요."

방긋 웃은 아란이 그의 손을 토닥거렸다. 더 이상 거역할 수 없었던 로이드는 목도리를 두른 채로 얌전히 누웠다. 아란이 목도리를 잘 정리해 그의 목을 감싸주었다.

"싫으면 얼른 나으세요. 푹 쉬고 많이 드시고요. 그럼 벗게 해드릴게요."

"……네."

로이드가 기운 없이 말했다. 아란이 먹을 걸 가져오겠다며 서둘러 달려갔다. 그녀의 뒷모습을 바라보던 로이드가 싱긋 웃었다. 아란도 그도 무사하다. 그것만으로 모든 것이 괜찮게 느껴졌다. 그는 남은 문제를 밀쳐놓고 행복해하기로 했다. 가슴에서부터 따뜻한 기운이 퍼져나가는 것 같았다.

왠지 나른한 기분이 된 로이드는 깜빡 눈을 감았다. 잠시 꾸벅꾸벅 졸던 그는 이상한 느낌에 눈을 떴다. 문밖에서 오가는 사람들의 소리가 아까보다 가깝게 들렸다.

'뭐지?'

길게 하품한 로이드는 기지개를 쭉 켰다. 아까보다 가뿐해진 것이 당장 일어날 수 있을 것 같았다. 몸을 일으키려던 그는 이상한 것을 발견했다. 조금 전까지 멀쩡하던 손이 아니라 부드러운 털로 뒤덮인 짐승의 앞발이 보였다.

깨갱!

놀라 비명을 지르자 짐승의 울음소리가 튀어나왔다. 허둥거리던 로이드는 옷 속에서 몸을 쏙 빼냈다. 헐겁게 걸쳐져 있던 잠옷이 아래로 툭 떨어졌다. 사박사박 이불 위로 올라간 그는 제 몸을 확인했다. 부드러운 털로 뒤덮인 몸뚱이와 두툼한 긴 꼬리가 보였다. 보이는 곳은 다 은색 털로 덮여 있었고, 네 다리와 꼬리 끝만 양말을 신은 것처럼 검었다.

아무리 봐도 여우의 것이었다.

'어떻게 된 거지?'

앞발을 꽉 깨물어봤지만, 꿈에서 깨는 일은 없었다. 당황한 로이드는 제자리에서 빙글빙글 돌았다. 한참을 그러다가 소용없다는 것을 깨달은 그는 제자리에 앉았다.

'침착하자. 일단 침착하게 생각하는 거야.'

가장 의심되는 것은 귀왕의 여우 목도리였다. 처음 볼 때부터 꺼림칙하더니, 저주 걸린 물건임이 분명했다. 분노로 갈기를 세운 그는 크르릉 소리를 냈다.

'핫! 내가 지금 무슨 짓을!'

진짜 짐승이 된 것처럼 으르렁거리고 있었다. 당황한 로이드는 침착하자며 앞발을 핥았다. 그것 역시 인간의 행동이 아니라는 걸 깨달은 그는 비명을 질렀다.

– 안 돼! 이러다가 진짜 여우가 되어버리겠어!

로이드는 서둘러 침대 아래로 뛰어내렸다. 아란을 찾아서 도움을 청할 생각이었다. 네 발로 걷는 것이 어색해서 한참을 겅중거리다 겨우 문에 닿았다. 하지만 작아진 키가 문제였다. 잠시 고민하던 로이드는 폴짝 뛰어서 손잡이에 매달리는 것으로 겨우 문을 열었다.

– 아야야, 내 손톱.

손잡이를 당기느라 문을 박박 긁었더니 손톱이 아렸다. 앞발을 날름날름 핥은 로이드는 사방을 둘러보았다. 시야가 낮아져서인지 익숙한 풍경이 어색하게 느껴졌다. 저도 모르게 털을 곤두세운 로이드가 사방을 둘러보았다.

'응? 이 냄새는?'

바닥에서 올라오는 온갖 냄새 속에 기분 좋은 뭔가가 느껴졌다. 무슨 냄새라고 딱 짚어 말하긴 어렵지만, 몽글몽글하고 따뜻한 느낌이었다. 로이드의 두 귀가 쫑긋 섰다. 그는 본능에 따라 냄새를 쫓아가기 시작했다.

"어? 웬 여우지?"

모퉁이를 돌아 계단을 내려가는 로이드와 마주친 기사가 중얼거렸다. 그는 허리춤에 손을 올리며 "착하지. 이리 온. 쭈쭈쭈." 하고 말했다. 로이드는 개수작 부리지 말라고 소리쳤지만, 입에서 나오는 건 컁컁거리는 여우 소리였다. 다음 순간 기사가 그에게 단도를 집어 던졌다. 껑충 뛴 로이드는 어렵지 않게 그것을 피했다. 기사가 쳇 하고 혀를 차며 달려들었다.

— 이 새끼가! 넌 나중에 두고 보자!

로이드는 이를 갈며 계단을 내려갔다. 그때 멀리서 아란의 목소리가 들렸다. 반색한 로이드는 급히 그녀를 부르며 달려가기 시작했다.

— 아란! 도와주십시오!

물론 입 밖으로 나오는 소리는 "끄응! 끼잉끼잉!"에 불과했다. 제임스와 이야기 중이던 아란이 눈을 동그랗게 뜨고 그를 돌아보았다. 놀란 제임스가 소리쳤다.

"황녀님, 피하십시오. 에잇, 저리 가라! 이놈!"

로이드는 제임스의 발길질을 피해 아란에게 매달렸다. 팔짝팔짝 뛰는 그를 본 아란이 말했다.

"어머, 귀여워라. 어디에서 온 여우일까요?"

— 아, 아란? 못 알아보는 겁니까?

충격을 받은 로이드가 굳어졌다. 그사이 쫓아온 기사가 그의 목덜미를 낚아챘다. 목이 졸린 로이드가 케엑 소리를 냈다. 놀란 아란이 외쳤다.

"놓아주세요! 그건 영물이에요."

"네? 영물이요?"

"네. 요선은 아니지만, 사람처럼 생각할 수 있는 여우예요. 죽이면 안 돼요."

아란의 말에 기사가 마지못해 그를 놓아주었다. 자유롭게 풀려난 로이드는 다급히 아란에게 다가가 말했다.

― 아란, 자세히 보세요. 전 로이드입니다. 여우가 아니에요!

"황녀님께 뭔가 할 말이 있는 걸까요?"

제자리에서 빙글빙글 돌았다가 꼬리를 붕붕 흔들었다가 폴짝폴짝 뛰기도 하는 로이드를 본 제임스가 말했다. 고개를 갸웃한 아란이 말했다.

"잘 모르겠어요. 아직 어려서 말하는 법을 모르나 봐요."

― 으아아아!

답답해진 로이드가 바닥을 파바박 긁었다. 기사가 힐끗 그를 내려다보며 말했다.

"생긴 걸로 봐서는 다 컸는데요. 발정이라도 난 거 아닙니까?"

― 이 새끼, 넌 진짜 죽인다!

로이드가 기사를 향해 으르렁거렸다. 그때 몸을 굽힌 아란이 그의 머리를 쓰다듬었다. 순간 움찔한 로이드는 기분 좋은 손길에 귀를 뒤로 눕혔다. 아란이 부드러운 목소리로 말했다.

"예쁜 여우야, 이름이 뭐니?"

― 저 당신 여우입니다. 로이드라고요.

로이드가 시무룩하게 말했다. 끼잉거리는 소리에 아란이 그의 목을 긁어주었다. 털 사이로 파고드는 손길에 오싹한 시원함이 밀려들었다. 저도 모르게 눈을 감은 로이드는 더 해달라고 조르듯이 그녀의 손에 기댔다.

그때 아란의 손이 그의 옆구리를 타고 내려갔다. 로이드는 저도 모르게 발라당 드러누웠다.

'헛!'

드러눕고 나서야 정신이 돌아왔지만, 아란의 손이 옆구리를 슬슬 문지르자 다시 빠져나갔다. 아란은 엄청난 테크니션이었다. 로이드는 처음 겪는 황홀경에 넋이 나갔다. 드러누워서 꼬리만 살랑살랑 흔드는 그를 내려다본 제임스가 말했다.

"수컷이네요."

— 뭘 보는 거야, 인마!

로이드는 서둘러 몸을 일으켰다. 그는 얼른 꼬리로 다리 사이를 둘러 철저하게 방어했다. 풍성하고 아름다운 꼬리털을 본 기사가 입맛을 다셨다.

"쩝, 아깝군요. 이렇게 털이 고운 은여우는 처음 보거든요. 장갑으로 만들고 싶었는데."

그는 탐욕스러운 눈으로 로이드를 훑어봤다. 로이드가 하얗게 이를 드러냈다.

— 원래대로 돌아오면 넌 장갑 끼고 죽을 때까지 맞을 줄 알아.

"저도 이렇게 예쁜 여우는 처음 봐요. 눈도 굉장히 예쁜 금색이에요."

"와, 은색 털에 금색 눈이라니. 백작님이랑 똑같네요."

아란의 감탄에 제임스가 맞장구쳤다. 그것을 들은 아란이 눈을 동그랗게 떴다.

"앗, 혹시……!"

— 드디어 눈치챘습니까!

로이드가 기뻐하며 팔짝 뛰었다. 아란이 로이드를 향해 물었다.

"넌 백작님의 친구니?"

— 아니야!

로이드가 절망적으로 부르짖었다. 제임스가 조금 기묘한 표정으로 말했다.

"백작님께 여우 친구가 있을 리가요. 사람 친구도 없는 분입니다."

— 넌 닥쳐!

"지금 말고 전생의 친구요. 귀왕님이 알려주셨는지도 몰라요."

잔뜩 들뜬 얼굴이 된 아란이 "백작님에게 갈래?" 하고 물었다. 한숨을 쉰 로이드가 고개를 끄떡였다. 일단 방에 가야 해결이 될 것 같았다. 로이드의 반응에 제임스가 "허어, 정말 말을 알아듣네요!" 하고 놀란 듯이 말했다. 수줍게 웃은 아란이 로이드의 머리를 만졌다.

"착한 여우니까, 은동이라고 불러야겠어요."

"은동이요?"

은동이라고 몇 번 중얼거린 제임스가 "어감이 좋군요." 하고 말했다. 덩달아 기사도 "은동이, 괜찮은데요. 은동아." 하고 로이드를 불렀다. 로이드는 죽고 싶어졌다.

우여곡절 끝에 로이드는 방으로 다시 돌아왔다. 벌어진 문을 본 아란이 "앗, 문이 열려 있어요!" 하고 소리쳤다. 로이드는 제일 먼저 열린 문으로 들어가 침대로 뛰어올랐다. 당황한 아란이 "은동아, 그러면 안 돼." 하고 쫓아왔다.

　이불 속에서 잠옷을 끄집어낸 로이드가 그것을 침대 위에 내려놓고 앞발로 탁탁 두드렸다. 그리고 자신 쪽을 가리켰다. 제발 알아봐달라는 호소에 눈을 동그랗게 뜬 아란이 물었다.

　"설마, 백작님?"


　─ 으하하하!

　아란의 호출을 받고 달려온 무라는 로이드를 보고 웃음을 터트렸다. 뚱한 눈으로 노려보는 시선에도 한참을 웃어대던 그가 눈물을 닦으며 말했다.

　─ 자, 자네. 그게 대체 무슨 꼴인가?

　─ 저도 모르겠습니다. 자고 일어나니 이렇게 되어 있었다고요.

　로이드가 투덜거렸다. 컁컁거리던 그를 유심히 바라보던 아란이 무라에게 물었다.

　"백작님이 뭐라고 하세요?"

　─ 글쎄. 뭐라고 말을 하는 것 같은데. 전혀 모르겠군.

　무라가 난처한 듯 중얼거렸다. 아란의 얼굴이 어두워졌다. 그녀 역시 로이드의 말을 알아들을 수가 없었던 것이다.

　"이제 어떡하죠?"

　─ 이건 뭉림이 집어넣은 여우 구슬 때문인 것 같네. 녀석을 찾아서 물어봐야지.

　─ 뭘 집어넣어요?

　당황한 로이드가 물었다. 하지만 아무도 그의 말을 알아듣지 못했다. 아란이 후회 어린 얼굴로 말했다.

"이렇게 될 줄 몰랐어요."

— 나도 이런 경우는 처음 보네. 인간이 여우 구슬을 흡수해도 천기를 읽거나 풍수를 알게 되는 정도인데. 이렇게 여우가 되어버릴 줄 누가 알았겠나.

— 잠깐만요. 여우 구슬이 대체 뭡니까? 그것부터 설명해달라고요!

답답해진 로이드가 소리쳤다. 무라가 으르렁거리는 그를 보고 뺨을 긁적였다.

— 무슨 말인지 모르지만, 왠지 화를 내는 것 같군.

"걱정하지 마세요. 백작님. 제가 꼭 원래 모습으로 되돌려드릴게요."

아란이 그를 쓰다듬으며 말했다. 시무룩하게 고개를 끄떡인 로이드가 이어지는 손길에 발라당 드러누웠다. 더 해달라고 학학거리는 그를 아란이 끈기 있게 쓰다듬어주었다. 황홀감에 혀를 빼문 그를 묘한 표정으로 바라보던 무라가 물었다.

— 자네, 의외로 이쪽에 적성이 맞는 거 아닌가?

— 아니야!

로이드는 소리 지르며 벌떡 일어났다. 안 그래도 지금 상황이 너무 편해서 걱정이 되던 참이었다.

— 저는 반드시 원래 모습으로 돌아갈 겁니다.

캥캥거리는 소리를 들은 무라가 어깨를 으쓱했다.

— 일단 묵림을 찾아보지. 그래도 크게 기대는 하지 말게. 워낙 신

출귀몰한 녀석이라 작정을 하고 숨으면 찾아내기 힘들거든.

무라를 배웅하고 돌아온 아란이 그를 어루만지며 뭔가 필요한 게 없는지 물었다. 때마침 목이 말랐던 로이드가 앞발로 물병을 가리켰다. 아란은 얼른 넓은 대접에 물을 담아서 내려놓았다.

기분이 좋아진 로이드가 꼬리를 살랑거리며 대접으로 다가갔다. 그는 털이 젖지 않게 조심해서 물을 마셨다. 처음 마실 땐 요령이 없어서 목털까지 다 적셨지만, 이제 혀를 국자처럼 구부려서 물을 뜨는 법도 터득했다.

'자꾸 이렇게 익숙해지면 안 되는데.'

처음엔 엎드려서 물을 마시는 것도 비참했는데, 이젠 뭐 어떤가 싶었다. 사람은 다 편한 쪽으로 적응하는 거였다. 만족할 만큼 물을 마시고 물러나자 아란이 깨끗한 수건으로 그의 입을 꼼꼼히 닦아주었다. 쑥스러워하는 로이드를 유심히 들여다보던 아란이 그의 입에 쪽 입 맞췄다.

'아, 아니. 왜 지금 입에…… 그래도 좀 좋다.'

로이드의 꼬리가 살랑살랑 흔들렸다. 아란이 헤헤 웃으며 말했다.

"전 지금의 백작님도 너무 좋아요."

- 정말입니까?

"백작님이 어떤 모습이라도 좋고, 어떻게 변해도 좋아할 거예요."

로이드는 그를 꼭 끌어안은 아란의 품에 얼굴을 묻었다. 조금은 행복한 것도 같았다.

그때 똑똑 소리가 들렸다. 놀라 고개를 돌린 로이드의 눈에 단출한 옷차림의 왕이 보였다. 그는 조금 민망한 얼굴로 머리를 긁적였다.

"실례했소, 황녀. 로이를 보러 왔는데."

당황한 로이드와 아란이 서로를 마주 봤다.

응접실엔 잠시 어색한 침묵이 흘렀다.

로이드는 뻣뻣하게 굳은 채 또록또록 눈을 굴렸다. 차를 마시던 왕이 그를 힐끗 쳐다봤다. 로이드는 슬그머니 시선을 피했다. 괜히 왕이 그를 알아볼 것 같은 불안감이 들었다.

"그것참 볼수록 신기하군. 꼭 사람 같아."

"제 여우니까요."

방긋 웃은 아란이 무릎 위의 로이드를 쓰다듬었다. 이런 상황에도 아란의 손길은 황홀할 정도로 기분 좋았다. 로이드는 발라당 드러눕지 않기 위해 애써야 했다. 몸을 배배 꼬는 그를 유심히 쳐다보던 왕이 부러운 듯 말했다.

"나도 한번 만져봐도 되겠소?"

"……."

아란이 난처한 듯 로이드를 바라봤다. 로이드는 얼른 이를 드러내고 사납게 으르렁거리는 척했다.

"죄송해요. 싫은가 봐요."

아쉽게 손을 거둔 왕이 험험 기침했다. 안도한 로이드가 쫑긋 세운 귀를 늦췄다. 그는 좀 더 편하게 몸을 말았다. 그걸 지켜보던 왕이 말했다.

"황녀가 키우는 여우라서인가? 로이를 닮았군."

정곡을 찔린 로이드가 움찔했다. 다행히 왕은 그것을 눈치채지 못하고 혀를 찼다.

"로이 녀석, 외출할 정도로 나았으면 미리 알려줄 것이지."

왕은 로이드가 사경을 헤매는 동안 매일 찾아와 안위를 살폈다. 상태가 안정되자 대신 왕실의원을 보내 보고를 받았다. 오늘쯤이면 조카와 대화를 할 수 있을 거라는 기대로 찾아왔는데, 뜻밖에도 방이 텅 비어 있었다. 왕은 로이드가 자신을 피해 도망갔으리라고 지레짐작했다.

"어쩔 수 없는 사정이라서…… 죄송해요."

거짓말을 못 하는 아란이 식은땀을 삘삘 흘렸다. 왕이 말도 안 된다는 듯이 손을 내저었다.

"황녀의 잘못이 아닌데 왜 사과를 하시오? 사과는 내가 해야지."

깊은 한숨을 쉰 왕이 고개를 숙였다.

"못난 여식의 잘못으로 고초를 겪게 해서 정말 미안하오. 뭐라 드릴 말씀이 없소."

아란이 놀란 듯이 눈을 깜빡였다. 왕은 고개를 깊게 숙인 채로 말을 이었다.

"국가적인 사과나 보상을 원하면 얼마든지 해드리겠소. 다만 파혼만은 하지 말아주시오. 로이, 그 녀석은 황녀를 정말 많이 아낀다오. 잘못은 왕실에서 저지른 것이고 녀석과는 아무런 상관이 없으니, 이번 일과 혼인은 별개로 생각해주시오."

로이드는 어쩔 줄 몰라 하며 귀를 까딱거렸다. 왕이 저를 위해 고개까지 숙일 줄은 몰랐다.

잠시 왕을 바라보던 아란이 생긋 웃었다.

"그러실 필요 없어요. 전 파혼할 생각이 없는걸요."

"정말이오?"

"백작님은 목숨을 걸고 저를 구해주셨어요. 공주님이 잘못을 저지르신 건 맞지만, 왕실 전체에 죄를 물을 정도는 아니에요. 저는 이번 일을 그냥 덮었으면 좋겠어요."

아란이 '괜찮죠?' 하고 묻듯이 로이드를 쓰다듬었다. 잠깐 망설이던 로이드는 고개를 숙였다. 사실 그는 아란을 아프게 만든 공주에게 앙갚음을 하고 싶었다. 하지만 당사자인 아란이 괜찮다는데 안 된다고 우길 수는 없었다. 공주에게 복수할 기회는 또 올 것이다. 그는 앞발을 날름날름 핥으며 마음을 달랬다.

"공주님은 좀 괜찮으신가요?"

"안 괜찮아도 어쩌겠소. 녀석이 지은 죄이니 감당하면서 살 수밖에. 황녀께서 신경 쓰실 필요 없소."

무슨 대화인지 이해하지 못한 로이드는 아란을 올려다봤다. 아란이 천천히 그의 머리를 쓰다듬으며 말했다.

"제가 공주님께 기회를 드릴 수 있어요."

왕이 놀란 눈으로 아란을 바라봤다. 얼굴이 조금 빨개진 아란이 덧붙였다.

"순수한 호의는 아니에요. 저는, 저는…… 사실 질투가 심해요. 만약 공주님이 백작님을 계속 노리면 화가 날 거 같아요. 그러니까 공주님이 다 나으면 멀리 시집보낸다고 약속해주세요."

입술을 꼭 깨문 아란이 대답을 재촉하듯 왕을 응시했다. 왕이 탄식하듯 말했다.

"황녀가 그 일을 알고 있는 줄 몰랐소. 그렇게 하리다. 공주가 낫지 않아도 먼 곳의 수녀원으로 보내겠소."

마른세수를 하듯 얼굴을 문지른 왕이 다시 고개를 숙였다.

"정말 부끄럽군. 황녀께 감사하고 또 죄송하오."

"감사하지 마세요. 선의로 말한 것도 아닌걸요. 백작님이 신경 쓰는 게 싫어서 그래요."

로이드를 안고 일어선 아란이 "그럼 전 지금 공주님께 가볼게요." 하고 말했다. 당황한 왕이 그녀와 함께 일어났다.

"공주는 지금 무척 예민한 상태라 패악을 부릴지도 모르오. 나와 동행하는 것이……."

"아니에요. 공주님은 제가 제압할 수 있어요. 또…… 은동이와 함께 갈 테니까요."

아란이 로이드를 내려다보며 말했다. 그녀와 눈이 마주친 로이드는 반사적으로 꼬리를 흔들었다. 왕이 다시 부러운 눈으로 중얼거렸다.

"은동이라. 귀여운 이름이군. 은동아."

로이드는 손을 뻗는 왕에게 이를 드러냈다. 시무룩해진 왕은 그를 만지는 것을 포기했다.


결국, 로이드는 아란의 품에 안긴 채 마차에 올랐다. 네 다리로 전해지는 진동이 어색해서 안절부절못하는 그를 아란이 보듬어주었다.

– 미안합니다. 아란.

풀이 죽은 로이드가 말했다. 어머니가 돌아가신 후로 그는 뭐든 혼자서 해내는 것에 익숙해져 있었다. 남의 돌봄은 필요도 없었고 오히려 귀찮게 여겼다. 그런데 지금은 정말 작고 무력한 짐승이 된 것 같았다. 아란이 귀여워해주는 것은 좋았지만, 혼자선 아무것도 할 수 없다는 자괴감도 심했다.

"기운 내세요, 백작님. 곧 원래대로 돌아올 수 있을 거예요."

아란이 상냥하게 위로했다. 로이드는 자신의 앞발을 내려다보았다. 귀왕을 찾으면 원래대로 돌아갈 수 있는 걸까. 이렇게 지독한 저주를 걸었다면 분명 순순히 풀어주지 않을 것 같았다. 평생을 여우로 살아가는 것을 상상하자 몸이 절로 부르르 떨렸다.

'포기하면 안 돼. 포기하면 끝이야.'

로이드는 힘들 때마다 되풀이했던 주문을 외웠다. 하지만 불안에 앞발을 핥는 것은 멈추지 못했다. 아란이 걱정스러운 눈으로 그를 보고 있었다.

마차가 멈춘 곳은 백합궁이 아닌 조그마한 수도원이었다. 한때는 성사로도 쓰였으나 대성당이 증축된 지금은 주인 없이 비워진 곳이었다.

황량한 수도원의 마당에 내린 아란이 속삭이듯 말했다.

"공주님을 보고 너무 놀라지 마세요."

혹시나 했는데 정말 공주가 이곳에 있는 모양이었다. 로이드는 약간의 의아함을 느꼈다. 왕은 공주를 감옥에 가두면 가뒀지 이런 곳에 처박을 사람은 아니다. 공주의 의지로 이곳에 숨어 있다고 봐야 했다.

'대체 무슨 일이지?'

안내하는 이를 따라 수도원의 안으로 들어선 아란이 그를 내려놓았다. 로이드는 아란과 박자를 맞춰 차가운 돌바닥을 사뿐사뿐 걸었다. 안내인은 수도원에서도 가장 안쪽의 방으로 그들을 안내했다. 묵언수행 중인 그에게선 어떤 설명도 들을 수 없었다.

아란은 망설임 없이 문을 열었다. 습하고 눅눅한 냄새와 함께 퀴퀴한 누린내가 확 풍겼다. 한순간 물러설 뻔했던 로이드는 아란의 뒤를 따라 안으로 들어섰다. 불이 꺼진 방은 어두웠지만, 그는 안쪽의 의자에 누군가 앉아 있는 것을 볼 수 있었다.

"……뭐 때문에 찾아온 거지? 날 비웃으려고?"

가래가 끓는 것 같은 거친 목소리가 들렸다. 로이드는 상대가 나이 많은 노파라는 것을 알았다. 아란은 말없이 꺼진 등에 불을 켰다. 노파가 날카롭게 소리쳤다.

"불 켜지 마!"

"전 어둠 속에서 보이지도 않는 당신과 이야기할 생각 없어요, 왕녀."

아란의 말에 로이드의 눈이 커졌다. 그는 그제야 노파가 공주라는 것을 깨달았다. 두꺼운 베일을 쓴 공주가 그르렁거렸다.

"나쁜 년."

"절 죽이려고 한 사람에게 그런 말 듣고 싶지 않은걸요. 그리고 전 당신을 비웃는 게 아니라 고쳐주려고 온 거예요. 물론 믿든 말든 그건 당신의 자유예요."

고쳐준다는 말에 공주가 움찔했다. 쌕쌕거리는 숨소리가 더욱 심해졌다. 그녀에게 다가간 아란은 소매 속에서 작은 화분을 하나 꺼내서 내밀었다.

"받으세요, 왕녀."

"……."

공주는 말없이 화분을 노려보았다. 성질 같아선 그대로 내쳐버리고 싶었지만, 혹시나 싶은 생각에 움직이지 못하는 것이다.

아란이 조금 쌀쌀맞게 말했다.

"혹시 깨트릴 생각은 마세요. 수많은 꽃 중에 당신을 도와주겠다고 말한 건 그 아이 하나뿐이었어요. 당신이 딱 한 번 예쁘다고 칭찬해준 것이 좋았대요. 더는 없어요."

한참 망설이던 공주가 화분을 받았다. 한 걸음 물러선 아란이 말을 이었다.

"앞으로 매일, 그 화분에 진심이 담긴 이야기를 해주세요. 거기 담긴 진심만큼 당신의 정기를 돌려줄 거예요. 그럼 언젠가 젊음을 되찾을 수도 있겠죠."

말없이 화분을 내려다보던 공주가 한참 만에 입을 열었다.

"……왜 나를 도와주는 거지? 네 말대로 난 너를 죽이려고 했는데."

"그냥 도와주는 건 아니에요. 만약 당신이 또다시 백작님을 탐내면 전 그 화분을 뺏어서 깨트러버릴 거예요. 그럼 당신은 지금의 늙은 모습으로 돌아오겠죠."

아란이 위협적으로 말했다. 화분을 꽉 움켜쥔 공주가 떨리는 목소리로 물었다.

"지금 날 협박하는 거야?"

"아뇨, 경고하는 거예요. 선인의 것을 탐내지 마세요. 전 지금도 당신을 혼내주고 싶은 것을 참고 있어요."

"로이는 내 거였어!"

공주가 날카롭게 반박했다. 부들부들 떨리는 손으로 베일을 확 끌어내린 그녀가 "로이는, 그는 내 기사란 말이야!" 하고 소리쳤다. 주름진 얼굴에 깃든 것은 후회와 고통이었다.

그녀와 눈을 마주한 아란이 "이젠 아니죠." 하고 담담하게 응수했다. 공주가 왈 울음을 터트렸다.

"돌려줘! 돌려달란 말이야! 너만 아니었어도, 로이는 나한테 돌아왔을 거야!"

"아뇨, 절대 아니에요. 당신은 백작님을 배신했으니까."

"로이는 날 사랑해!"

주름진 공주의 눈에서 눈물이 뚝뚝 떨어졌다. 그녀는 떼를 쓰는 어린애처럼 "그는 날 사랑한다고 했어." 하고 반복했다. 아란은 아무런 말도 하지 않았다. 공주가 흐느끼며 말했다.

"로이는 항상 내 이야기를 들어줬어. 내가 무슨 생각을 하는지, 뭘 좋아하는지 궁금해했다고. 내가 지루한 이야기를 해도 똑똑한 척을 해도 한 번도 싫어한 적 없었어. 공주가 아니라, 여자가 아니라, 나를…… 캐서린을 좋아한다고 말해줬단 말이야. 나를 정말 좋아한다고!"

로이드는 이 자리에서 도망가고 싶어졌다. 처음 아란의 앞에서 과거가 까발려졌을 때는 그나마 나았다. 지금은 그냥 혀를 물고 죽고 싶은 기분이었다. 식은땀으로 축축하게 젖은 그를 힐끗 내려다본 아란이 말했다.

"결국, 그런 사람을 배신한 거잖아요."

"배신한 게 아니야! 나는, 나는 그냥 무서웠어. 사람들이…… 내가 로이에게 빠진 걸 눈치챌까 봐, 나를 비웃을까 봐 무서웠다고. 그래서 평소와 다름없이 행동하려고 했던 거야. 그걸 로이에게 보여줄 생각은 아니었어!"

공주가 절규하듯 외쳤다. 동시에 그녀의 무릎에 놓여 있던 화분이 희미한 빛을 냈다. 화분에서 올라온 싹이 올라오더니 순식간에 쑤욱 자라났다. 길쭉한 줄기 위해 동그랗게 부풀어 오른 꽃망울이 활짝 펴졌다. 아름다운 백합이었다. 잠시 만개한 모습을 보인 백합이 산산이 부서지더니 은빛 가루로 변해 공주에게 스며들었다.

"당신은 백작님을 좋아했군요."

아주 조금 생기가 돌아온 공주의 얼굴을 본 아란이 말했다. 그녀는 도저히 모르겠다는 듯이 물었다.

"그런데 왜 사람들이 비웃을 거라 생각했죠?"

그러자 흐느끼던 공주가 고개를 들었다. 그녀는 그걸 모르는 아란을 이해할 수 없다는 어조로 말했다.

"로이는 사생아잖아?"

"……."

"내가, 그를 좋아하는 걸 들키면 사람들이 비웃었을 거야. 그렇게 고고한 척 굴더니 결국 사생아 따위에게 넘어갔다고 말할 거라고."

로이드는 칼에 찔린 것 같은 기분을 느꼈다. 차라리 갖고 놀다가 버린 거였다면, 이렇게 비참하지 않았을 것이다. 그냥 못된 여자에게 잘못 걸린 거라고 생각하면 그만이니까.

하지만 그의 출신이 천해서 좋아하는 것조차 들키기 싫었다는 말은 또 다른 상처였다. 다른 사람도 아닌 아란의 앞에서 이런 말을 들었다는 것이 수치스러웠다. 토할 것만 같았다.

"백, 아니, 은동아! 괜찮아?"

비틀거리는 로이드를 눈치챈 아란이 얼른 그를 안아 들었다. 로이드는 그녀의 품에 얼굴을 묻고 끼잉 소리를 냈다. 비겁하다고 욕해도 좋으니 여기에서 나가고 싶었다.

그의 상태가 심상찮다는 것을 느낀 아란이 서둘러 공주에게 말했다.

"왕녀, 당신은 자신에게 뭐가 소중한지도 모르는 사람이에요. 전 절대 당신 같은 어리석은 짓은 안 할 거예요."

할 말 다 했다는 듯이 고개를 돌린 아란이 빠른 걸음으로 밖으로 향했다. 공주가 악을 쓰는 소리가 따라왔다. 로이드는 고개를 돌려 그것을 외면했다.

수도원 바깥으로 나와 차가운 공기를 마시자 조금 살 것 같았다. 아란이 조금 걱정스러운 눈으로 그를 보며 말했다.

"공주님 말에 충격받으셨어요?"

할 말이 없었던 로이드는 그녀의 손을 핥았다. 면목이 없었지만, 버리지 말라고 말하고 싶었다. 그를 꼭 끌어안은 아란이 말했다.

"공주님이 백작님을 좋아한다고 해서 무르기 없기예요. 전 절대 안 놓아드릴 거예요."

로이드는 꼬리를 살랑거렸다. 절대 놓아주지 않는다는 말이 고마웠다. 애교 부리듯 낑낑대던 그는 그만 사레가 걸려 캑캑거렸다. 아란이 계단 위에 그를 내려놓았다.

"잠깐만 여기 계세요. 금방 물 떠올게요."

괜찮다고 말릴 틈도 없이 그녀는 달려가 버렸다. 아란을 따라가려던 로이드는 괜히 걱정만 더 시킬 것 같아 얌전히 계단에 앉았다. 뭐라 말할 수 없이 우울한 기분이었다.

그때 어디선가 바스락 소리가 들렸다. 반사적으로 고개를 돌린 로이드는 덤불 속에서 꿈틀꿈틀 움직이는 하얀 것을 발견했다. 두 귀가 절로 쫑긋 서며 꼬리에 힘이 들어갔다.

로이드는 저도 모르게 자세를 낮추다가 흠칫했다. 이러면 안 된다고 고개를 돌렸지만, 바스락거리는 소리가 날 때마다 절로 몸이 움찔거렸다. 그는 필사적으로 자신을 다잡았다.

'안 돼, 절대 안…… 되는데!'

정신을 차리자 그는 이미 하얀 것을 덮친 뒤였다. 바로 붙잡힐 것 같았던 놈이 코앞에서 쏙 빠져나갔다. 로이드는 기를 쓰고 그것을 쫓았다. 하얀 털 뭉치가 씰룩거리며 도망쳤다. 껑충 뛰어서 마침내 놈을 붙잡은 로이드는 신이 나서 그걸 콱콱 깨물었다. 꿈틀거리던 놈이 축 늘어졌다.

그때 어디선가 큭큭 웃는 소리가 들렸다. 깜짝 놀라 고개를 든 로이드는 나무 그늘에 앉아 있는 귀왕을 발견했다. 턱을 괸 채 로이드를 바라보던 그가 물었다.

"재미있나?"

놀란 로이드는 입에 물고 있던 것을 툭 떨어트렸다. 그의 발치에 떨어진 하얀 것이 꿈틀거리다가 순식간에 사라져버렸다. 그제야 유인당한 것을 깨달은 로이드가 몸을 홱 돌려 달아났다. 하지만 어떻게 된 일인지 크게 한 바퀴를 돌아 다시 제자리로 돌아오고 말았다. 귀왕이 웃으며 말했다.

"재미있나 보군. 어디 더 뛰어다녀봐라."

한숨을 쉰 로이드는 제자리에 앉았다. 그는 불퉁한 눈으로 귀왕을 노려보며 빈정거렸다.

─ 전부터 느꼈지만, 당신 정말 성격이 나쁘네.

"글쎄, 무라는 네 성격이 나랑 비슷하다던데."

─ 뭐? 날 어떻게 보고 그런 막말을…… 지금 내 말 알아들은 건가?

놀란 로이드가 자리에서 벌떡 일어났다. 여우가 된 뒤로 누군가 자신의 말을 알아들은 것은 처음이었다. 눈을 가늘게 접은 귀왕이 말했다.

"같은 여우니까."

─ 난 여우가 아니야!

"저런, 그런 식으로 가다간 100년이 지나도 인간이 되지 못하겠군."

움찔한 로이드가 이를 악물었다. 그는 귀와 꼬리를 세운 채 으르렁거리기 시작했다.

－원하는 게 뭐야? 어떻게 하면 날 원래대로 돌려줄 건데?

그를 물끄러미 쳐다보던 귀왕이 웃었다.

"변신은 처음일 텐데 생각보다 이성적이구나. 본능에 휘둘리고 있을 줄 알았더니."

－묻는 말에 대답이나 해!

"원하는 게 있는 건 너겠지. 인간으로 돌아가고 싶다면 우선 정중히 부탁해보는 게 어떨까?"

귀왕이 여유롭게 말했다. 순간 울컥했던 로이드는 이내 심호흡으로 마음을 가다듬었다.

－부탁하면, 날 인간으로 되돌려줄 건가?

"하는 걸 봐서."

－부탁드립니다. 절 원래대로 인간이 되게 해주십시오.

로이드는 주저 없이 납작 엎드렸다. 눈을 가늘게 뜨고 그를 바라보던 귀왕이 몸을 일으켰다. 아니, 일으켰다고 생각한 순간 훌쩍 뛰어오른 그는 새까만 여우로 변했다. 이마에 하얀 별이 있는 흑여우였다.

검은 꼬리를 살랑거리며 다가온 귀왕이 얄밉게 웃었다.

－그럼 진짜 여우가 되는 것부터 시작해볼까?


로이드는 제일 먼저 네 발로 달리는 법부터 배워야 했다. 귀왕은 그가 조금이라도 어설프게 뛰면 꼬리로 후려쳐서 쓰러뜨렸다. 몇 번이고 낙엽 사이를 뒹군 로이드는 이를 갈았다.

그다음에는 냄새로 추적하는 법을 배웠다. 예민해진 후각으로 한꺼번에 쏟아지는 정보를 분석하는 것은 꽤 힘든 일이었다. 귀왕은 로이드가 헤맬 때마다 가차 없이 비웃었다. 약이 오른 로이드는 어느 때보다 집중해서 추적을 배웠다.

- 그래서 전 언제쯤 인간으로 돌아갈 수 있는 겁니까?

로이드가 바위 위에 길게 드러누운 귀왕을 보고 물었다. 귀찮다는 듯이 꼬리 끝을 까딱인 귀왕이 말했다.

- 넌 지금 굉장히 어중간한 상태다. 온몸에 요력이 돌고 있지만, 자신의 것으로 소화하지 못하고 있지. 요력을 다루는 방법을 깨우치지 못하면 진짜 짐승이 되어버릴지도 몰라. 뭐, 그것도 썩 나쁘지 않아 보이지만.

- 요력을 다루는 법을 배우려면 시간이 오래 걸립니까?

- 기지도 못하는 놈이 날려고 하는군. 인간이 되는 것보다 급한 일이라도 있나?

눈을 가늘게 뜬 귀왕이 되물었다. 로이드는 잠시 머뭇거렸다. 귀왕을 노려보던 그는 할 수 없다는 투로 털어놓았다.

- 아란이, 걱정하고 있을 겁니다. 말도 못 하고 와버려서요. 수도원에 잠깐 들러서 이야기만 하고 오면 안 됩니까?

- 멍청한 놈. 그때부터 시간이 얼마나 지났다고 생각하는 거야.

귀왕의 말에 당황한 로이드가 하늘을 올려다봤다. 시간은 꽤 지난 것 같지만, 아직 해가 지지 않아서 안심하고 있었다. 귀왕이 그를 비웃으며 말했다.

- 여긴 내 결계 속이다. 해가 뜨고 지는 것까지 마음대로 할 수 있

어.

그의 말을 증명하듯 순식간에 해가 지더니 하늘이 어두워졌다. 당황한 로이드가 소리쳤다.

– 시간이 얼마나 지났습니까? 아니, 이럴 게 아니라 당장 내보내 주십시오!

– 꼬마 선인에겐 진작 전언을 보냈다. 어차피 가봤자 말도 안 통할 테니, 인간이 될 때까진 얌전히 있어라.

귀왕이 심드렁하게 말했다. 로이드는 낭패한 기분으로 그를 노려봤다. 크르릉거리며 이를 드러낸 그가 내뱉었다.

– 당신은 정말 최악이야.

귀왕의 눈이 동그래졌다. 홱 몸을 돌린 로이드가 숲을 가로질러 달렸다. 견딜 수 없이 화가 나서 씩씩거리는 숨이 올라왔다. 가장 큰 것은 멍청한 자신에 대한 분노였다.

갑자기 사라져서 아란이 얼마나 놀라고 걱정했을까. 그런 줄도 모르고 밤이 되기 전에 얼른 돌아가겠다는 생각이나 하고 있었다. 짐승이 되더니 지능도 짐승 수준으로 떨어진 것 같았다. 앞뒤 안 가리고 내달리다 나무에 들이박을 뻔했던 로이드는 간신히 멈춰 섰다. 힘없이 풀썩 주저앉은 그가 중얼거렸다.

– 아란, 정말 미안합니다.

여우로 변해버린 그를 보고도 좋다고 말해준 사람이었다. 천하다고 매도당하는 모습을 들켜도 절대 놓지 않겠다고 해주었다. 그런데도 인간으로 돌아가겠다는 욕심에 그녀가 걱정할 거라는 사실을 밀쳐놓았다. 로이드는 자신의 이기심에 무척 실망했다.

낙엽에 얼굴을 묻고 있던 그는 문득 하늘색 돌을 발견했다. 동그란 돌은 딱새의 알처럼 파랗고 금색의 무늬가 점점이 찍혀 있었다. 로이드는 그것을 시냇가로 옮긴 후 흐르는 물에 깨끗이 씻어냈다. 흙먼지를 떨어내고 나자 더욱 예쁘게 보였다.

로이드는 돌을 물고 귀왕에게 돌아갔다. 바위에 조심스럽게 돌을 내려놓은 로이드가 그것을 코끝으로 밀어 귀왕 쪽으로 보냈다.

― 이걸 아란에게 보내주십시오. 그리고 제가 그녀를 잊지 않았다고, 돌아가기 위해 노력하고 있다고 전해주세요.

돌을 물끄러미 내려다보던 귀왕이 얄밉게 웃었다.

― 이런 걸 최악인 놈에게 부탁해도 되는 건가. 내가 전해주지 않고 버리면 어쩌려고?

― 무사히 전달해주면 최악에서 최저로 올려드리죠.

― 그게 올라가는 건가?

웃는 소리를 낸 귀왕이 돌을 거둬들였다. 로이드는 그를 빤히 쳐다보며 물었다.

― 지금 바깥에선 시간이 얼마나 지났습니까?

― 사흘.

― 생각보다 많이 흘렀군요. 오늘부터는 현실과 똑같은 시간에 해가 뜨고 졌으면 합니다.

― 이젠 명령까지 하는군.

― 절 납치해 온 사람에게 이 정도는 요구할 수 있는 것 아닙니까.

로이드는 뻔뻔하게 말했다. 피식 웃은 귀왕이 앞발 사이에 얼굴을 묻었다. 대답은 없었지만, 로이드는 그가 제 뜻대로 해줄 것을 알았다. 그건 조금 기묘한 느낌이었다.

로이드는 바보가 아니었고, 귀왕이 제게 호의를 품고 있다는 것을 알았다. 이유는 알 수 없었다. 아니, 알고 싶지 않은 것에 가까웠다. 그는 하루라도 빨리 아란에게 돌아가는 것만 생각하기로 했다.

로이드는 숲에서 발견한 예쁜 것들을 아란에게 보냈다. 물론 전달자는 귀왕이었다. 덧붙이는 말도 잊지 않았다. 매일 같이 반복되는 '좋아한다, 보고 싶다, 빨리 돌아가고 싶다.' 타령에 귀왕이 떨떠름하게 물었다.

– 꼬마 선인의 어디가 그렇게 좋은 거냐?

– 알아서 뭐하게요? 아란의 좋은 점은 저만 알고 있으면 됩니다.

로이드가 얄밉게 샐쭉거리며 말했다. 이제 제법 여우처럼 꼬리를 까딱이는 그를 빤히 쳐다보던 귀왕이 말했다.

– 너, 꼬마 선인이 월선이라는 건 알고 있겠지?

– 그게 뭡니까?

– 무식하면 용감하다더니.

– 설명은 해주고 욕을 하십시오.

로이드가 투덜거렸다. 어디 가서 멍청하다는 소리 한번 들은 적 없는데, 귀왕은 그가 아둔하다고 생각했다. 뭔가를 가르쳐주고 한 번에 알아듣지 못하면 '이걸 왜 못 해?'라는 눈으로 쳐다보는 것이다. 이번에도 그를 세상에서 제일 멍청한 놈을 보듯 하던 귀왕이 말했다.

– 달의 정기로 수련한 선인을 월선이라고 하지.

– 무슨 말인지 전혀 모르겠는데요.

- 월선은 모두 극음지체야. 흔히 남자는 양이라서 뜨겁고 여자는 음이라서 차갑다고 여긴다. 선인은 더욱 뜨겁고 차가운 기운이 강하다. 그런데 그중 가장 차가운 게 극음지체라고.

- 그게 나쁜 겁니까?

다 같은 사람이고 체온도 똑같은데, 뜨겁고 차가운 게 무슨 의미가 있나 싶었다. 새까만 귀 끝을 까딱인 귀왕이 한심하다는 듯이 말했다.

- 쉽게 말해서 꼬마 선인과 자면 넌 얼어 죽어.

- ……네?

- 월선과 교합하면 얼어 죽는다고. 양기를 다 빼앗기고 말라비틀어진 미라가 될 거다.

로이드의 몸이 굳어졌다. 동요를 숨기기 위해 빠르게 꼬리를 흔들던 그가 못 믿겠다는 듯이 되물었다.

- 거짓말 아닙니까?

- 못 믿겠으면 무라에게 물어봐라. 선계에 든 자라면 누구나 알고 있는 상식이니까.

- 하지만 아란은 그런 말을 한 적이…….

- 그 꼬마가 교합이 뭔지 알기나 할까.

귀왕의 비웃음에 로이드의 꼬리가 뻣뻣이 굳었다. 그는 서둘러 기억을 더듬었다. 아란이 자신은 어른이라고 선언해서 알 건 다 알고 있으리라 믿었다. 하지만 곰곰이 생각해보니 그렇게 생각할 근거는 없었다. 금색 눈이 사정없이 흔들렸다.

'서, 설마 모르나? 아무것도 몰라?'

밤에 같이 잤다고 화를 냈는데, 대충이라도 알고 있는 거 아닐까. 제자리에서 빙글빙글 돌던 로이드는 일단 진정하자며 자리에 앉았다. 앞발 두 개를 모두 핥고서야 마음을 가라앉힌 그는 현실적인 문제부터 생각했다.

'안 하는 것과 못 하는 건 엄연히 다르잖아. 그림에 들어가면 성장한 모습으로 변하니까 조금 기대한 것도 사실이고. 하지만 진짜 모르면 어떻게 해야⋯⋯. 아니, 지금 그게 문제가 아니라.'

혼란에 빠진 그는 저도 모르게 끼잉거리는 소리를 냈다. 두 귀를 팔랑거린 귀왕이 슬며시 입을 열었다.

— 방법이 딱 하나 있는데.

— 뭔데요?

로이드가 다급하게 물었다. 앞발이 닿을 정도로 가까이 온 그를 보고 멈칫한 귀왕이 등을 돌리며 자리에 앉았다. 애가 탄 로이드는 어서 말해달라고 컹컹 짖는 소리를 냈다. 그를 힐끗 돌아본 귀왕이 얄밉게 입꼬리를 올렸다.

— 요선이 되는 거지.


여우는 하나의 짝과 평생을 함께 산다.

묵림은 인간의 여인을 사랑했고 그녀와 짝을 이뤄 아이를 낳았다. 푸른솔은 그의 첫 자식이자 마지막 자식이었다. 그는 서투른 아비였지만, 아이를 무척 사랑했다. 가능하면 아이가 독립하여 짝을 이룰 때까지 지켜보고 싶었다.

— 잡았습니다!

묵림의 앞에 입에 문 토끼를 툭 떨어뜨린 로이드가 말했다. 처음으로 사냥에 성공해서 신이 났는지 귀 끝은 연신 까딱였고 허공에 들린 꼬리가 꿈틀거렸다. 애써 웃음을 참은 묵림이 심드렁하게 말했다.

─ 어디의 눈먼 토끼가 잘못 걸렸나 보군.

─ 와, 진짜 성격 나쁘네. 어쨌든 잡았으니까, 빨리 수련하는 법이나 가르쳐주십시오.

로이드가 앞발로 바위를 두드리며 재촉했다. 눈을 가늘게 뜨고 그를 바라보던 묵림이 바위 아래로 훌쩍 뛰어내렸다.

─ 글쎄, 내가 토끼를 잡으면 가르쳐준다고 했던가?

─ 잠깐, 그렇게 나올 겁니까?

위협하듯 으르렁거린 로이드가 아래로 뛰어내려 그를 공격했다. 묵림은 어렵지 않게 그것을 피하며 로이드의 목덜미를 물고 옆으로 내던졌다. 맥없이 낙엽에 처박힌 로이드가 벌떡 몸을 일으켰다.

─ 치사하게 굴지 말고 가르쳐줘요!

─ 흥.

묵림은 낙엽을 덕지덕지 붙인 채로 달려드는 로이드의 콧등을 앞발로 후려쳤다. 깽 소리와 함께 나가떨어진 로이드가 바닥에 굴렀다. 앞발로 코를 문지르며 그를 노려보던 로이드가 부르르 몸을 털었다.

─ 이 망할 영감탱이가! 진짜 해보자 이겁니까?

─ 불만이면 덤벼보든가.

묵림이 귀찮은 척하며 말했다. 그러자 신중하게 거리를 잰 로이드가 다시 달려들었다. 아까보다 날렵해진 공격이었다. 묵림은 제 목덜미를 노리는 그를 응시하다 꼬리를 휘둘렀다. 채찍처럼 날아 든 꼬리에 맞고 튕겨 나간 로이드가 바닥을 데구루루 굴렀다. 벌떡 일어난 로이드가 소리쳤다.

– 인간적으로 꼬리는 쓰지 마!

– 유감스럽게도 인간이 아니라서 말이지.

– 치사한 여우 같으니!

분해서 펄쩍펄쩍 날뛰는 것 같던 로이드가 앞발로 흙을 홱 뿌렸 다. 고개를 돌린 묵림이 다시 꼬리로 그를 후려갈겼다. 기다렸다는 듯이 그것을 피한 로이드가 그의 뒷다리를 노렸다. 하지만 순식간 에 튀어나온 두 번째 꼬리가 그의 머리를 후려쳤다.

– 악! 젠장!

비명을 지르며 물러선 로이드가 앞발로 머리를 문질렀다. 끄응 끄응 하고 불만스러운 소리를 낸 그가 앞발을 핥았다. 묵림의 눈매 가 느슨해졌다.

로이드는 영리했다. 이성적이고 침착한 데다 적당히 뻔뻔하게 굴 줄도 알았다. 가르침을 흡수하는 속도도 빨랐다. 그래서 묵림은 부모라면 한 번쯤 하는 착각, '우리 애가 혹시 천재는 아닐까?'에 잠 깐 빠지기도 했다.

하지만 불행히도 로이드에겐 선도의 재능이 없었다. 그는 선기 도, 선골도 타고나지 못했다. 주술적인 재능도 바닥에 가까웠다. 어떻게 여우로 변했는지 궁금할 정도였다. 아마 전생체인 여우 가 죽과 여우 구슬의 조화인 듯했다.

- 넌 너무 멍청하고 둔해.

- 네, 멍청한 놈이니 좀 가르쳐주십시오. 이러다가 진짜 여우되겠다고요.

- 너무 멍청해서 백번 말해봤자 못 배운다. 그럼 때려서 익히게 해야지.

묵림의 꼬리가 쐐애액 하고 바람을 갈랐다. 순식간에 짜악짜악 하고 연속으로 얻어맞은 로이드가 펄쩍 뛰었다.

- 잠깐, 일단 가르쳐는 주고 다른 방법을 쓰든가!

- 몸이 위협당하면 요력이 반응해서 저절로 움직이지. 지금 요기가 어떻게 움직이는지, 어디로 흘러가는지 파악해라.

- 말로 해! 말로 하라고! 야! 아팟!

묵림은 저항하는 로이드를 늘씬하게 두들겨 팼다. 영리한 아이니까 두세 번만 같은 순서로 맞아도 요기를 다루는 법을 익힐 것이다. 더 세게 때릴수록 기억에 잘 남을 것 같아서 사정없이 때렸다. 결국, 견디다 못한 로이드가 풀썩 쓰러졌다. 묵림은 그제야 꼬리를 멈췄다.

- 오늘은 여기까지 하자.

- 젠장, 복수할 거야.

비틀거리며 일어선 로이드가 으르렁거렸다. 절뚝거리며 나무의 구멍으로 들어간 그는 상처 난 곳을 싹싹 핥았다. 이제 제법 익숙해진 모습이었다. 분한지 잠시 씩씩거리던 로이드가 이내 몸을 말고 잠들었다. 사냥하느라 뛰어다니고 두들겨 맞기까지 했으니 꽤 피곤했을 것이다.

잠시 기다리던 묵림은 바닥에 깔린 낙엽을 후 불었다. 데굴데굴 굴러간 낙엽들이 하나로 뭉치더니 담요로 변해 로이드 위를 덮었다. 자면서 끙끙 앓던 로이드가 조용해졌다.

몸을 휙 돌린 묵림이 소리 없이 숲을 가로질렀다. 결계를 넘으면서 그는 다시 인간의 모습으로 변했다. 결계 밖에서 기다리던 무라가 그를 반겼다.

─ 생각보다 빨리 나왔군. 수업은 다 끝났나?

"네가 얼쩡거리니 빨리 끝낼 수밖에."

─ 화내지 마라. 나도 방해하고 싶은 마음은 없었어.

무라가 난처하게 말했다. 묵림이 계속 틱틱거리지만, 둘은 어색하게나마 화해한 상태였다.

무라는 자신의 경솔함으로 비극이 일어날 뻔했던 것에 반성했다. 그는 앞으로는 융통성 있게 살겠다고 다짐하고 묵림에게 사과했다. 묵림 또한 무라의 부적으로 로이드가 죽음을 피한 것에 고마움을 느꼈다. 그래서 둘은 다시 친구라고 부를 수 있는 관계가 되었다.

─ 선인이 너무 걱정해서 말이야. 백작이 괜찮은지 확인을 해달라고 하더군.

한 번만 더 찾아오면 영영 돌려보내지 않을 거라고 했더니 대신 무라를 보낸 모양이다. 묵림은 시큰둥하게 말했다.

"잘 있다고 전해."

─ 그러지 말고 얼굴이라도 좀 보여주면…….

"얼마 안 남았다. 그때까진 누구도 만나지 않는 게 좋아."

고집스러운 묵림의 대답에 무라는 한숨을 쉬었다. 오늘도 로이드를 만나는 것은 포기해야 할 것 같았다. 머리를 긁적인 그가 말을 이었다.

― 네가 전에 알아봐달라고 한 것 말인데.

"각오하고 있으니 뜸들이지 말고 말해."

― 백작의 모친은 마차 사고로 사망했다고 하더군. 벌써 17년 전의 일이야.

묵림은 말없이 고개를 숙였다. 로이드를 낳은 여자가 아내의 환생인지는 알 수가 없었다. 하지만 그럴 가능성이 컸다.

"17년 전이라면…… 내가 이곳에 있을 때군."

길을 걷다 한 번쯤 마주치지 않았을까. 아니면 만나지 못해서 찾지 못했던 걸까. 그는 욱신거리는 가슴을 부여잡았다. 상제의 눈을 가리고자 청원진군이 찌른 곳이었다. 심장을 살짝 비껴간 상처는 발작이 일어날 때마다 극심한 고통을 주었다.

무라가 조심스럽게 말했다.

― 묵림, 환생일 뿐이다. 그들이 아니야.

"그 정도는 나도 알아!"

신경질적으로 말한 묵림이 숨을 골랐다. 지금 발작해선 안 된다. 결계 안에 로이드가 있었다. 죽은 듯이 잠들어 있을 여우를 생각하자 통증이 어느 정도 가라앉는 것 같았다.

"그들과 다른 사람이라는 것도, 더 이상 내 가족이 아니라는 것도 누구보다 잘 알아."

― 그럼 왜……?

무라가 말끝을 흐렸다. 왜 그렇게 집착하느냐고 묻고 싶은 듯했다. 쓴웃음을 지은 묵림이 말했다.

"죽게 해달라고 애원하는 내게 이랑이 그러더군. 살아서 그들을 기다리라고. 천신이 될 나를 끌어내린 죄로 내 아내는 몇 번을 태어나든 비참하게 죽을 것이고, 내 아이 또한 비천하다고 손가락질받을 거라고. 그러니 그들을 찾아서 지켜주라고."

ㅡ ……그게 대체 무슨 말이냐?

"너도 이랑을 봐서 알고 있을 텐데. 상제는 인간을 싫어해. 아니, 경멸하지."

청원진군 이랑은 옥황상제의 여동생과 인간 남자의 사이에서 태어난 아이였다. 이랑의 어머니는 원래 인간이었는데, 오라비가 상제에 오른 이후 반강제로 천신이 되었다. 그녀는 인간 시절을 그리워하여 남들 몰래 하계로 내려가곤 했다. 그러다 하계의 남자와 만나 사랑에 빠졌고, 혼인하지 않고 이랑을 낳았다. 뒤늦게 사실을 안 상제는 여동생을 가둬버린 후 이랑의 아버지를 죽였다. 홀로 성장한 이랑은 어머니를 찾아서 긴 여행을 떠났다. 세 친구가 만난 것도 그 여행 때문이었다.

"여동생을 벌한 뒤, 상제는 천상의 것을 탐한 죄를 무엇보다 위에 올려놨다."

ㅡ 말도 안 돼. 그건 천률에 어긋나는 짓이야!

"천률에 어긋난다고 해도 누가 말리지? 지금은 상제의 독재체제나 마찬가지인데."

무라는 아무런 대꾸도 하지 못했다. 묵림이 차분한 목소리로 말을 이었다.

"내 아내의 환생은 사고로 비참하게 죽고, 내 아이의 환생은 혼외자로 태어나 갖은 멸시를 견딘 것 같더군. 아내와 나는 서로 사랑했을 뿐이다. 내 아이도 내 자식으로 태어난 잘못밖에 없어. 그런데 왜 이런 벌을 받아야 하는 거냐?"

아연하게 서 있던 무라가 고개를 떨어뜨렸다.

─ 나는…… 정말 아무것도 몰랐군. 미안하다.

"별로, 너에게 사과받으려고 한 말이 아니다."

머쓱하게 말한 묵림은 눈을 돌려버렸다. 한동안 바닥을 내려다보던 무라가 말했다.

─ 나는 네가 죽은 줄로만 알았다. 그래서 이랑을 원망했지. 네 가족을 방치하고 너를 죽이다니. 상제의 명이라는 걸 알면서도 용서할 수가 없었다. 이랑은 왜 내가 오해하게 내버려뒀을까.

"네가 못 미더웠거나 아니면 너까지 끌어들이고 싶지 않았거나."

─ 끌어들이다니?

"이랑은 내게 모든 것을 바꾸겠다고 약속했다. 그때까지 가족들을 찾아 보호하라고 했지."

지금까지 버틸 수 있었던 것도 약속 때문이었다. 그의 말뜻을 알아들은 무라가 움찔했다.

─ 설마, 이랑은 반역을 계획 중인 거냐?

"그렇다면 말릴 건가?"

묵림의 얼굴이 싸늘해졌다. 어쩔 줄 몰라 하던 무라가 한숨을 쉬었다.

— 모르겠군. 하지만 이랑이 정말 반역을 일으킨다면, 그를 막진 못할 것 같다.

"아주 조금은 융통성이 생긴 것 같구나, 무라."

묵림이 싱긋 웃었다. 오랜만에 그렇게 웃는 모습을 본 무라는 절레절레 고개를 저었다.

— 백작이 묘하게 널 닮았다고 생각은 했는데, 설마 네 아이의 환생일 줄은.

"……닮았다고?"

묵림이 조금 동요했다. 그것을 눈치챈 무라가 웃었다.

— 하는 짓이 너 어릴 때랑 똑같단 말이야. 그러고 보니 여자 취향까지 비슷한 것 같은데.

"어딜 봐서?"

— 엄청난 연하 취향?

묵림의 눈썹이 꿈틀했다. 그는 조금 날카로운 목소리로 대꾸했다.

"꼬마 선인이 녀석보다 나이가 많을 텐데."

— 하지만 굉장한 연하로 보이잖아. 너도 네 아내가 꽤 어렸을 때 만났고.

"시끄러워. 내 아내는 그런 어린애까진 아니었다고."

홱 돌아선 묵림이 결계 쪽으로 향했다. 당황한 무라가 그를 불렀지만, 돌아보지도 않았다. 무라가 실망한 듯 꼬리를 저었다.

— 그런 걸로 삐지기냐.

"시끄럽다고 했다. 난 바쁘니까 혼자 놀아."

짜증스럽게 말한 묵림이 결계 안으로 들어갔다. 밖과 달리 평온한 가을의 숲이 펼쳐져 있었다. 아내가 좋아하던 풍경이었다. 잠시 그것을 바라보던 묵림은 걸음을 옮겼다. 그는 로이드가 잠들어 있는 나무 앞에 멈춰 섰다.

세상모르고 자는 여우를 물끄러미 들여다보던 묵림이 중얼거렸다.

"닮아도 왜 그런 걸 닮았단 말이냐."

다른 건 몰라도 수명이 다른 존재를 사랑하는 아픔만은 닮지 않았으면 했다. 로이드가 요선이 되지 못한다면 꼬마 선인과는 결국 헤어질 수밖에 없었다.

묵림이 넘겨준 구슬엔 80년 이상의 정기가 담겨 있었지만, 그것만으로는 요선이 되기 부족했다. 선인이 되기 위해서는 깨달음이라고 불리는 도에 대한 이해가 있어야 한다. 보통의 영물이 깨달음을 얻고 정기를 모으기 위해 수행하는 것과는 정반대였다.

"너는 네 짝과 행복하길 바랐는데."

탄식하듯 중얼거린 묵림이 원래의 모습으로 변했다. 로이드가 본 검은 여우가 아닌 거대한 짐승의 모습이었다. 날렵하고 우아한 몸체를 아홉 개의 꼬리가 물결치듯 감싸고 있었다.

고개를 든 묵림이 후우 하고 긴 숨을 뿜어냈다. 거기에 휘말린 숲의 나뭇잎이 일시에 떨어졌다. 다시 한 번 숨을 불어넣자 나뭇잎이 모두 금빛의 가루로 부서졌다. 그것은 안개처럼 밀려가 로이드의 몸에 스며들었다.

묵림은 씁쓸한 눈으로 그것을 지켜보았다. 이 숲의 모든 것은 그가 요선이었던 시절, 자신의 선기로 만든 것이었다. 묵림은 그것을 정기로 바꾸어 로이드에게 넣어주었다. 귀왕이 되지 않았다면 직접 기운을 불어넣어줬겠지만, 지금은 이런 간접적인 방법밖에 쓸 수 없었다.

— 무력한 아비라 미안하구나.

다시 작은 여우의 모습으로 변한 묵림이 바위로 올라가 웅크렸다. 그는 로이드가 깨어나길 기다리며 눈을 감았다. 로이드는 뭐든 빨리 배웠다. 이제 가르쳐줄 것도 얼마 남지 않았다. 그것이 끝나면 로이드를 보낼 생각이었다. 다 자란 새끼를 독립시키듯이.


묵림의 예상대로 로이드는 두 번 두들겨 맞는 것만으로 요기 다루는 법을 터득했다. 묵림은 그제야 그에게 인간의 모습이 되는 방법을 알려주었다. 훌쩍 재주를 넘은 로이드는 인간의 다리로 바닥에 내려섰다. 원래대로 돌아온 손을 확인한 로이드가 기뻐했다.

"됐다!"

— 되긴 뭐가 돼. 꼬리 나왔다.

묵림이 시큰둥하게 말했다. 당황한 로이드가 뒤를 돌아보았다. 꼬리뿐만 아니라 커다란 귀까지 머리 위에 붙어 있었다. 놀란 로이드가 귀를 부여잡고 묵림을 쳐다봤다.

"분명 시킨 대로 했는데, 왜 이렇게 된 겁니까?"

— 네가 멍청해서 그런 걸 나보고 어쩌란 거냐.

"아, 진짜!"

투덜거린 로이드가 다시 훌쩍 재주를 넘었다. 하지만 아직 서툴러서 꼭 한 부분은 여우의 특징이 남았다. 도와줄 수도 있었지만, 묵림은 느긋하게 엎드린 채 끙끙거리는 로이드를 지켜보았다. 결국, 로이드가 완벽하게 변신하는 데는 하루의 시간이 더 걸렸다.

"어때요? 이번엔 잘못된 곳 없죠?"

로이드는 보란 듯이 한 바퀴를 빙글 돌았다. 묵림은 완벽한 인간의 모습이 된 그를 물끄러미 쳐다봤다. 잘했다고 칭찬해주고 싶었다. 아니, 아직 멀었다고 말하고 다른 것들도 가르쳐주고 싶었다. 하지만 그건 욕심이었다. 지금까지 붙잡아둔 것도 욕심이다. 이제 보내줘야 했다.

─ 끝났군. 이제 가도 된다.

묵림의 말에 로이드는 조금 어리둥절한 표정을 지었다.

"끝났다고요?"

─ 그래. 멍청한 표정 그만 짓고 어서 가봐라. 흉물스러우니 그건 좀 가리고.

묵림이 옆에 있는 풀잎을 하나 따서 로이드에게 던졌다. 그것은 하얀 장포로 변해 로이드의 바로 앞에 떨어졌다. 잠시 그것을 내려다보던 로이드가 장포를 집어 몸에 걸쳤다.

"어쩐지 눈만 뜨면 낙엽이 쌓여 있더라."

─ 뭐라고 구시렁대는 거냐. 귀찮으니 빨리 꺼져.

차갑게 내뱉은 묵림이 휙 돌아섰다. 잠시 뒤 바스락거리는 소리와 함께 멀어지는 기척이 느껴졌다.

묵림은 뒤를 돌아보지 않으려고 애쓰며 눈앞의 나무를 응시했다. 잎이 모조리 져버린 나무는 홀로 겨울을 맞은 것처럼 쓸쓸해 보였다.

새끼를 독립시킨 여우들은 모두 이런 기분을 느끼는 걸까. 한숨을 쉰 묵림은 자리에 엎드렸다. 죽은 아내가 보고 싶었다. 웅크린 채 눈을 감은 그의 귀에 바스락 소리가 들렸다. 귀를 까딱인 그는 힐끗 돌아보았다.

— 또 자는 겁니까? 누가 영감 아니랄까 봐.

여우로 변한 로이드가 그의 옆에 다가와 있었다. 놀란 묵림은 자리에서 벌떡 일어났다. 당황을 감추기 위해 꼬리를 두어 번 움직인 그는 차갑게 말했다.

— 뭐야?

— 그렇게 날 세우지 말죠. 할 말이 있어서 돌아온 거니까.

로이드가 앞에 내려둔 것을 코끝으로 쓱 밀었다. 붉게 물든 단풍잎이었다. 묵림은 그것을 물끄러미 내려다봤다. 지금 이걸 내미는 이유를 알 수가 없었다. 선인에게 주고 싶다면 돌아가서 직접 주면 될 일이었다. 그때 자리에 앉은 로이드가 말했다.

— 전 당신이 싫습니다.

묵림이 조금 움찔했다. 예상은 했지만, 이런 식으로 확인받고 싶지는 않았다. 로이드가 아무렇지도 않게 말을 이었다.

— 아마 앞으로도 계속 싫어할 겁니다.

— 왜?

묵림은 저도 모르게 되물었다. 싫어하는 게 당연하다고 생각하면서도 그래도 묻고 싶었다.

— 당신은 아란의 친부모를 죽였으니까요.

로이드의 대답은 예상과 조금 달랐다. 묵림은 입을 열었지만, 아무 소리도 나오지 않았다. 그의 귀와 꼬리가 아래로 축 처졌다. 그것을 본 로이드가 웃었다.

－ 그래도 차 한잔 대접하지 못할 정도는 아닙니다.

무슨 말인지 이해하지 못한 묵림이 고개를 들었다. 로이드가 단풍잎을 그의 쪽으로 더 밀어놓았다.

－ 초대장을 쓸 상황이 아니니 이걸로 대신하죠. 제 집이 어딘지는 알고 있죠?

－ …….

－ 병 주고 약 주고이긴 하지만, 일단 도와준 거니까 감사인사는 해야 할 것 같아서요. 시간 날 때 놀러 오십시오.

할 말 다 했으니 이제 가보겠다며 몸을 돌린 로이드가 바위 아래로 폴짝 뛰어내렸다. 그는 문득 생각났다는 것처럼 덧붙였다.

－ 아, 그래도 무라 님처럼 너무 자주 찾아오진 마세요. 방해됩니다.

얄밉게 말한 로이드는 그대로 숲을 가로질러 달려갔다. 반짝이는 몸체가 앙상한 나무들 사이로 사라졌다. 멍하게 그것을 바라보던 묵림이 단풍잎을 내려다보았다. 선명한 붉은색의 단풍이 그를 웃게 했다.

－ 이런, 무라랑 같은 취급이냐.

인간의 모습으로 변한 묵림은 단풍잎을 주워 들었다. 부드러운 눈으로 그것을 내려다보던 묵림이 단풍잎을 품속에 넣었다. 그때 흐릿한 요기가 결계를 건드리는 것이 느껴졌다. 다행히 로이드가 나간 쪽은 아니었다. 미간을 찌푸린 그는 결계 밖으로 나갔다.

"주인님!"

묵림을 본 금화가 쓰러지듯 바닥에 엎드렸다. 주변을 휙 둘러본 묵림은 겁먹은 표정을 짓고 있는 홍령과 흑우를 발견했다. 어떻게 찾아왔나 했더니, 둘의 힘을 빌린 모양이었다. 기껏 선인에게 부탁하여 풀어줬더니 쓸데없는 짓을 하고 있었다. 혀를 찬 묵림이 엎드린 금화를 내려다봤다.

"두 번 다시 찾아오지 말라고 했을 텐데."

"주인님, 잘못했어요. 제가 잘못했어요. 한 번만 용서해주세요."

금화가 눈물을 흘리며 빌었다. 누가 봐도 애처로울 정도로 가련한 얼굴이었다. 하지만 묵림의 눈은 싸늘하기만 했다.

"너와는 참으로 악연이구나."

묵림이 북제의 밑에서 일하던 때, 그에겐 여금선이라는 이름의 부관이 있었다. 그녀는 뛰어난 투선이었으나 여인이라는 이유로 무시당했다. 고민하던 북제는 주술사였던 묵림에게 그녀를 붙여주었다. 둘은 제법 손발이 잘 맞아서 수많은 전장에서 공훈을 세웠다.

묵림이 혼인하기 전 가장 신경 쓴 것도 홀로 남겨진 여금선의 처우였다. 북에는 그녀의 실력을 있는 그대로 인정해줄 무장이 없었다.

고민하던 묵림은 친우인 청원진군에게 부탁했다. 진군은 흔쾌히 그녀를 자신의 부관으로 삼겠다고 약속했고, 묵림은 안심하고 하계로 내려갔다.

그리고 78년 전, 여금선은 진군이 자리를 비운 사이 묵림의 가족을 인간들에게 넘겼다. 묵림은 인간들을 추적하며 그것을 알았고 그녀를 찾기 위해 애썼다.

하지만 결국 여금선을 만난 것은 그녀가 제 발로 나타났을 때였다. 황제 내외를 해친 후 진군에게 찔려 빈사상태가 된 묵림의 앞에 모습을 드러낸 여금선이 웃으며 말했다. 그를 연모하여서, 그를 위해 그런 짓을 했다고.

정신을 차렸을 때는 이미 여금선을 죽인 뒤였다. 묵림은 더 고통스럽게 죽이지 못한 것을 후회하며 그녀의 시신을 갈가리 찢고 불태웠다.

죄 없는 이들을 죽인 뒤 선인까지 살해한 그는 귀왕으로 변했다.

금화를 만난 것은 그로부터 20년 뒤였다. 환생한 가족을 찾아 동대륙을 떠돌던 때였다. 지칠 대로 지쳐 기절하듯 잠들었다 눈을 떠보니, 옆에 어린 요괴가 붙어 있었다. 겁을 주고 쫓아내도 계속 울면서 따라왔다. 결국, 묵림은 그녀를 주워 기르기 시작했다.

다 자란 금화는 그에게 집착하기 시작했고, 때론 연모한다는 말을 하며 매달렸다. 묵림은 그럴 때마다 섬뜩함을 느꼈다. 그를 연모한다고 말하는 금화는 여금선과 무서울 정도로 닮아 있었다. 하지만 자신의 착각일 거라 생각했다. 묵림은 자신이 키운 세 요괴에게 나름의 애정이 있었고, 단순히 닮았다는 이유로 금화를 내치고 싶지 않았다.

의심을 확신한 것은 금화가 꼬마 선인을 노리면서였다. 금화는 계속 꼬마 선인을 공격했고 그 과정에서 로이드는 몇 번이나 죽을 뻔했다. 로이드가 아이의 환생이라면 전생과 같은 일이 벌어질 수도 있었다. 묵림은 무라에게 확인을 부탁했고, 무라는 금화가 선인의 환생이라는 답을 주었다.

"주인님, 저는 주인님을 위해서 그랬어요. 선인을 먹으면 주인님의 상처가 나을 것 같아서."

'너는 왜 변하지 않을까.'

묵림은 그녀를 보며 씁쓸하게 생각했다. 환생한 이유는 새로운 삶을 살기 위해서일 텐데, 어째서 똑같은 과오를 되풀이하는 걸까.

"금화."

묵림의 부름에 놀란 금화가 눈을 크게 떴다. 그녀의 이름을 지어준 것은 묵림이었지만, 그는 그녀를 항상 '금아'라고 불렀다. 지금처럼 이름을 부른 적은 거의 없었다.

"나는 너를 50년 넘게 기르고 돌봤다. 네가 나를 보좌했던 시간과 거의 비슷하구나. 그리고 나는 인간에게 죽은 너를 살렸다. 내가 너를 죽였던 일 역시 갚은 셈이다."

"주인님?"

묵림의 말을 이해하지 못한 금화가 주춤주춤 일어섰다. 그녀의 몸이 바들바들 떨리기 시작했다. 지금의 묵림은 평소와 달랐다. 그녀를 보는 눈빛이 어딘지 홀가분하게 보였다.

"이것으로 너와 얽힌 인연은 모두 끝났다."

"주인님!"

"이제 가거라."

처음에는 금화를 죽일까 생각했다. 금화가 또다시 환생한 아내와 아이를 노릴까 봐 무서웠다. 하지만 환생한 아내가 죽은 것은 마차 사고 때문이었고, 로이드는 스스로 죽음을 피했다.

지금 금화를 죽이면 다시 환생하여 또 다른 모습으로 나타날 수도 있었다. 누구인지 모르니 막기도 힘들 것이다. 그래서 묵림은 금화에게 손대는 것보다 그녀를 보내는 쪽을 택했다. 어차피 둘 사이의 인연이 다하였으니 더 이상 만날 일도 없을 것이다.

"주인님! 대체 왜 그러세요? 주인님!"

금화가 급히 그에게 매달리려 했다. 묵림은 어렵지 않게 그녀의 손을 피했다. 바닥에 나동그라진 금화가 울부짖기 시작했다.

"왜, 왜 저는 안 돼요? 당신을 사랑하는데, 누구보다 연모하는데! 왜 저를 보지 않으시는 거예요! 대체 왜요!"

"나는 다시 태어나도 너와는 만나고 싶지 않구나."

묵림은 진심을 담아 말했다. 눈을 크게 뜨고 그를 올려다본 금화가 쓰러지듯 엎드려 울기 시작했다. 홍령이 다가와 그녀를 부축했다. 한숨을 쉰 묵림이 홍령을 바라봤다.

"홍령, 지금까지 병든 나를 돌보느라 고생이 많았다."

입술을 깨문 홍령이 말없이 고개를 숙였다. 묵림은 마지막으로 흑우 쪽으로 시선을 돌렸다.

"흑우, 너도. 진작 독립할 나이가 되었는데 붙잡아둬서 미안하다."

"……"

"그간의 정을 걸고 마지막으로 부탁하마. 금화가 더는 선인의 일에 손대지 않도록 해다오."

"······그렇게 하겠습니다. 떠나시려는 겁니까?"

흑우가 전보다 단단해진 얼굴로 물었다. 그가 생각보다 장성했음을 느낀 묵림이 미소 지었다.

"그래, 찾아야 할 사람이 있으니까."

묵림은 고개를 들어 흘러가는 구름을 바라봤다. 오랫동안 묶여 있던 사슬에서 풀려난 것처럼 몸이 홀가분했다. 어디로든 자유롭게 떠날 수 있을 것 같았다.

"이번에는 꼭 만날 수 있겠지."

- 2권에서 계속.